destino: compromiso

KATY COLINS

Editado por Harlequin Ibérica.
Una división de HarperCollins Ibérica, S.A.
Núñez de Balboa, 56
28001 Madrid

© 2016 Katy Colins
© 2019 Harlequin Ibérica, una división de HarperCollins Ibérica, S.A.
Destino: compromiso, n.º 251 - 10.4.19
Título original: Destination: Chile
Publicada originalmente por Carina UK
Traducido por Fernando Hernández Holgado

Todos los derechos están reservados incluidos los de reproducción, total o parcial.
Esta edición ha sido publicada con autorización de Harlequin Books S.A.
Esta es una obra de ficción. Nombres, caracteres, lugares, y situaciones son producto de la imaginación del autor o son utilizados ficticiamente, y cualquier parecido con personas, vivas o muertas, establecimientos de negocios (comerciales), hechos o situaciones son pura coincidencia.
® Harlequin, TOP NOVEL y logotipo Harlequin son marcas registradas por Harlequin Enterprises Limited.
® y ™ son marcas registradas por Harlequin Enterprises Limited y sus filiales, utilizadas con licencia. Las marcas que lleven ® están registradas en la Oficina Española de Patentes y Marcas y en otros países.
Imagen de cubierta utilizada con permiso de Shutterstock.

I.S.B.N.:978-84-1307-799-4
Depósito legal: M-8079-2019

La gente más inspiradora es aquella que ni siquiera es consciente de que lo es.

Charlotte, esto es para ti.

CAPÍTULO 1

Revelar (v.): Descubrir, averiguar

—¿De verdad que necesitas otra vela? —preguntó Ben mientras empujaba su carrito, repleto a más no poder, por los sinuosos pasillos del Ikea.

Yo, que me había detenido a oler el cálido aroma de una achaparrada vela, me lo quedé mirando como si me hubiera preguntado si alguna vez me cansaba de comer chocolate.

—Una nunca tiene suficientes velas. Es algo que sabe todo el mundo.

—Bueno, si eso te hace feliz, supongo que sí. Lo que pasa es que yo no le veo sentido a comprar cosas para luego quemarlas: es como si te pusieras literalmente a quemar dinero —se echó a reír, sacudiendo la cabeza—. Aunque la cosa cambia si les ponen nombres como Grönkulla, Färdfull o incluso Knutstorp. Quiero decir que entonces eso lo cambia todo —adoptó un horrible acento escandinavo, que era lo que llevaba haciendo durante la mayor parte de la última hora, haciéndome reír.

—De hecho, estas se llaman Fyrkantig, pero, oh, Dios mío, ¡tu sueco está mejorando mucho!

Él sacó pecho, todo orgulloso.

—Sí. ¿O debería decir «*ja*»? Venga, vamos. Me muero de hambre y me prometiste que comeríamos albóndigas.

Deje caer un par más de maravillosamente aromáticas velas entre los esponjosos cojines blancos, marcos de fotos y otros artículos domésticos, tan bonitos como funcionales, y le pasé un brazo por la cintura.

—De acuerdo. ¡Marchando un plato de albóndigas! —de repente me mordí el labio y bajé la mirada a nuestro cargamento de compras—. ¿Crees que tenemos todo lo que necesitamos?

—Literalmente, lo tenemos todo —soltó un largo gruñido, destinado a disimular, estaba segura de ello, lo mucho que había disfrutado de nuestra incursión por aquel inmenso almacén capaz de contener un país entero.

Yo, por otro lado, me había puesto estúpidamente nerviosa ante la perspectiva de aquella nuestra primera salida de compras como pareja. Al fin y al cabo, para una pareja, comprar juntos en Ikea era como el rito de entrada de toda relación. Sobre todo la última vez que había estado allí con mi ex, Alex… en el «infierno sueco», como lo había denominado, para terminar marchándonos con una estantería Billy y una tremenda discusión. Nos pasamos dos horas sin hablar después de aquella primera excursión de compras que yo había imaginado llena de entusiasmo ante la perspectiva de elegir juntos los muebles de nuestra casa, en lugar de la tensa pesadilla de horribles discusiones. Y aquello fue antes de sumergirnos en el aún más enojoso asunto de ponernos a montar aquellas malditas cosas.

Esa vez, sin embargo, todo era diferente. Ben y yo habíamos vagabundeado por el inmenso local en nuestra primera visita oficial juntos. No habíamos iniciado discusión alguna sobre quién dedicaba más o menos tiempo a cocinar cuando entramos en la sección de cocinas, ni habíamos apresurado incómodamente el paso al atravesar la sección infantil. Era justamente lo que había imaginado que sería antes de aquella desastrosa visita con Alex.

Pero en aquel momento, dos horas después de haber puesto el pie allí, me di cuenta de que el nivel de diversión de Ben estaba decayendo. El sábado era el único día que habíamos tenido disponible y, al parecer, todo Manchester había tenido la misma idea. Caminábamos arrastrando los pies detrás de estresados aficionados al «hágalo usted mismo», niños chillones y parejas sostenedoras de tensas discusiones en voz baja por ver quién tenía mejor gusto a la hora de elegir estampados de cortinas, peregrinando todos ellos diligentemente por el laberinto de pasillos que llevaban a la salida.

—Supongo que necesitan poner un poco de distancia entre ellos antes de que terminen clavándose esos diminutos lápices de regalo en algún lugar inconveniente de su cuerpo —había comentado Ben, señalando con la cabeza a un matrimonio mayor que se estaba fulminando con miradas tan asesinas que parecía como si fueran a emprender los trámites de divorcio en medio de las sillas Jeff y los sofás Ektorp. Para mucha gente, el hecho de poner los pies en un lugar así les hacía súbitamente conscientes de que el pésimo gusto de sus parejas en cuestión de muebles representaba todo aquello que podía despreciarse en una persona y que, en realidad, eran incapaces de soportarse los unos a los otros.

Yo había soltado una risita para tirar de él por una de aquellas misteriosas puertas Scooby Doo, a través de un pasadizo escondido que comunicaba con la sección de cuartos de baño en exposición. Era un truco que había aprendido la última vez que estuve allí, cuando me marché resoplando después de que Alex hubiera calificado mi gusto en alfombras de baño de «demasiado convencional». El laberinto de pasillos apropiado para ratas de laboratorio que te obligaban a recorrer era el principal obstáculo al que se enfrentaba el futuro de cualquier pareja, reciente o largamente establecida: uno no podía largarse fácilmente de allí. Te mentían sobre las salidas; bueno, no te mentían exactamente, pero en mi anterior estado de enfado me había sentido como si estuviera vagando en círculos, en medio del mismo estresado grupo de gente cargada con sus bolsas de compra amarillas. Esa vez, sin embargo, estaba preparada. Porque esa vez conocía los atajos.

—Que no seamos nunca como ellos. Prométemelo —le había susurrado a Ben, apretándole la mano.

Habíamos acabado, muy acertadamente, en la sección de dormitorios. De humor juguetón, Ben me empujó hacia una enorme cama de matrimonio perfectamente hecha, con un edredón que habría combinado muy bien con los colores de nuestro dormitorio, para tumbarme sobre su mullida superficie.

—Te lo prometo —dijo, inclinándose y besándome con pasión.

El chasqueo de lengua de un indio que estaba examinando unos cercanos cojines hipoalérgicos me hizo ruborizar, así que me incorporé rápidamente para terminar con las compras y marcharme a casa… a nuestra propia cama. Ikea no era lugar para juegos de ese tipo y era posible que aún me faltara algo de la lista que había garabateado durante el desayuno. Era hora de marcharse.

—Oh, espera. ¡Me olvidaba de que necesitamos cuencos para el desayuno! —exclamé mientras nos dirigíamos a la siguiente sección, recordando que los que teníamos estaban descascarillados y que, bueno, no eran lo suficientemente grandes para mi gusto.

—De acuerdo. Cuencos de cereales y luego nos largamos.

—Trato hecho.

Los ojos de Ben se habían estrechado como si fueran los de un personaje de videojuegos, algún francotirador entrenado para concentrarse únicamente en su objetivo, poco inclinado a ceder por un comentario del tipo «¡oh, mira, esto es precioso!», o «necesitamos uno de estos» mientras yo atravesaba la sección de complementos de cocina hipnotizada por las modernas espátulas de colores.

Llegué a pensar que, en algún momento, Ben me agarraría

de la mano para echar a correr y alejarme de todas aquellas maravillas de nombres como Rort o Skedstorn, o alguna otra palabra sin vocal alguna. El resultado fue que no pude evitar llenar otra de aquellas aparatosas bolsas azules. Pude sentir la divertida mirada de Ben clavada en mi persona mientras arramblaba con otro juego de servilletas.

—¿En serio, cariño? —preguntó con una sonrisa irónica, fingiendo un bostezo.

—Ya lo sé... ¡pero es que son tan baratas! —aspiré profundo—. De acuerdo, sácame ya de aquí. ¡No sé qué es lo que le ha pasado a mi capacidad de autocontrol! —gimoteé mientras él se echaba a reír y volvía a tomarme la mano.

Llegamos por fin a la sección de cajas de autoservicio y no pude menos que experimentar una cierta sensación de orgullo, bastante repugnante en mi opinión, a la vista de aquel apocalipsis de relaciones estallando a nuestro alrededor. Atravesamos la nave derecha (yo había anotado muy escrupulosamente la localización de la mesa del comedor que a ambos nos gustaba) de la mano, evocando, para divertirnos, a la mayor cantidad de suecos famosos que se nos iban ocurriendo. Ulrika Jonsson y Abba encabezaban la lista, seguidos de algunos oscuros jugadores de fútbol que sugirió Ben. Todo estaba marchando a las mil maravillas, demasiado, hasta que vimos el cartel rectangular de la sección A estante 39.

—Oh.

—Mierda.

—¡Es inmensa! —exclamé. No me preocupaba únicamente cómo íbamos a meter todo aquello en el coche: ignoraba además cómo podría caber en nuestro minúsculo apartamento. Aquella era la razón principal por la que habíamos ido allí dado que pensábamos dar una fiesta dentro de unos pocos días, a modo de inauguración algo pija, y había estado aterrada ante la perspectiva de que nuestros invitados tuvieran que cenar con los platos sobre las rodillas.

—Seguro que la mayor parte es envoltorio. La mesa no me

pareció tan grande cuando la vi en la sala —comentó Ben, rascándose la cabeza.

Yo asentí, pese a que no estaba nada convencida.

—¿Tomaste las medidas antes de salir de casa, verdad?

—Sí. Vamos. Todo saldrá bien —repuso, y resopló al tiempo que cargaba la aparatosa caja en el carrito, ignorando mis ojos entrecerrados.

A esas alturas ambos estábamos exhaustos y yo tenía unas ganas enormes de volver a casa, para preparar un té y estrenar mis nuevas tazas a juego. «Por supuesto que ha pensado en las medidas. Tan solo confía en él, Georgia», me dije. Pero aquella agradable perspectiva quedó olvidada cuando tuvimos que forcejear para meter la maldita cosa en el coche de Ben. Durante todo el camino mantuve mi asiento echado todo lo posible hacia delante. Le dije a Ben que tuviera cuidado de no frenar con brusquedad, por temor a que me degollara la aguda esquina de la caja.

Finalmente nos derrumbamos en el sofá, intentando recuperar el resuello después de haber conseguido pasar la inmensa caja por la puerta. Mi anterior sensación de orgullo por haber sobrevivido a Ikea estaba empezando a desvanecerse, pero nuestro buen humor seguía aún en buena forma cuando, por alguna razón, nos echamos a reír de la experiencia. Una verdadera hazaña teniendo en cuenta lo poco natural que había sido nuestro viaje. Además de que no pude evitar sonreírme al recordar la manera de conducir de Ben, más bien propia de una abuela por su exagerada prudencia.

—¡Bueno, lo hemos conseguido! —sonrió él, enjugándose el sudor de la frente—. ¿Qué te parece si desembalo yo todo esto mientras tú haces espacio en el dormitorio para todas esas velas que has comprado?

—¿Seguro que no quieres que te eche una mano? —le pregunté viendo el desastre que estaba montando mientras rasgaba el gigantesco paquete con su envoltorio de papel burbuja, y sacaba el sorprendentemente grueso manual de instrucciones junto con los tornillos y tuercas que quedaron desparramados por el suelo.

—Qué va. Si no soy capaz de montar una simple mesa para mi mujer, entonces es que he fallado básicamente como hombre —volvió a sonreír, contemplando impávido el mar de basura que había creado y abriendo una botella de cerveza fría, listo para el desafío.

—De acuerdo, entonces. Si lo tienes claro… —me incliné para besar ligeramente la rizada mata de su cabello castaño—. Buena suerte.

Me abrí camino entre el resto de cajas dispersas por el pasillo, las que aún faltaban por abrir, esforzándome por ignorar el posible riesgo que entrañaban, y me llevé el saco azul de Ikea al dormitorio. Aquella era mi habitación favorita del apartamento. Era de tamaño mayor que la media, con grandes ventanas de guillotina que, por la gran cantidad de luz que dejaban pasar, hacían que el espacio pareciera mucho más grande. Todavía me sorprendía que después de haberme trasladado de la casa que había compartido con mi ex, Alex, para luego largarme de mochilera por el mundo, hubiera tenido tiempo para acumular tantas cosas. Desde que me mudé un mes atrás, Ben y yo nos habíamos dedicado a negociar los lugares donde instalar nuestras respectivas posesiones vitales, aportando un toque hogareño a aquel apartamento de paredes blancas y desnudas, donde todo estaba por hacer y decorar.

Había sido solo cuestión de tiempo que Ben abandonara el piso que había estado compartiendo con su amigo Jimmy, para ponerse a buscar casa conmigo. La decisión de compartir un hogar se nos había antojado obvia, sobre todo teniendo en cuenta la cantidad de horas que pasábamos trabajando juntos, así como lo bien que había estado marchando nuestra relación. Detestaba, de hecho, las pocas ocasiones en las nos veíamos obligados a separarnos.

Me dediqué a colocar de manera muy artística mi nueva colección de velas sobre la cómoda de cajones, junto a nuestra fotografía enmarcada, aquella que nos tomaron cuando nos conocimos en una soleada playa de Tailandia. Eran tantas las cosas que habían cambiado desde entonces que a veces me olvidaba de que todo había comenzado allí. Desde entonces habíamos lanzado nuestro propio negocio conjunto, el Club de Viaje de los Corazones Solitarios; nos habíamos enamorado y ahora estábamos viviendo juntos. Nunca me habría imaginado que ocurriría esto en aquella época, cuando aquel atractivo desconocido me pasó un brazo por la cintura mientras yo sonreía a la cámara…

Regresé mentalmente a aquel instante y sonreí al escuchar a Ben acompañando con su silbido la melodía que sonaba en la radio del salón. No podía recordar haberme sentido nunca tan feliz y tan entusiasmada por mi futuro; se trataba de una sensación preciosa y especial que anhelaba que durara toda la vida.

Había tenido todo el sentido del mundo que nos fuéramos a vivir juntos. Nuestras respectivas agendas estaban siempre llenas de cortos periodos de descanso, aprovechados separadamente, dedicadas a promocionar nuestro club de viaje: solo en los últimos meses yo había estado en España, Grecia y Marruecos. Pero, desgraciadamente, lo más que podía llevar a ver yo de aquellos fabulosos destinos era el aeropuerto y una cierta variedad de anodinos hoteles. Lo cual significaba, además, que cuando no era yo la ausente de la oficina, el ausente era Ben, ya que nos repartíamos por turnos la tarea de mantener contacto personal con nuestros guías de viaje y conseguir nuevos clientes.

Todo aquello era muy excitante, pero entrañaba tener que dosificar al milímetro nuestro tiempo de ocio, con salidas nocturnas y actividades en común planificadas con mucha antelación, a veces de semanas y hasta meses. Jamás he sido una mujer hogareña, pero sí que había llegado a sentir cierto nostálgico pesar por no tener un hogar… al menos con Ben. Ahora todo había cambiado, sin embargo. En alguna parte podíamos, por lo menos, despertarnos juntos y dormirnos juntos cada vez que estuviésemos en el mismo país…

Nada deseosa de entrometerme en sus habilidades para el bricolaje, decidí empezar con las cajas regadas por el pasillo. Todas tenían la etiqueta de ropa de Ben, así que las llevé como pude al dormitorio y abrí el armario empotrado, alto hasta el techo, esbozando una mueca al ver lo atestado que ya estaba.

Cerré los ojos y aspiré profundo el reconfortante y familiar aroma de mi novio mientras sacaba las camisetas y las guardaba en los cajones de su lado del armario. Perdida como estaba en los apasionados recuerdos que su olor despertaba en mi cerebro y en las zonas más femeninas de mi cuerpo, el descubrimiento estuvo a punto de pasar desapercibido. Entre los suéteres perfectamente doblados, mi mano tropezó con un objeto duro. Rebuscando bien en la caja de cartón, sentí un vuelco en el estómago y en el corazón al tiempo que todo a mi alrededor parecía congelarse.

Encajada y casi escondida en el bolsillo de su grueso suéter de lana, había una cajita de terciopelo, de color rojo granate.

CAPÍTULO 2

Aprensión (n.): Una súbita sensación de duda, temor o inquietud

Durante unos segundos, me quedé mirando sin más la cajita con ribetes dorados que acunaba con manos temblorosas, casi como si fuera un pajarillo herido o una mina sin explotar. Estaba demasiado nerviosa para mover un solo músculo o incluso para soltar el aliento que seguía conteniendo en mi reseca garganta.

—¡Ah, mierda!

Pude oír a Ben jurando mientras continuaba con sus intentos de montar la mesa del salón, totalmente ajeno al sorpresivo descubrimiento que acaba de hacer su novia en la habitación contigua.

«Ábrelo, ábrelo», me urgía mi subconsciente. «¡No!», chillaba mi cerebro. «Una vez que lo hagas, todo cambiará».

Deslizaba lentamente mi dedo índice por la tapa mientras batallaba internamente sobre si abrirla o no. ¿Y si era un anillo horroroso? ¿Y si en vez de un anillo de compromiso, era un juego de pendientes? «Al cuerno. Solo hay una manera de averiguarlo».

Levanté ansiosa la tapa y me quedé sin respiración. La luz del sol que entraba por los ventanales arrancó un reflejo al diamante engastado en una banda de platino tan sencilla como elegante. El reflejo era tan deslumbrante que me obligó a pestañear. Era espléndido. Y, definitivamente, un anillo de compromiso.

Preguntas sin respuesta, pensamientos y emociones anegaron de pronto mi aturdido cerebro, razón probablemente por lo cual hice lo que hice a continuación. Era como si me hubiera salido de mi cuerpo, perdido por completo el sentido común. Como si me hubiera tapado los oídos para no escuchar a mi cerebro, que justo en aquel momento estaba sufriendo un verdadero ataque de pánico. Tras asegurarme de que la puerta del dormitorio estaba firmemente cerrada, y mientras oía jurar y perjurar a Ben por encima del volumen de la radio, extraje el anillo de la elegante caja y me lo puse.

Se deslizó fluidamente por mi dedo. Como si fuera Cenicienta probándose la zapatilla de cristal, me sentaba de maravilla, tal que si lo hubieran encargado especialmente para mí. No pude disimular una radiante sonrisa mientras admiraba la resplandeciente piedra, capaz de hacer que mis algo gordezuelos dedos de uñas descuidadas parecieran tan largos y elegantes como los de una modelo.

Ni siquiera me detuve a pensar en lo que el descubrimiento de aquella escondida caja podría significar para nuestra relación, si estaba incluso dispuesta a casarme con Ben... o si quería volver a ser la novia de alguien después de la desastrosa experiencia de la última vez. Lo único importante era yo y aquel anillo, que evidentemente me estaba destinado. Su belleza había llegado al punto de cegarme, provocando que todo tipo de pensamientos racionales abandonaran mi cerebro. Como resultado había terminado hecha un ovillo en el suelo, en plan Golum, acariciando «mi tesoro»...

No sé durante cuánto tiempo permanecí sentada así, apoyada la espalda en el borde de nuestra cama y contemplando boquiabierta aquella hermosa pieza de joyería. El problema fue que, en medio de mi admiración, no me había dado cuenta de que la radio, cuya melodía Ben había estado tatareando tan mal, había dejado de sonar.

—Cariño, ¿puedes venir? —la voz de Ben resonó alta en el silencio, flotando a través del piso y sacándome de mi ensimismamiento.

—¡Oh, claro! Er… dame un momento —grité al tiempo que volvía a guardar apresuradamente el anillo en la caja y esconderlo, antes de que Ben entrara en el dormitorio y me sorprendiera en aquella tesitura.

No sabía si la habitación se había recalentado o si era el karma castigándome por haber abierto la cajita, pero lo cierto era que no podía sacarme el anillo. ¡Maldición! Tiré y tiré, e incluso escupí en mi gordezuelo y estúpido dedo con tal de quitarme aquella cosa. Pero aquella cosa permanecía obstinadamente en su lugar.

—¿Te acuerdas de nuestra anterior preocupación acerca de que la mesa fuera demasiado grande? —preguntó Ben con tono nervioso, justo al otro lado de la puerta cerrada.

—¿Ummm? —repliqué, escuchándolo a medias. «¡Vamos, vamos!». Estaba jurando y haciendo muecas por el dolor que entrañaba intentar sacarme aquel maldito anillo sin romperme un hueso justo cuando vi moverse el picaporte. Me lancé entonces hacia la puerta y la bloqueé con el peso de mi cuerpo, sin dejar de luchar y forcejear en ningún momento con mi dedo, ya rojo e hinchado.

—¿Estás bien? ¡No puedo entrar! —se quejó Ben al otro lado de la puerta.

—Sí, no pasa nada, es que hay cajas por todas partes. Salgo ahora mismo —grité a mi vez, con voz extrañamente estridente a la vez que medio ahogada.

—De acuerdo. Voy a preparar un té.

—¡Oh, estupendo, gracias!

Finalmente, mientras oía sus pasos por el parqué alejándose hacia la cocina, solté un suspiro de alivio. Mi mano tenía en aquel momento un extraño tono amarillo con manchas de un rojo furioso como resultado de la fuerza que me había aplicado yo sola. Con un último tirón, acompañado de un gruñido digno de una campeona de tenis, el anillo voló y fue a parar al otro extremo de la habitación. Apoyé la cabeza en la puerta mientras me esforzaba por controlar la respiración. Me enjugué el sudor de la frente, mirando ceñuda mi dolorido dedo.

Rápidamente me recuperé y volví a guardar el anillo en su caja, para en seguida devolverlo al bolsillo del suéter donde lo había encontrado.

Un instante después se abrió la puerta del dormitorio. Ben estaba en el umbral, ofreciéndome una humeante taza de té.

—Toma —estaba segura de que sus ojos se abrieron ligeramente de asombro a la vista del desastroso estado de la habitación—. ¿Estás bien, cariño?

—Sí, gracias, perfectamente. Bueno, ¡veamos esa obra maestra! —dije, dándole un besito en la mejilla y empujándolo fuera del atestado dormitorio… sin dejar de frotarme el dolorido dedo detrás de la espalda.

—Bueno, como te dije antes, puede que tengas que revisar tus expectativas —tosió—. Es un poco mayor de lo que yo… bueno, míralo tú misma —Ben se interrumpió.

Nada más entrar en el salón, me detuve en seco. Cualquier pensamiento sobre anillos y bodas se desvaneció en cuanto vi lo que acababa de montar.

—¿Un poco mayor? —exclamé.

La mesa de comedor que tan elegante había parecido en el Ikea ocupaba prácticamente todo el salón. El efecto era ridículo. No podía concentrarme en lo que Ben estaba balbuceando tímidamente. Mientras él seguía perorando sobre medidas, tamaños y dimensiones, yo estaba como ida, frotándome con gesto ausente el dolorido dedo. ¿Sería aquello un presagio? ¿Una señal de lo que nos esperaba? ¿Nuestra primera compra importante como pareja no encajaba, al igual que el anillo de compromiso? Si ese era el caso, ¿qué diablos significaba eso para nosotros?

CAPÍTULO 3

Ecuanimidad (n.): Equilibrio de ánimo, especialmente bajo tensión

Cuando las cosas van bien, la gente suele decir que es como si las estrellas se hubieran alineado y que todo en el universo marcha exactamente como debería. Sí, pero lo que no te dicen es lo muy precaria que es esa alineación y lo rápidamente que puede fastidiarse en cualquier momento. Imaginaos una cuerda floja sobre la que todo estuviera perfectamente sostenido, en afortunado y sin embargo precario equilibrio: así era como me parecía mi vida. Quizá me había sentido demasiado satisfecha, demasiado feliz, pero, vistas las cosas en retrospectiva, me daba cuenta de que un simple soplo de viento o un pájaro apoyando su emplumado trasero sobre la cuerda, por no hablar del descubrimiento de un secreto destinado a permanecer como tal, podían hacer que todos los elementos que antes habían estado tan perfectamente ensamblados se desbarataran para dar con mis huesos en el suelo. No había imaginado entonces que las leyes de la física, o quienquiera que hubiera causado aquella cadena de acontecimientos, marcarían el principio de aquel desbaratamiento en la presunta alineación de estrellas, y por tanto el comienzo de tantos desastres. Qué ingenua era.

★ ★ ★

Por supuesto, esas reflexiones estaban todavía lejos de mi cabeza cuando al día siguiente fui a ver a mi mejor amiga para ponerla al corriente del descubrimiento del anillo, de la inminente propuesta de matrimonio así como de la monstruosa mesa que se había apoderado de mi salón. Con todo lo que había sucedido el día anterior, incluida la estúpida riña que habíamos mantenido sobre la maldita mesa y sus gigantescas dimensiones, y que terminó con un comentario mío acerca de que al final el tamaño sí importaba, yo no había vuelto a pensar demasiado en lo que significaba realmente el descubrimiento de aquel anillo para nuestra relación.

Por supuesto, mentiría si dijera que no me había imaginado, en diversas ocasiones desde que nos conocimos, mi boda con Ben. A él me lo había imaginado con un elegante traje de lino, a mí con un sencillo a la vez que impresionante vestido largo y vaporoso, y a los dos pronunciando los votos mientras nos mirábamos con mutua adoración, y todo ello en una exótica playa de arena. Me había imaginado cómo sería Ben como padre: bondadoso pero justo, trabajador y diligente, sin ser opresivo.

Pero por muy divertidas que hubieran sido aquellas fantasías, la verdad era que nunca nos habíamos puesto a hablar en serio ni sobre bodas ni sobre niños. Sí que habíamos bromeado sobre extraños nombres de bebés: Ben se había mostrado firmemente inclinado hacia el nombre de Roy, y yo me había echado a reír, aunque esperando secretamente que hubiera estado bromeando, solo por si acaso. Pero casarnos y tener hijos no era algo que estuviera completamente al margen de nuestras posibilidades. Quiero decir que habíamos trabajado muy bien juntos mientras impulsábamos con gran éxito nuestro negocio de agencia de viajes para solteros y solteras de corazón roto, y hasta el momento la convivencia había sido muy fácil. Y, sin embargo, ninguno de nosotros había puesto sobre la mesa el asunto del matrimonio. Aún no, al menos.

En cierto sentido me alegraba de haber hecho el descubrimiento del anillo, dado que me había proporcionado tiempo para acostumbrarme a la idea y preguntarme a mí misma si nos encontrábamos en el momento en el que, evidentemente, Ben juzgaba que estábamos. No era que no quisiera casarme con mi inteligente, bueno y atractivo novio, quien para colmo era espectacular en el dormitorio, debido a mi última y amarga experiencia como novia plantada en el último momento por el anterior. Yo había estado plenamente decidida a casarme con Alex. Había planeado, pagado y organizado la boda, pero justo antes del gran día él me había confesado que me había estado engañando y lo había cancelado todo. El hecho de oírle pronunciar aquellas dolorosas palabras, «no puedo casarme contigo», había provocado el mayor cambio de mi vida.

Después de aquello me había largado de mochilera por el mundo, había conocido a Ben, me había enamorado, había fundado mi propio negocio y había descubierto que viajar curaba un corazón roto. Ahora estaba convencida de que, en realidad, Alex me había hecho un gran favor. Había sido una experiencia horrorosa y difícil, por supuesto, porque... ¿qué chica querría escuchar de alguien a quien amaba y respetaba que no la juzgaba digna de ser su mujer? Pero, con el tiempo, tenía la sensación de haberme curado a mí misma y, además, había descubierto que todos aquellos irritantes tópicos a los que la gente se agarraba, como aquel que decía que el tiempo lo sanaba todo, en el fondo eran ciertos.

Mi vida era ahora mucho mejor de lo que lo había sido nunca, gracias en buena medida a Ben y al éxito que habíamos conseguido con nuestro negocio conjunto. Quizá la no-boda con Alex hubiera constituido precisamente la clave, pero entonces... ¿cómo sería la boda del año con Ben?

—¿Me llevas por favor el cochecito? —me pidió Marie, sacándome de mis confusas reflexiones sobre el matrimonio—. Tengo otro dolor, uno más de los maravillosos efectos colaterales de mi condición de embarazada —masculló.

Caminábamos lentamente por el parque, y cuando digo «lentamente», soy literal: hasta los patos nos adelantaban. Marie estaba en misión de convertirse nuevamente en madre y yo me había olvidado de que me había comprometido a ayudarla hasta que me llamó aquella misma mañana. Solo le faltaban unas pocas semanas para salir de cuentas, pero estaba decidida a parir justo a tiempo. Era lo que le había pasado con su primer bebé. Iba a tener el segundo a su debido tiempo, contra viento o marea.

—Este embarazo no está yendo como el primero, así que necesito «mejorar mi juego» para quitármelo de encima cuanto antes —comentó Marie mientras yo me dedicaba a empujar el carrito cuidando de evitar los excrementos de perro.

Marie tenía una mirada de loca mientras hablaba. Una mirada que yo recordaba haber visto cuando ambas teníamos dieciocho años y ella estaba determinada a apurar toda una fila de chupitos en el bar de Waverley, con tal de ganar una camiseta gratis.

—Marie, estás hablando de un bebé. Ya sé que no soy una experta en la materia, pero… ¿no se supone que vienen cuando tienen que venir y no cuando quieres tú?

Me fulminó con la mirada. Claramente, los cambios de humor estaban empeorando.

—Georgia Green, puede que tenga hemorroides y pezones oscuros, y perdido la capacidad de retener orina cada vez que estornudo, toso o me río, pero esto, esto es algo que yo sé que puedo controlar.

Parecía una especie de tozuda mujer Michelin bajo las numerosas capas de ropa que envolvían su abultada tripa, caminando a mi lado como un pato.

—Todavía no me puedo creer que no sepas lo que vas a tener.

—Voy a tener un bebé, Georgia. ¿No te lo ha dicho nadie? —le sacó la lengua, bromista.

—Ja, ja. Quiero decir que… ¿no estás desesperada por saber si es niño o niña? Yo, desde luego, si un pene estuviera creciendo dentro de mi cuerpo, necesitaría saberlo.

—Bueno, las dos sabemos que yo ya he tenido sobrada experiencia en eso… —se echó a reír, como evocando aquellos despreocupados recuerdos de sus tiempos de soltera—. Bah, ahora en serio, no quiero estropear la sorpresa. Así me resultará todavía más mágico cuando él o ella haga finalmente su aparición —puso aquella soñolienta voz de hippie que solía usar para imitar a Lorraine, la bizca.

La bizca Lorraine. La típica mamá hippy madre tierra que daba clases de prenatal y solía sacar de quicio a Marie insinuando que había sido una mala madre para Cole y que ahora las cosas se hacían de manera distinta. Todo era «mágico» en el mundo de Lorraine.

Marie no era nada «mágica». Era una mujer práctica y, en aquel momento, la cosa más práctica que podía hacer era hacer todo lo posible por traer a su bebé sano y salvo al mundo a su debido tiempo. Era un objetivo concreto, pero, al mismo tiempo, representaba para Marie la única manera de demostrarle a la bizca Lorraine que no era ningún fracaso como madre.

—Pero si no sabes lo que vas a tener, ¿qué has comprado para el bebé? ¿No existe una especie de código no escrito de maternidad según el cual siempre te arruinas antes comprando una montaña de ropa rosa para niña y azul para niño?

Marie puso los ojos en blanco y suspiró.

—En estos tiempos hay ropa unisex para bebés, así que en este momento él o ella ya dispone de todo un guardarropa de amarillos, verdes y blancos. Solo espero que la gente reconozca su sexo solo con mirarlo, o mirarla.

Yo solté un resoplido burlón.

—Bueno, si yo estuviera en tu lugar, vestiría a mi bebé con disfraces de Halloween en miniatura. Es la única manera de proyectar una imagen de género neutral.

Marie soltó una carcajada.

—Gracias a Dios que no esperas ninguno. Yo no sé si a mi bebé le gustaría rememorar su primer año de vida para descubrir que se lo ha pasado vestido de murciélago o de calabaza.

—¡Sí, tal vez, pero sería estupendo! Dios mío, Marie, es increíble pensar que dentro de nada él o ella estará aquí compartiendo este cochecito con Cole —experimenté un extraño cosquilleo en el pecho mientras hablaba. Todo estaba cambiando. La vida de mi mejor amiga no volvería a ser la misma. Cuando se quedó embarazada de Cole, nos pasamos horas imaginando cómo sería, cómo crecería hasta convertirse en un adulto con personalidad... y preguntándonos también cómo sería convertirse en madre. Supongo que a una pequeña y egoísta aparte de mi personalidad le preocupaba que pudiera verme marginada de la vida de Marie una vez que otro ser humano se convirtiera en el centro absoluto de su mundo. ¿Cómo podía su mejor amiga competir con un ser así?

Decían que el amor de una madre no tenía igual, pero eso era algo que yo, al no ser madre, solo podía entender desde una perspectiva racional. En aquel momento la vida de Marie estaba a punto de experimentar un nuevo cambio, pero esa vez yo estaba menos preocupada por cómo iba yo a encajar en él, y más por el hecho de que mi vida también esta a punto de cambiar.

—Lo sé —sonrió Marie, cansada—. Y luego empezará la Operación Tejanos Ajustados.

La miré ceñuda.

—¡No me mires así! No pienso convertirme en una supermodelo, pero ansío recuperar el control de mi propio cuerpo. Además, si pienso cumplir con mi plan quinquenal, necesitaré adelgazar para el gran día.

—Ese gran día del que Mike no sabe nada —me burlé, y solté un profundo suspiro—. Es increíble pensar que hace tan solo unos pocos años las dos estábamos en posiciones tan distintas, y sin embargo de alguna manera tan parecidas, a las que estamos ahora: tú produciendo criaturas y yo...a punto de comprometerme.

Marie tardó algunos segundos en asimilarlo.

—¡Oh, Dios mío! ¿Qué? ¿Te vas a casar?

Los chillidos que soltó Marie hicieron que un solitario paseante de perros diera un respingo al otro lado del estanque.

Mi dedo anular empezó a latir de dolor en recuerdo de la tortura que había sufrido cuando mi amiga mencionó la palabra esencial.

—¡Cuéntamelo todo! —se había detenido en seco para agarrarme la mano en busca de alguna señal de anillo—. Espera... ¿dónde está el anillo?

—Bueno, er... en realidad todavía no estoy comprometida. Pero lo estaré...

Marie se me quedó mirando de hito en hito, como si yo hubiera perdido completamente el juicio.

—¿Que tu qué?

Yo suspiré y le conté la excursión a Ikea, el desembalaje de cajas, el descubrimiento del anillo y la lesión de mi dedo debido a mis intentos de sacármelo antes de que Ben me sorprendiera.

—¡Vaya! ¿Y cómo era?

—Maravilloso —me abracé a mí misma sin darme cuenta.

—¿Mejor que el primero que te regalaron? —Marie arqueó una ceja.

—Sí —conseguí recuperarme.

Ella asintió lentamente, como pensando en la mejor manera de formular su siguiente pregunta.

—¿Estás dispuesta a volver a pasar por todo eso? Ya sabes... ¿teniendo en cuenta lo que pasó la última vez? —preguntó al fin.

—Sí, por supuesto. Quiero decir... eso creo —ella me miró con expresión elocuente, y yo le devolví la mirada—. Quiero a Ben, y esta vez creo que mis sentimientos son completamente distintos de los que tenía hacia Alex. Es como si hubiera crecido para darme cuenta de qué es lo realmente importante en una relación. Además, ahora me conozco mucho mejor a mí misma. Ahora sé lo que quiero. Soy muy diferente de la antigua Georgia, es como si finalmente hubiera llegado a saber quién soy. Al menos, eso es lo que creo. De alguna manera, esto ha sido como una sorpresa.

—¿Lo crees? Georgia, este es un paso muy importante. Tienes que estar segura —se interrumpió—. Si te lo pregunto es porque yo fui la única que vio cómo todo se derrumbaba aquella última vez. No quiero que eso vuelva a sucederte nunca —se estremeció visiblemente.

Yo saqué pecho.

—Eso no va a ocurrir. Ben me quiere, y obviamente piensa que estamos preparados para dar este paso, porque de lo contrario no se habría tomado la molestia de comprar ese anillo...

—Estoy preocupada por ti, eso es todo.

Yo bajé la mirada a su abultada tripa.

—Bueno, pues ya somos dos.

—Tú sabes que quiero a Ben, y creo que es estupendo que estéis viviendo juntos, pero... ¿no te apetece, no sé, disfrutar sin más de esa experiencia en vez de lanzarte de cabeza al desquiciado mundo de los matrimonios? -debió de haber percibido algo en mi expresión, porque en seguida se apresuró a añadir—: Estoy encantada por ti... bueno, lo estaré cuando llegue el gran momento... lo que pasa es que no me gustaría que te sintieras presionada para tomar decisiones tan graves solo porque has visto un maravilloso anillo...

—Desde luego, tiene muy bien gusto en joyería —repuse yo—. Estoy de broma. No es solo lo del anillo. Entiendo lo que dices, también para mí ha sido una sorpresa. Por supuesto, imaginaba que algún día terminaríamos dando ese gran paso. Solo que no me había dado cuenta de que el «algún día» de Ben era ahora.

—Creo también que deberías pensar en las consecuencias que podría tener esto para Corazones Solitarios, en lo que significará para tu equipo trabajar para un matrimonio... y en los dramas de pareja que quizá salpiquen vuestra relación profesional...

Yo le había comentado a Marie que, aunque Ben y yo trabajábamos juntos de maravilla, a veces tenía que esforzarme para que pensara menos en el trabajo y más en nosotros. Ese era un precario equilibrio que resultaba especialmente difícil dado que Ben era del tipo de hombres que escondía celosamente sus cartas, sobre todo en lo que se refería a su familia. Yo ni siquiera conocía aún al clan de los Steven, algo que seguramente tendría que cambiar antes de nuestro gran día.

Me soplé los dedos para entrar en calor.

—Supongo que eso es algo que tendremos que considerar. Sé que ambos estamos mentalizados de que tenemos que hablar menos de trabajo, pero eso es más fácil de decir que de hacer, sobre todo con el entusiasmo que él tiene de que nos expandamos a Londres.

—¿Qué pasa? ¿No te gustan los cockneys?

Yo me eché a reír.

—¡No es eso! No tiene nada que ver con Londres ni con los londinenses. Es solo que se trataba de una decisión muy importante para la que, en mi opinión, aún no estamos preparados. Sí, podría reportarnos un montón de dinero y nuevas oportunidades, pero al ritmo actual de crecimiento que llevamos, y sacando como estamos sacando un gran beneficio del local de Manchester, no sé si eso nos compensaría el estrés y el riesgo de montar otro en otra ciudad. Ben es un soñador nato, y está seguro de que triunfaríamos, mientras que yo intento ser más racional, más prudente. Este es el único aspecto en el que no coinciden nuestros puntos de vista.

—Lo más grande no tiene que por qué ser siempre lo mejor —apuntó Marie, y se llevó una mano a la boca—. ¡A no ser que estés embarazada, como yo! —exclamó riendo—.

—Ya —yo me sonreí y sacudí la cabeza, pensando en la gigantesca mesa de comedor que se había apoderado de nuestro piso—. No lo sé. La decisión de Londres es demasiado importante, y tenemos enfoques diferentes al respecto.

—¿Sabes? Lo que a mí me parece es que no estás precisamente muy preparada para casarte con Ben, si ni siquiera coin-

cidís en el rumbo que queréis dar a vuestro negocio —arqueó las cejas y se cerró mejor el abrigo—. Creo que necesitas un plan. ¡Y yo sé lo mucho que te encantan los planes!
—¿Qué clase de plan? ¿Uno que consiga que mi novio se abra más a mí y yo pueda convencerlo de que lo de Londres no es una buena idea?

Marie se encogió de hombros.

—Quizá necesitéis alejaros por un tiempo de la rutina... No sé, cogeros unas vacaciones o algo antes de que tú tomes alguna decisión sobre Londres o sobre vuestro futuro como pareja. De esa manera podrías salir de Manchester, además de que un cambio de escenario te proporcionaría la oportunidad de contarle lo que piensas hacer. Y de decidir si estás preparada para comprometerte con él de forma permanente e incluso tener un montón de hijos guapísimos...

Solté un resoplido escéptico.

—Lo de los hijos te lo dejo a ti, de momento. Aunque unas vacaciones en alguna soleada y exótica playa resulta una perspectiva de lo más idílica.

Desvié la mirada hacia el lastimoso y descuidado parque infantil hacia el que nos dirigíamos. Un desolado y descascarillado columpio se balanceaba con la fría brisa. Afortunadamente Cole seguía en el país de los sueños, ahorrándonos así la molestia de tener que pasar más tiempo del necesario en tan deprimente lugar. ¿Había algo más triste que un parque infantil sin niños? A la luz grisácea de aquella mañana tenía un aspecto aún más abandonado. Sobre todo teniendo en cuenta el estado del estanque cercano, con bolsas vacías de patatas regadas por sus orillas y latas de cerveza flotando en la superficie de sus aguas turbias.

—Ummm. Tú sigue diciéndote eso. Sé que no querrás oírlo, pero tu reloj biológico no tardará en decirte otra cosa.

—Ahora mismo estás hablando como mis padres —me eché a reír y enlacé mi brazo con el suyo, en busca de un calor extra—. Volvamos a lo tuyo. ¿Te pone nerviosa la perspectiva del gran día?

—¿Cuál? ¿La boda? —me miró sorprendida.

—¡No! —me llevé una mano enguantada a la frente. Aquellas charlas sobre bodas eran sencillamente terribles—. Marie, antes de la boda, está el compromiso...

—Ah, ya —se encogió de hombros—. Eso lo doy por hecho. Mike ya me lo pedirá. Apuesto a que hay estudios científicos que demuestran que hay más parejas que se comprometen en matrimonio después de haber tenido un bebé que en cualquier otro momento de su relación. Quiero decir que, llegados a ese punto, los hombres se quedan pasmados ante la perspectiva de que vayas a sacar a su hijo de una pieza por tus partes femeninas. Ya no puedes meter la pata.

—Yo no tengo ninguna duda de que te calzará el anillo en el dedo antes de que termine el año. Pero no, me refería al parto. ¿No estás ni un poquito cagada de miedo ante la perspectiva de repetirlo? —le froté los brazos: podía ver que los tenia tensos de empujar el cochecito. El parto de Cole no había sido fácil. Habían surgido complicaciones y habíamos estado muy cerca de perderlos a los dos, un recuerdo que hacía tiempo que habíamos barrido bajo la alfombra pero que, sin embargo, aún me provocaba escalofríos.

Nunca había visto a mi mejor amiga tan angustiada como cuando su hijo primerizo estuvo bajo observación durante los días que siguieron a su dramática llegada. A pesar de que su rápida recuperación fue calificada de «milagrosa» por los médicos, Marie quedó destrozada porque se culpaba de la aterradora manera en que su hijo había llegado al mundo. Se había torturado a sí misma contemplando su frágil y diminuto cuerpecillo atado a tubos y cables en la incubadora, y repitiéndose en voz baja que no se había cuidado lo suficiente durante el embarazo. Y ello porque no había descubierto que estaba encinta hasta las catorce semanas, de manera que era posible que le hubiera causado un daño irreversible bebiendo más de la cuenta en el par de noches que había salido por aquellas fechas.

Pero todo aquello no eran más que tonterías, y los médicos se hartaron de asegurarle de que la culpa no había sido de nadie, que eran cosas que pasaban sin más. Sin embargo, hasta que Cole no salió de la incubadora, Marie no pudo descansar tranquila. Había sido por eso por lo que Marie había sido tan estricta consigo misma durante aquel último embarazo; esa vez estaba siguiendo todas las instrucciones al pie de la letra. Hasta Mike había perdido la paciencia un par de veces, diciéndole que cesara de preocuparse tanto y empezara a disfrutar del proceso, pero Marie se había mostrado inflexible en su decisión de compensar de esa manera la experiencia que había tenido con Cole. Esa vez lo estaba planificando todo al detalle, con la esperanza de que saliera perfecto.

Yo no podía saber si era debido a la mortecina luz del parque, pero el caso era que de repente parecía haber palidecido de golpe.

—Bah —se apartó un mechón rojo brillante de la cara y tragó saliva.

—¿Marie? No pasa nada por sentir miedo —le comenté con tono dulce.

Ella se detuvo y se volvió para mirarme. Las lágrimas asomaban a sus ojos cansados y tenía la punta de la nariz enrojecida de frío.

—Tengo mucho miedo, Georgia. Pero no puedo permitirme dejarme llevar por el pánico. Ya he pasado por esto una vez y sé cómo es, pero de alguna manera me resulta aún más aterrador precisamente porque sé exactamente qué esperar. Perdona esta juego de palabras de mal gusto, pero sé perfectamente que esto no va a ser un simple paseo por el parque —soltó una carcajada que yo no reconocí como suya. De repente, la pelirroja rebelde e impetuosa que tenía por amiga volvió a ser la flacucha adolescente desesperada por sacar sobresalientes a la que tanto había querido y apreciado. La abracé con fuerza, algo difícil de hacer con las numerosas capas de ropa que llevaba encima y lo abultado de su tripa.

—No es malo sentir miedo. Pero todo saldrá perfecto. Estoy segura de ello.

Ella se sorbió la nariz y se la limpió con la manga del abrigo. Gracias. Espero que tengas razón. Todo el mundo dice que el resultado final justifica cualquier preocupación, pero... ¡es que es todo tan molesto y duele tanto! Es lo que quería decir cuando te comenté que no sentía mi cuerpo como si fuera mío. Yo no tengo ningún control sobre lo que pueda suceder. Lo único que puedo hacer es esperar que todo marche según manda la biología...

Yo asentí con gesto ferviente.

—Todo saldrá de maravilla. Probablemente Mike te pedirá matrimonio en el preciso instante en que vea el precioso regalo que vas a darle.

Sus labios se curvaron en una lenta sonrisa.

—Al menos eso me ahorrará tener que hacer las tareas domésticas durante un par de meses.

Yo sacudí la cabeza.

—¡La verdad es que no sé cómo te las vas a arreglar con dos criaturas tan pequeñas! Quiero decir que el solo hecho de encargarme de mí misma ya me resulta agotador... —lo malo era que no lo estaba diciendo en broma—. ¡Deja de reírte, estoy hablando en serio!

Marie me palmeó cariñosamente un brazo.

—Tu vida es estupenda y lo sabes. Me llena de envidia saber que puedes organizarte unas vacaciones de buenas a primeras, salir a tomar unas copas el fin de semana o incluso salir de casa sin un plan preparado al milímetro, como yo. No dejes pasar demasiado tiempo antes de incorporarte a mi club. Quiero decir que quizá la bizca Lorraine tenga razón... ¡La maternidad es algo condenadamente mágico!

Ambas estallamos en carcajadas y volvimos a emprender la marcha, esta vez para volver a su casa con la perspectiva de saborear una buena taza de té con un par de chocolatinas. Mientras caminábamos fatigosamente por el embarrado camino que llevaba a la calle principal, no podía estar segura del motivo por el que seguían acechándome aquellas dudas. Me encantaba salir con mi mejor amiga, pero Marie tenía la costumbre de decir siempre la verdad, y en ocasiones aquellas dosis de realidad me resultaban algo difíciles de asimilar. Quizá ella tuviera razón. Quizá no debería pensar en casarme con Ben cuando eran tantas las preguntas sin respuesta que se interponían entre nosotros.

Toda aquella conversación sobre la maternidad y los bebés me había dejado inquieta. Como si tuviera la sensación de que aún no estaba preparada para tener hijos, aunque el matrimonio no estuviera descartado. Y sin embargo tal vez Marie tuviera razón: por muy amada que me sintiera por Ben, apenas acabábamos de mudarnos a una misma casa y apenas estábamos empezando a conocernos el uno al otro. Quizá necesitara acallar por un momento las campanadas de boda que habían empezado a sonar en mi cabeza para pensar de manera racional sobre lo que ese compromiso significaría para los dos, y sobre los cambios que ello entrañaría. Cuando las cosas marchaban tan bien, ¿qué necesidad había de cambiarlas?

CAPÍTULO 4

Bisoño (adj.): Inmaduro o carente de sofisticación adulta

—¡Todavía no me puedo creer que os hayáis comprometido! —chilló Shelley.

Yo lancé una elocuente mirada a Marie.

—¿Qué pasa? No podía no decírselo —alzó las manos a la defensiva.

—Bueno, todavía no lo estamos —repuse, alisándome la falda—. Y, por favor, no se lo cuentes a Jimmy. Sería horrible que Ben descubriera que lo sé y arruinar así la petición que tiene planeada —esbocé una mueca.

Shelley puso mis manos sobre las suyas y asintió con gesto solemne.

—Te lo juro por mi honor de scout girl. ¡Pero es que esto es tan excitante...! ¿Dónde te gustaría casarte? ¡Ah, ya lo sé! ¿Qué me dices de Tailandia? ¿Dónde os conocisteis? ¿Dónde pensáis casaros? Puedo veros perfectamente a los dos caminando de la mano por las blancas arenas de Koh Lanta para la ceremonia, y volver luego a la Mariposa Azul para la jarana de después. Estoy segura de que Dara estará encantada de ayudaros, aparte de que Chef podría hacer una tarta magnífica. Oh, y luego podríais bailar los dos a la luz de las estrellas, con las luces apagadas… —miró mi rostro y el de Marie como si hubiera perdido el guion—. ¿Qué pasa? ¿No os parece excitante?

—Sí, por supuesto que sí. Lo que pasa es que estoy algo recelosa después de lo que pasó la última vez —cuando volví de casa de Marie, había estado pensando en lo que me había dicho. Ella tenía razón en estar preocupada. Necesitaba pensar con el corazón y con la cabeza, en vez de dejarme cegar por el espléndido anillo que Ben tenía previsto regalarme.

—Ah, claro. Pero los dos estáis hechos el uno para el otro. No puedes dejar que el pasado gobierne tu corazón.

Yo sonreí a mi amiga australiana. Nos habíamos conocido cuando estuve viajando de mochilera por Tailandia y no podía ya imaginar mi vida sin ella.

—Lo sé; disfruto enormemente de cada minuto que pasamos juntos

—¿La convivencia está marchando bien? —Shelley esbozó una mueca—. Bueno, aparte de vuestra gigantesca mesa de comedor.

Yo puse los ojos en blanco.

—¡Sí, aparte de eso, estupendamente!

Yo seguía maravillada de tener a un hombre tan increíble por compañero cuando descubrí bien pronto que, además, estaba perfectamente capacitado y dispuesto para las tareas domésticas. Aquello supuso una auténtica sorpresa, ya que Alex, por el contrario, nunca había usado antes una aspiradora o una plancha. Alex había sido el típico niño mimado por una madre que se lo había dado todo y que había esperado que su futura nuera siguiera ese patrón, cosa que yo, estúpidamente, hice. Ben, en cambio, era perfectamente autosuficiente: cocinaba, hacía las compras sin lista y planificaba detalladamente las visitas al supermercado, e incluso limpiaba el baño sin que yo tuviera que andar detrás de él.

—¡Vaya! Jimmy puede llegar a ser un poco cerdo, siempre se deja la tapa del váter abierta —Shelley se echó a reír—.

Bueno, si Ben anda pensando en el matrimonio y tú no te muestras del todo opuesta a la idea, entonces quizá necesites pensar en los aspectos que te quedaría por trabajar con él —sugirió Shelley.

—Sí. Como por ejemplo si hay algo que quieras saber de él que todavía no sepas...

—Bueno, todavía no he conocido a su padre, pero eso es algo que depende más bien de la logística y de no haber encontrado el momento adecuado, supongo.

—Oh, claro. Su madre lo abandonó, ¿verdad? —recordó Marie, llevándose una mano al pecho.

—Sí —sacudí tristemente la cabeza—. Se marchó de casa cuando él era pequeño y la verdad es que eso es lo único que he conseguido sacarle.

—Bueno, entonces tendrás que hacerlo. Se pueden saber muchas cosas de una persona a partir de los padres que tiene y del tipo de relación que mantiene con ellos.

—¡Oh, Dios, sí! ¿Te acuerdas de cuando estuve saliendo con Shane? —me preguntó Marie. Los recuerdos de haberme sentido de más mientras ellos se besuqueaban en cualquier local nocturno me volvieron de golpe.

—Uf, nunca me cayó bien. Siempre pensé que estaba demasiado... necesitado —repuse, estremeciéndome.

Marie alzó un dedo en el aire.

—Bueno, pues diste en el clavo, y todo ello podía explicarse por la manera en que comportaba cuando estaba su madre. En serio, cada vez que iba a casa de sus padres, era como si ella estuviera esperando a que él se enganchara a su pecho. Era un absoluto niño de mamá y, yo no sé tú, pero para mí aquello era horrible. Os juro que seguía besándola en los labios.

—¡Ajjj! —gritamos Shelley y yo.

—Es por eso por lo que conocer a tus futuros suegros es tan importante.

—De acuerdo. Entonces, una vez que conozca a su padre ¿qué es lo que sigue?

Yo entrecerré los ojos mientras pensaba a fondo sobre todo ello.

—Bueno, supongo que, aparte de habernos conocido en Tailandia, no hemos viajando a ningún sitio juntos. Todos los viajes de trabajo que hemos hecho han sido por separado, para poder vigilar la oficina.

—¡Pues tenéis que hacerlo! Además, ahora tenéis a Conrad… ¿no es eso para lo que está, para encargarse de la oficina mientras vosotros dos viajáis por el globo como dos trotamundos?

Yo asentí lentamente. Conrad era el típico tipo de Yorkshire, directo y desenvuelto que habíamos contratado como gerente, pero que parecía ocuparse de todo, desde consolar a desconsoladas clientas de corazón roto hasta imponerse a los broncos trabajadores de mantenimiento. Había venido fuertemente recomendado por otra agencia de viaje, había viajado por el mundo en una antigua vida como tripulante de cabina… Algo, por cierto, que no terminaba de entrarme en la cabeza, porque… ¿cómo alguien tan sumamente fornido podía evitar quedarse encajado en el pasillo de un avión? Además, le encantaba maldecir y soltaba lascivos e hilarantes comentarios, lo cual mantenía el espíritu del equipo bien alto, aparte de llamar siempre a las cosas por su nombre. Representaba el fichaje perfecto del «escuadrón de los corazones solitarios», como nos llamaba Kelli.

Marie se acomodó mejor en el enorme cojín sobre el que estaba despatarrada.

—Dicen que realmente no conoces a alguien hasta que no viajas con él. Puede que tenga pánico a volar o que sea adicto a los baños de sol…

Yo me eché a reír.

—No me imagino a Ben levantándose a las cuatro de la madrugada para poner la toalla en la playa y reservar un sitio.

—Ya, pero no sabes si…

Shelley se arrancó a hablarnos de las vacaciones que una amiga había pasado una vez con su novio. La relación con el novio acabó en ruptura debido a que él se había pasado más

tiempo obsesionado con la agente de viajes que con ella. Ella se los había encontrado juntos en la cama al tercer día de viaje y había tenido que pasar el resto de la semana comiendo con un amable matrimonio mayor, sueco, que la había acogido bajo su ala.
—Eso puede llegar a ser un campo de minas. Cuando te vas de vacaciones, la gente se imagina el típico viaje romántico en el que todos los problemas que tienes en casa desaparecen. Cuando la verdad es que te llevas contigo los miles de kilómetros que teóricamente te separan de tu casa, y que esos problemas se magnifican aún más en un entorno extraño y poco habitual.
—Pero, si no puedes disfrutar de un viaje a alguna idílica playa tropical, sin otra preocupación que untarte crema y elegir el libro que vas a leer, entonces es que no eres capaz de disfrutar de ningún lugar. Eso es como la prueba definitiva.
Me sonreí.
—Sí, quizás. Pero Ben y yo trabajamos juntos, vivimos juntos y hablamos de viajes todo el día, cada día, así que honestamente no creo que vayamos a tener problema alguno durante nuestras vacaciones.
—Así podríais sacar algún tiempo para hablar con tranquilidad de ese asunto de Londres que tanto te está inquietando.
Yo asentí.
—Sí, las dos tenéis razón. Nuestras primeras vacaciones como pareja tendrían que ser una prioridad en nuestra lista de tareas. Oh, ¿te importaría pasarme un trozo?
Señaló con la cabeza la caja de pizza que descansaba sobre las rodillas de Shelley. Marie, Shelley y yo habíamos convocado una reunión de chicas en casa de la primera. Era una reunión espontánea e improvisada, como la que esperaba hacer algún día con Ben. Apenas nos habíamos visto fuera del trabajo después del asunto de la mesa gigantesca del comedor. Habíamos firmado una tregua y ambos habíamos desarrollado la habilidad de esquivar la cosa, tanto literal como figurativamente.

—Entonces, ¿qué anda haciendo el chico de oro esta noche? —preguntó Shelley como si me hubiera leído el pensamiento. Tenía un buen pedazo de pizza dentro de la boca.

—Saliendo con una amistad suya, no sé muy bien a dónde —yo me encogí de hombros al tiempo que recuperaba una huidiza aceituna que había resbalado de mi trozo.

—¿Una amistad? —Shelley arqueó una ceja—. Bueno, no puede ser Jimmy, ya que ahora mismo está dando una clase de gimnasia intensiva a un grupo de gays, algo que no creo que le interese lo más mínimo a Ben.

—No me dijo a dónde iba, solo que había quedado con una antigua amiga que acaba de trasladarse a Manchester.

—¿Una amiga? —las cejas de Marie habían alcanzado en aquel momento la misma altura que las de Shelley, amenazando ambas con confundirse con la línea del nacimiento del pelo. Yo asentí con la cabeza—. Tu amigo, er... tu futuro prometido, se ha citado con una mujer que no conoces en un lugar que tampoco conoces... ¿y tú no tienes ningún problema al respecto?

Puse los ojos en blanco.

—Tengo confianza en él —incluso después de lo que había sucedido con Alex, yo confiaba en Ben. Mucho me había costado llegar a aquel punto, pero ambos compartíamos la cosa más importante que había en mi vida, nuestro negocio, así como nuestro dormitorio, y no habríamos llegado tan lejos si no hubiéramos tenido plena confianza el uno en el otro—. Y no se trata de una cita. Dios mío, ¡a veces os ponéis tan melodramáticas...!

—Ya, puede que confíes en él, pero... ¿no sientes ni un poquito de curiosidad por ella? —Shelley acababa de comerse su trozo de pizza y se apoderó de mi teléfono con gesto decidido—. Bueno, ¿cómo se llama?

Yo me reí ante lo absurdo de la situación.

—No voy a rastrearla en Facebook. Ya os lo dije, confío en él.

—Tú no vas a rastrearla en Facebook: nosotras sí —dijo Marie con un brillo en los ojos ante la perspectiva de un cotilleo de verdad que no estuviera relacionado con madres y bebés—. ¿Nombre?

Estaba claro que no pensaban cejar. Incluso habían puesto en pausa el vídeo del antiguo episodio de *Sexo en Nueva York* que había estado sonando de fondo, con tal de concentrarse en la tarea.

Yo suspiré y cerré los ojos, pensando. Ben solo me había mencionado aquella salida a modo de comentario pasajero, dando al hecho tan poca importancia como probablemente merecería. Pero, al parecer, según aquellas dos, se suponía que yo tenía que comportarme como una psicópata celosa. No: aquellos juegos no me interesaban en absoluto. Tener una relación con todo lo que conllevaba, incluido el descubrimiento de los respectivos límites de cada quién, ya era a veces lo suficiente duro como para encima ponerse a hurgar en detalles morbosos.

—¿No estabas ni siquiera un poquitín intrigada por saber más? —presionó Shelley.

—De verdad que apenas he pensado en ello. Ben me lo comentó como si fuera una cita con un cliente, así que no me puse a analizar lo que quería decir.

—Pues yo, antes de que hubiera terminado de hablar, habría averiguado hasta su talla de sujetador —dijo Marie sin una sombra de humor.

Empecé a pensar que quizá debería haberme preocupado un poco más. A la vista de sus caras, parecía como si debiera tomarme todo aquello más en serio.

—Nada más lejos de mi intención que preocuparte, pero dijiste que últimamente se había mostrado contigo más reservado que lo habitual —apuntó Marie.

Maldije para mis adentros, ¿por qué su amiga tenía que tener aquella memoria de elefante? Eso era verdad, pero yo había atribuido su silencio al hecho de no haber sido capaz de tomar correctamente las medidas de la mesa, o incluso a que había estado tramando secretamente su petición de matrimonio. Ahora, en cambio, sí que estaba preocupada.

—Alice no-sé-qué —dije yo, recordando de pronto que, cuando Ben me lo dijo, me había parecido un nombre bonito.

—De acuerdo. ¡Me pongo con ello! —exclamó Shelley al tiempo que abría mi aplicación de Facebook, mientras Marie se mordía el labio inferior y se frotaba la abultada tripa.

—Todo esto es una tontería. Es verdad que Ben ha estado un poco silencioso últimamente pero...

—Y habéis estado discutiendo sobre si abrir una oficina en Londres o no —dijo Marie.

—Bueno, no, en realidad no hemos discutido —me volví para mirarla—. Solo ha sido un ligero punto de fricción, eso es todo, pero eso no quiere decir que se haya puesto a tener sexo con antiguas amigas...

—¡La he encontrado! —sonrió Shelley, olvidándose de que lejos de estar poniendo a prueba sus habilidades en un concurso de televisión, estaba curioseando en mi vida privada—. Ah. Mierda.

—¿Qué? —pregunté yo, estirando el cuello para poder ver la pantalla de teléfono. Marie contuvo el aliento y me bloqueó la vista cuando se inclinó para ver lo que Shelley estaba señalando—. ¿Qué pasa?

Shelley me pasó lentamente el teléfono. Oh, Dios. La tal Alice era una mujer absolutamente despampanante.

—¡Vaya! —exclamó Shelley—. Alerta La Mujer Maravilla —se volvió para lanzarme una compasiva mirada al ver la cara que puse a la vista de aquella potencial modelo de Victoria's Secret, cuyo rostro llenaba la pantalla de mi móvil. Así que aquella era la «antigua amiga» con la que estaba saliendo aquella tarde mi novio—. Pero no pasa nada. Sí, puede que sea la mujer más atractiva del mundo, pero, si tú confías en Ben, no tienes por qué preocuparte.

—¿Seguro que es ella? —pregunté yo lentamente.

—Es la única Alice que aparece en las amistades de Ben —respondió Shelley, esbozando una mueca.

Alice Sherman aparecía apoyada en la barandilla de una terraza con una exótica playa al fondo. Tenía la cabeza echada hacia atrás mientras lanzaba una natural carcajada, entrecerrados los ojos de felicidad, con su reluciente cabello castaño bailando al viento y acariciando sus bronceados hombros. No tenía el menor defecto, con las curvas adecuadas en los lugares adecuados que quedaban acentuadas por el clásico vestido chifón que lucía. Parecía el tipo de chica que un hombre podría llevarse perfectamente a su casa para presentarla a su mamá y, al mismo tiempo, ser de lo más guarra en la cama. Estupendo.

Me quedé contemplando su foto de perfil durante más tiempo del necesario, castigándome mentalmente mientras comparaba su cuerpo con el mío. Sabía cuál preferiría si hubiera nacido con pene.

—Quizá se trate solo del ángulo de la foto. Todo el mundo elige la mejor imagen para su foto de perfil —Marie intentó verlo desde el lado positivo.

—¡Mira sus otras galerías de fotos! —dijo Shelley, mientras yo pasaba el dedo por la pantalla—. ¡Menos mal que existe gente en Facebook que lo comparte todo y no esconde nada!

Los otros álbumes de Alice eran una colección de imágenes etiquetadas, antiguas fotografías de vacaciones y salidas con amigos, en las que tenía un aspecto más natural pero aun así asquerosamente despampanante.

—Ya, puede que sea la persona con la que yo querría cambiarme la cara si llegara a tener un horrible accidente de coche —admití—. Pero eso no quiere decir que haya algo entre Ben y ella

Nada deseosa de ver más fotos y mandar así del todo a pique mi autoestima, dejé mi teléfono sobre la mesa. Marie lo recogió de nuevo al instante y continuó curioseando mientras Shelley me rellenaba la copa hasta el borde y escuchaba mi perorata sobre lo mucho que confiaba en mi novio.

—¡Espera! —gritó Marie, interrumpiéndome.

Shelley y yo alzamos nuestras cabezas al mismo tiempo, como un resorte.

—¿Qué? —inquirí yo, sintiendo un extraño cosquilleo corriendo por mis brazos mientras ella me devolvía el móvil.

—Alice no es solo una antigua amiga… —hizo una pausa de efecto dramático—. Es su exnovia.

Esperé a que se cargara la página. Al final había un par de galerías mucho más antiguas en las que aparecía una más joven y sonriente Alice abrazada a un juvenil Ben. Mi Ben. En otras imágenes aparecían tomados de la mano, o besándose, mientras un tipo de pelo en punta aparecía por detrás haciendo la señal de la paz con los dedos. Experimenté una extraña y dolorosa sensación en el fondo del estómago. ¿Por qué había quedado mi novio con su ex? ¿Y por qué no me había dicho nada?

—Oh, vaya —dijo Shelley, en el fondo mínimamente consolada de que su novio estuviera en aquel momento entrenando a un grupo de gays en lugar de evocando viejos tiempos en compañía de una belleza como aquella.

—¡Mierda! —exclamé de pronto.

—¿Qué has hecho? —Marie se inclinó hacia mí, tanto que golpeó mi copa con su tripa, derramando un poco de vino sobre mis piernas.

—¡Creo que he pulsado accidentalmente un «me gusta» en una foto en la que aparecía ella en un cementerio de elefantes! —expliqué en estado de pánico.

—¡Rápido, dale al «no me gusta»! ¡Dale al «no me gusta»! —gritó Marie.

—Estoy en ello —gemí, pero la imagen se había quedado congelada y no estaba ya muy segura de lo que había hecho—. Oh, Dios mío, ¿podrá ver que he sido yo? —me sentía mareada de solo pensarlo.

Shelley me arrebató el teléfono para comprobarlo.

—No pasa nada, no le habías dado, bueno, sí que le diste, pero ahora no aparece y ella solo se habría dado cuenta si hubiera estado conectada en ese momento. Pero, como no eres amiga suya de Facebook, no lo sabemos de seguro.

Aquello no me proporcionaba demasiada confianza.

—No te preocupes. Anda, toma más vino —me dijo Shelley, rellenándome la copa de nuevo—. Intenta no pensar en ello. ¡Ese hombre va a proponerte matrimonio, por el amor de Dios!

Asentí, con ganas de cambiar de conversación.

—Sí, tienes razón. Bueno, ¿qué tal te van las cosas? —le pregunté a Shelley en un intento de sacarme a Ben de la cabeza. ¿Desde cuándo me había convertido en una novia celosa y angustiada?

Mi amiga torció entonces el gesto.

—Bueno, la verdad es que tengo una noticia nueva...

Se hizo un silencio mientras ella, vacilando, se dedicaba a rascar el corcho de la botella. De repente Marie quedó absorta arrancándose el pellejo de un dedo, como si supiera algo que yo ignoraba. Shelley se volvió para mirarme y aspiró profundo.

—No sabía muy bien cómo decirte esto, pero...

Cuando alguien pronuncia una frase de ese tipo, es seguro que la segunda parte de la misma no va a ser agradable. Un escalofrío me recorrió la espalda mientras Shelley miraba a Marie y tragaba saliva.

—¿Shel? Me estáis asustando las dos. ¿Qué es lo que pasa?

—Georgia... me vuelvo a Australia. A vivir allí. De manera permanente.

El mundo pareció paralizarse por un instante.

—¿Qué? ¿Te vas? ¿Jimmy y tú? —escruté su rostro a la espera de ver aparecer su característica sonrisa, señal de que estaba bromeando. Pero su cara continuaba seria y ligeramente pálida.

—Sí. Me han ofrecido un trabajo allá y Jimmy está gestionando la visa. Ya tiene varias entrevistas concertadas para trabajar de entrenador personal, así que nuestra idea es consolidar la relación, o incluso casarnos...

—Oh, vaya. Oye, es una noticia bomba… —me interrumpí para ganar tiempo y poder asimilarlo.
Ella esbozó una mueca y alzó su copa de vino.
—La otra cosa es que esas ofertas de trabajo van a salir pronto, con lo que nos iremos… dentro de un mes.
—¡No! ¡Un mes! ¿Y tú lo sabías? —me volví hacia Marie que, evidentemente, estaba al tanto de todo, a juzgar por su ceñuda expresión.
Shelley saltó como un resorte para librar a su amiga de contestar.
—Me preocupaba cómo te lo tomarías tú. Quise pedirle consejo a Marie antes de decírtelo. Te conoce desde hace tanto…
Permanecí sentada en mi silla, decepcionada de que mis dos mejores amigas hubieran tenido que reunirse para decidir cómo contarme una noticia tan trascendental como aquella.
—Ya. Quiero decidir… ¡Vaya! ¡Shel, estoy encantada por ti! —dije unos segundos después, probablemente más de los que debería haber tardado—. ¡Es tan fantástico...!
—¿Estás segura? —me preguntó ella, apartándose del abrazo que acababa de darle.
—Claro. Quiero decir, es una gran noticia. ¿Quién no querría irse a vivir a Australia? Vaya. Qué excitante. Es maravilloso —dejé escapar entonces una risa tensa, que combinaba muy bien con mi voz chillona—. Es maravilloso. ¡Deberíamos pedir champán! —anuncié mientras me levantaba, súbitamente deseosa de respirar aire fresco—. ¡Voy al supermercado ahora mismo!
—Georgia. ¿Seguro que estás bien?
—¡Por supuesto que sí! ¡Esto hay que celebrarlo! ¡Ja, ja, miraos las dos! De verdad que no tenéis motivos para preocuparos. Estoy bien. Mejor que bien —balbuceé, hurgando en mi bolso en busca de mi cartera. ¿Dónde diablos estaba?
—Georgia —dijo firmemente Marie, poniéndome una mano sobre el brazo—. Espera un momento.
—Estoy bien. ¿Por qué no habría de estarlo? Quiero decir, mírate tú, una mamá estupenda y guapísima, mira luego a Shel,

dispuesta a vivir a miles de kilómetros de aquí, y mírame a mí, que... —era demasiado tarde. Las lágrimas habían empezado a brotar y la situación me superaba. Estaba perdiendo a mis dos mejores amigas a manos de la vida real y continuaba sin saber qué dirección estaba siguiendo la mía.

—Ay, cariño, ven aquí —Shelley intentó pasarme un brazo por los hombros, pero yo me aparté y me enjugué bruscamente las lágrimas con la mano.

—Estoy bien. Perfectamente. En serio. ¿Queda más vino? —pregunté, con un tono algo suave—. Simplemente me estoy poniendo un poco tonta...

—Es evidente que no estás bien —Marie sacudió la cabeza—. Puede que quede alguna botella en el armario de las bebidas de la cocina. No he vuelto a abrirlo desde que me quedé embarazada.

Yo miré la botella casi vacía de vino que habíamos traído con nosotras.

—Oh, de acuerdo. Bueno, entonces, ¿a quién le apetece uno de los cócteles especiales de Georgia? —pregunté, dirigiéndome a la cocina. Nadie me siguió.

No tardé en estar de vuelta en el salón con una copa de mi cóctel especial que había preparado en un tiempo récord, y que básicamente consistía en un sirope verde con alcohol que había encontrado en el armario de Marie mezclado con unas gotas de Bailey. Era lo mejor que pude conseguir, pero no me importaba. A juzgar por el tiempo que habían estado aquellas polvorientas botellas en el armario, el alcohol debería haberse triplicado, ya que el cóctel resultante era de lo más fuerte. Justo lo que necesitaba.

—¡Os lo estáis perdiendo! —dije, bebiendo un buen trago. No sabía nada bien—. Bueno, el tema de Australia... ¡cuéntamelo todo! —logré pronunciar, deseosa de retomar la conversación e ignorando deliberadamente sus expresiones.

—Bueno, en principio yo pensaba irme sola de manera que Jimmy se reuniera más adelante conmigo, cuando pudiera, pero luego pensamos: ¿por qué no nos vamos juntos? Yo ya he notificado mi marcha en el trabajo y Jimmy ya está rescindiendo sus contratos.

—Ben se quedará destrozado —murmuré. Jimmy era su mejor amigo desde hacía años. No era solo yo la que salía perdiendo—. ¿Cuándo se lo piensa decir?

Shelley deslizó un dedo por el borde de su copa vacía.

—Ya lo ha hecho.

—Espera un momento. ¿Ben lo sabe y a mí no me ha dicho nada? —aquello empeoraba aún más la noticia.

—Creo que Jimmy le pidió que no te dijera nada hasta que yo tuviera la oportunidad de hablar contigo. No quería que te enteraras por terceros —sus mejillas se habían encendido mientras hablaba.

Marie se removió en su silla. Yo no sabía si era porque se estaba moviendo el bebé o por lo incómodo del ambiente.

—Oh. Ya —no estábamos celebrando nada. Parecía más bien como si estuviéramos lamentando el fin de una era—. Bueno, al menos eso demuestra que Ben es bueno guardando secretos —se me escapó una falsa carcajada.

—Todos los hombres tienen secretos, al igual que nosotras. Mientras no nos hagamos daño en la pareja, no pasa nada. Quiero decir que… tú amas a Ben, ¿no? —me preguntó de pronto Marie.

—¿Qué es el amor? —exclamé al tiempo que abría los brazos, derramando de paso unas gotas de mi cóctel especial en los cojines del sofá.

—Necesitas hablar con Ben de todo esto, cariño —me aconsejó Marie, ignorando las señales de lo mucho que me estaba afectando la copa.

—Sí, ya lo sé, pero no ahora —masculló, arrastrando las palabras.

Mi mejor amiga estaba a punto de alumbrar a un nuevo ser humano, y mi otra mejor amiga se disponía a empezar una nueva vida con su enamorado novio, mientras que el mío estaba saliendo precisamente en aquel momento con su despampanante ex. Además, se había enterado de la bomba que había dejado caer Shelley y no me había dicho nada. Pero yo había encontrado el anillo de compromiso que pensaba regalarme, así que... ¿para qué preocuparse? ¿Por qué tenía que preocuparme eso tanto? Incluso en mis más felices momentos, cuando estaba segura de haber conseguido y experimentado cosas que el común de los mortales habría tardado toda la vida en conseguir y experimentar, seguía sintiendo aquella mórbida sospecha de que me estaba perdiendo lo mejor. De que estaba fracasando en algo en lo que todos los demás habían triunfado. De que, de alguna manera, me había dejado algo fundamental en el camino. Siempre había pensado que, si las cosas hubieran marchado conforme a lo planeado, a esas alturas ya habría tenido un bebé con Alex, que habríamos celebrado a lo grande nuestro aniversario de boda y que, quizá, incluso habríamos añadido un cuarto de baño extra a nuestra casa.

Pero mi ruptura con Alex había hecho que me replanteara el significado de la idea prefabricada de vivir con una pareja estable, niños y una hipoteca. Mi vida estaba ahora concentrada en hacer crecer mi negocio, en ver mundo, en construir un futuro con Ben y en hacer todas aquellas cosas que podían hacerme feliz. Fluctuaba constantemente entre mi inseguridad a la hora de seguir el camino tradicional, por lo mucho que me había dolido mi última frustración, y mis ansias por alcanzar aquello que tan desesperadamente necesitaba: un marido cariñoso, un niño sano y un lugar al que llamar hogar. Experimentaba un delicioso cosquilleo en el estómago cuando pensaba en la inminente propuesta de matrimonio de Ben, y en lo honrada que iba a sentirme cuando lo viera clavar una rodilla ante mí. Pero entonces, ¿por qué me sentía de pronto tan insegura? ¿Y cómo podía él estar saliendo en aquel momento con su ex si lo que pretendía era casarse conmigo? ¿Acaso estaba jugando conmigo? Era todo tan desconcertante... y además mi cóctel no me estaba ayudando precisamente a pensar con coherencia.

Una vez que me lo hube bebido, además de dos cócteles especiales más que me empeñé en prepararme, decidí que había llegado la hora de dar por terminada la velada. Shelley había quedado en encontrarse con Jimmy en su gimnasio al término de su clase nocturna, así que abandoné la casa de Marie tras muchos besos y abrazos y pedí un Uber para volver a casa.

—¿Todo bien, cariño? ¿Has pasado una buena noche? —me preguntó el rollizo chófer de cráneo afeitado cuando me dejé caer en el asiento trasero de su Corsa.

—No. La verdad es que no. Acabo de enterarme de que mi mejor amiga piensa establecerse a miles de kilómetros de aquí, y de que mi otra mejor amiga lo sabía y no me dijo nada. Para colmo, mi novio ha quedado hoy con su ex sin avisarme y yo me he bebido unos cócteles horribles, de manera que ahora mismo tengo acidez de estómago además de dolor de cabeza.

—Vaya —el hombre suspiró y bajó el volumen de la radio que había estado escuchando—. Lo siento.

Consciente de que contaba con un oído compasivo e imparcial, procedí a contarle todo lo que había sucedido durante las últimas horas con todo lujo de detalles. Para cuando detuvo el coche delante de mi casa, me sentía un poco como la anciana del Titanic que había necesitado de un metraje de cuatro horas para explicar al público un único acontecimiento de su vida.

—Y sin embargo, a pesar de todo —murmuré, arrastrando las palabras y agitando una mano en el aire—, voy a estar bien. Seguro.

El chófer me lanzó una mirada de alivio mientras yo terminaba de bajar torpemente del coche. Por fin conseguí entrar en mi apartamento tras varios forcejeos por introducir la llave en la puerta y girar el picaporte al mismo tiempo. Pero, cuando descubrí que Ben no había regresado todavía, sentí una especie de peso enorme abatiéndose sobre mis hombros.

Iba a estar bien, sí. Pero ese día no, seguro.

CAPÍTULO 5

Propicio (adj.): Favorecido por la buena suerte; favorable

Yo estaba batallando contra la tormenta Berta, o como quiera que la hubieran bautizado los meteorólogos, mientras abandonaba el calor de la oficina para acudir a la comida. Afortunadamente, conocía muy bien a la persona con la que iba a verme, y ella a mí, porque cualquiera que me hubiera visto con aquel aspecto de rata mojada habría cancelado la cita sin dudarlo. Mi paraguas probablemente servía más de estorbo que de ayuda mientras lo aferraba con mis manos heladas. Me costaba hasta respirar con aquellas ráfagas de aire frío que me entraban por la garganta.

Le había telefoneado antes en cuanto vi por la ventana la escena apocalíptica que se estaba produciendo en la calle, con la idea de cambiar la cita, pero él insistió en que debíamos vernos ese día, y cuanto antes mejor. Por eso me encontraba yo en aquel momento dirigiéndome a toda prisa y con algo de retraso a la comida con Rahul, el guía de tiempo parcial que había conocido en mi viaje a la India. Rahul estaba de vuelta en Manchester y había reservado una mesa en Rocco, un lujoso restaurante español que había abierto recientemente no lejos del banco. Que el local estuviera tan cerca me proporcionaba la oportunidad de hacer una breve escapada de la oficina con un motivo aparentemente profesional y sin sentirme del todo culpable, ya que en el fondo se trataba de un simple encuentro entre amigos.

Entré medio a trompicones en el elegante salón de mesas de manteles de un blanco inmaculado, que tanto contrastaban con las paredes de ladrillo de tonos rojizos y anaranjados. Era un local menos pintoresco que hípster, de un estilo más loft de Broadway que de tapas mediterráneas. La gran puerta de cristal se cerró de golpe a mi espalda, haciendo que los otros comensales volvieran sus cabezas y chasquearan la lengua a la vista de la mujer despeinada de mejillas enrojecidas por el frío que acababa de aterrizar entre ellos con la misma gracia que un rinoceronte.

—Buenas tardes. ¿Tiene usted reserva? —me preguntó el *maître*, incapaz de disimular su disgusto en sus rasgos inflados de bótox.

—¡Georgia!

Me ahorré la respuesta cuando Rahul apareció para envolverme en un acogedor abrazo, llenándome la nariz con el aroma de su loción para después del afeitado. Un aroma a cítricos.

—¡Lo conseguiste! ¡Ven, que estás helada y tienes que entrar en calor! —dio las gracias al *maître*, cuyo rostro se iluminó como un festival de fuegos artificiales a la vista de aquel semidiós. «Más sutil, Georgia», me recordé. «Tienes que ser más sutil».

Porque Rahul era un verdadero bombón de hombre. Negarlo carecía de sentido. Con aquel traje gris claro que le sentaba a la perfección, y camisa de un blanco almidonado que habría podido competir con el de los manteles, era un delicioso espectáculo para la vista. Su oscuro y espeso cabello combinaba perfectamente con su tez bronceada y resaltaba aun más el brillo de sus ojos verde aceituna. No parecía provenir del mismo mundo que yo, como si se hubiera teletransportado, ya que no tenía un solo pelo fuera de su sitio.

—Siéntate, siéntate —me sacó una silla mientras yo me

estremecía ante el brusco cambio de temperatura, conforme comenzaba a entrar en calor. Empecé a sentir un cosquilleo en las puntas de los dedos y dos coloretes se pintaron en mis glaciales mejillas—. ¿Y bien? ¿Cómo estás?

—¡Helada, azotada por el viento, pero contenta de volver a verte! Han pasado siglos —dije mientras me desenrollaba la bufanda del cuello, procurando no estrangularme en el proceso. «Elegancia, Georgia», me recordé. «Ante todo, elegancia».

—Lo sé, lo sé, pero mejor tarde que nunca, ¿no? —esbozó una deslumbrante sonrisa—. Así que, ¿todo marcha bien en el trabajo? La última vez que te vi fue cuando aquel artículo que publicaron sobre lo que te pasó en aquel viaje por la India —sacudió la cabeza, como si no pudiera creer en todo el tiempo que había transcurrido desde entonces—. ¿De qué iba? ¿De tirarse pedos durante una clase de yoga?

—Sí, mi «técnica poco convencional de gestión del cuerpo» —dije, dibujando unas comillas en el aire con los dedos y echándome a reír—. Aunque parece que la cosa ha marchado bien desde entonces. Nos está yendo realmente bien, gracias.

Todavía no podía creer lo mucho que se habían elevado nuestros beneficios y, en consecuencia, la cobertura mediática. El poder de la prensa. Tiempo atrás había estado sola, preparándome para lo peor, pensando que la hiriente y venenosa pluma del periodista Chris Kennings podía dañar irreparablemente nuestra marca y sacarnos del negocio. Pero al final acabé vengándome y aquel implacable periodista de ámbito nacional recibió su merecido.

Por fortuna, la cobertura mediática había terminado siendo de lo más positiva, lo que había llevado a un incremento de las reservas en prácticamente cada uno de nuestros viajes turísticos. Si era sincera, ese había sido el catalizador de nuestro súbito crecimiento, lo que nos había permitido contratar a Conrad y, a la vista de nuestro saludable estado de cuentas, sembrar en el cerebro de Ben la semilla de una futura expansión en Londres.

—Es increíble lo locas que pueden llegar a ser las cosas. Los momentos de absoluto terror pueden acabar convirtiéndose en los más exitosos —reflexioné en voz alta, sacudiendo la cabeza.

—Bueno, y sin embargo la jugada te ha salido muy bien, ¡es una noticia maravillosa! —chocó su copa con la mía.

Pedimos la orden a una joven y diligente camarera de bamboleante trenza que se mostró tan deslumbrada por Raúl como el *maître*. Tan pronto como aquella belleza se hubo alejado, Raúl se desabrochó la chaqueta del traje y se inclinó hacia delante.

—¿Qué es de Ben? ¿Qué tal está?

Yo me atraganté con el agua y me puse a toser con muy poca gracia.

—Perdón. Er..., sí, está bien. Estupendamente —evoqué los últimos días. En ningún momento había mencionado la tarde que pasó con su ex, la despampanante Alice, y yo no había sabido sacar el tema sin que él sospechara que había estado curioseando en su vida.

Rahul empezó a hablarme de Marli, la modelo con la que había empezado a salir.

—De ahí que quisiera quedar a comer contigo. Estaba desesperado por compartir mesa con una chica capaz de disfrutar de una comida decente —entrecerró los ojos.

—Supongo que debería tomarme eso como un cumplido —dije antes de morder una crujiente tostada untada de mantequilla salada, súbitamente consciente de las numerosas calorías que estaba a punto de ingerir.

Él se echó a reír.

—Desde luego que sí. Marli es maravillosa y nos lo pasamos muy bien —le hizo un guiño—. Pero te aseguro que salir con una modelo es duro...

—Oh, pobrecito —murmuré con la boca llena, a propósito—. Aquí es cuando debería sonar una música de violines...

Rahul soltó una ronca carcajada.

—Ya, ya, lo sé, pobre de mí… no me había dado cuenta del mucho esfuerzo que se necesita para mantener ese aspecto. Yo no me canso de decirle que consumir carbohidratos después de las cuatro de la tarde no es algo tan grave, pero ella no me hace ningún caso —se limpió los labios con la servilleta y bebió un trago de agua antes de continuar—. Evidentemente, poder degustar una estupenda carne argentina solo era una parte de mi plan de quedar contigo hoy. También tengo una propuesta muy excitante que hacerte —dijo desnudando sus dientes perfectos y blanquísimos.

—No me digas que tiene que ver con los sadhus —sonreí, recordando cuando estuvimos en la India juntos y él nos animó a pedir a tres sabios prácticamente desnudos que nos leyeran el futuro. En lugar de ilustrarme con su sabiduría, uno de los sabios de melena larga lanzó un esputo a mis pies. A veces los actos son mucho más elocuentes que las palabras.

—¡Hey, eso fue en realidad una bendición! —Rahul soltó otra carcajada—. Quiero decir que quizá fuera eso la causa de tu posterior éxito, el gesto de que un santo sadhu se aclarara la garganta al verte…

—Er, bueno, quizá —puse los ojos en blanco—. Bueno, dispara. ¿Cuál es ese «proyecto» tan urgente del que querías hablarme?

Raúl volvió a inclinarse hacia delante y bajó la voz.

—De acuerdo. Supongo que sabrás que, además de organizar rutas en Mumbai, también disfruto de la glamurosa vida del productor de televisión…

—Sí —unté otra tostada en el aceite regado en el plato, con el resultado de que el líquido resbaló barbilla abajo nada más morderla. Maldije para mis adentros.

—Bueno, como parte de ese trabajo, participo en reuniones de análisis y discusión de guiones para televisión.

—Umm… —intenté ver a dónde quería parar, solo que estaba demasiado ocupada limpiándome la mancha de aceite de la blusa con la servilleta que había empapado con agua.

—Hay un proyecto de programa que ha llamado mucho nuestra atención: Guerreros de Espíritu Viajero —dijo Raúl e hizo una pausa, probablemente para conseguir un efecto dramático—. Y este programa, que tiene entusiasmado a todo el mundo, está de hecho inspirado por ti y por Ben.

—Espera un momento… ¿cómo? —alcé la mirada de la mancha aún mayor que había creado, haciendo más daño que beneficio en mi blusa, para clavarla en unos ojos que se habían estrechado en una genuina sonrisa a la espera de mi reacción.

Raúl se echó a reír a la vista de la que debía de ser la expresión más perpleja e imbécil que estaba asomando a mi cara.

—Bueno, puede que antes te haya contado una pequeña mentira. Sé muy bien cómo marcha Corazones Solitarios porque mi equipo ha estado observando de cerca vuestro crecimiento, sobre todo desde que apareció aquel artículo en *Daily Times*.

—¿Qué quieres decir con que nos has estado «observando de cerca»?

Él alzó las manos.

—¡No me mires así! No lo he dicho en mal sentido. La historia de vuestro éxito nos ha inspirado la idea de un programa basado en parejas que trabajan juntas en el mundo de la industria del viaje turístico. Un programa que se asome a la realidad de las ventajas e inconvenientes de administrar un negocio y una relación sentimental al mismo tiempo, y todo ello en el marco de viajes constantes por todo el mundo —bebió un largo trago de agua—. Y Ben y tú fuisteis el modelo de esta idea, la chispa que lo encendió todo.

—Oh, de acuerdo. Ya, muy bien —sentí que me ruborizaba. Nunca antes había sido yo la inspiración de nadie.

—El programa no solo tratará de la conciliación del trabajo y del placer, sino también de la manera en que el viaje ha impactado en la vida de esas parejas, así como en la de los colaboradores que trabajan en la industria turística o suelen viajar mucho por motivos de trabajo —se interrumpió para lanzar una genuina sonrisa a la camarera que acababa de servirnos los platos para alejarse con un contoneo de caderas, obviamente en beneficio de Rahul.

Lamentablemente para ella, el efecto se perdió debido a que Rahul se puso a hacer literalmente el amor con los ojos al gran pedazo de carne roja de su plato.

—¡Sí que suena excitante! —le sonreí—. Esta comida tiene un aspecto impresionante.

—¡lo sé! Permíteme que vaya directamente al grano —apartó la mirada de la vaca muerta de delicioso aroma para volver a clavarla en mi rostro—. ¿Por dónde iba? Ah, sí, el programa seguirá una ruta específica de viaje, de modo que rodaremos en Sudamérica. Chile concretamente, creo.

—Oh, vaya. ¿Y cuándo lo echarán? Últimamente apenas veo tele, pero no me perdería este programa.

Rahul echó la cabeza hacia atrás y rio con ganas.

—Georgia, no solo queremos que lo veas. Queremos que Ben y tú participéis en él. Que lo protagonicéis.

—Espera un momento... ¿Qué? —la robusta patata que había pinchado con mi tenedor se detuvo justo ante mi boca abierta.

—Quieren que participéis Ben y tú, junto a otras tres parejas más. Conseguiréis un viaje con todos los gastos pagados durante el cual solo tendréis que contar a la cámara cómo gestionáis vuestro trabajo y vuestra relación. ¡Y, además, habrá un premio especial en metálico al final del rodaje!

Yo empecé a reírme.

—Ja, ja, ja, qué divertido. Oh, espera. ¿Estás hablando en serio?

Se había puesto serio, como si no entendiera la broma.

—Rahul, ¿estás hablando en serio? ¿Quieres que Ben y yo salgamos en la tele?

Rahul asintió. Yo dejé de abanicarme el rostro con las manos y me tragué las risitas.

—¡Piensa en la publicidad que esto podría proporcionar a

Corazones Solitarios! Puedo ver ya los titulares: *Los Guerreros de Espíritu Viajero conquistan el mundo.*
Para ser justos, aquello sonaba bastante bien.

—Georgia, tu historia es realmente inspiradora, el hecho de que hayas logrado transformar una experiencia negativa en otra enormemente positiva, que encontrases el amor y el modelo de un negocio absolutamente exitoso en el proceso. Desde que se publicó aquel articulo, has sido la comidilla de la industria y la gente quiere conocer el secreto de tu éxito.

Automáticamente yo sonreí, triste.

—No hay secreto alguno. Solo se necesita trabajo duro, determinación y sacrificio —dije en voz baja, evocando el momento en que Ben y yo habíamos estado a punto de perderlo todo, incluyéndonos el uno al otro, cuando Serena nos robó y la ruta por la India amenazó con dejarnos arruinados.

—Exactamente. Pero a la gente le encanta escuchar noticias así: a veces las buenas noticias también venden. Confía en mí. Además, esto significa que podréis viajar con todos los gastos pagados a Sudamérica, que es un maravilloso rincón del globo. ¿Habéis estado alguna vez allí juntos?

Yo sacudí la cabeza pensando en la idea de vacaciones en pareja que Marie y Shelley me habían sugerido.

—Ummm, ¿qué tendríamos que hacer? Hipotéticamente hablando, por supuesto.

Oh, Dios mío, ¿acaso estaba empezando a acariciar la idea? Me pregunté si el programa incluiría los servicios de una peluquera y de una maquilladora profesional.

—Hipotéticamente hablando, por supuesto —se llevó una mano a su amplio pecho y me hizo un guiño—. Bueno, lo primero será que vayáis los dos a Londres, que es donde está la principal sede de la empresa, para las entrevistas de preproducción, en las que os harán algunas tomas de prueba. Allí conoceréis a los productores que estarán a cargo del programa, recibiréis todo tipo de detalles, conoceréis a las demás parejas y decidiréis si aceptáis o no.

Pensé en todo aquello mientras me mordía el labio inferior.
—¿Sabes quiénes son las otras parejas?
Rahul negó con la cabeza.
—Creo que aún no están confirmadas. Sé que Ben y tú encabezáis la lista debido a que sois la inspiración del programa, pero entiendo que hay una lista muy larga de potenciales candidatos. Era por eso por lo que necesitaba verte hoy para que pudieras actuar rápido, caso de que Ben y tú os mostréis dispuestos. Además, ¿no has visto el tiempo que está haciendo? Si alguien me diera a mí la oportunidad de volar a un lugar soleado y gratis, en compañía de mi pareja, bueno... ¡no me lo pensaría dos veces!

Pensé que tenía razón. La tormenta Berta estaba empezando a afectarme. Lo que me estaba proponiendo me parecía demasiado bonito para ser verdad. Un viaje con todos los gastos pagados a Sudamérica a cambio de conceder unas pocas entrevistas, probablemente en una playa de arenas blancas o entre clase y clase de salsa. Me imaginé de pronto a Ben vestido como un suculento semental latino... Eso sí, sin las pesadas cadenas de oro al cuello y el felpudo de vello asomando por el cuello de la camisa.

—Bueno, ¿por qué no lo hablas con Ben y luego me dices algo?

Asentí lentamente.

— Sí, de acuerdo.

—Genial. Y ahora, permíteme que dedique a esta carne la atención que se merece.

Una vez terminados nuestros platos, que rebañamos al máximo, Rahul se levantó e hizo una seña a la joven camarera para pedir la cuenta. Increíblemente parecía que Berta se había tomado un descanso, ya que las oscuras y ominosas nubes habían empezado a retirarse.

—Piensa bien en todo esto y llámame, Georgia —me dijo él antes de besarme en las mejillas y llenarme la nariz con su carísima loción para después del afeitado—. Tú sabes mejor que nadie que siempre hay que decir «sí» a las cosas en esta vida. Sinceramente pienso que esta podría ser la ocasión ideal para aprovechar una oportunidad que no se le presenta a uno todos los días.

Yo asentí, distraída.

—Bueno, me voy. Llámame tan pronto como tomes una decisión —y, dicho eso, nos despedimos y él se marchó en la dirección opuesta.

Estaba a punto de encaminarme de regreso a la oficina cuando me di cuenta de que me había dejado el paraguas en el restaurante. Aunque el chaparrón había cesado, no confiaba demasiado en que las compuertas del cielo no volvieran a abrirse pronto. Me disponía a entrar de nuevo cuando descubrí que el local contiguo era una galería de arte

En el escaparate había grandes y coloridos lienzos iluminados por estratégicos focos que resaltaban las brillantes pinceladas de amarillos y naranjas. Eran unas pinturas impresionantes. Las tres principales obras expuestas pertenecían claramente a un mismo artista. Una de ellas representaba a una arrugada y sonriente anciana del Perú, con un rollizo brazo apoyado en el lomo de una llama. Otra era un primer plano de una glamurosa dama de prominente busto y peinado afro, participante del Carnaval de Río, vestida con un diminuto bikini de lentejuelas multicolores. Y el tercer lienzo, el mayor de los tres, era el panorama de una ciudad con edificios de colores vivos y variados que recordaban los de un Playmobil, con un cartel que decía: *Valparaíso, Chile*.

Tuve que apretar la nariz contra el cristal para leer la pequeña y brillante placa que recogía el nombre del autor: *La colección de José Vásquez ha sido inspirada por el viaje que el artista realizó por Sudamérica, donde se sintió impelido a recoger los colores, sabores y ambiente de esa fascinante parte del mundo.*

No pude evitar una sonrisa. Aquello era una señal.

Hundí la mano en mi bolsillo en busca de mi móvil y rápidamente marqué el número de Ben. Respondió en seguida.

—Hola, preciosa, ¿qué tal fue la comida? Espero que me hayas traído alguna sobra...
—¡Ah, lo siento! La verdad es que no nos dejamos nada. Pero tengo algo mejor para ti.
—¿De veras? Espera un momento. ¿A qué se debe ese tono tan entusiasmado?
—Bueno, pues porque... ¡acaban de ofrecerme la oportunidad de que viajemos los dos con todos los gastos pagados a Sudamérica! —chillé. A pesar de trabajar en la industria turística, rara vez recibía beneficio adicional alguno, a excepción de los fajos de etiquetas de maletas o de fundas de pasaporte que se amontonaban en el último cajón de mi escritorio.
—¿Qué? —Ben soltó una carcajada de perplejidad.
—Rahul trabaja para una empresa de televisión que quiere enviarnos a ti y a mí a Chile, junto a otra gente, para rodar un documental sobre las parejas que trabajan juntas en la industria turística. Me dijo que nos lo pagarían todo, que tendríamos tiempo para viajar y explorar el país... ¡y todo eso a cambio de conceder unas pocas entrevistas!

Eso era lo que me había dicho, ¿no? Bueno, estaba segura de que el mensaje principal era ese.

Ben empezó a reír.

—¿Acaso vuestra comida terminó con unas copas de más? ¿Pretendes convertirnos a los dos en estrellas de la pequeña pantalla?

Yo asentí varias veces con la cabeza, la mirada todavía clavada en la impresionante obra de arte que tenía delante, antes de darme cuenta de que Ben no podía verme.

—¡Así es! ¿No te parece increíble? Podremos promocionar el negocio y disfrutar a la vez de nuestras primeras vacaciones juntos. Estoy segura, por lo que me dijo Rahul, de que la parte del rodaje será mínima, algo que podremos quitarnos de encima en un día o así. ¡Al fin podremos hacer un viaje juntos!

Se hizo un extraño silencio al otro lado del teléfono mientras Ben parecía rumiar su respuesta. Pude escuchar la sonora carcajada de Conrad como telón de fondo, riéndose de algo.

—¿Ben? ¿Sigues ahí?

—Sí, sí, lo siento. Er.. Vaya. Suena increíble y no quiero ser aguafiestas, pero... ¿cómo vamos a sacar adelante nuestro negocio si nos vamos los dos de vacaciones a la vez?

Se me encogió el corazón. Él estaba en lo cierto. Quizá me había dejado arrastrar demasiado por el entusiasmo de Rahul...

—Bueno, el programa saldrá con o sin nosotros, ya que hay más parejas apuntadas. Pero, si no vamos, perderemos la oportunidad —argumenté—. Y ahora tenemos a Conrad. Estoy segura de que él podrá arreglárselas sin nosotros durante un par de semanas. ¡Y piensa en la oportunidad que supondrá esto en términos de relaciones públicas! Nos han pedido que vayamos a Londres para una reunión de preproducción en la que nos informarán de los detalles. Esto no entraña obligación alguna. Es solo para que nos informemos mejor... —me interrumpí, mordiéndome el labio. «Vamos, Ben...»

Soltó el aliento que parecía que había estado conteniendo.

—Er... Está bien. Vayamos al menos y escuchemos lo que tienen que decirnos, ¿no?

—¡Estupendo! ¡Genial! —di un paso de baile.

—Nunca se aburre uno contigo, Georgia, es lo único que puedo decir —se echó a reír—. Bueno, vuelve rápido antes de que cambie de idea.

Tan pronto como colgué, marqué a toda prisa el número de Rahul para comunicarle la respuesta. Aquel iba a ser el comienzo de una aventura completamente nueva. Podía sentirlo en el aire.

CAPÍTULO 6

Antojo (n.): Una errática, imprevisible o extravagante manifestación, acto o pensamiento

Una vez que acordamos analizar en profundidad la propuesta de Rahul dirigiéndonos a Londres para reunirnos con los productores del programa, fui incapaz de sacarme de la cabeza la conversación que había tenido con Marie y con Shelley. Un viaje a Chile sería la oportunidad perfecta para que Ben y yo habláramos a fondo, y para que yo me asegurara de estar al cien por cien sintonizada con sus planes. Quizá incluso Ben aprovechara ese momento para proponerme matrimonio. Si, como había resultado evidente, Ben pensaba que estábamos preparados para dar ese paso, ¿acaso no debería darlo también yo? Sí, definitivamente había llegado el momento de pedirle que me presentara a su familia.

Precisamente aquella mañana, mientras nos preparábamos para salir, yo había sacado a colación la oportunidad que tendríamos de pasarnos a ver a su padre mientras estuviéramos en la ciudad. Ben había visto a mis padres varias veces y les había caído muy bien, pero yo estaba empezando a tener la sensación de que el sentimiento era unilateral. Previamente, Marie y Shelley me habían aconsejado que le dejara ir a su propio ritmo, que aquello era típico de los hombres y que, al fin y al cabo, el desconocimiento de los detalles de su vida podría servir de hecho para prolongar el misterio, el brillo inicial de toda relación. Pero el descubrimiento del anillo de compromiso lo había cambiado todo. Y la conversación de la otra noche en casa de Marie había sido como una llamada de atención: la de que necesitaba respuestas a mis preguntas antes de plantearme la posibilidad de casarme.

Aquella mañana, cuando abordé el asunto de conocer a su padre mientras me lavaba los dientes, Ben respondió con un indiferente «bueno, quizás». Pero yo habría jurado que lo dijo al tiempo que disimulaba una expresión de preocupación. Oh, Dios, quizá estuviera pecando de paranoica después de la experiencia bastante poco agradable que había tenido con la familia de Alex. «No. Seguro que Ben no tiene ningún psicópata potencial en la familia. Conoces ya a su madrina, Trisha, y hasta la quieres. Y si ella se parece en algo a tu futura familia política, ¡no vas a tener queja de nada!», me dije a mí misma.

Llegamos a Londres a tiempo y tomamos un taxi para la sede central del equipo de producción, en Hoxton. Yo hervía de emoción solo de pensar en lo que supondría el rodaje de preproducción. ¡Aquello sonaba tan glamuroso! Marie, como actriz a tiempo parcial que era, nos había dado algunos consejos, diciéndonos que lleváramos ropa bien elegante, sin rayas ni colores brillantes en beneficio de las cámaras. Como resultado, y mientras caminaba por el patio empedrado que llevaba a la oficina principal, instalada en un complejo de antiguas cuadras reformadas, lucía en aquel momento unos zapatos de tacón negros que me hacían ampollas, pero que combinaban de maravilla con el discreto vestido liso que había elegido.

Ben, por su parte, estaba soberbio con su grueso abrigo de lana y la bufanda de punto trenzado que subrayaba el color de sus ojos. Si todo marchaba bien, pronto podríamos perder todas esas capas de ropa extra para disfrutar de la caricia del sol, y yo podría desterrar de una vez de mi guardarropa los pantys extragruesos, que era lo único que me impedía morir de congelación.

—Después de ti —Ben me hizo un guiño mientras me sostenía la pesada puerta. Yo le hice una pequeña reverencia y me eché a reír... antes de detenerme en seco ante el caos reinante de la oficina en la que acabábamos de entrar.

Había gente por todas partes, con filas de pequeñas salas de reunión que desembocaban en deslumbrantes pasillos. Sonaban los teléfonos, la gente gritaba, en las pantallas de televisión aparecían vídeos musicales con mujeres bailando con diminutos biquinis de tanga. Debí de haber retrocedido un paso para echarme encima de Ben, que asistía a aquella animada escena con similar expresión de perplejidad.

Rahul me había dicho que se trataba de una pequeña compañía de televisión, de presupuesto modesto, de modo que yo me había imaginado una reunión con una o dos personas en una cafetería o semejante. Lo que no había esperado era verme arrojada a una especie de bolsa de Nueva York del sector mediático. Tres tipos con mucha prisa, vestidos con holgadas camisetas negras y cargados con aparatosas cámaras, nos ladraron que nos echáramos a un lado, mientras una joven de la misma edad que Kelli desfilaba portando una bandeja ridículamente atestada de tés y cafés. En una de las salas, un pelotón de hípsteres con barbas a juego y pajaritas de color rojo con lunares tecleaban furiosamente en sus Macs alrededor de una mesa redonda.

—Er... ¿Ben? ¿No nos habremos equivocado de lugar? —susurré, deseosa de sentir sus brazos alrededor de mis hombros mientras me aseguraba que todo aquello no había sido un enorme error. Pero por desgracia no tuvo oportunidad de hacerlo, ni siquiera de contestarme, porque un tipo rechoncho y risueño apareció dando saltitos por el pasillo para plantarse justo delante de nosotros. Literalmente ejecutó una pirueta antes de detenerse y nos tendió su mano rosada y gordezuela con una sonrisa expectante.

—A ver si lo adivino... —posó un dedo sobre sus labios. En el lateral interior del dedo índice lucía el tatuaje de un mostacho, de modo que el efecto resultaba cómico—. Georgia... —yo asentí. Su rostro perfectamente afeitado estalló en una enorme sonrisa, que le hizo parecer una versión regordeta del Joker—. ¡Lo sabía! Lo cual quiere decir que tú eres... —se apretó las sienes con los dedos al tiempo que cerraba los ojos, profundamente concentrado—. ¿Ben?

—Ajá. Eso es —dijo Ben. Su voz sonaba más profunda y varonil de lo normal, en contraste con el timbre chillón del tipo que acababa de dar una palmada de entusiasmo como si acabara de ganar el cuantioso premio de un concurso televisivo, recordando esa vez a una hiperactiva foca.

—¡Maravilloso! Bienvenidos, bienvenidos... Me llamo Blaise. ¡Rahul me ha contado muchííííííísimas cosas sobre vosotros! —se dispuso a alejarse y nos indicó con la cabeza que lo siguiéramos. Yo apresuré el paso para no quedarme rezagada. Blaise se volvió de pronto hacia mí para decirme con una mano en la boca, como si fuera algo confidencial, pero levantando mucho la voz—: Por cierto, hablando de Rahul... ¿no está buenísimo ese hombre?

Hizo como si se enjugara el sudor de la frente y fingió desmayarse antes de soltar una potente carcajada que me hizo dar un respingo.

—Oh, bueno, yo... —balbuceé. Ben todavía no había conocido a Rahul y era bastante posible que yo no le hubiera comentado lo atractivo que era. Por supuesto, yo sabía que él confiaba en mí, pero no tenía sentido tentar a la suerte confesándole que había estado comiendo con una especie de semidiós indio. «Aunque, si se hubiera tratado de un ex, seguro que se lo habría dicho. Cosa que no hizo él cuando salió con Alice», rezongué por dentro.

Afortunadamente Blaise no continuó babeando sobre Rahul, sino que se puso a hacer alocados gestos con la mano a la mujer que estaba al fondo de una de las habitaciones, hablando por teléfono. Como si aquello no fuera suficiente, procedió a gritar en voz alta:

—¡Tengo a Georgia y a Ben aquí! ¡Ya sabes, la novia plantada y su nuevo novio!

—Oh, bueno, entiendo que la historia no es esa...—protesté yo, ruborizándome.

Blaise se volvió para mirarme con expresión sorprendida.

—Pero bueno, querida... ¿acaso es mentira? ¿No es cierto que tu negocio nació precisamente porque te dejaron plantada ante el altar?

Pronunció la palabra «plantada» como si estuviera escupiendo el aguijón de una avispa.

Yo asentí.

—Sí, bueno, pero no es por eso por lo que estamos hoy aquí —no podía soportar mirar a Ben, consciente de lo humillado que debía de sentirse al oír que se habían referido a él como mi «nuevo novio», en lugar del inestimable socio de empresa y coartífice del exitoso Club de Viaje de Los Corazones Solitarios que era en realidad. Compadecida de su orgullo herido, me propuse aclararle la situación a Blaise.

—Mi pasada relación no tiene nada que ver con el hecho de que estemos aquí. Rahul nos dijo que el programa iba a centrarse en nuestro negocio, para que pudiéramos compartir nuestra experiencia con los demás —intenté expresarlo de la manera más seria y más firme posible, pese a que Blaise me sonreía como un loco.

El hombre alzó las manos y soltó una risita.

—¡Por supuesto! Claro que sí. Venga, vamos. Tenéis que prepararos. Ben, por favor, acompaña a Anna.

Como por arte de magia, una despampanante y glamurosa mujer de vestido ceñido y melena rubia larga y esplendorosa, apareció a nuestro lado. Fue ella la que guio a Ben con un gesto de la mano en la que sostenía una tabla sujetapapeles. Yo ni siquiera tuve la oportunidad de desearle buena suerte, porque ya Blaise me llevaba por un corredor que desembocó en una habitación algo más oscura pero afortunadamente también más tranquila.

—Ya estamos —dijo, mirando al mismo tiempo su aparatoso reloj de pulsera.

—Oh. Yo... —balbuceé antes de que él cerrara la puerta con un guiño. ¿Qué diablos estaba pasando?

—¿Georgia?

Una voz masculina con ligero acento escocés me sobresaltó de repente, haciendo que me girara en redondo. La voz procedía de detrás de un enorme escritorio ovalado. Oculto detrás de tres gigantescas pantallas de ordenador, un hombre de unos cincuenta y tantos años me miraba por encima de sus lentes de montura de alambre. Su espesa barba estaba salpicada de gris, lo que le hacía parecer más un bondadoso abuelo que un hípster londinense, con los labios curvados en una gran sonrisa que intentaba abrirse paso a través de tanto vello.

—Acércate. Toma siento —señaló los dos sofás y fue a sentarse en uno de ellos—. Supongo que te habrán ofrecido ya una taza de té.

Yo negué con la cabeza y permanecí donde estaba, sin moverme. El hombre suspiró y puso los ojos en blanco.

—Vaya, lo siento. Estos chicos parecen haberse olvidado de sus buenas maneras —sacudió la cabeza como lamentándose de la juventud de hoy y levantó uno de los teléfonos de su atestado escritorio.

Yo sonreía. Empezaba a caerme simpático aquel hombre que parecía una especie de Santa Claus moderno, con su camisa a cuadros y sus tejanos de marca.

—Hola Dana, ¿podrías traernos una taza de...? —alzó la mirada para pedirme lo que me apetecía tomar.

—Té, por favor. Sin azúcar —dije, encontrando finalmente la voz.

—Que sean dos, sin azúcar. Gracias —colgó el teléfono y señaló de nuevo los sofás—. Por favor, toma asiento mientras esperamos a que nos sirvan. Puedes quitarte el abrigo, si quieres; fuera hace un frío polar, ¿no te parece? Aunque, gracias a Dios, esta nieve no ha durado tanto tiempo como todo el mundo esperaba. ¡Oh, me parece que no nos hemos presentado! Me llamo Jerry, por cierto —le tendió una mano grande, de palma callosa. Tenía unas manos de trabajador, al contrario que las finas y gordezuelas de Blaise.

—Hola, soy Georgia. Encantado de conocerte. Disculpa si parezco un poco perdida, pero nunca antes había estado en un estudio de televisión y no tenía la menor idea de cómo sería —admití, despojándome con gesto incómodo del abrigo.

Jerry se echó a reír. Su risa me recordó la de Rahul. Me los podía imaginar bien a los dos trabajando juntos.

—Oh, entonces, permíteme darte la bienvenida a la central de See Me TV. Aquí es donde trabajan los relaciones públicas, los agentes de ventas, los técnicos de diseño de webs y todos aquellos trabajos que, todo sea dicho, me sobrepasan. Llevo treinta años trabajando en la televisión y en aquel entonces aquello no se parecía en nada a esto —se mesó la barba y suspiró—. Pero los tiempos cambian —un golpe en la puerta le hizo detenerse y aceptó agradecido las dos tazas de té que le entregó la mujer que acababa de entrar, ataviada con un vestido en cuyo frente se dibujaban dos huellas de pata de perro, una en cada prominente seno—. Gracias, Dana.

Dana se ruborizó levemente y agachó la cabeza antes de escabullirse en el pasillo.

—Bueno, Georgia, soy uno de los productores de esta cadena y hemos pensado que sería estupendo que tú y yo llegáramos a conocernos algo mejor. Hoy se trata de ti y de Ben, de informaros de las premisas del programa y de los motivos por los que nos encantaría que colaboraseis. Estuve hablando con Rahul, que me dijo que te había puesto al tanto de algunas cosas, pero yo quería asegurarme de que os sentís cómodos con todos los aspectos antes de firmar —Jerry me pasó la taza y tomó un cuaderno de notas—. Y para asegurarme al cien por cien de que ambos aceptáis nuestra preferencia a la hora de entrevistar a los potenciales participantes por separado. Ese es el motivo por el que te hemos separado de Ben. En seguida se reunirá con nosotros.

Yo asentí con gesto vacilante. Me habría encantado tener a Ben cerca en aquel momento. «No seas niña. ¿Dónde se ha metido la intrépida viajera?», me amonesté a mí misma.

—¿Va a venir Rahul? —pregunté antes de soplar mi té, demasiado caliente.

Jerry negó con la cabeza.

—No, de hecho, no trabajará en esta serie. Estará rodando en otra parte. Su función aquí ha sido únicamente la de mediador.

Mi rostro debió de reflejar lo muy decepcionada que me sentía. Realmente me llevaba de maravilla con Rahul, y había esperado contar en mi primera incursión en el mundo televisivo con el apoyo de gente a la que ya conocía y en la que confiaba. Sentía que necesitaba un apoyo especial, sobre todo después de la última vez en que me enfrenté a una cámara en la India, algo que me causó muchos problemas.

—Oh, de acuerdo. Er... También me comentó que quizá podríamos conocer a los otros participantes.

Jerry sacudió la cabeza con gesto triste.

—Bueno, me temo que hasta que no estén firmados los contratos, no puedo revelaros con quién viajaréis. Pero te aseguro que, para cuando haya terminado todo esto, habréis hecho seis nuevos amigos —me sonrió.

Yo me ruboricé ligeramente antes de hacerle la siguiente pregunta:

—Rahul también mencionó algo sobre un premio en metálico...

—¡Sí! Los patrocinadores de nuestro programa han acordado conceder la bonita suma de 25.000 libras a la pareja que supere los principales retos, con la idea de que la cantidad sea invertida en su negocio, pero eso lo decidirá la pareja ganadora.

—¡Vaya! —antes de que él terminara de hablar yo ya había

ingresado mentalmente el dinero en la Fundación de los Corazones Solitarios, el fondo benéfico que Ben y yo habíamos creado tras mi viaje a India. Nuestro objetivo había sido ayudar a una causa tan loable como sacar a los niños huérfanos de las calles—. ¿De qué tipo de retos estamos hablando?

—Oh, cosas sencillas, detalles que sirvan para dar un poco de color al programa. Entre tú y yo, el premio sirve al objetivo de que los patrocinadores consigan una mayor publicidad con el programa. Se trata de conseguir una mejor relación con el espectador —puso los ojos en blanco, como si en sus tiempos no se hubieran hecho esas cosas, y bajó la mirada al cuaderno que tenía sobre su regazo—. Bueno, creo que con esto ya está todo. ¿Qué puedes decirme de tu relación con Ben? Sé que te resultará extraño hablar de un tema tan personal, pero lo que me digas ahora mismo no saldrá de esta habitación. Puede que esto nos ayude con las preguntas que te harán una vez que estemos rodando.

Yo asentí.

—Er, claro, de acuerdo. Bueno, Ben y yo nos conocimos en Tailandia...

—Ah, sí, viajaste allí después de que te dejaran plantada, ¿no? —me interrumpió.

Aquello me sublevó, igual que me había sucedido con Blaise. Tenía que atajar directamente aquello. Me aclaré la garganta y me senté muy derecha.

—Sí. Pero, sinceramente, Jerry, no quiero que se me conozca como «la novia plantada» —dibujé unas comillas en el aire—. Me plantaron, sí, y eso fue el catalizador de mi huida, pero todo eso pertenece ya al pasado. He convertido aquella época horrible en algo positivo y ahora mismo no podría ser más feliz —vi que Jerry asentía durante todo el tiempo sin dejar de tomar notas. De repente me sentí furiosa—. No quiero que esto forme parte importante del programa. Rahul me dijo que esto iría más bien de la manera en que Ben y yo manejamos nuestro negocio, y de nuestra pasión por los viajes. ¿Te parece bien?

—Ummm. Me temo que tengo que hacerte preguntas tan tontas como estas —dijo con tono suave—. Estoy seguro de que no será este el tema principal.

—De acuerdo, pero, si pudieras dejarlo al margen, te estaría muy agradecida.

Jerry se inclinó hacia delante y dejó su cuaderno a un lado.

—Georgia, estamos encantados de teneros a los dos hoy y solo deseamos vuestra felicidad. Por favor, confía en mí cuando te digo que no tendrás absolutamente nada de qué preocuparte cuando estemos rodando en Chile... ¡aparte de aplicarte crema protectora y repelente antimosquitos! —se echó a reír.

Sonreí. Jerry se parecía a los amigos de mi padre con los que solía tomar cervezas en su local. «Deja de ponerte tan dramática, Georgia», me dije. Aquella gente solo necesitaba asegurarse de que yo no guardaba ningún esqueleto en el armario. Pero entonces un pensamiento me asaltó: me pregunté por lo que Ben le estaría diciendo a la glamurosa mujer que se lo llevó. ¿Qué preguntas le estaría lanzando ella? «Esto va a ser estupendo, al final vais a saber más el uno sobre el otro sin necesidad de que tú lo presiones», me recordó mi inconsciente.

La siguiente hora transcurrió con rapidez mientras Jerry pasaba a hacerme preguntas mucho más inofensivas sobre cómo manejábamos el negocio, las habilidades necesarias y las dificultades a la hora de gestionar los tiempos... hasta que volvió a los detalles sobre nuestra relación tanto personal como de trabajo. Me expresó sus disculpas al respecto y me arrancó una carcajada cuando me habló de su mujer y de cómo habían intentado trabajar juntos hasta que casi terminaron en divorcio.

—Bueno —miró su reloj de pulsera de cuero—. Te he entretenido ya demasiado, así que, si pudieras firmar el contrato ahora mismo, podríamos dedicarnos a resolver los trámites del viaje, la cuestión del pasaporte, requerimientos administrativos y demás.

—Oh, bueno, la verdad es que no había planeado firmar

nada hoy. No al menos mientras no haya hablado primero con Ben, disculpa —esbocé una mueca, incómoda.

Jerry asintió y se levantó para remover unos papeles en su escritorio.

—Por supuesto. Solo necesito recopilar los documentos. Sé que los dejé por aquí, en alguna parte, así que podrás leerlos todos —yo asentí lentamente mientras lo veía abrir cajones—. ¡Ah, aquí están! —justo en aquel momento, sonó el teléfono—. ¿Hola? Excelente. Se lo haré saber. Sí, ya casi hemos terminado aquí. Gran noticia, adiós —Jerry colgó y me lanzó una sincera sonrisa al tiempo que alzaba los pulgares—. Era Anna, que ha estado con Ben. Llamaba para informarme de que acaba de firmar el contrato y de que está esperando en recepción.

—Oh. De acuerdo —¿en serio había firmado ya?

Jerry me tendió el fajo de papeles que había compilado.

—Esto es solo el contrato básico que cubre cosas como el seguro y demás jerga jurídica —debí de haber dudado antes de recogerlo, porque dijo—: No te preocupes, Anna se lo ha mostrado con detalle a Ben, que debió de quedar contento porque lo ha firmado. Está todo en orden. La razón por la que debemos ocuparnos tan rápidamente de esto es porque el rodaje comenzará dentro de unas pocas semanas. Apenas esta misma mañana me enteré por el Canal 4 de que ha surgido inesperadamente un hueco horario en su programación, de modo que se ha apresurado todo.

Yo sonreí débilmente y tomé los documentos. No podía creer que Ben los hubiese firmado. «¿Pero no era eso lo que querías?», me pregunté a mí misma. «Fuiste tú quien sugirió que aceptáramos la oferta de Rahul. Quizá Ben sabía lo entusiasmada que estabas y quería contentarte demostrándote que estaba al cien por cien a favor de la idea». Intenté ahogar la inquietante sensación de que estaba a punto de firmar un contrato sin leer detenidamente cada cláusula.

—¿Tienes un bolígrafo? —alcé la mirada hacia Jerry.

Él asintió y buscó en uno de sus desordenados cajones una

elegante pluma estilográfica. Fui estampando mi firma en cada hoja.

—Excelente —comentó Jerry con expresión resplandeciente y recibió los papeles—. Se los remitiré al departamento jurídico y les pediré que os entreguen una copia —yo asentí mientras él se aclaraba la garganta y se inclinaba hacia delante—. Sé que Ben y tú os lo vais a pasar genial, que seréis unos concursantes increíbles, y no tengo la menor duda de que os encantará el país y de que alcanzaréis el mayor de los éxitos en vuestro negocio.

—Gracias, espero que tengas razón —solté una pequeña carcajada. «Olvídate de preocuparte de que no hayas leído cada línea del contrato. Confía en Ben y recuerda que tanto Rahul como Jerry solo quieren un programa agradable, de tono ligero. Conseguiremos unas vacaciones gratis y daremos un empujón a nuestro negocio. ¿Qué podría salir mal?».

—Bueno, Georgia, alguien se pondrá en contacto con vosotros por los trámites del viaje y cualquier cosa que podáis necesitar, etcétera, etcétera. Tendréis que reservar el día 17 de este mes para el viaje. Ya sé que es muy pronto, pero, como te dije, todo se ha precipitado mucho. ¿Te sigue pareciendo bien todo?

Revisé mentalmente mi agenda. Enero iba a ser nuestro mes más tranquilo, Conrad y Kelli eran perfectamente capaces de hacerse cargo de todo durante una quincena escasa. Jimmy y Shelley no se marcharían hasta el mes siguiente y a Marie todavía le faltaban tres semanas para traer a su criatura al mundo.

—Sí, no veo que vaya a surgir problema alguno —me levanté al ver que Jerry parecía repentinamente deseoso de que abandonara su despacho.

—Estupendo. Bueno, ha sido un placer conocerte y estoy seguro de que nos volveremos a ver pronto. ¡Estamos encantados de que hayáis aceptado compartir esta divertida y memorable experiencia! ¡Tengo incluso algo de envidia de que nadie me haya pedido incorporarme al concurso acompañado de mi mujer! —soltó una sonora carcajada y descolgó una vez más el teléfono para pedir a Dana que me acompañara a la salida, antes de estrecharme la mano—. ¡Buena suerte, Georgia!

Me despedí y seguí a Dana, que no dejó de charlar animadamente sobre lo fantástica que era la idea del programa y lo afortunados que éramos Ben y yo de poder participar. Yo la escuchaba a medias, sintiéndome como si acabara de salir de alguna extraña y confortable burbuja, y ahora que estaba de vuelta en aquel manicomio hípster, tenía la extraña sensación de que me había apresurado demasiado a meterme en aquel lío.

Pero todo iría bien, ¿verdad? ¿O no?

CAPÍTULO 7

Inveterado (adj.): Confirmado en un hábito; habitual

—Bueno, esto ha sido distinto de lo que esperaba —comentó Ben, sonriente, mientras se sacaba los guantes del bolsillo del abrigo. Habíamos abandonado los estudios de televisión y habíamos parado un taxi. Afortunadamente, nos habíamos escabullido sin llamar la atención de Blaise. «Por favor, Dios, no le permitas que participe en el rodaje», recé para mis adentros. Aunque nada podía amargarme un viaje con Ben, ciertamente resultaría bastante más duro con la compañía de aquel tipejo.

Ben parecía de un humor realmente excelente, mientras que yo me sentía un poquito perpleja y aturdida por lo que acababa de suceder en aquel despacho con el apacible Jerry y sus ojos de mirada bondadosa.

—La verdad es que reaccioné con cierto escepticismo la primera vez que me mencionaste lo del programa de televisión, cariño, pero lo he estado pensando y creo que va a ser estupendo para el negocio.

—¿Y para nosotros? —inquirí con tono lastimero.

Él se echó a reír y me pasó un brazo por los hombros.

—Ya, para nosotros también, claro. Aunque creo que ya estamos bastante bien. Se dice que la perfección es un imposible

—soltó una carcajada al ver que yo fingía una náusea. Aunque por dentro la sentía de verdad.

—¿Leíste detenidamente el contrato? —le pregunté por tercera vez desde que abandonamos los estudios.

—Sí —me miró—. Ya te lo he dicho, Georgia, no tenemos nada de qué preocuparnos. Confía en mí. Todo está bien.

Yo asentí a la vez que intentaba convencerme.

—¿A dónde, chicos? —nos interrumpió el taxista una vez que nos pusimos en marcha.

—Hemos terminado antes de lo que pensábamos, así que nos queda algo de tiempo libre antes de reincorporarnos al trabajo —le dije a Ben, mirando el reloj que había encima del taxímetro.

Ben se inclinó hacia delante para decirle al taxista:

—¿Podría llevarnos a Belvedere Crescent, amigo? —me apretó la rodilla.

—Usted manda —replicó el taxista y giró a la derecha, internándose por las bulliciosas calles de Londres.

—¿Qué hay allí?

—Es donde vive mi padre.

—¿De veras? —parpadeé perpleja.

—Sí, me lo sugeriste antes y simplemente pensé que ya iba siendo hora de que lo conocieras.

Yo me puse a juguetear distraída con el borde de mi vestido, insegura del aspecto que presentaría.

—Estás estupenda —Ben me plantó un firme beso en la frente—. Va a ser todo muy relajado. No te preocupes nada.

—Oh, está bien. Pero quizá podríamos parar de camino para comprar una botella de vino, ¿no? No me gustaría aparecer con las manos vacías...

—No —la interrumpió, brusco—. Perdona, quiero decir que...vayamos a ver primero si está en casa —dijo con tono ya más suave.

—Bien —yo asentí y me esforcé por permanecer tranquila y compuesta. Me recosté en el asiento, disfrutando del peso del brazo de Ben sobre mi hombro. Sentí una especie de burbujeo de excitación por dentro. Íbamos a viajar juntos y yo estaba a punto de descubrir toneladas de cosas de mi chico gracias a su padre. Estaba segura de que era igual que él, solo que mayor y, bueno, ¡más cockney! Ese día estaba prometiendo ser un día fantástico.

Sin embargo, mientras se prolongaba el trayecto y el bullicioso centro de Londres iba quedando atrás, lo mismo pareció ocurrir con el humor de Ben. Era como si una extraña nube hubiese pasado por encima de su cabeza nada más atravesar la carretera de circunvalación. Recordé que una vez Marie me dijo algo sobre que los hombres siempre conservaban una especie de caverna masculina, algo que había leído en *Los hombres son de Marte, las mujeres de Venus*. A las mujeres no les servía de nada intentar hacer hablar a los hombres cuando lo que evidentemente estos deseaban era estar a solas para cocer a fuego lento sus pensamientos, fueran los que fueran. Afortunadamente el taxista había puesto alta la radio, de manera que la música de Rod Stewart llenaba aquel extrañamente incómodo silencio.

—¿Seguro que quieres hacer esto? ¿Le has llamado? Quizá deberíamos habernos citado en una cafetería... A mí me vendría bien comer algo, hace siglos que hemos desayunado —balbuceé, ignorando el consejo que me había dado Marie. Tomamos una calle que desembocaba en lo que parecía ser un barrio bastante deteriorado de las afueras de la ciudad, a juzgar por los grafitis pintarrajeados en las paredes y de los montones de colchones acumulados al pie de algunos edificios altos.

—No pasa nada —masculló él, mirando por la ventanilla con gesto ausente. No dejaba de mover los dedos de las manos y una película de sudor le cubría las sienes. ¿Por qué estaba tan preocupado? La escena que me había imaginado, en la que el padre me mostraba adorables fotos de su hijo bebé y todos nos reíamos con sus anécdotas, había acabado por convertirse en un verdadero nudo de nervios y preocupación a la vista de la reacción que estaba demostrando Ben.

¿Quizá había sido una idea estúpida? Tal vez debería haber dejado que aquel encuentro ocurriera naturalmente, sin que yo lo forzara. ¿Y si el padre de Ben acababa odiándome? ¿Y si se revelaba tan engreído o altanero como los padres de Alex? ¿Y por qué Ben se estaba poniendo tan tenso? Yo también podía sentir las gotas de sudor que resbalaban por mi frente.

—Podemos darnos la vuelta, si quieres —propuse yo con una voz que ni siquiera reconocía como propia. El taxista era obviamente ajeno a la tensión que había surgido en la parte trasera de su coche, ya que se había puesto a comentar con alguien el partido de fútbol de la noche anterior por medio de unos auriculares de Bluetooth.

Ben sacudió la cabeza y me apretó cariñosamente una rodilla.

—No. Hay que hacerlo.

Dios, ¿por qué tenía que sonar tan terriblemente tortuoso? Estaba tenso y angustiado, como si se dispusiera a hacerse una prueba de citología para descartar o no un cáncer.

—Oh. De acuerdo —murmuré.

Finalmente se volvió para mirarme.

—Georgia, creo que sería mejor que rebajaras tus expectativas... Mi padre no se parece en nada a tu familia. Y a mí tampoco, en realidad. Él...él... —Ben tuvo que interrumpirse y dejar la frase a medias cuando el taxi se detuvo.

—Belvedere Crescent —anunció el hombre, parando el taxímetro. Aquello pareció despertar a Ben, que echó mano del bolsillo para pagar la carrera y bajamos los dos del vehículo. La sensación del frío aire invernal fue como una bofetada en plena cara.

Estábamos en una ancha calle sin salida de un parque público de viviendas. Tres adolescentes con sudaderas de capucha y andares chulescos pasaron a nuestro lado justo cuando el taxi partía a toda velocidad. Uno chasqueó los dientes, me miró de arriba a abajo y una lasciva sonrisa se fue dibujando lentamente en su boca. Me sentí expuesta, desnuda, a pesar de las numerosas capas de ropa que llevaba, y me cerré mejor el abrigo. «Son estos malditos zapatos de tacón», me dije. «Tiene que ser eso».

—Vamos —Ben fulminó a los muchachos con la mirada y, tomándome la mano, me guio por un sendero salpicado de basura hasta la larga fila de puertas que se abría al pie de uno de los bloques de pisos, todos idénticos entre sí. Una de las ventanas tenía el cristal roto y alguien lo había sustituido por un pedazo de aglomerado, en cuya superficie aparecía pintado un falo de proporciones exageradas. Con hirsuto vello púbico y todo.

—Hogar, dulce hogar —suspiró Ben. Afortunadamente no estaba viendo la horrorizada expresión de mi rostro, que tan mal fui capaz de esconder.

Oh, aquello prometía ser interesante.

Ben inspiró profundamente y pulsó el botón en el portero automático de una de las puertas, pegajoso a causa de los grafitis. Apretó la mandíbula al escuchar el fuerte timbrazo.

—¿Sí? —una soñolienta voz masculina graznó a través del interfono.

—¿Hey, papá? Soy yo. Ben. Estaba en Londres para una reunión y se me ocurrió a que lo mejor tenías tiempo para una taza de té... He traído a alguien que quiero que conozcas.

Advertí el intenso rubor que empezó a subirle por el cuello, y que se frotó con gesto distraído. Se hizo un silencio. Yo no pude arrepentirme más de habernos presentado así de pronto, sin avisar.

—¿Ben? Bueno, sube.

Se abrió la puerta y entramos en un vestíbulo con el suelo cubierto de hojas de publicidad. El ascensor no funcionaba, así que subimos por la escalera. Yo contuve la respiración ante el hedor de orina y me subí las mangas del abrigo para no que no tocan la grasienta barandilla. Ninguno de los dos hablaba. Cualquier intento de formular una frase se había evaporado ante el asombro que me producía el estado de abandono de aquel lugar. ¿Era allí donde había crecido Ben? Me había quedado literalmente sin habla.

—Ya estamos —anunció Ben después de haber subido dos tramos de escalera. Mis tacones habían resbalado dos veces sobre manchas de aspecto dudoso. La puerta del piso de su padre estaba entornada, y Ben terminó de abrirla con el pie.

—¿Hola? —llamó, sin mirarme.

Mis ojos tardaron unos segundos en adaptarse a la penumbra, pese a que hacía un día de invierno sorprendentemente despejado. Flotaba un olor a comida grasienta, tabaco y cerveza rancia que daba náuseas.

—¿Papá? —llamó de nuevo Ben. Su voz sonaba distorsionada en el eco que producían las paredes desnudas.

—Estoy aquí, hijo, cuidado por donde pisas. Yo no... no esperaba visitas.

Siguiendo la voz, avanzamos por un estrecho y oscuro pasillo que terminaba en una puerta cerrada. Cuando Ben giró el picaporte, el estómago me dio un vuelco de angustia. Con un fuerte empujón, la puerta se abrió y nos encontramos ante una especie de salón con cocina incorporada. En el centro, con aspecto de haberse levantado de un desvencijado sofá, estaba su padre, vestido con una andrajosa bata. Tenía el pelo castaño, de un tono algo más claro que el de Ben, despeinado y de punta. Un cigarrillo encendido bailaba en sus labios fruncidos. No se parecía en nada a la figura paternal que yo había imaginado. Confiaba en que mi exclamación hubiera quedado ahogada por el atronador volumen de la televisión.

—¡Hola, hijo! Precisamente me disponía a limpiar un poco —en tres pasos se plantó en la diminuta cocina y empezó a apartar los cartones y botellas vacías que desbordaban la pila. Hacía bastante tiempo que nadie había lavado ningún plato allí. Había salsa solidificada en los platos descascarillados que se amontonaban al lado de unas grasientas cajas de pizza.

—Hola, papá —la voz de Ben reflejaba decepción, y yo sabía que él era perfectamente consciente de ello. De repente quise estar en cualquier otra parte menos allí, que su padre hubiera continuado siendo para mí una figura imaginaria. ¿No decía la gente que los hombres acababan pareciéndose cada vez más a sus padres? Para el caso de Ben, aquello me parecía tan absurdo como que Katie Price se convirtiera en primera ministra.

—Ah, granuja, ven aquí y dale al viejo un abrazo. Ha llegado el cerebro de la familia, y eso es algo que no veo todos los días —abandonando aquel patético intento por fregar, se dirigió a abrazar a su hijo—. Vaya traje elegante que llevas —comentó, soltando un silbido y deslizando una mugrienta mano por su solapa—. ¿Y quién es la bella dama que ha venido contigo?

Se me quedó mirando. Un olor a sudor y a dentadura descuidada llegó hasta mi nariz. Hablaba con un fuerte acento cockney.

—Te presento a Georgia —Ben me puso una mano en el hombro y se colocó entre nosotros, como si quisiera protegerme.

—Hola —sonreí cortés, intentando disimular el dolor que me había producido que Ben hubiera elegido presentarme de aquella forma, en lugar de «mi novia Georgia». En el mundo de los chicos quizá aquello no fuera tan importante, pero lo cierto era que hacía que me sintiera aún más confusa en una ya de por sí confusa mañana. «No te asustes. Probablemente se haya sentido un tanto nervioso al hacer las presentaciones», me dije.

—Er, espero no haber venido en un mal momento —Ben paseó la mirada por la caótica habitación.

—Para mi chico especial, nunca. Ya sabes que me gustaría verte más a menudo —le hizo un guiño y juntó las manos—. ¿Y bien? ¿Quién quiere una taza de té?

—Sí, gracias. ¿No te apetece a ti una, Ben? —dije yo, desesperada por distender el ambiente y darle a entender de paso que lo estaba aceptando bien. Yo no procedía precisamente de una familia de la realeza, pero podía imaginarme a mi madre llevándose una mano al pecho con una expresión de horror a la vista de toda aquella suciedad. Aquello no podía ser más distinto que cuando conocí a los padres de Alex en el restaurante pijo de un club de golf. Aunque lo selecto del escenario no significó que todo marchara sobre ruedas. Yo me manché la pechera del vestido de vino y hasta que no llegué a casa no me di cuenta de que tenía un pedazo de espinaca en los dientes.

Mirando atentamente el estado de aquel piso, ya no estaba tan segura de que aquella presentación hubiera sido tan mala. A parecer, había pasado de un extremo al otro. Me sentía inquieta e insegura. Podía darme cuenta también de lo muy incómodo que era aquello para Ben y ansiaba hacer lo que fuera para facilitarle las cosas. El té era siempre una respuesta para momentos como aquellos.

Mientras su padre procedía a prepararlo, oliendo la leche para asegurarse de que no se había agriado, Ben apartó las latas de cerveza y las botellas vacías de ron con los pies para hacer espacio en el sofá. Me indicó por señas que me sentara a su lado.

—Lamento mucho todo esto —me dijo en voz baja—. Yo creía que había cambiado Ha pasado... ha pasado mucho tiempo desde la última vez que le vi —se pasó una mano por el pelo, dejándoselo despeinado e inquietantemente parecido al de su padre.

—No pasa nada —le aseguré, acariciándole el brazo. Nunca lo había sentido tan tenso. Miré de nuevo a mi alrededor y descubrí que no había fotografía familiar alguna.

—Me las arreglo bastante bien en este piso, de verdad. Es solo que me habéis pillado en un mal día —su padre lanzó una ronca carcajada como para disimular el embarazo que le producía tenernos a los dos allí—. Pero cuidar de una casa es trabajo de mujeres, y sin una mujer al lado, ¿qué puede hacer un hombre? —me miró—. Desde que ella nos dejó, he tenido intención de contratar a una asistenta.

—Ya, pero tiempo para hacer la limpieza tú mismo sí que has tenido, papá —murmuró Ben.

Yo sentí que me ruborizaba ante la inminencia de una discusión familiar. Entendí que, por «ella», su padre se estaba refiriendo a la madre de Ben.

—Sí, cierto. Pero hay cosas más importantes en la vida, ¿no? ¿Qué tal eres con el plumero, cariño? —me preguntó de pronto mientras se acercaba con una taza de té, derramando un poco por culpa del temblor de sus manos. Me entregó una taza descascarillada.

—No respondas —se apresuró a susurrarme Ben y se frotó el cuello. El leve rubor anterior se había convertido en un rojo furioso—. ¿Qué tal si dejamos a mamá fuera de la conversación?

—¡Yo podría contarte unas cuentas cosas sobre su madre! —me espetó su padre.

—Nadie necesita escuchar tu versión de lo sucedido, papá.

Dios, me sentía tan desesperada como si estuviera esperando los resultados de una prueba de ADN. Pero deseosa también de ayudar a superar a Ben lo que evidentemente era una situación terriblemente incómoda.

—Bah. ¿La verdad, quieres decir? —su padre puso los ojos en blanco mientras se dejaba caer en el sucio sillón verde, delante de nosotros. Ben mantenía baja la cabeza y tenía los ojos clavados en la alfombra como si esperara ver abrirse la tierra de un momento a otro para poder escapar por el agujero.

—No pasa nada, de verdad.... —me interrumpí, obligándome a mantener alta la mirada en caso de que al padre de Ben se le abriera la bata...A juzgar por sus flacuchas y velludas piernas, no parecía llevar nada debajo.

—Bueno... —el hombre inspiró profundo, como si se dispusiera a empezar.

—Papá. Para —gruñó Ben. Nunca lo había visto tan tenso.

—Está bien. Tú mandas —su padre alzó las manos en un gesto a la defensiva.

—Escucha, ¿te importa si abro una ventana? Esto está un poco cargado —Ben no esperó su respuesta. Se levantó rápidamente del sofá y salvó la corta distancia que le separaba de la ventana. Corrió las cortinas, con lo que la luz bañó la habitación y el espectáculo se hizo, si eso era posible, todavía más deprimente.

—Ah, ¿te he avergonzado delante de tu nueva amiga? —el padre de Ben soltó una ronca carcajada que terminó en ataque de tos—. Perdona, Grace.

—Se llama Georgia —le espetó Ben antes de que yo pudiera contestar. Cuando terminó de abrir la ventana, me estremecí al sentir la ráfaga de aire helado.

—No pasa nada —musité. Ben me lanzó una tensa sonrisa por primera vez desde que llegamos allí. Una sonrisa que venía a decirme que sabía que aquello no estaba marchando nada bien.

—¿Y bien? ¿Tienes algún plan para hoy? —preguntó Ben, obviamente desesperado por cambiar de tema mientras su padre sacaba de un bolsillo de la raída bata un paquete de cigarrillos.

—Bueno, la verdad es que sí. He quedado con Nicky después. Dice que tiene unos consejos muy buenos que darme sobre los perros —se frotó las manos de contento antes de sacar un pitillo y encenderlo con uno de los numerosos encendedores que había sobre la mesa.

—Papá, ¿te importa? —gruñó mientras me señalaba con la cabeza.

—Ben, déjalo, estamos en su casa… —le dije yo en voz baja.

—¡Ah, mierda! Perdona, Gracie, ha pasado mucho tiempo desde la última vez que he tenido compañía femenina —volvió a alzar los brazos, ignorando a su hijo, que había vuelto a recordarle que mi nombre era Georgia. Sacó otro cigarrillo, que me tendió—: Toma.

—Oh. Er… no fumo —me ruboricé al tiempo que Ben suspiraba profundo y se pasaba una mano por la cara.

Su padre se mostró avergonzado antes de dejar el cigarrillo sin encender sobre la mesa, al lado de un lata vacía de cerveza.

—Disculpa.

—¿Sigues jugando entonces, papá? ¿Las carreras de perros? —le espetó Ben, cortante.

—Oye, no me mires así. Solo juego de vez en cuando.

Sentí que Ben se encendía de irritación a mi lado.

—Ten cuidado, ¿de acuerdo?

—Ya, ya. Bueno, háblame de tu vida. Han pasado siglos desde la última vez que te vi. ¿Cuánto tiempo lleváis de novios?

—Trabajamos juntos —replicó bruscamente Ben antes de que yo tuviera oportunidad de decir nada. El corazón se me amustió tanto como las hojas de la planta marchita que había al lado del televisor. Obviamente no confiaba en absoluto en su padre respecto al hecho de que pretendía proponerme matrimonio. Como resultaba también claro que su padre nunca había oído hablar de mí.

—Ay, los beneficios del trabajo en común, ¿eh? Siempre te han gustado los desafíos. Como a tu viejo. Bueno, no hay nada mejor que tener a una mujer a tu lado para que cuide de ti. Eso es algo que echo de menos, te lo aseguro.

—Quizá si la hubieras cuidado un poco más... —rezongó Ben por lo bajo, pero lo suficientemente alto como para que yo lo oyera.

—¿Qué has dicho? —le preguntó su padre.

—Nada —Ben se obligó a mirarlo a los ojos. De repente advertí que la tensión del ambiente había subido varios grados—. Mira, vamos a tener que marcharnos pronto. Siento que no podamos quedarnos más.

Él también debía de haber sentido aquellas vibraciones sofocantes, porque prácticamente se levantó de un salto antes de tomarme la mano y obligarme a hacer lo mismo.

—Oh, de acuerdo. Bueno, gracias por el té —yo sonreí dulcemente e intenté quitarme una pelusa de suciedad de mi vestido sin que su padre lo notara.

—Ya, ya, claro. En otra ocasión, ¿eh? —él también se levantó y se estiró la bata.

Ben no dijo nada mientras se ponía su gruesa bufanda al cuello.

—Cuídate, papá.

—No te preocupes por mí. Seguiré dando guerra —sonrió y fue a abrir otro paquete de cigarrillos, pero frunció el ceño al ver que estaba vacío—. No tendrás un poco de pasta que prestarme, ¿verdad? Antes de que te vayas —bajó la mirada a sus pies desnudos sobre el grasiento suelo de linóleo.

—Er... Claro —masculló y echó rápidamente mano a su cartera para sacar unos cuantos billetes, que dejó sobre la mesa.

—Ah, eres un buen muchacho.

Ben le dio un incómodo abrazo de despedida y me sacó rápidamente del deprimente piso antes de que pudiera pronunciar una sola palabra.

No estaba muy segura de lo que había sucedido.

—Yo no soy como mi padre —masculló entre dientes a nadie en particular mientras bajábamos la escalera medio corriendo y salíamos a la fría calle. Toda la alegría y el entusiasmo que había demostrado cuando abandonamos los estudios de televisión habían desaparecido. Yo me esforzaba por seguirle el paso trastabillando con mis tacones mientras caminaba a paso rápido por la calle. Una furiosa tensión envaraba sus hombros.

—Afloja un poco el paso —le supliqué, trotando tras él con aquellos estúpidos tacones. Me ignoró—. ¡Ben, espera! —le tiré del brazo para detenerlo—. ¡Ben!

Él se giró en redondo, soltándome. Apenas podía reconocerlo, con aquel oscuro ceño y aquella oscura mirada de ojos desbordados por el dolor y por ciertos misteriosos secretos familiares.

—Háblame —jadeé, esbozando una mueca de dolor por culpa de las ampollas que se me estaban formando en los talones por culpa de los zapatos.

Recorrió con ojos desorbitados la calle vacía y soltó un profundo suspiro antes de sacar su móvil.

—Salgamos de una vez por todas de aquí, ¿de acuerdo?

Antes de que pudiera decir algo, él ya estaba pidiendo un taxi. Su voz sonaba brusca y cortante, tristemente diferente de la que yo conocía. Se pasó luego una mano por el pelo. El entusiasmo de aquella mañana parecía en aquel momento a años luz de distancia. Yo me reprochaba mentalmente la insistencia que había puesto en conocer a su familia, mi deseo de conocer sus orígenes. Ojalá hubiera mantenido la boca cerrada para resignarme a esperar a que llegara el momento, a que él decidiera presentarme a su padre de la manera apropiada en lugar de sorprenderlo como habíamos hecho. Aunque dudaba también que eso hubiera cambiado mucho las cosas.

Afortunadamente, momentos después, un taxi se detuvo a nuestro lado y subimos rápido.

—Estación de Euston, por favor —ordenó Ben al chófer, que asintió y pisó a fondo el acelerador. Parecía tan ansioso como nosotros de abandonar aquel barrio.

—Lamento que pienses que he actuado con demasiada brusquedad, pero tienes que entender que, cada vez que lo visito, siempre es lo mismo. Disculparse ahora no cambia nada. Es demasiado tarde.

—¿Demasiado tarde para qué? —le pregunté con voz apenas audible. «Por favor, ábrete, a mí», le suplicaba por dentro. «Por favor».

Vi moverse la nuez de su cuello mientras tragaba saliva y rumiaba lo que estaba a punto de decir.

—Todo eso pertenece al pasado, Georgia. Por favor, no reabramos viejas heridas. Ahora soy una persona completamente diferente de la que era en aquel entonces. El hecho de ver a mi padre y lo que ha hecho con su vida solo refuerza mi decisión de triunfar en la mía. Cada vez que le veo me dice que ha cambiado, que está saliendo adelante, pero la verdad es que nunca cambiará. Y cuanto antes me entre eso en la cabeza, mejor.

Yo le acaricié el brazo con gesto protector, sin saber muy bien qué decirle. Quería salir de aquel taxi, de Londres, volver a nuestro piso de una vez, regresar a aquella mañana, cuando él había intentado retenerme unos minutos más en la cama. Cuando nada de todo aquello había sucedido.

Él sonrió tristemente ante aquel gesto y desvió la vista.

—Entonces, ¿a qué hora sale nuestro tren?

Yo busqué los billetes en el bolso. Evidentemente la conversación había terminado.

CAPÍTULO 8

Camaradería (n.): Espíritu de buena amistad y compañerismo

—¡No me puedo creer que vayáis a hacer esto! —la tronante voz de Conrad resonó en la oficina—. Al menos deberíais mandarme un saludo público de agradecimiento.

Yo alcé la mirada de la montaña de papeles que tenía delante.

—¡Yo tampoco me puedo creer que nosotros estemos haciendo esto!

Después del horrible encuentro con su padre, del que no habíamos vuelto a hablar, las preguntas sin respuesta sobre el pasado de Ben y el horrible tiempo que había estado haciendo fuera, acogí con más entusiasmo que nunca la posibilidad de viajar a Chile. Había estado intentando no pensar en aquel día, ya que cuando lo hacía crecían mis dudas sobre Ben, sobre la clase de familia con la que me vincularía cuando me casara con él, y el estómago se me cerraba de solo imaginarlo. Me sentía fatal cuando comparaba a su padre con los formales aunque esnobs padres de mi ex. Me avergonzaba admitir que no podía decidir cuál de ellos era peor. Y me odiaba por pensar tales cosas.

Ben alegaba que él no era en absoluto como su padre, pero

tanto Shelley como Marie estaban convencidas de que todos los hombres acababan pareciéndose a sus padres tarde o temprano, tanto si se trataba de una decisión consciente como si no. Yo me sentía la peor novia del mundo. ¿A quién le importaba cómo era o dejaba de ser la familia de Ben? Solo que yo ya había estado a punto de heredar una familia infernal, la de Alex, y no quería volver a pasar por algo así de nuevo.

—Estoy esperando un mensaje personal de tu eficaz colaborador, el tipo guapísimo de personalidad deslumbrante —Conrad, calvo y robusto como un oso, estaba sudando copiosamente mientras luchaba con la máquina de café, en un intento de que funcionara.

Riendo, me aparté el pelo de la cara.

—Si me sale la oportunidad de ensalzarte en el programa, ten por seguro que lo haré.

—Siendo como soy la trabajadora de plantilla más antigua y más leal, si alguien tiene que salir mencionado en la tele, espero que la afortunada sea yo —intervino Kelli.

—¡Os mencionaremos a ambos, si es que nos dejan! —junté las manos. Necesitaba un buen café para despertarme—. ¿Ha habido suerte con la máquina, Conrad?

Conrad se enjugó el sudor de la frente con el dorso de su manaza.

—Está hecha polvo.

Suspiré. Era la tercera máquina de café que había comprado en el mismo número de meses.

—No lo entiendo...

Conrad se encogió de hombros.

—Hablaré con la tienda y les diré lo que pienso de ellos, no te preocupes. Pero hasta entonces, podría acercarme a la cafetería cercana. No sé tú, pero yo necesito cafeína.

—Eres mi héroe —sonreí mientras Conrad nos tomaba las órdenes y salía hacia la cafetería. Era tan agradable tener a un hombre tan capaz al lado, sobre todo con Ben de misión en Londres, entrevistándose con diversos «niños prodigio» de los medios digitales con la intención de maximizar nuestra presencia en redes sociales. Según Kelli, esa tarea la podíamos hacer nosotros mismos desde la oficina, pero Ben había insistido en que necesitaba hablar personalmente con ellos. Yo medio había esperado que sacara a colación la idea de la expansión de nuestro negocio en Londres, pero no había abierto la boca al respecto. Quizá hubiera terminado aceptando mi punto de vista acerca de que todavía no estábamos preparados para dar ese paso.

Tan pronto como Conrad abandonó el local, Kelli se inclinó sobre mi escritorio en plan confidencial.

—¿Sabes por qué la máquina de café se «rompe» continuamente? —dibujó unas comillas en el aire.

Yo la miré perpleja.

—¿Porque consumimos demasiada cafeína?

—No Es porque Conrad tiene un flechazo con la camarera. Por eso se escapa a verla cada vez que puede.

Resoplé, escéptica.

—¿No te has enterado de lo muy dolido que sigue por su divorcio? Le encanta la vida de soltero y además se encarga de hacer proselitismo de ello.

En aquel momento, no podía imaginarme la vida sin Conrad. Resultaba reconfortante saber que mientras Ben y yo estuviéramos fuera, filmando, la oficina estaría en las mejores manos.

—¡Te juro que es verdad! ¿No te parece raro que la máquina de café no se rompiera nunca hasta que Conrad entró a trabajar para nosotros?

Sacudí la cabeza, y sonreí al ver entrar a Conrad con los tres vasos en una bandeja de cartón y una sonrisa de oreja a oreja en un rostro algo más ruborizado de lo normal.

—¿Lo ves? —me susurró Kelli.

—Sshh —chisté—. Gracias, Conrad.

—De nada. Hablaré con la tienda donde compramos esa última máquina y les haré saber en términos inequívocos que no estamos dispuestos a tolerar más abusos —masculló mientras se sentaba ante su escritorio. Afortunadamente no vio tanto la mirada como la risita que Kelli se estaba esforzando en ahogar—. Me pregunto si el café en Chile será bueno.

—No lo sé, no he tenido mucho tiempo para documentarme —me mordí el labio—. Chicos, ¿seguro que os apañaréis bien durante nuestra ausencia? —Probablemente era la trigésima vez que lo preguntaba.

Kelli puso los ojos en blanco.

—No. Vamos a convertir el local en un burdel de tercera clase. Cambiaremos los viajes organizados por buenos ratos de placer —lanzó una mirada a mi horrorizada expresión—. Tranquila, Georgia, estoy de broma. Nos las arreglaremos perfectamente. Esta es una época tranquila y vosotros solo estaréis fuera diez días. No te preocupes.

Yo recuperé el aliento y asentí. Ella tenía razón, los dos eran perfectamente capaces de desenvolverse solos. Eso debía de ser lo que sentía Marie cada vez que dejaba a Cole en la escuela infantil, susurrando por lo bajo a las maestras «cuidad bien de mi bebé, por favor».

—Tú solo prométenos que no volverás de Chile hecha una diva —le advirtió Kelli.

—Aunque vuelvas con unas enormes gafas de sol de esas que tapan media cara, o engalanes esta oficina de lirios blancos, te bajaremos a tierra en menos que canta un gallo —rio Conrad, abriendo un paquete de galletas que parecía haber surgido de la nada.

—No me cabe la menor duda de que os ocuparéis de que no se me suban los humos. En cualquier caso, creo que os estáis adelantando. Se trata de un equipo pequeño de televisión; Jerry dijo que solo habría un cámara y un productor. Y cuatro parejas de concursantes que filmar para una hora de programa no es mucho tiempo en el aire, ¿no os parece? —dije con la mayor confianza de que fui capaz, aunque el mismo tiempo estaba tirando piedras contra mi propio tejado, porque cuanto mayor fuera el tiempo de antena, más publicidad recibiría nuestro negocio.

—Cuando descubran el gran equipo que formáis Ben y tú, se asegurarán de despachar a los demás y el programa lo monopolizaréis vosotros —dijo Kelli antes de escupir su chicle a la papelera que había al pie de su desordenado escritorio y tomar una galleta.

—Entonces, ¿cuándo lo van a retransmitir? —quiso saber Conrad.

—No lo sé. Se tardan siglos en editar esas cosas, ¿no? —respondí, picando también una galleta.

—¿No puedes llamar a Rahul para preguntárselo? —sugirió Kelli, simulando un desmayo ante la mención de aquel bombón de hombre.

Yo sacudí la cabeza y me tragué el bocado de aquella maravilla de chocolate y avena que parecía haberse atascado en mi garganta.

—No. No está previsto que trabaje en este programa. Simplemente nos puso en contacto con la gente que sí lo haría —evoqué en ese momento al Jerry de mirada bondadosa; sería divertido frecuentar su compañía durante aquella aventura. Por muchas ganas que tuviera de pasar tiempo a solas con Ben, era seguro que pasaríamos buena parte de nuestro tiempo de descanso con las demás parejas, así como con Jerry y los técnicos—. Intenté llamarle después de nuestro viaje a Londres, pero él tenía tanta información como nosotros, ya que se había limitado a hacer de intermediario. Creo que pronto volverá a la India.

—Es una pena, ya que es el indio más guapo que conozco. No me importaría salir un día con él... —confesó Kelli con voz soñadora.

Pude sentir la airada reacción de Conrad.

—¡Qué volubles sois las mujeres! —gruñó antes de engullir una galleta entera.

Kelli se echó la melena hacia atrás y frunció los labios. ¿Llevaba lápiz de labios transparente? Habían quedado atrás los tiempos de su maquillaje gótico. Ahora había refinado mucho su aspecto y vestía con un estilo... bueno, más normal.

—Oh, ¡como si los hombres no juzgarais un libro por la cubierta!

Conrad adoptó una expresión de fingido horror ante la insinuación.

—Algún día descubrirás que mis conquistas solo se han basado en el ingenio chispeante y la broma ingenua. ¿Cómo te atreves a sugerir lo contrario?

—Y en el café también —rezongó Kelli.

Al oír aquello, me esforcé todo lo posible por ahogar la risa que me estaba subiendo por el pecho. No hubo suerte. Él se volvió hacia mí y enarcó una ceja.

—¡Me he atragantado con una galleta! —mentí, y me puse a toser patéticamente.

Conrad sacudió la cabeza.

—Ya. Ten cuidado no vayas a ahogarte —dijo con una irónica sonrisa antes de descolgar el teléfono de su escritorio, que había empezado a sonar.

Yo crucé una mirada con Kelli y disimulé una risita.

En aquel momento sonó la campanilla de la puerta, lo que me obligó a recomponer mi habitual actitud profesional... hasta que me volví para descubrir a Trisha.

—¡Hola, queridas! —exclamó antes de abrazarnos a todos por turno.

—Hola, Trisha. Lamento no poder ofrecerte una bebida caliente. Hemos estado teniendo problemas con nuestra máquina de café —dijo Kelli al tiempo que desviaba la mirada hacia Conrad, que la ignoró.

—Oh, no os preocupéis por mí —sonrió Trisha mientras se despojaba de su abrigo multicolor—. Georgia, ¡tienes un aspecto estupendo! —le hizo un guiño—. Ben me ha contado lo de vuestro viaje.

Yo me eché a reír. Le indiqué que se sentara conmigo en

los sofás, cerca de la estantería de los folletos, mientras Kelli se levantaba para atender al cliente que acababa de entrar.

—Me alegro de verte. Tú también tienes buen aspecto. Y el momento es muy oportuno, porque precisamente quería hablar contigo —dije, bajando la voz y rebobinando las dudas que me habían estado asaltando desde mi encuentro con el padre de Ben.

La expresión de Trisha se tornó seria al tiempo que se inclinaba hacia mí.

—Oh. ¿Todo bien, cariño?

Una vez convencida de que nadie podía oírnos, gracias a la atronadora voz de Conrad y a los esfuerzos que estaba haciendo Kelli por vender una ruta por Europa, inspiré profundo.

—Eso creo. Simplemente necesito un consejo. Sobre relaciones —me interrumpí—. He conocido al padre de Ben.

—Oh. Entiendo —Trisha arqueó una ceja como comprendiendo al instante lo que me pasaba—. Me preguntaba cuándo se decidiría Ben a hacer las presentaciones —suspiró y se sentó muy derecha—. Es todo un personaje, su padre. Una tarda en acostumbrarse. Es el alcohol y el juego lo que le ha cambiado, y desde luego no para mejor.

Yo esbocé una mueca, sintiéndome fatal por haberme dejado afectar tanto por aquello. Aunque sentía la necesidad de hablar con alguien del tema y no parecía que Ben fuera a abrirse a mí por algún tiempo.

—Yo estuve al lado de Ben cuando su madre se marchó. A su padre le costó tener que arreglárselas solo, ¡por no hablar de hacerse cargo de un hijo! Estoy segura de que ya habrás descubierto que procede de una familia poco convencional, aunque.... ¿a quién no le pasa eso? —soltó una ligera carcajada, para mirarme luego muy seria—. Yo conocí a su familia durante unas vacaciones, antes de que naciera Ben. En aquel entonces su padre no se parecía en nada al hombre que conociste el otro día. Pero lo que hizo Maggie lo marcó, a él y a todos —Trisha sacudió la cabeza, perdida en aquel distante y doloroso recuerdo—. Yo me sentí muy honrada de que Ben me pidiera que fuera su madrina, pero, debido a que Fred y yo viajábamos tanto, yo solo pude cuidar de Stevie, perdón, de Ben, desde lejos —se le había escapado el cariñoso nombre con el que ella siempre lo había llamado—. Cuando me trasladé a Manchester para abrir mi agencia de viajes, yo siempre supuse que él se instalaría aquí, pero por entonces estaba viajando y trabajando en el extranjero. Creo que en cierta forma necesitaba ver mundo solo con tal de escapar de aquella casa. Cada vez que venía me llamaba por teléfono, forcejeando con la realidad de que, coincidiendo con sus escapadas, su padre había estado cayendo más y más en la bebida. Su padre nunca cambiará y, por desgracia, Ben no tiene otro remedio que aceptarlo.

—Dios, es tan triste... —sacudí la cabeza, pensando en aquel repugnante piso—. Así que... ¿tú tampoco sabes dónde está su madre?

Estuve segura de ver una sombra cruzando la expresión de Trisha, pero en seguida bajó la cabeza y recogió las llaves que se le habían caído al suelo.

—No. Yo me quedé tan sorprendida como los demás. Es como si se hubiera desvanecido de la faz de la tierra, Maldita sea, mis llaves han ido a parar debajo del sofá —dijo mientras palpaba el suelo con una mano.

Yo me agaché para recogérselas.

—Gracias, querida. Por favor, no te agobies pensando demasiado. Ben te quiere, ¡y los dos estáis a punto de divertiros mucho en Chile, estoy convencida!

—Seguro que sí.

Los siguientes días transcurrieron en una confusa nube de trámites mientras nos preparábamos para el viaje a Chile con gran entusiasmo. Íbamos a volar a la capital, Santiago, de la que había leído que era una bulliciosa metrópolis llena de animada vida nocturna y cultura colonial, rodeada por las nevadas cumbres de los Andes. Había estado soñando con apartamentos de cinco estrellas con vistas a las luces de la ciudad, rodeados de terrazas donde Ben y yo podríamos sentarnos con una botella de vino del país por las tardes, disfrutando del templado aire de la noche.

Jerry me había advertido de que no esperara un itinerario detallado, ya que los productores querían mantener el factor sorpresa para que las cámaras captaran nuestras espontáneas reacciones, pero también me había confirmado que los alojamientos serían de alta calidad y que habría actividades lúdicas. Yo eso lo entendía, pero, como persona acostumbrada a controlar cada pequeño detalles de mis rutas de viaje, tanto secreto me estaba resultando difícil de digerir. Ben había vuelto a su antiguo ser tranquilo y relajado, contento simplemente con que le dijeran a dónde debía ir y cuándo. «¿Qué es lo peor que puede suceder?», me había preguntado anoche mientras me veía hacer la maleta, preocupada por cuántos biquinis y bonitos vestidos de verano podía llevarme.

Yo le había sonreído antes de volverme de nuevo hacia la montaña de ropa que cubría el suelo de nuestro dormitorio, cruzando los dedos para que todo saliera bien. Mentalmente había examinado los diferentes escenarios y sabía que él tenía razón, que no había nada que no pudiéramos superar juntos, teniendo en cuenta las situaciones que ya habíamos atravesado como pareja. Mi conversación con Trisha también había sido positiva a la hora de hacerme olvidar el triste y disfuncional pasado de Ben. Lo único que importaba era nuestro futuro. Juntos. Seguro que terminarían siendo unas felices y gratuitas vacaciones en un cálido rincón del mundo, que solo requerirían de unas pocas horas de trabajo por nuestra parte frente a las cámaras.

La experiencia de hacer nuestras respectivas maletas, de escoger los artículos de aseo que compartiríamos, y todo ello en medio de risas y bromas, había disipado la extraña atmósfera que había reinado hasta entonces entre nosotros. Yo apenas había dormido la noche anterior de lo entusiasmada que estaba. Nos habíamos quedado charlando hasta tarde de las cosas que nos gustaría ver durante nuestro viaje, así como de las cosas que, bueno, queríamos hacernos el uno al otro...Tampoco había podido dejar de pensar en lo que Marie me había dicho el otro día, cuando la llamé para avisarla de que partiríamos pronto, prometiéndole que estaría de vuelta antes de la fecha prevista de su parto.

—¿Y si te pide matrimonio allí? Se arrodillaría ante ti en un lugar de ensueño...Oh, Dios mío, ¿y si lo hace delante de las cámaras?

A mí se me encogió el estómago solo de pensarlo e intenté decirle, a ella y también a mí misma, que seguramente Ben sabía que yo odiaba la idea. ¿Él no?

Había sentido curiosidad por buscar de nuevo la caja del anillo para saber si la había metido o no en la maleta, pero tenía ya la sensación de haber tentado demasiado al destino cuando lo hice la primera vez. Me dije a mí misma que eso arruinaría el efecto sorpresa que él había planeado, además de que no me vendría mal un plus de fuerza de voluntad. Eso era más fácil de decir que de hacer, pero hasta el momento me había resistido con éxito a la tentación de volver a ojear el diamante. Dejaría que los acontecimientos siguieran tranquilamente su curso. Y me olvidaría de la rígida necesidad que tenía siempre de controlarlo todo, ya que durante mi viaje a la India había aprendido que era posible sobrevivir sin tener controlado hasta el más mínimo detalle.

CAPÍTULO 9

Fingir (v.): dar una falsa apariencia; inducir una falsa impresión

Estaba estirando el cuello por si veía a Jerry con su poblada barba paseando por el vestíbulo de salidas del aeropuerto mientras Ben estaba en el baño, cuando un extraño nudo de entusiasmo, nervios y expectación me atenazó el estómago. Afortunadamente, me las había arreglado para ocupar una de las pocas mesas de la cafetería mientras el espacio se llenaba rápidamente de excitados turistas, grupos de jóvenes que habían empezado temprano el día a juzgar por las pintas de cerveza que tenían delante, y padres de aspecto cansado que se esforzaban por controlar a sus hiperactivos retoños.

—Perdón, este asiento está ocupado —me disculpé por segunda vez.

La mujer cuarentona de rizada melenita rojiza y nariz grande cubierta de pecas dejó en paz la silla de Ben y se me quedó mirando fijamente.

—Pues yo no veo a nadie sentado aquí.

—Es de mi novio, que volverá de un momento a otro.

La dama de cabello color caoba enarcó una fina ceja, excesivamente depilada.

—Bueno, pero ahora mismo no lo está ocupando nadie, ¿verdad?

Yo detestaba las confrontaciones y recé en silencio para que Ben se apresurara a volver y me salvara. ¿Cómo podía aquella mujer desconocer las reglas básicas de la ocupación de asientos? Una regla, por lo demás, absolutamente británica.

—Bueno, técnicamente no, pero... —me interrumpí. La dama me estaba fulminando con una mirada de desafío cuando un hombre bajo y de pelo canoso, que aparentaba su misma edad a pesar de su moderna camiseta estampada de manga corta y sus chinos, apareció detrás de ella.

—Ya tenemos mesa, cariño —se dirigió a la furiosa ladrona de sillas con una voz que resultó apenas audible en el bullicio de la cafetería.

Su compañera frunció sus labios de un rojo brillante y soltó la silla de golpe, sin retirar sus ojos entrecerrados de mi cara.

—¿Sabes qué? Que nos vamos a otra parte. A un lugar más elegante.

Y giró sobre sus talones para marcharse, con lo que no llegó a oír el sordo gruñido que lancé. Así que me quedé con una mano sobre el respaldo de la silla y la otra temblando sobre la mesa cuando Ben regresó finalmente.

—Dios, no es normal que haya tanta cola en los servicios de caballeros. Estaban allí todos esos chicos de las cervezas, vaciando sus vejigas —bromeó—. ¿Te encuentras bien, cariño?

Yo asentí y forcé una sonrisa.

—Sí, sí, claro —nada, ni siquiera aquella desconsiderada dama, iba a amargarme aquel día—. ¿A qué hora decía el email que teníamos que encontrarnos?

Ben sacó su móvil y se puso a revisar sus mensajes.

—Creo que deberíamos terminar nuestras consumiciones y dirigirnos al mostrador de información.

Apurando el café ya medio frío y sintiendo el familiar aguijón de la cafeína corriendo por mis venas, recogimos nuestras maletas y nos dirigimos a los mostradores.

—Oh, por el amor de Dios —masculló al descubrir que la grosera dama de pelo caoba y su compañero tomaban el mismo rumbo que nosotros. La mujer estaba dejando que su pobre marido cargara con todo el equipaje.
—Espera, esa es la mujer que me entrevistó cuando fuimos a los estudios de Londres... —me informó Ben de pronto, señalando discretamente a alguien. La glamurosa rubia que se llevó a Ben mientras yo estuve hablando con Jerry estaba apoyada en el mostrador de información, manipulando su teléfono. A su lado, un hombre fornido de unos cincuenta y pocos años y aspecto cansado, con expresión de bulldog masticando una avispa, jugueteaba con el trípode de su cámara.

Mientras nos acercábamos, la bella rubia alzó la vista y esbozó una ancha sonrisa al tiempo que abrazaba cariñosa a la ladrona de sillas, como si estuviera saludando a un familiar del que hubiera pasado siglos separada. El estómago se me encogió ante lo evidente: la ladrona de sillas y su marido debían de ser una de las otras parejas que iban a tomar parte en el concurso. Estupendo.

Yo estaba a punto de contarle a Ben lo que había sucedido durante su visita al baño, para alertarle sobre la ladrona de sillas de melena caoba y la necesidad de plantarle una cara bien seria... cuando de repente alguien gritó su nombre.

—¡Ben! ¡Ooooh! —la glamurosa rubia nos estaba saludando con la mano, manteniéndose en precario equilibrio sobre sus altísimos tacones. En realidad estaba saludando únicamente a Ben. Porque ni aun si hubiera estado bailando desnuda se habría fijado en mí, a juzgar por la mirada láser que tenía clavada en mi novio—. ¡Aquí está! Temíamos que estuvieras atrapado en un atasco o algo así...

Soltando una risita, abrazó a Ben. Con su naricita pecosa, su rostro en forma de corazón y sus cejas de color rubio oscuro perfectamente delineadas, habría podido pasar por una vivaracha veinteañera. Solo las finas patas de gallo que descubrí en su rostro conforme me acercaba me indicó que probablemente andaría por los treinta y pocos.

Ben se apartó, algo sorprendido.

—Oh, hola. Eres Anna, ¿verdad?

Anna se apartó y le dio un suave golpecito en un bíceps.

—Ja, ja, no finjas que te has olvidado —de repente no supe a cuál de esas dos mujeres que acababan de entrar en mi vida odiaba más: si a la seductora o a la ladrona de sillas de cara agria que en aquel momento me estaba mirando de arriba a abajo con la misma repugnancia que había demostrado antes.

—Er... esta es Georgia —Ben se frotó el cuello, turbado por tanta atención, para obligarla cortésmente a concentrarse en su novia.

Anna me lanzó una sonrisa que no llegó hasta sus enormes ojos castaños. De un tono castaño lodo, del color del canal de Manchester, apunté mentalmente.

—Hola. Ah, sí, Georgia —dijo, como esforzándose por identificarme. Ni siquiera aposta habría podido expresar menos entusiasmo.

—Hola.

—Estupendo. Venid a conocer a los demás —tiró del codo de Ben para acercarnos al mostrador de información. Otras dos parejas se habían instalado en unas pocas sillas situadas cerca del mostrador, los cuatro con aspecto igualmente incómodo. A una simple mirada de la mujer de pelo color caoba, su inalterable compañero asintió y se reunió con el resto del grupo cargado con las maletas.

Anna se situó en el centro y dio una palmada para llamar la atención de todo el mundo, haciendo tintinear las pulseras y brazaletes de oro que adornaban sus brazos.

—Muy bien. Ahora que todos estáis aquí, procederemos a hacer las presentaciones. Me llamo Anna, soy presentadora y productora del programa y, como tal, la responsable de que todo marche sobre ruedas —tenía una voz chillona y llena de entusiasmo. Yo alcé entonces la mano—. ¿Sí, Georgia?

—Solo me preguntaba cuándo se reunirá Jerry con nosotros...

Un brillo relampagueó en sus ojos color barro.

—Jerry no va a viajar con nosotros. Él solo está a cargo de la logística. Así que, como iba diciendo... cualquier pregunta que tengáis, por favor, hacédmela a mí o a Clive —señaló con la cabeza al cámara, que apenas levantó la mirada del equipo que estaba ajustando—. ¿Todo listo, Clive? —le preguntó, y él gruñó una respuesta—. ¡Estupendo! Bueno, solo para situar la escena, me gustaría que cada pareja se presentara brevemente ante la cámara, dando algún detalle sobre su negocio y el motivo por el que está aquí. De esa manera todos podremos saber un poco más sobre vosotros —Anna señaló entonces a la pareja que estaba más cerca—. Gareth y Jade, ¿os importaría ser los primeros?

—Claro que no —Gareth se levantó y se alisó la camisa azul celeste que llevaba encajada debajo de unos oscuros tejanos obscenamente subidos. Con paso confiado se acercó al lugar donde Clive había montado el improvisado set y empezó a emitir extraños sonidos, como un cantante de ópera preparando la voz. Supuse que sería un par de años más joven que Ben y que yo, pero exudaba la confianza de alguien mucho mayor.

—Cuando quieras —dijo Clive, aparentemente impertérrito ante los extraños sonidos y los movimientos de cuello del tipo que tenía delante. Gareth cesó de pronto de masajearse el cuello y lanzó una sonrisa radiante a la cámara. La brillantina de su cabello rubio peinado hacia atrás resplandeció a la luz del foco.

—¡Hola! La gente me llama Gareth, pero para los amigos soy Gaz «El Cartero». No, no trabajo para el servicio de correos: me llaman así porque me dedico a entregar cosas.

¿Era posible que hubiera hecho el amago de disparar un arma imaginaria con los dedos para luego soplar el cañón? Oh, Dios mío. El único que se rio fue el propio Gareth.

—Trabajo como supercreativo y guerrero digital para una start-up del sector turístico...

Parecía más bien un nominado del famoso programa televisivo *The Apprentice*, con aquel aspecto de agente de ventas barato, codicioso, de ojos color avellana y personalidad arrogante y engreída.

—Es la autodefinición más estúpida que he oído nunca —me susurró Ben, y yo no pude menos que sofocar una risita.

—Mi ethos es dar cosas por principio, sin pedir nada a cambio. Podéis considerarme una especie de cuentacuentos virtual, alguien especializado en conectar a sus clientes con sus sueños. Por supuesto, solo me dedico a esto de manera provisional, hasta que despegue mi carrera de adinerado playboy internacional —Gareth juntó las puntas de sus dedos y sonrió con unos dientes aterradoramente blancos—. Y esta es mi chica, Jade —pasó un brazo por los hombros de una mujer esbelta con extensiones en el pelo y cejas ferozmente dibujadas, que provocaban el efecto de una expresión continuamente alarmada. Ignoraba yo si era la expresión que había querido adoptar o si se trataba de una reacción a la cámara enfocada en su rostro.

—Hola —dijo Jade con acento de Birmingham y saludó con la mano, haciendo tintinear sonoramente su pulsera de marca Pandora. Su intenso y falso bronceado hacía que Gareth pareciera aún más pálido, de color enfermizo—. ¡Estoy mortalmente entusiasmada de estar aquí y me muero de ganas de comer chili en Chile! —y emitió una especie de ladrido-carcajada que hizo que, al oírlo, hasta Gareth pusiera los ojos en blanco.

—¡Estupendo! ¿La siguiente pareja, por favor? —dijo Anna, alzando la mirada de la pantalla de su móvil.

Gareth cerró un puño y se besó el llamativo anillo de sello que lucía en el dedo corazón.

—¡Prueba superada! —exclamó para sí. Jade soltó una risita y lo acompañó de nuevo hasta su asiento, no antes de que él se inclinara para pasarme una tarjeta de presentación que se sacó del bolsillo interior de la chaqueta.

—Oh, gracias —le di la vuelta y leí—: «Gareth Smeethly. Hombre. Pensador. Creador».

«Y capullo», pensé yo.

Esbocé una leve sonrisa, guardé la tarjeta en mi bolso y me volví para observar a la siguiente pareja que se sentaba delante de la cámara. Por poco me quedé sin aliento: habría podido salir de las páginas de un *Vogue* italiano. Ella tenía una resplandeciente melena negra que caía en delicadas ondas alrededor de un rostro de perfecto cutis oliváceo, mientras que él parecía el epítome del semental italiano de brazos musculosos, rostro bronceado y altos pómulos. Advertí que la modelo mediterránea no llevaba anillo de compromiso que resaltara sus dedos de uñas perfectas, pese a que debía de tener la misma edad que yo. Bajé la mirada a mi propia mano y me pregunté si luciría yo alguna vez uno.

—Os presento a Natalia y a Tony —Anna se dirigió al resto de nosotros, deteniendo la mirada en el obvio abultamiento de los ajustados pantalones del último.

Todos los candidatos se habían esforzado tanto esa mañana por presentar el mejor de los aspectos... A mí no se me había pasado por la cabeza que iban a filmarnos antes de iniciar el viaje, y dado que nos enfrentábamos a un trayecto de doce horas en avión, me había vestido guiada únicamente por un criterio de comodidad: pantalón de chándal, gastados deportivos y una ancha sudadera con capucha, una elección de la que no podía menos que arrepentirme en aquel momento. Miré pues con envidia las sandalias de tacón y el bonito suéter color mostaza que lucía Natalia, así como los tejanos de pitillo de Jade.

—Hola —saludó confiada Natalia a la cámara—. Nosotros somos los propietarios de Vineópolis, las bodegas de las que seguro habéis oído hablar...

—Sí, mi padre siempre nos estaba dando la lata sobre una botella de morapio que compró una vez en una de vuestras tiendas —intervino Jade, pero rápidamente fue silenciada, ya que por su culpa habría que repetir la toma.

Clive sacudió la cabeza y murmuró por lo bajo algo sobre las desventajas de trabajar con niños y animales, haciendo que Gareth rodeara con su blancuzco brazo los desnudos hombros de su novia.

—Viajamos por el mundo visitando bodegas y somos muy afortunados de tenernos el uno al otro —añadió Natalia, rozando la punta de su nariz con la de Tony y comportándose como si todo el mundo en la terminal de salidas se hubiera evaporado.

—Sí, *bella* —replicó Tony con voz ronca antes de alzarle la barbilla para besarla apasionadamente. En aquel momento, yo no supe dónde meterme. Sentí que Ben se tensaba a mi lado ante tan público despliegue de afecto, algo que nunca había sido de nuestro gusto. Jade, por su parte, estaba contemplando embobada a la pareja y Gareth parecía como si fuera a tomar notas en cualquier momento.

—De acuerdo. Genial. Sigamos adelante —Anna alzó una mano mientras la pareja se separaba finalmente para tomar aire—. La siguiente pareja la forman Dawn y Simon —anunció, empujando literalmente a Natalia y a Tony a un lado y ordenando con un gesto a Clive que volviera a guardarse la lengua que había sacado de asombro y se pusiera manos a la obra.

Dawn, que ese era el nombre de la mujer de pelo de color caoba, recompuso inmediatamente sus rasgos para esbozar una cálida sonrisa. Una sonrisa que no había asomado para nada a sus labios apenas quince minutos antes, cuando el episodio de la silla.

—De acuerdo, Dawn. ¿Quieres mirar directamente a la cámara y contarnos a qué te dedicas? —ordenó más que pidió Clive.

—¿Realmente necesito decírselo a la gente? —Dawn soltó una risita que parecía más bien un ladrido de chihuahua—. Yo inventé Última Llamada, queridos —se interrumpió, recolocándose los aparatosos collares de oro por encima de la blusa mientras esperaba la reacción del grupo.

Todo el mundo permaneció en silencio excepto Anna, que aplaudió de regocijo.

—Chicos… ¿Última Llamada? —repitió, volviéndose hacia nosotros y poniendo los ojos en blanco como si por fuerza debiéramos saber a qué se estaba refiriendo. Dawn, mientras tanto, empezó a mostrarse cada vez más nerviosa.

Yo casi estaba esperando a que preguntara: «¿no sabéis quién soy?», cuando Ben asintió.

—Oh, sí, claro. Última Llamada.

Aquello fue suficiente para que Dawn continuara con su perorata. Yo, a mi vez, lo miré extrañada.

—No tengo la menor idea, pero lo que no quiero es pasarme aquí todo el día —me susurró por lo bajo mientras Dawn rebuscaba en su elegante bolso para enseñar a los demás lo que había inventado. Yo tuve que sofocar una risita en el momento exacto en que la mujer sacó una chabacana y aparatosa funda de pasaporte.

Dawn giró rápidamente la cabeza hacia mí y medio gruñó ante mi reacción.

—Oh, lo siento, no me estaba riendo de eso —murmuré con tono de disculpa, pero el daño ya estaba hecho. Si no me hubiera odiado ya antes, con seguridad que ahora me odiaba a muerte.

—¿Qué pasa? —inquirió Tony, desviando afortunadamente aquella fulminante mirada de mi persona.

—Díselo, Simon —ladró Dawn.

Simon, que supuse sería su marido a juzgar por la presencia de las desvaídas alianzas de matrimonio que ambos lucían, se adelantó aclarándose la garganta. Mientras hablaba, me di cuenta de que definitivamente no era la primera vez que pronunciaba aquel discurso sobre la maravilla que había creado su inteligente esposa, posiblemente con una barra de pegamento en la mesa de su cocina, a juzgar por los falsos diamantes, el estampado de cebra y las tiras de tela brillante que decoraban su funda de pasaporte. De hecho, tal parecía que Dawn le estaba soplando las mismas palabras de tono monocorde que él estaba pronunciando.

—Dawn inventó Última Llamada. Se trata de un producto nunca visto que entró en el mercado de los complementos de viaje como un huracán. Cambió de hecho para siempre la manera en que viajamos —hizo una pausa dramática y se enjugó las gotas de sudor que resbalaban por su frente bajo el ardiente foco de Clive—. Última Llamada es una revolucionaria funda de pasaporte que lleva una alarma incorporada. Una vez que la chequeas con el vuelo, simplemente tienes que programar la hora indicada de presentación en la puerta de embarque de esta manera...

Simon sacó la lengua en un gesto de esfuerzo mientras retiraba la chabacana funda del pasaporte que contenía un sistema de alarma pegado dentro, para proceder a mostrarnos los diminutos botones que había que presionar.

—Una vez activado, el timbre sonará para recordaros que debéis abandonar la tienda de regalos, o la cafetería, para dirigiros a la puerta de embarque —se interrumpió para soltar una falsa carcajada—. De esta manera, nunca más volveréis a perder un vuelo. Oh. Bueno, esta parece que se ha averiado —balbuceó antes de recuperar la compostura para terminar su perorata—. Desde entonces, Dawn ha salido en un episodio de Dragon's Den y ha sido invitada a impartir una ponencia en la convención otoñal Mujeres Empresarias de Romford. Este producto está diseñado para...

—Sí, de acuerdo, Simon, lo hemos entendido —lo interrumpió la propia Dawn.

Simon bajó la cabeza y volvió a sentarse. Natalia y Tony estaban demasiado ocupados besuqueándose una vez más, de manera que se habían perdido la detallada y monótona explicación; Jade estaba hablando por el móvil y Gareth parecía como si estuviera calibrando las posibilidades de publicidad de aquel absurdo producto con tal de impresionar a algún magnate inglés.

—¡Estupendo! —Anna dio varias palmadas como una foca bien amaestrada—. Y ahora, los recién llegados; Georgia y Ben —nos presentó a todo el mundo mientras Dawn y Simon se sentaban.

Yo tragué saliva y me dirigí arrastrando los pies al lugar que Clive me estaba indicando. No tenía mucha experiencia a la hora de ponerme delante de las cámaras y descubrí que me estaban sudando las manos y la garganta se me había quedado extrañamente seca.

—Ben, si pudieras hacer las introducciones, Georgia intervendría después —explicó Anna.

Ben asintió y se adelantó casi con tanta confianza como lo había hecho Gareth.

—Hola, me llamo Ben y esta es mi novia, Georgia. Somos los propietarios del Club de Viaje de los Corazones Solitarios —esbozó una genuina sonrisa a la cámara y se volvió luego hacia mí, expectante.

Yo sonreí también a la cámara:

—Como Ben estaba diciendo, nosotros... —oh, diablos. ¿Qué hacíamos nosotros? ¿Qué estábamos haciendo allí? ¿De qué quería realmente hablar? ¿Con qué palabras? Me quedé congelada como un conejo deslumbrado por los faros de un coche.

—Georgia —siseó Anna al tiempo que me hacía una extraña señal con la mano para que continuara hablando.

—Er, bueno sí, trabajamos en el sector viajes, hacemos cosas bonitas con la gente, viajar es bueno y... —por el amor de Dios, ¿qué estaba diciendo? «Para de hablar, por favor, ¡para de hablar!», me dije. Podía sentir al resto del grupo mirándome perplejo. Ben había enarcado las cejas con gesto interrogante, a medias deseando ver a dónde quería ir a parar con aquella diarrea verbal que parecía que no podía evitar que saliera de mi boca, y a medias avergonzándose de lo que le había sucedido a su habitualmente controlada novia.

Afortunadamente, debió de haber decidido que ya era suficiente, porque se apresuró a rescatarme.

—Lo que quiere decir Georgia es que ofrecemos rutas divertidas y desafiantes a excitantes destinos para todos aquellos que poseen espíritu viajero —explicó con tanta presencia como encanto—. Ambos anhelamos descubrir lo que Chile tiene que ofrecernos y explorar esa maravillosa parte del mundo.

Justo cuando Ben terminó de hablar, anunciaron por megafonía que acababan de abrir la puerta de embarque de nuestro vuelo.

—Vaya, salvados por la campana —murmuró Anna al tiempo que recogía sus maletas, aparentemente desesperada por alejarse de nosotros, probablemente más bien de mí, antes de volverse loca.

¿Qué acababa de suceder? Yo no podía moverme. Mis pies parecían haber echado raíces mientras todo el mundo volvía a la vida, recogiendo sus abrigos y maletas y asegurándose de que lo llevaban todo antes de dirigirse a la puerta de embarque.

—¡No podéis usar eso! —supliqué a Clive, que se encogió de hombros mientras guardaba su cámara y hacía una rápida salida con los demás.

Volviéndome hacia Ben, sentí lágrimas quemándome los ojos.

—¡Oh, Dios mío, ha sido un desastre! —se suponía que aquello tenía que ser una buena publicidad para nuestro negocio, y hasta el momento me las había arreglado para hacernos quedar, bueno, para hacerme quedar a mí como una absoluta imbécil.

Había esperado que Ben me reconfortaría diciéndome que no había quedado tan mal. Que había sido un millón de veces peor en mi cabeza, que no había sido realmente un vómito cerebral. No hubo suerte.

Esbozó una mueca al tiempo que me miraba fijamente.

—Yo creía que Jerry había ensayado las técnicas de cámara contigo cuando fuimos a los estudios.

Sacudí la cabeza.

—En realidad, no. ¿Y tú?

No habíamos vuelto hablar de lo que había sucedido cuando Blaise nos separó en los estudios, dado que el posterior encuentro con el padre de Ben había opacado todo lo demás. A juzgar por la manera en que Anna se había derretido de deseo a sus pies, yo estaba sorprendida de que hubieran podido sacar un mínimo trabajo adelante. Lo único que podía recordar de la entrevista con Jerry era mi firme oposición a hablar del episodio de la supuesta «novia plantada». Al menos yo creía que me había mostrado firme. Porque a esas alturas me lo estaba cuestionando ya todo.

—Sí, hicimos algún ensayo de entrevista, y ella me dio algunos consejos sobre actuar con naturalidad ante la cámara y cosas así. Pero no te preocupes, porque eso podremos trabajarlo tú y yo durante el viaje, si quieres...

Yo asentí tristemente y lo seguí hasta la puerta de embarque. Desde el instante en que encontré aquel estúpido anillo, mi mundo había empezado a deshacerse a velocidad frenética. Y lo último que deseaba era tener cámaras cerca que grabaran cada uno de aquellos atroces momentos. Mejor sería que Chile mereciera la pena, porque si no...

CAPÍTULO 10

Zoquete (n.): Persona torpe, de entendimiento lento

Cuando teníamos unos trece años, Marie me dejó aterrada en una ocasión contándome una historia sobre una mujer que fue engullida por la taza del váter de un avión, por la inmensa fuerza que llevaba el agua de la cisterna. Me dijo que era por eso por lo que hacían una comprobación adicional cuando el avión estaba a punto de aterrizar, en caso de que alguien hubiera desaparecido por allí inadvertidamente en pleno vuelo. Yo por aquel entonces ni siquiera me había subido a un avión, pero la primera vez que lo hice, me aseguré de vaciar antes debidamente mi vejiga y de no llenarla demasiado. Algo fácil de hacer en un viaje por Europa, pero no tanto en un vuelo transoceánico con rumbo a Chile.

En los dos viajes largos que hice a Tailandia y a India me había asegurado de utilizar los baños del aeropuerto antes de salir, para luego seguir una abstinencia estricta de comida y de bebida para no tener que hacer uso de los del avión, algo que había conseguido distrayéndome con libros y películas. Pero esa vez tenía a Ben como compañero de asiento y me pesaba especialmente además la absoluta conciencia de mi absoluto fracaso ante las cámaras. Antes incluso de saber lo que estaba haciendo, pedí unos cuantos refrescos y me bebí media botella de agua.

—Ay, me muero de ganas de ir al servicio —le dije a Ben mientras nos dirigíamos a la sala de recepción de equipajes, nada más aterrizar en Santiago. Otros cansados viajeros bostezaban derrumbados sobre sus carritos después de haberse situado con ventaja al pie de la cinta transportadora, desesperados por reconocer sus maletas para recogerlas y largarse cuanto antes.

—No te preocupes, ve al baño que yo me ocuparé de nuestras maletas. La tuya es negra con una cinta azul, ¿verdad?

Asentí rápidamente y me vi obligada a improvisar un pequeño paso de baile ante la insistencia de mi vejiga.

—¡Sí! ¡Gracias!

Corría por todo el vestíbulo de llegadas hasta que encontré un baño, intentando no tropezarme con ningún carrito. Tuve que abrirme paso entre parejas y mochileros, todos ellos con la expresión satisfecha del viajero que acaba de recoger su equipaje. ¿Había acaso algo tan estresante y angustioso como esperar a ver si tu maleta había conseguido atravesar el mundo de una pieza?

Seguí los carteles del lavabo de señoras y me detuve en seco al ver la larga y serpenteante cola que esperaba en la puerta. ¡Mierda! Estaba segura de que no iba a ser capaz de controlar mi vejiga antes de que llegara mi turno. Maldije para mis adentros la copa de champán que me había obsequiado Ben. Yo no le había hablado de mi irracional miedo al servicio del avión, ya que no había querido empeorar aún más la mala opinión que de seguro tenía de mí después de mi lamentable actuación ante la cámara.

Estaba mirando a mi alrededor por si podía localizar otro baño de señoras cuando descubrí el cartel de uno para minusválidos. ¡Bingo! Salí corriendo hacia allí. No disponía de otra opción, ya que tenía la vejiga a punto de explotar. El baño parecía mucho más moderno que el otro de señoras; aquel disponía de una puerta curva de acero similar a la de los trenes de Inglaterra, lo suficientemente ancha como para entrara una silla de ruedas, con botones situados a baja altura para accionarla. Todo perfecto, a excepción de que las instrucciones estaban en español.

Me mordí el labio, apretando mis músculos pubocoxígeos a modo de ejercicio de Kegel con la mayor fuerza posible, y presioné el botón superior del panel. No sucedió nada. Lo intenté con el botón intermedio y sonó un prolongado zumbido en el altavoz antes de que se abriera la puerta. Lancé una mirada sobre mi espalda, me metí en el baño y pulsé luego el tercer botón con la esperanza de que se cerrara la puerta y se bloqueara.

El zumbido cesó, pero también lo hizo la puerta, quedando entre abierta y cerrada. Yo sonreí amable a la familia que pasó por delante con su carrito, el padre mirando con gesto perplejo tanto a la frenética mujer de pelo rizado, que no era otra que yo misma, como a su extraño baileteo.

—¡Hola! —dije mientras pulsaba la colección de botones una vez. Habría jurado que mis riñones se dilataban. Recordé otra cosa que me había dicho Marie, algo acerca de que si retenías la orina durante demasiado tiempo podías hacer implosionar un órgano interno, haciendo que el resto de tu cuerpo se llenara de orina. ¡Y provocándote la muerte!

Mientras hacía muecas maníacas con el aliento contenido, el zumbido empezó de nuevo. A esas alturas podía ya sentir las miradas de medio vestíbulo fijas en mí. Sorprendentemente, la puerta terminó de cerrarse por fin. Estupendo. Pero ahora, ¿qué botón serviría para bloquearla? En medio de la vergüenza y de mi desesperación por orinar, había perdido la cuenta del botón en cuestión, ya que los había pulsado todos a la vez. Iba a orinarme encima en cuestión de segundos, literalmente.

«De acuerdo, piensa», me ordené. La palabra «abierto» sonaba en inglés como «una cerveza también». «Cerrar», en cambio, no me sugería nada. ¿Y «bloquear»?. Sí, eso me sonaba familiar, y bloquear algo era como cerrarlo con llave. ¿Y «ayuda»? ¿Qué podía significar eso?

Mientras tanto, pisaba fuerte alternativamente con cada pie, esbozando muecas de dolor y aspirando grandes bocanadas de aire. Se me acababa el tiempo, así que me decanté por el único método que conocía para tales circunstancias: el «pinto, pinto, gorgorito». Finalmente presioné el botón de «ayuda».

Me tensé, preparándome para escuchar el zumbido sordo de una alarma que indicara que la puerta estaba a punto de volver a abrirse, pero nada sucedió. ¡Bien! La puerta debía de haberse bloqueado. ¿Quién habría imaginado que secretamente hablaba tan buen español? Claro, aprender un idioma consistía únicamente en utilizar el cerebro y pensar con lógica, pensé engreída mientras me sentaba en la taza y comenzaba a aliviarme.

Aquello era mucho mejor que un orgasmo: ir al baño después de tantas horas de contención era la más placentera de las sensaciones. Cerré los ojos, feliz, hasta que un extraño zumbido resonó en la habitación cerrada.

¿Qué diablos...?

Procuré darme toda la prisa posible, pero el problema de retener la orina durante tanto tiempo es precisamente la gran cantidad de ella que puedes llegar a acumular. Mantuve la mirada clavada en la puerta mientras suplicaba a todos los poderes del cielo que no la abrieran por nada del mundo, y a mi vejiga que se diera toda la prisa del mundo en vaciarse. Bruscamente, el zumbido cesó; extrañamente, la puerta no se había abierto ni un milímetro. Curioso. Advertí entonces que una luz naranja se había encendido al lado del panel de los botones y estaba luciendo de manera intermitente, pero nada había que yo pudiera hacer mientras no hubiera terminado de orinar.

Entonces, de golpe, una voz masculina empezó a resonar en el espacio cerrado, procedente de algún oculto altavoz en el techo, en rápidas frases pronunciadas en español. Yo no tenía la menor idea de lo que estaba diciendo ese hombre: hablaba a tanta velocidad que no era capaz de captar ni una sola palabra. Tampoco sabía si había algún micrófono instalado que recogiera mis palabras, y aunque ese fuera el caso, ¿me entenderían?

—¡Hola! ¡Hola! No le entiendo. ¿Puede oírme?

Se hizo un breve silencio... seguido de la voz masculina hablando una vez más, pero esa vez más estresada, si eso era posible. Era como si estuviera tropezando con sus mismas palabras. No entendía el contenido, pero tenía la sensación de que me estaba comunicando algo urgente, importante.

—No entender. No hablo español... —grité. ¿Por qué diablos no había terminado de orinar de una vez?

De repente, todo sucedió con demasiada rapidez. El zumbido de alarma empezó de nuevo, la voz en español subió de volumen. Un sonoro «clic» resonó en el baño y la puerta se desbloqueó para abrirse por completo, y con mayor rapidez de lo que lo había hecho la primera vez. La maldita cosa se abrió de par en par revelando el espectáculo de mi persona agachada en la baja taza de váter, con la braga a la altura de los tobillos y chorros de sudor corriendo por mis encendidas mejillas.

Y seguía orinando.

El contingente completo del vuelo SA597, que seguía esperando a recoger sus maletas en la cinta transportadora siete, pareció de repente menos interesado por lo que había ido a hacer allí que por el enorme tumulto que se había montado ante el baño de minusválidos.

La palabra «mortificada» no hacía ni de lejos justicia a cómo me sentí en aquel momento. El chorro de orina cesó al fin, y yo eché mano de mi pantalón de chándal para utilizarlo de pantalla e intentar conservar así un último resto de dignidad, mientras dos hombres de uniforme anaranjado y portando bolsas de equipo médico así como unas angarillas de plástico entraban en el lavabo a la carrera.

El paramédico de la derecha parloteó algo en inglés, pero

su expresión preocupada se trocó en otra de diversión en cuanto me vio. Ambos intentaron reprimir la carcajada... al menos hasta que los malditos pasajeros del vuelo SA597 no se molestaron en disimular su hilaridad ante el espectáculo.

—Señorita, ¿tiene usted algún problema? —inquirió el de la izquierda en mal inglés, señalando el panel de botones de la puerta. La puerta de mi destino—. Este botón significa «ayuda», señorita. «Ayuda» —repitió.

Estupendo. Involuntariamente, al pulsarlo, había hecho saltar la alarma.

—No pasa nada, no necesito ayuda —dije, acercándome al lavabo y alzando la nariz con gesto orgulloso. La única manera de salir con bien de aquello era fingir que no había sido para tanto. En absoluto—. Lo siento. Y ahora, si me disculpan... —agaché la cabeza y salí a toda prisa del lavabo, esforzándome por no llorar o hacer cualquier otra cosa que pudiera servir de espectáculo al auditorio de la cinta transportadora siete. Porque estaba segura de que alguien había empezado ya a aplaudir.

Había recobrado mi paso normal cuando descubrí a Ben y al resto del equipo, que me estaban esperando en la salida. A juzgar por la mezcla de aburrimiento y de irritación de sus rostros, aparte de la montaña de maletas que se alzaba a sus pies, mi ausencia debía de haber durado bastante.

—¡Perdón! —grité conforme me acercaba. En toda mi vida había sentido tantas ganas de abandonar un aeropuerto.

—¡Georgia! ¡Por fin! —exclamó Anna, apoyando una mano en la cadera y dando impacientes golpecitos en el suelo con un pie—. Espero que no hayamos perdido la lanzadera por tu culpa —me lanzó una venenosa mirada y abandonó la sala de llegadas. Yo oí suspirar a los demás mientras la seguían empujando sus carritos.

—¿Estás bien, cariño? —me preguntó Ben, arqueando las cejas—. Has tardado mucho. ¿Todo bien?

Asentí, ruborizada. En otras circunstancias se lo habría contado y nos habríamos echado unas buenas risas a cuenta de ello, pero me sentía ya tan imbécil que era incapaz de hacerlo.

—Sí, de verdad. ¿Lo tienes todo?

Él asintió.

—Vamos con los demás —y empujó el carrito con nuestras maletas.

«Bienvenida a Santiago», pensé mientras me echaba la melena sobre un hombro y dejaba atrás aquella debacle. Nuevas aventuras me esperaban, y yo estaba decidida a disfrutarlas...

CAPÍTULO 11

Exasperarse (v.): Sentir furia e irritación

Atravesamos las oscuras pero bulliciosas calles de aquella capital. Incluso a la declinante luz del atardecer, me impresionó lo muy limpio y europeo que parecía aquel lugar mientras recorríamos los diferentes barrios, situados básicamente todos sobre una gran colina. El alegre chófer nos iba señalando los puntos de interés, inconsciente de que la mayoría de los pasajeros había empezado a dormitar. Explicó que, cuanto más alto se ascendía por la colina, más ricos y más seguros eran los barrios.

Menos de una hora después nos deteníamos a la puerta de un hotel, que, aunque no estaba en lo alto del todo, poseía un aspecto impresionante. El clásico edificio de estilo colonial lleno de encanto y grandiosa decadencia.

—A esto me estaba refiriendo yo —silbó Gareth cuando entramos. Estiraba su cabeza de guisante para contemplar el elegante vestíbulo lleno de grandes retratos de marco dorado de añejos aristócratas, cuyos ojos parecían seguirnos por toda la habitación. Anna, que nos estaba registrando a todos en recepción, había enviado a alguien a por nuestro equipaje mientras los demás disfrutábamos de una copa de champán.

—Ah, querida, ¿qué te parece? —ronroneó Tony al oído de Natalia mientras tomaba un sorbo.

—Reserva del 2004, si no me equivoco —rio su amiga, citando alguna broma privada.

—Sea del año que sea, yo lo único que sé es que me gusta —intervino Jade, buscando ansiosa a alguien que pudiera rellenarle la copa.

Dawn chasqueó la lengua ante lo que consideraba una falta de decoro por parte de Jade cuando se puso a beber el champán a pequeños y femeninos sorbitos con el meñique estirado. Me pareció ver que a Gareth se le coloreaban las orejas de vergüenza por su pareja. Jade ni se enteró e incluso soltó un pequeño eructo que hizo palidecer visiblemente a Dawn. Yo le regalé a Jade mi copa llena ya que no podía soportar las burbujas después del largo viaje y del incidente de los baños. Me caía de cansancio.

Apoyé la cabeza en el pecho de Ben mientras escuchaba a Tony explicándole a Jade que cuanto más rápido bebía uno el champán, antes se emborrachaba, y cerré los ojos. Por muy encantadora que fuera aquella bienvenida, en lo único en lo que podía pensar era en ducharme y quitarme la mugre del viaje, y en apoyar luego la cabeza en la almohada para disfrutar de una buena noche de sueño.

—Muy bien, chicos, recoged vuestras maletas y las llaves de vuestras habitaciones —dijo Anna, haciendo que abriera de golpe mis cansados ojos—. El plan para esta noche es tomarnos las cosas con tranquilidad y dormir un poco ya que mañana tendremos un día ajetreado y os haremos madrugar.

—Vamos a la cama, pequeña —me susurró Ben al oído. Sentí el delicioso y familiar cosquilleo de placer que me asaltaba cada que pronunciaba aquellas mismas palabras en casa. Yo asentí soñolienta—. Espero que no estés demasiado cansada.

Quedamos en encontrarnos en nuestra habitación mientras él recogía nuestras maletas y yo prácticamente tenía que arrastrarme por los pasillos alfombrados.

La gran cama de matrimonio tenía un aspecto tan invitador que apenas me fijé en el resto, de un relajante azul celeste, antes de que Ben me tomara en sus brazos y empezara a besarme.

—¡Espera! Estoy toda sucia del viaje. Al menos déjame ducharme —dije riendo, evocando súbitamente el incidente del servicio del aeropuerto y sintiendo que se me encendían las mejillas.

Ben soltó un gruñido.

—Nada de eso, estás perfecta. Me gusta cuando estás un poco sucia... —sus manos recorrían ya mi cuerpo, tirando de mi pantalón de chándal.

Solté una carcajada e intenté apartarme intentando ignorar aquella mirada de cachorrillo triste y necesitado.

—Ya lo sé. Pero este tipo de suciedad es poco apetitosa. Mira, déjame que saque mi bolsa de aseo... Podemos reunirnos en la ducha, ¿no te parece? —sugerí, alzando una ceja en lo que esperaba fuera un gesto provocativo.

—Trato hecho —Ben me hizo un guiño y fue a abrir el grifo. La idea le había gustado.

Yo suspiré de contento, disfrutando de la sensación de despertar deseo a otro ser humano, un deseo recíproco. Me arrodillé en la alfombra y acerqué mi maleta, con la esperanza de haber cerrado bien mi champú y acondicionador de modo que no acabara enfrentándome a un desastre viscoso con aroma a coco.

—Cariño, ¿te apetece que encarguemos la comida dentro de un rato? —me gritó Ben desde el baño.

—Sí, quizá —dije yo, abriendo la cremallera de la maleta con una mano y alcanzando con la otra la carta de menú que habían dejado sobre la cama.

—La comida del avión no terminó de llenarme, la verdad... —Ben salió del baño desnudo de cintura para arriba y se detuvo en seco—. ¿Qué diablos?

Pendiente todavía de alcanzar la carta de menú, alcé la mirada.

—¿Qué pasa?

Ben arqueó una ceja y soltó una carcajada.

—Vaya, cariño. Sabía que tenías muchas ganas de que hiciéramos un viaje juntos, pero ignoraba que hubiéramos llegado a este nivel en nuestra relación...

Miré lo que estaba señalando con ojos desorbitados. Yo había abierto mi maleta pero, concentrada como había estado en alcanzar la carta de menú, no había echado una ojeada al contenido. Y el contenido no era otro que un dildo verde de aspecto casi amenazador; un collar de perro con tachuelas y relucientes cadenas de plata; y algo que parecía una pala de canoa en miniatura, de cuero brillante, todo ello metido entre la ropa.

Yo me llevé una mano a la boca abierta.

—¡Esto no es mío!

Ben retrocedió un paso y alzó las manos a la defensiva, todavía riendo.

—Hey, tranquila. ¡No te estoy juzgando!

Había recogido la pala de canoa en miniatura y la estaba examinando. Tenía una fila de diminutas joyas engastadas todo a lo largo.

—Ben, tú me viste hacer la maleta, sabes perfectamente que esto no es mío — alegué mientras hurgaba frenéticamente entre la ropa. Logré sacar una bolsita de aseo medio vacía y un enorme tubo de lubricante. De repente me desperté del todo. Y me sentí enferma.

—Pero si es idéntica a tu maleta, con la cinta azul y todo —dijo Ben, bajando la miniatura y tomando finalmente conciencia de la gravedad de la situación.

Se trataba de la maleta de algún desconocido obseso del sexo, pero entonces, ¿dónde estaba la mía? Aquello quería decir que no tenía otra cosa que ponerme que lo que llevaba puesto, porque evidentemente no pensaba tocar nada de aquel equipaje.

—Tenemos que avisar a Anna para que nos ayude a recuperar mi equipaje. ¡Ahora mismo! —cerré la maleta y salí disparada de allí. Bajando los peldaños de la escalera de dos en dos, con la ofensiva maleta en una mano y una expresión de absoluta preocupación en el rostro, volé hasta la recepción del hotel con Ben pisándome los talones. Las demás parejas ya se habían metido en sus habitaciones, pero afortunadamente Anna y Clive seguían allí. Clive estaba mirando por la pantalla de su cámara, probablemente revisando lo rodado en el aparcamiento, mientras que ella estaba manipulando su teléfono.

—¡Anna! Tenemos un problema —grité.

La mujer alzó la mirada de la pantalla del móvil, irritada. Al parecer estaba intentando conectarse a la red Wi-Fi.

—¿Sí?

—¿Había más maletas en el taxi? —miré frenéticamente a mi alrededor, como si alguien hubiera podido esconder mi maleta detrás del extraño desnudo en piedra o dentro de la enorme jardinera cerámica. Supe la respuesta antes de verla menear la cabeza rubio platino.

—No. ¿Qué ha pasado? —se animó tan pronto como empezó a percibir el drama que se estaba desenvolviendo. Aunque la lucha que tuvo que emprender para apartar la mirada del torso desnudo de mi novio para concentrarla en mi cara pareció requerir de un esfuerzo descomunal por su parte.

—Ben recogió en el aeropuerto una maleta que no era la mía. ¡No tengo mi equipaje! —jadeé al tiempo que dejaba caer al suelo aquella estúpida maleta cargada de juguetes eróticos.

—Sí, un inocente error por mi parte —murmuró Ben, acercándose a la maleta con la esperanza de encontrar alguna etiqueta identificativa.

De acuerdo, lo admito: me había puesto ligeramente histérica, pero la culpa la tenía el jet lag y la tensión de la última semana, ya que por lo general era un ser racional y perfectamente cuerdo. Sabía que no era precisamente un icono del estilismo, pero aun así me sentí completamente anonadada al imaginarme a alguna pervertida o pervertido rebuscando en mi maleta. Y luego estaba el problema de que no tenía nada qué ponerme. ¡Nada!

—¿Te parece esto inocente? —gimoteé mientras abría y sacaba el dildo para blandirlo ante su rostro.

—¡Vaya! Perverso más bien —observó Clive. Yo solté un gruñido y fue entonces cuando me di cuenta de que estaba filmando toda la escena, protagonizada por la dama desquiciada y llorona que era yo. Pero eso ni siquiera me preocupó, dado mi estado.

—¿Cómo se supone que voy a ponerme esto? —intenté soltar el aliento que no había sido consciente de que había estado conteniendo.

—Mira, Georgia —Ben se puso en cuclillas y se las arregló para encontrar una etiqueta de identificación de equipaje que no habíamos visto antes.

Yo le empujé a un lado para ver lo que estaba mirando.

—Señor J.D. Rathborne. Estupendo.

—Bueno, este tipo debe de tener tu maleta. Así de sencillo —sentenció Ben, en un intento por descubrir algo positivo en el lío que había montado él mismo.

—¿Por qué no te molestarte en revisar el nombre de la etiqueta cuando estuvimos en el aeropuerto? —siseó mientras Anna procedía a explicarle el problema al recepcionista, disimulando con poco éxito su diversión ante el drama.

—Si no te hubieras demorado tanto en el servicio, quizás hubieras podido ocuparte tú misma de recoger tu maldita maleta —me replicó entre dientes.

Vaya. Retrocedí un paso. ¿Así que aquello era realmente culpa mía?

Anna se acercó justo cuando yo estaba a punto de profundizar en las razones por las que su ineptitud habían sido la causa del problema.

—Bueno, acabamos de llamar al aeropuerto y nadie se ha puesto en contacto con ellos por el tema de la maleta. Han revisado los objetos perdidos y ninguno coincide con la descripción de tu maleta.

Cuando terminó la frase, lanzó un bostezo. ¿Un bostezo? ¿Como si el drama de mi maleta no fuera lo suficientemente excitante para ella? Claro, porque no era ella la que tenía que aparecer en televisión con la misma ropa sudorosa con la que había viajado. Tenía en aquel momento una mancha en la camiseta sobre mi seno derecho que no había advertido antes, por no hablar de que no tenía una sola muda limpia de ropa interior.

—Tenemos que devolver esto al aeropuerto y esperar a ver si el hombre que se llevó tu maleta hace lo mismo.

—¿Y qué voy a hacer yo hasta entonces? ¿Y si no se ha dado cuenta del error, o ha tomado otro avión? —estaba empezando a tener palpitaciones—. Además, si es que la ha abierto... ¡seguro que no hará nada por vergüenza, debido a que ya sabe que hemos visto sus más sucios secretos! —me llevé las manos a la cabeza. Aquel viaje se había ido al garete antes siquiera de empezar.

—La plantilla del aeropuerto me dijo que iban a intentar contactar con él para informarle del error. Alguien del hotel se encargará de ir a buscar la maleta al aeropuerto en cuanto aparezca, de modo que es cuestión de esperar —se encogió de hombros, aconsejándome con la mirada que controlara mi reacción—. A no ser que quieras quedarte con la maleta y con todos los... artículos que contiene.

Yo apreté los dientes.

—No. No pienso quedarme con unos juguetes eróticos y unos látigos de bondage de segunda mano.

—Es una pala de canoa —precisó Clive antes de bajar la vista al suelo cuando yo lo fulminé con la mirada.

—Georgia, tranquilízate. Yo puedo prestarte cosas hasta mañana, cuando podamos salir a comprarte todo lo que necesitas —me dijo Ben en voz baja.

Yo suspiré y apreté con fuerza los ojos para no derramar

lágrimas de frustración, todo ello ante el objetivo de la cámara que seguía rodando. Asentí con la cabeza.

—Bueno, por el momento no me queda otro remedio, ¿verdad?

Anna se encogió de hombros y lanzó a Ben una pícara mirada como para demostrarle lo muy inocente que era y lo muy disponible que estaba, comparada con la gruñona, tensa y sudorosa novia que había elegido. Yo dejé la maleta en recepción y arranqué la llave de las manos de Ben, deseosa de enterrar la cabeza bajo la almohada y no pensar en lo que sucedería cuando el maldito señor Rathborne se negara a devolverme mi maleta. Debí haber previsto que aquel viaje no sería en absoluto la respuesta a todos mis problemas. Al fin y al cabo, ¿qué sabían Marie y Shelley de todo eso? Mis amigas no tenían ni idea.

CAPÍTULO 12

Ordalía (n.): Prueba o trabajo especialmente duro

A la mañana siguiente, después de un reparador sueño, me desperté para descubrir a Ben al otro extremo de la gran cama de matrimonio. Podía ver alzarse y bajar su pecho mientras dormía, envuelto en la fina sábana blanca, durmiendo profundamente, y el corazón se me encogió de emoción. La noche anterior me había comportado como una hosca e insolente quinceañera. No había sido culpa suya que se hubiera equivocado de maleta. No lo había hecho a propósito.

Necesitaba pensar en positivo. Habíamos llegado sanos y salvos, estábamos allí para explorar aquel maravilloso país y pasar un tiempo inestimable juntos y eso era lo único que importaba. Al diablo la ropa y el maquillaje: esas eran cosas que siempre se podían reemplazar. No podía recuperar el tiempo que habíamos desperdiciado discutiendo, preocupándonos o durmiendo en lados opuestos de la cama después de habernos despedido con un gruñón «buenas noches». Tomé la decisión de olvidarme del fiasco de la maleta para concentrarme en las cosas realmente importantes, como por ejemplo Ben y yo.

—Buenos días, cariño —lo saludé cuando lo vi desperezarse y restregarse los ojos.

—Hey, ¿me he quedado dormido? —su voz tenía aquella adorable ronquera que tanto me gustaba.

Sacudí la cabeza.

—No, yo me acabo de despertar. Siento haber perdido la paciencia contigo anoche. Es que estaba hecha polvo y no esperaba ver ese surtido de juguetes eróticos cuando abrí la que creía era mi maleta.

Él me lanzó una sonrisa sesgada y me estrechó suavemente contra su pecho.

—Yo también lo siento. Escucha, ¿por qué no desayunamos y nos vamos luego de tiendas para que te compres unas cuantas cosas? Hasta entonces, puedes ponerte algo mío. Te quedará grande, pero creo recordar que Kelli dijo que la ropa ancha volvía a estar de moda —sugirió, plantándome un beso en la frente.

—Hecho —asentí con firmeza.

—Pero, primero, sé de algo que podemos hacer que no tiene que ver con la ropa... —me mordisqueó el cuello, haciéndome cosquillas.

Fuimos la última pareja en bajar al restaurante del hotel: el sexo de reconciliación era la única cosa positiva que tenía una buena discusión. El desayuno estaba servido en una interminable mesa de bufé. Había tenido terror de volver a ponerme la ropa con la que había viajado, así que Ben me había dejado un pantalón corto y una ancha camiseta suya. Muy elegante no iba, pero al menos sí cómoda y limpia. Me había reconciliado con mi aspecto hasta que entré en el suntuoso comedor de color rojo ciruela donde las otras tres mujeres ofrecían un aspecto tremendamente glamuroso, listas como estaban para posar ante la cámara.

Jade lucía un vestido largo sin tirantes de color rosa fuerte, complementado con una gruesa joyería que tintineaba sin cesar mientras se desplazaba por la habitación con su plato cargado de comida. Me sorprendió que su menudo cuerpo de pajarillo pudiera consumir tantas calorías.

—Buenos días, chicos —nos saludó afable cuando entramos, sin pestañear siquiera a la vista de mi masculino atuendo. Dawn, por contra, apenas pudo reprimir una sonrisa de diversión mientras me miraba de arriba abajo.

—Buenos días —le devolví la sonrisa, intentando poner en práctica el consejo que me había dado mi padre: conducirme con confianza y autocontrol, incluso aunque no los sintiera.

Gareth estaba sentado a una mesa, o más bien sobre ella, con un pie apoyado en la silla opuesta. Parecía talmente en su elemento mientras hablaba de algo con Clive, que le estaba filmando. Maldije para mis adentros. Había pensado que al menos conseguiría desayunar antes de volver a tener que enfrentarme a las cámaras. Ni siquiera había tomado una simple taza de café.

—¡Estupendo! ¡Ya estáis los dos aquí! —exclamó Anna con su alegre voz de animadora, interponiéndose entre Ben y yo y posando un brazo sobre nuestros hombros. Nos llevó entonces lejos del rebosante bufet hasta la larga mesa donde todo el mundo estaba ya sentado—. Ahora que ya estamos todos, os contaré el plan de hoy —se frotó las manos y llamó a Gareth y a Clive para que se incorporaran al grupo—. Vamos a hacer una ruta en bicicleta por Santiago, pero esta no será una ruta como las demás. Tendréis que seguir una serie de pistas ocultas por toda la ciudad, para ver qué pareja es la primera en llegar a la meta y encontrarse allí con nosotros lo antes posible. Clive y yo os esperaremos en el lugar de encuentro para rodar vuestra llegada. Todos contaréis con una cámara GoPro fijada en vuestros cascos para que podamos aprovechar también esas filmaciones. Así que, si ya habéis comido suficiente, subid a vuestras habitaciones para poneros algo cómodo porque nos encontraremos en el vestíbulo dentro de diez minutos —dio una palmada y se volvió para sonreír a la cámara.

Yo levanté la mano justo cuando los demás se levantaban y abandonaban la habitación.

—Necesito hacer una excursión de compras primero, para... er, ya sabes, comprar algo de ropa y artículos de aseso...

Anna frunció el ceño durante una fracción de segundo antes de darse cuenta de que Ben había dejado a un lado su batido de leche que estaba bebiendo, a la espera de su respuesta.

—Me temo que tenemos un programa muy apretado, Georgia —miró su elegante reloj de pulsera como si el hecho de haber perdido mi maleta fuera la mayor de las inconveniencias... para ella—. Para serte sincera, creo que vas perfectamente vestida para la actividad, así que... ¿por qué no dejamos las compras para más tarde? ¿Te parece? —esbozó una falsa sonrisa, expectante.

—De acuerdo —acepté, sombría—. ¿Sabes si han llamado del aeropuerto por lo de mi maleta?

—Aún no. Pero te prometo que la recuperaremos a lo largo del día —dijo, levantando apenas la mirada de la pantalla de su móvil.

«Vamos, intenta ser positiva», me dije. «No es tan malo, y tan pronto como acabe la actividad, podrás comprar lo que necesites. Aunque mientras tanto tengas que parecer una imbécil».

Todos nos habíamos congregado en un pequeño y bonito parque cercano al hotel. A pleno sol parecíamos un grupo inclasificable, de manera que, sorprendentemente, mis ropas holgadas no constituían precisamente el peor atuendo. Pese al calor de la mañana, Gareth lucía una chaqueta a juego con sus largos shorts de color salmón, vestimenta que combinaba asimismo con el vestido largo de su novia. Esta había hecho una concesión a la inminente ruta en bicicleta por la ciudad cambiando sus plataformas por chanclas enjoyadas. Aun así, dudaba de la conveniencia de aquella ropa para lo que se avecinaba

Dawn estaba muy esbelta con su conjunto de gimnasio verde, muy ajustado, solo superado en estridencia de colores por la camisa hawaiana de Simon. Todavía se me hacía difícil imaginármelos como pareja. Parecían tan distintos como la noche y el día, tanto en físico como en personalidad. Desde el primer encuentro con el «dúo Última Llamada», a Simon no le había oído una sola palabra que no fuera una alabanza de Dawn o la ratificación de cualquier cosa que ella hubiera dicho o hecho.

Natalia y Tony eran la pareja mejor vestida, aunque eso no era de sorprender porque sus cuerpos parecían especialmente diseñados para la licra. Incluso los brillantes cascos amarillos con las GoPros parecían un digno accesorio para sus hermosas cabezas. Ben, por cierto, también encajaba en aquella categoría con su ajustada camiseta gris que hacía que sus bíceps parecieran más apetecibles de lo normal, así como sus shorts azul marino que resaltaban su trasero respingón. Yo no podía menos que sentirme avergonzada de aparecer a su lado rebajando radicalmente cualquier estándar de elegancia. Afortunadamente, a él no parecía importarle lo más mínimo la manera en que yo iba vestida.

—¡Chicos! ¡Chicos! —Anna estaba gritando a la vez que blandía unos sobres de color morado— Aquí tenéis. Necesitáis abrir estos sobres al mismo tiempo e intentar encontrar en seguida la primera pista. Recordad que la primera pareja que alcance la última localización secreta ganará el reto de hoy. Clive y yo os esperaremos allí. Tenéis nuestros números de teléfono si surge alguna emergencia... —yo estaba segura de que miró a Jade cuando dijo aquello—. Así que. ¡Buena suerte a todos!

Yo miré a Ben y me olvidé de mi desventaja en cuestiones de ropa al tiempo que se imponía mi vena competitiva. ¡Aquello iba a ser divertido! Y Ben parecía igual de entusiasmado. Seguramente, teníamos aquella prueba en el bote

—¿Preparada, señorita Green? —me preguntó

—¡Por supuesto que sí, señor Stevens!

—¡Chicos! Empieza la cuenta atrás. Tres, dos uno... ¡Adelante! ¡Abrid el sobre! ¡Y en cuanto descifréis el acertijo, salid pitando! —gritó Anna y Clive se plantó delante de nosotros, cámara al hombro, grabando nuestras reacciones.

—Muy bien. Pista primera —leyó Ben en voz alta—. «No me juzgues por mi cubierta, ya que aunque exteriormente pueda parecer bella, no soy solamente una cara bonita. Tengo belleza y cerebro. Podría recitar palabras de eruditos, historiadores y filósofos, pero mi pasión secreta es la poesía».

—¿Cómo? —me lo quedé mirando perpleja. Un murmullo se alzó en el grupo mientras todo el mundo se esforzaba por resolver el acertijo, difícil de por sí aparte del jet lag y el sueño atrasado

—¡Lo tengo! Ja, ja, ja... ¡hasta luego, perdedores! —gritó Gareth levantando el puño en el aire antes de saltar torpemente a su bicicleta y empezar a pedalear, dejando a la pobre Jade forcejeando para subirse en la suya.

—¡Espera, Gareth! ¡Espérame!

Al fin se colocó en posición y partió tras su novio.

—Mierda. Está bien, piensa... —se decía Ben, dándose golpecitos en la frente.

Por el rabillo del rojo, vi a Natalia y a Tony chocar los cinco para en seguida saltar ágilmente sobre sus bicicletas.

—Espera, no querrá esto decir que... —Ben se estaba mordiendo con fuerza el labio inferior, todo concentrado.

—¡Nos vamos! —gritó entonces Dawn, y se alejó pedaleando a toda velocidad con Simon. ¡No! Nos habíamos quedado los últimos, con la enorme cámara de Clive clavada en nuestras caras, cosa que no nos estaba facilitando nada la tarea.

—Er.... —me esforcé por pensar a fondo. No podía ser que las demás parejas fueran más inteligentes que nosotros...

—¿Necesitáis algo de ayuda, chicos? —inquirió Anna, haciéndose la inocente.

—¡No, no, muchas gracias! —repliqué con tono despreocupado, aunque me sentía imbécil por lo mucho que estábamos tardando.

—¡Espera! —Ben se dio una palmada en la frente—. Es la biblioteca —sacó el mapa y la guía que nos habían facilitado y los examinó con atención—. Sí, mira, la Biblioteca Nacional se remonta a 1813, un impresionante monumento que es mucho más que una bella arquitectura, ya que contiene cerca de seis millones de volúmenes y está especializada en las obras de grandes poetas chilenos.

Yo le sonreí.

—Eres un listillo... —finalmente, nosotros también saltamos sobre nuestras bicis y nos pusimos a pedalear a toda velocidad para compensar el tiempo perdido.

Ahora que ya estábamos en camino, con Ben a cargo del mapa, yo me relajé disfrutando de la cálida brisa. Aquello era como estar en una película, a excepción de mi pésima vestimenta, mientras recorríamos los sinuosos carriles bici del parque, pasando por delante de verdes estanques donde las familias daban de comer a ruidosos patos. Era tan maravilloso sentir la caricia del sol en las mejillas, con el viento haciendo ondear mi melena... No dejaba de mirar a Ben para ver si estaba disfrutando de aquello tanto como yo, pero él tenía una férrea expresión de determinación en su rostro habitualmente tan relajado. Vaya, sabía que le gustaba derrotar a Jimmy en los videojuegos, pero quizá fuera una persona aún más competitiva de lo que había pensado. Nos detuvimos a la salida del parque para que sacara el mapa y lo examinara una vez más.

—Es todo tan bonito... ¿no te lo parece? —exclamé yo, bebiendo un trago de agua. Con el verde parque a nuestra espalda, habíamos seguido por una bulliciosa calle flanqueada por cafeterías, mercadillos al aire libre y tiendas que vendían pulseras y bonitos recuerdos del país.

—Ummm... —seguía mirando ceñudo el mapa.

—¿Necesitas ayuda?

Me ignoró, doblando de nuevo el mapa antes de lanzarme una sonrisa.

—No. Todo bien hasta ahora.

Finalmente nos detuvimos a los pies de un imponente edificio, con altas palmeras a ambos lados, situado junto a relucientes rascacielos que contrastaban radicalmente con el viejo ladrillo rojo de la biblioteca. Se parecía al Museo de Historia Natural que había visitado una vez en una excursión del colegio, donde Marie estalló en sonoras risotadas a la vista del minúsculo pene de una de las estatuas. La pista era acertada: aquel edificio era tan gigantesco como impresionante. La biblioteca pública estilo años setenta de mi localidad no podía competir con aquello.

Estaba contemplando embobada las columnas de piedra cuando oí resoplar a Ben. Me volví para descubrir que estaba señalando con la cabeza las otras bicicletas amarillas que están encadenadas en el exterior. Evidentemente no habíamos sido los primeros en llegar.

—¡Vamos! —gritó mientras encadenaba apresuradamente nuestras bicicletas y entraba a la carrera en el enorme vestíbulo. Yo corrí también para alcanzarlo, penetrando en la recargada y luminosa zona de recepción donde solamente parecía haber algunos grupos de estudiantes y silenciosos ratones de biblioteca.

—Si sus bicicletas están fuera, tienen que estar dentro, en alguna parte —dije en voz baja, barriendo con la mirada la planta baja del colosal edificio—. ¿Hay algo más en la pista que nos haya podido pasar desapercibido?

Ben frunció el ceño y sacó de un bolsillo el papel, para volver a leerlo.

—Espera, decía algo sobre poesía, ¿verdad? ¿Por qué no empezamos por esa sección a ver si podemos encontrar algo allí?

—Es una buena posibilidad.

Tras atravesar el suelo de mármol ajedrezado, doblamos una esquina y fue entonces cuando creí distinguir los inconfundibles rizos rojos de Dawn.

—¡Ben! ¡Aquí! —siseé y musité una disculpa a la joven que estaba leyendo un grueso tomo en una mesa cercana.

Nos dirigimos al lugar donde Dawn y Simon estaban inclinados sobre un escritorio, contemplando atentamente el mapa que habían desplegado.

—Oh, hola —los saludé, acercándome.

Dawn dio un respingo cuando nos vio y una lenta mueca se dibujó en sus finos labios.

—¡Eh! ¡No hagáis trampas! —y apretó bruscamente el mapa contra su pecho, lacerando probablemente en el proceso los dedos del pobre Simon con el filo del papel.

—¡No necesitamos hacer ninguna trampa! —repliqué yo, consternada por la seriedad con la que se estaba tomando aquello... casi tanto como Ben—. ¿Dónde está la pista siguiente?

Dawn me miró como si lo último que deseara en el mundo fuera proporcionarnos alguna información útil, pero Simon ya había deslizado la tarjeta de color morado por el escritorio hacia nosotros.

—Buena suerte, chicos. Es aún más difícil que la primera —dijo con un encogimiento de hombros, ignorando la furiosa mirada que le lanzó Dawn por confraternizar de aquella forma con el enemigo.

—Gracias, amigo, lo mismo te deseo —repuso Ben. Tomando la tarjeta, empezó a leer—. «Muchas salas me pertenecen, pero ninguna tan importante como la que acogió a mi amor. Algunos pueden decir que el adulterio no es la respuesta, pero fueron muchos los hombres que, antes que yo, sucumbieron a la indómita melena y al alma salvaje de una musa».

—¿Eh? ¿Qué diablos quiere decir eso?

Dawn, que había estado mirando fijamente nuestros rostros, pareció complacida por nuestra confusión.

—No es tan fácil, ¿verdad?

—Parece que vosotros tampoco lo habéis resuelto —repliqué antes de recordar que todos llevábamos aquellos estúpidos cascos amarillos con las videocámaras, de manera que todos nuestros movimientos estaban siendo registrados—. Quiero decir que... os deseo mucha suerte. Vamos dejémosles solos —le dije a Ben, deseosa de poder pensar a fondo en el acertijo.

Abandonamos la pequeña sala y nos apoyamos en la puerta.

—Esto es más duro de lo que me había imaginado —dijo Ben, frotándose las mejillas—. Estas pistas son demasiado crípticas.

—Espera, ¿qué era eso de las salas? —pregunté una vez más.

Me pasó la tarjeta morada, sacudiendo la cabeza.

—No tengo la menor idea.

Una lenta sonrisa empezó a dibujarse en mis labios.

—Creo que la estamos mirando a la cara...

Él se volvió para ver lo que yo estaba mirando y volvió a sacudir la cabeza, pero en esa ocasión de incredulidad. Grabadas en la puerta de cristal de la sala donde habían dejado la segunda pista, podían leerse en español las palabras Salón de lectura Pablo Neruda.

—El salón de lectura Pablo Neruda. Una buena razón para que pusieran la pista aquí.

—Ya, pero ahora necesitamos averiguar quién es este poeta y dónde podemos encontrar las otras salas que le pertenecen...

Ben sacó entonces su guía.

—De acuerdo, de acuerdo. Pablo Neruda... —dijo, pasando las páginas—. Ah, aquí está... —empezó a leer—: Hay tres propiedades vinculadas a Pablo Neruda (1904-1973), considerado el más grande y prolífico de los poetas latinoamericanos del siglo XX. Las tres merecen visitarse en vuestro itinerario chileno... Bla, bla, bla... Espera un momento... Probablemente la más famosa sea La Chascona, en Santiago. Neruda la empezó a construir en 1953 para Matilde Urrutia, su amor secreto de entonces. La bautizó así en homenaje a su amante, por su larga melena rojiza. Hoy en día es un museo muy popular.

—¿Cómo se dice bingo en español? —pregunté con una risita mientras nos escabullíamos sigilosamente de allí, dejando a Dawn y a Simon rascándose todavía la cabeza.

CAPÍTULO 13

Decadente (adj.): Que ha perdido carácter, vitalidad o vigor

En el tiempo que medió entre el descubrimiento de la primera pista y nuestra marcha de la biblioteca, el sol, que se había alzado en un deslumbrante cielo azul, azotaba con fuerza nuestros hombros mientras pedaleábamos. El sudor corría entre mis senos deslizándose dentro de mi ya pegajoso sujetador. Por mucho que estuviera disfrutando de esta extraña manera de conocer la ciudad, seguía siendo demasiado consciente del hecho de que llevaba las anchas ropas de mi novio y la ropa interior del día anterior. Aunque estaba disfrutando, quería llegar pronto a la meta final con tal de poder recibir noticias de mi equipaje y hacer una rápida excursión para comprar ropa nueva.

Pronto nos encontramos atravesando el barrio de Bellavista, un vecindario tranquilo y algo bohemio. Al pie del cerro San Cristóbal, que dominaba la ciudad, vi a grupos de turistas en la verja blanca de una mansión de forma extraña, La Chascona. Curiosamente, sin embargo, no había ni rastro de las bicicletas de nuestro grupo.

—¿Es esta? —pregunté mientras nos deteníamos para encadenar nuestras bicicletas a un poste.

—Eso parece. Debemos de ser los primeros —dijo Ben, sonriente, y me tomó la mano sudorosa.

Me sentía ridícula con aquel ridículo casco. Habíamos recibido órdenes estrictas de no quitárnoslo mientras no hubiéramos terminado la prueba, y a juzgar por las risas ahogadas y las miradas de extrañeza con que nos recibieron los empleados de la puerta, no estaba pecando de paranoica.

Una vez dentro de la extravagante casa, descubrimos piezas de arte poco convencional invadiendo hasta el último espacio. El poeta galardonado con el Nobel de literatura había acumulado pintorescas colecciones que hablaban de su ecléctico gusto.

—Ben, mira —le hice una seña después de rodear a una pareja mayor que estaban escuchando atentamente una audioguía. Sobre una pequeña mesa circular había otro sobre morado. Ninguna de las otras parejas del programa de televisión parecía andar cerca. Quizá estuviéramos disfrutando de una oportunidad única, pensé mientras abría el sobre y extraía la pista escrita a mano en una gruesa tarjeta. Empecé a leer:

«Enhorabuena, estáis a un paso de alcanzar el éxito. Apuesto a que ardéis en deseos de llegar a la meta final y de celebrarlo con una bebida».

—Dios mío, esta es todavía más difícil que las anteriores —suspiró Ben.

—¡Ya lo sé! —exclamé, sorprendida—. Kelli estuvo mirando sitios interesantes a los que podríamos ir mientras estuviéramos aquí, y me habló de un bar conocido por ofrecer la «auténtica experiencia de las bebidas chilenas». Y estoy casi segura de que se llama Flea —le quité la guía de las manos y fui pasando las páginas. El bar efectivamente existía: se llamaba así y no estaba muy lejos de donde nos encontrábamos—. Tiene que ser este, ¿no te parece?

—¡Perfecto, vamos! —dijo Ben apretándome cariñosamente un hombro.

Pedaleamos lo más rápido posible mientras descendíamos

por la colina para internarnos en el corazón de Bellavista. Pasamos por delante de restaurantes hípsteres, vistosas galerías de arte vanguardista y pequeñas tiendas artesanales que flanqueaban las calles castigadas por el sol. Escondidos entre las arboladas avenidas había multitud de bares y clubes nocturnos. El vecindario parecía hervir de creatividad, con grupos de estudiantes de arte recorriendo las calles y ancianos jugando al ajedrez a la sombra de los árboles.

—Este es el lugar —le dije a Ben, mirando fijamente el desaliñado cartel de la destartalada puerta y consultando luego el mapa—. O debería serlo —dudé, sin embargo, a la vista del viejo gato sarnoso que tomaba el sol al pie de las descascarilladas paredes de un amarillo desvaído. Una nube de moscas guardaba la puerta principal, donde un hombre calvo dormitaba con un periódico sobre las rodillas, sentado detrás de una desvencijada mesa. Era el portero con menos autoridad que había visto en mi vida, y el ambiente de general decadencia de aquel lugar resultaba hasta inquietante. Me había imaginado que la producción del programa echaría el resto invitándonos a los bares y coctelerías más elegantes, y no a locales sucios y descuidados. Aquel probablemente estaría infestado de pulgas, tal y como sugería su propio nombre. Me estremecí.

—¿De veras crees que hemos acertado con el sitio? —le pregunté a Ben, dubitativa. A esas alturas no podía estar más cansada, tenía la piel irritada por el sol ardiente y tenía un hambre atroz. Quizá hubiera malinterpretado el mensaje de la pista, después de todo.

—Solo hay una manera de averiguarlo.

Encadenamos nuestras bicicletas y empezamos a bajar los escalones de piedra que llevaban al oscuro y mugriento sótano del bar, donde grupos de hombres se arracimaban alrededor de mesas bajas llenas de vasos y botellas vacías. Todos nos miraron de arriba a abajo no bien penetramos en aquel espacio, poco más ancho que un túnel de cemento. Resultaba obvio que se trataba de un local del barrio, para gente del barrio. ¿Dónde estaba aquella hospitalidad chilena de la que había leído tanto en las guías de viaje?

Pero aquel corredor principal comunicaba con salas de mayor tamaño y más bulliciosas. El sonido de risas y voces en español reverberaba en las desnudas paredes. En una esquina había un montón de sillas rotas, mientras en la otra estaban sentados ancianos de rostros colorados con aspecto de no haberse movido del mismo sitio durante la última década, charlando y bromeando. El suelo estaba cubierto de serrín destinado a absorber los charcos de cerveza. Aunque habrían podido ser de sangre, pensé al mirar a mi alrededor y toparme con los ceñudos gestos de los parroquianos.

—¡Hey! ¿Sois una de las parejas del programa de televisión? —nos preguntó una sonriente camarera con hoyuelos en las mejillas y pelo teñido de verde cuando nos dirigíamos a la barra. Bueno, más que barra, era más bien una mesa de pícnic llena de botellas de formas extrañas y vasos de plástico.

—Sí. Es obvio, ¿no? —respondió Ben señalando nuestros cascos de ciclista y se echó a reír. Si estaba tan intimidado como yo, lo disimulaba bastante bien.

La camarera rio también.

—Ya, claro. Bueno, hay gente esperándoles en la sala contigua —y señaló una habitación del otro lado, detrás de una pesada cortina de color marrón.

El corazón se me encogió en el pecho. Así que no éramos los primeros. No habíamos superado la prueba.

—Gracias —dijo Ben con tono cortés, intentando sin éxito esconder la decepción de su voz—. Maldita sea, pensaba que teníamos la prueba en el bote... Teníamos que habernos dado más prisa al principio.

—Hicimos todo lo posible —repuse yo antes de darle un beso en la mejilla, con lo que entrechocamos aquellos estúpidos cascos.

—¡Chicos! ¡Nos habéis encontrado! —Anna se levantó en cuanto entramos en la pequeña habitación contigua, pintada con un tono rojo sangre nada invitador, con velas que se derretían sobre cráneos simulados y tocones de árbol a manera de mesas. Los luminosos ambientes de las animadas cafeterías que habíamos visto antes parecían encontrarse a un mundo distancia de la cripta gótica en la que nos encontrábamos—. ¡Sois los segundos! —dijo, y señaló a Natalia y a Tony, que estaban ya sentados en unas sillas semejantes a tronos, con sendas bebidas en las manos.

Clive estaba frente a nosotros con su cámara, filmando lo que se suponía deberían ser expresiones de decepción.

—Bien hecho, chicos, debéis de habernos pisado los talones —dijo Tony, alzando su vaso hacia nosotros—. No ha sido fácil encontrar este lugar, ¿verdad?

Yo sonreí y me apresuré a apartarme de un parroquiano que se había puesto a entonar una estridente canción chilena, acompañada del acordeón que había empezado a sonar en la otra sala. Al otro lado de las pesadas cortinas, descubrí a grupos de mochileros que estaban brindando y a varias parejas chilenas bailando en la sala más pequeña que se abría al fondo, al final del oscuro corredor.

Justo en aquel momento un Simon de cara colorada y una jadeante Dawn entraron tambaleándose en la sala. Dawn nos barrió con la mirada y fracasó a la hora de disimular una expresión de disgusto por no haber ganado.

—¿Terceros? ¡Hemos llegado terceros! —chilló mientras se despojaba del casco de ciclista, revelando un pelo sudoroso y aplastado con la misma forma que el propio casco—. Te dije que no deberíamos haber preguntado a ese viejo achacoso de la biblioteca, Simon —masculló rabiosa para esforzarse en seguida por recomponerse, consciente de que Clive la estaba rodando—. Oh, bueno, pero participar es lo que cuenta, ¿no? —soltó un remedo de carcajada al tiempo que tomaba un vaso de la bandeja de bebidas que teníamos delante, sobre una mesa. Simon simplemente se la quedó mirando, perplejo ante el súbito cambio de tono de su mujer.

—Entonces... ¿Gareth y Jade no han venido? —añadió Dawn con una taimada sonrisa—. Bueno, al menos no hemos sido los últimos —musitó por lo bajo.

—Todavía no —dijo Anna, mirando su reloj—. Así que mientras esperamos a que aparezcan, serviros unas bebidas. Mandaré que os traigan unos aperitivos.

Jade y Gareth se habían perdido en el camino, de manera que llegaron muy tarde al oscuro y sórdido bar. Para entonces, por cierto, yo estaba algo más que achispada. Anna estaba muy nerviosa cuando les dio la bienvenida, aterrada como había estado por la posibilidad de haber perdido a dos de sus concursantes en nuestro primer día en Santiago. Durante la espera, las bebidas habían estado circulando sin parar.

La camarera gótica nos había servido otros dos piscos acompañados de un plato de cacahuetes. Creo que eran cacahuetes: estaba demasiado oscuro como para saberlo a ciencia cierta, pero aun así me los metí en la boca.

—Y ahora, el clásico cóctel chileno: el «terremoto» —anunció la camarera al grupo, toda sonriente.

—¿Por qué? ¿Acaso la tierra se mueve cuando nos lo sirves? —bromeó Gareth mientras lanzaba una mirada a su busto y resoplaba sonoramente.

—No, a no ser que te caigas de cara al suelo en cuanto te hayas tomado un par de ellos —replicó cortante la chica, fulminándolo con la mirada.

—¿Qué lleva? —quiso saber Simon.

Las copas que estaban sirviendo parecían simples refrescos de helado, de aspecto bastante inocente.

—Vino blanco, pisco, azúcar y helado de piña —recitó mientras nos iba entregando una aparatosa copa a cada uno.

—¿Vino y... y... helado? —tartamudeó Tony, asombrado. Parecía como si fuera a desmayarse por culpa de aquel sacrílego acto.

—Puede que suene raro, pero está muuuuy rico —les aseguró confiada la camarera, prácticamente relamiéndose los labios pintados de negro—. ¡A vuestra salud, chicos, y bienvenidos a Chile!

Todos alzamos nuestras copas de globo, coronadas por lo que parecía espuma de helado, y brindamos.

Nada más beber un largo trago, creí que la cabeza me explotaría por el tremendo subidón de azúcar. Nunca había probado nada parecido, y la verdad era que estaba fuerte. Mi vena golosa se estaba orgasmando ante aquel chute de puro azúcar, con el ácido punto de la piña y la alta cantidad de alcohol.

—¿Y bien? ¿Qué os parece? —inquirió la camarera tras beber también un buen trago de la copa que se había servido para ella—. ¿Quién quiere otra?

Y eso fue lo último que pude recordar.

CAPÍTULO 14

Odioso (adj.): Desagradable, inaceptable o repulsivo

—Aj, el olor de este sitio está haciendo que se me salten las lágrimas. El rímel se me va a correr de un momento a otro —gimió Jade, tapándose la nariz con una mano y agitando la otra mano en un vano intento por sacudirse los residuos de falso bronceado que se le habían pegado a los dedos.

En cuanto a mí, el olor estaba haciendo algo más que eso. Me estaba obligando a respirar con la boca cerrada para no vomitar lo que tenía en el estómago. Durante el extremadamente tempranero desayuno, en realidad media tostada seca y copiosas cantidades de café, me las había arreglado para rescatar de mi memoria escenas sueltas de la noche anterior, que había terminado con Ben derrumbado en la cama del hotel, vestido, y yo con la cabeza dentro de la taza del váter.

La bonita camarera no había mentido cuando nos advirtió de lo muy potente que era el cóctel llamado «terremoto». Nosotros... bueno, yo especialmente, deberíamos haber seguido su consejo de no tomar más de dos, sobre todo cuando, según Tony, exterioricé mi agrado por tan dulce bebida. Me hizo esa observación con tal expresión de repugnancia en su bello rostro de rasgos cincelados que me sentí como si me hubiera sorprendido orinando en una de sus elegantes botellas de vino.

El grupo entero había pasado la mayor parte de la noche fuera, demostrando a los parroquianos de aquel antro que los forasteros podíamos competir con ellos en cuestión de juerga. Finalmente salimos tambaleándonos de allí para meternos en un taxi a una hora infame, incapacitados como estábamos para utilizar las bicicletas, que habían tenido que ser recogidas aquella misma mañana por alguien del hotel. Lo cual significaba también que todavía no había tenido tiempo de ir de compras, de manera que lucía en aquel momento otra de las camisetas de Ben con la misma ropa interior que había lavado a mano en el lavabo de la habitación de hotel, y secado luego con un secador mientras me encontraba todavía en estado semicomatoso después de haber dormido únicamente dos horas.

El desayuno transcurrió en un ambiente más bien sombrío y silencioso, antes de que Anna nos pastoreara a todos para meternos en taxis y llevarnos a donde nos encontrábamos en este momento: un mercado de pescado. Con una repugnante resaca. Decididamente aquella mujer se estaba convirtiendo para mí en la persona más odiada de la ciudad.

Nos habían llevado al Mercado Central, un impresionante edificio Art Nouveau de muros de color arena y vistosos toldos blancos. Desgraciadamente no tenía yo la cabeza para admirar tan preciosa arquitectura: todavía estaba intentando concentrarme en no ver doble, de hecho. En un lugar como aquel, tener tan poco control sobre los sentidos era más una pega que una ventaja. Porque tenía tendencia a verlo todo doble, incluidas aquellas bocas abiertas de par en par; aquellos ojos negros y tristes, sin vida, que nos devolvían la mirada, o aquellas superficies escamadas que resplandecían a la luz artificial de cada atestado puesto de pescado.

No era solo el olor lo que hacía que mi delicada cabeza se pusiera a dar vueltas, sino el incesante griterío de las pescaderas mientras negociaban con clientes aficionados el regateo. Ni siquiera sonaba español: más bien un chorreo ensordecedor de una mezcla de idiomas diversos mientras autóctonos y turistas se agrupaban alrededor de tajadas de salmón, atunes y lubinas desplegadas en bandejas de hielo.

Fuera el día apenas había empezado, pero allí todo el mundo se afanaba por quedarse con las mejores piezas y acomodarlas en grandes cajas de poliestireno con hielo, que luego cargaban de vuelta al restaurante o bar en cuestión para servirlas frescas. Había berberechos y almejas, grandes centollos, mejillones de todos los tamaños, brillantes pulpos de tentáculos morados y bandejas de mariscos de todo tipo extendiéndose hasta el infinito.

Nos llevaron por pasillos y pasillos abarrotados de gente, con las pescaderas gritando los mejores precios al tiempo que blandían enormes piezas en sus sonrosadas manos con una actitud de absoluto orgullo.

A su alrededor, hombres y mujeres troceaban y fileteaban el pescado a impresionante velocidad antes de pesarlo y envolverlo. En torno a aquel circo había también pequeños restaurantes con camareros deseosos de tentarnos con ofertas de jugosos guisos de pescado y picantes ceviches.

—Dios mío, deben de haber dejado vacío el océano —comentó Simon a la vista de tantísimo puesto.

—¡Hey! —Gareth dio un salto hacia atrás cuando una pescadera, que estaba lavando con demasiado entusiasmo la sangre de la última víctima de su afilado cuchillo, le salpicó los pies—. ¡Que llevo unos Versace! —gritó, sacudiendo la cabeza con disgusto y limpiándose apresurado los shorts.

—¿Versace? Bah —sonrió Tony, desdeñoso—. Más bien unos Primarni...

—Está bien, agrupémonos, chicos —ordenó en aquel momento Anna, interrumpiendo la mortal mirada que le lanzó Gareth a modo de respuesta. Clive nos estaba apuntando a todos con su cámara mientras nos apretábamos para dejar pasar a la gente—. Hoy vamos a filmar en el mercado —dijo antes de hacer una seña a Clive para indicarle que estaba preparada.

Yo estaba forcejeando seriamente con mi resaca, que parecía haberse aferrado a mi cerebro con tanta fuerza como los percebes al casco de un buque. Por lo demás, todo el mundo parecía perfectamente despabilado, incluido Ben, que estaba tan concentrado y determinado a ganar el próximo desafío como lo había estado el día anterior.

Anna se abanicó el rostro y se puso en modo presentadora de televisión nada más volverse hacia la cámara.

—Estamos hoy en el bullicioso Mercado Central en el corazón de Santiago. Nuestras intrépidas parejas descubrirán si algo huele mal en este pescado mientras lo preparan con la ayuda de nuestro pescadero local, Alfonso.

Con perfecta sincronización, un tipo de mejillas coloradas con un poblado bigote negro se acercó desde uno de los puestos para saludarnos, tomando mis manos entre las suyas, húmedas y de tacto algo viscoso.

—¡Hola! ¡Me llamo Alfonso y quiero daros la bienvenida al mejor mercado de pescado del mundo! —sonrió y continuó estrechando las manos de todos con tanto entusiasmo como había hecho conmigo. Yo advertí que Dawn sacaba un frasco de gel antiséptico de su bolso y se rociaba un buen chorro en las manos.

Alfonso era tan ancho como alto. La luz de los focos arrancaba reflejos a su calvo y bronceado cráneo, que no dejaba de moverse mientras hablaba animadamente de los centenares de tipos distintos de marisco y pescado que allí se vendían.

—¡He trabajado aquí toda mi vida, como mi padre antes que yo y ahora también mi hijo! —rio con ganas y llamó a gritos al muchacho, que se levantó del cubo donde había estado sentado trabajando, calzado con unas botas de goma. Cuando lo hizo, Jade pareció olvidarse de sus náuseas y lanzó una seductora sonrisa al joven semental, haciendo que Gareth se tensara visiblemente—. Este es Reyes, ¡el siguiente responsable de la estirpe en servir nuestro famoso pescado a los hambrientos chilenos!

Reyes asintió cortés al grupo y acto seguido vertió un cubo de bígaros sobre una balanza.

—¡Si ese tipo trabajara en la pescadería de mi barrio, yo me pasaría allí todo el maldito día! —susurró Jade en voz demasiado alta al tiempo que me daba un codazo en las costillas. Yo no sabía si Reyes entendía o no el inglés, pero a juzgar por la incómoda expresión de sus ojos castaños, sospeché que debía de sentirse tan codiciado como un suculento trozo de carne, o tal vez un jugoso filete de pescado.

—Bueno, ya sabéis lo que dicen del aceite de pescado. No te vendría mal un poco de omega tres para que te ayude con esa única neurona que tienes —masculló Dawn por lo bajo. Yo me volví para ver si Jade la había oído, pero o no había sido así o había fingido no oírla.

—Tony y Natalia, ¿podéis acercaros? —pidió en ese momento Anna, para colocarlos junto a una bandeja de ostras que Reyes sostenía incómodo con una mano, extendido el brazo—. Nos encantaría que cogieseis cada uno una ostra y os dieseis de comer mutuamente... —dijo Anna al tiempo que hacía una seña a Clive para que tomara un primer plano.

Jade tuvo una arcada por culpa del fuerte olor y del feo aspecto de las ostras brillando en sus conchas.

—No hay problema —repuso Tony, haciendo un guiño—. Alimentar a mi amor verdadero es la base del verdadero amor.

Esa vez la que estuvo apunto de vomitar fui yo. Natalia soltó una risita y echó la cabeza hacia atrás, antes de trasegar el viscoso bocado.

—¿Te apetece una, Georgia? —me preguntó Ben, bromista.

Yo me lo quedé mirando como si hubiera perdido la cabeza.

—¡No, gracias! ¿Quién en su sano juicio querría comerse ese emplasto? —vi que él se encogía de hombros, sonriente—. Espera, ¿quieres tú una?

¿Le gustaban las ostras? De repente me imaginé a Alice inclinándose seductoramente sobre él, luciendo únicamente un salto de cama de encaje, y acercándole una ostra a la boca. Intenté recordarme que estaba a punto de proponerme matrimonio y que me amaba, pero la borrachera de la noche anterior me había dejado con buena dosis de resaca y paranoia que era un magnífico combustible para mi irracional ansiedad. ¿Por qué se había citado el otro día con su ex y no me había dicho nada? Apostaría a que Alice nunca haría el ridículo delante de una cámara. «Para ya, Georgia», me ordené. Aquella era la ocasión menos adecuada para encontrar una respuesta.

—¡Ah, un plan excelente! —exclamó Anna alzando un dedo, nada más escuchar la sugerencia de Ben—. Por favor, que todas las parejas rodeen al encantador Reyes. A la cuenta de tres, cada uno ofrecerá una ostra a su pareja —yo estaba a punto de alzar la voz para declarar que aquel programa no podía ser más cursi cuando los demás se colocaron rápidamente en posición—. De acuerdo, ¿todo el mundo listo? Clive, ¿tienes el enfoque?

Clive asintió. Curiosamente, aquel día parecía más pálido de lo normal.

—Yo suelo comerme media docena de ostras al menos una vez por semana, ¿verdad, Simon? —comentó Dawn, sonriendo a la vista de la bandeja de aquellos viscosos moluscos con fisonomía de sexo femenino.

—¿Tienes salsa? —le pregunté a Reyes, interrumpiendo a Simon en plena explicación sobre el mercado local que se abastecía de las mejores ostras. Quizá, si estuvieran nadando en algo que tuviera un poco de sabor no serían tan desagradables como proclamaba su aspecto, reflexioné yo.

—¿Como ketchup, quieres decir? —me preguntó a su vez Reyes con perpleja expresión.

Dawn me miró entonces horrorizada.

—¡Aj! No se pone salsa a una ostra. La ostra se come cruda. ¡Yo creía que eso lo sabía todo el mundo!

Me sentí estúpida por ignorar el protocolo, pero el hecho era que en los restaurantes de mi ciudad no servían ostras. Miré a los otros como esperando que se mostraran tan ignorantes como yo, pero, muy al contrario, aparentaron un conocimiento muy natural de la técnica de ingesta. Un momento... ¿acaso era yo la única que no sabía lo que estaba haciendo? Estupendo.

—Dios mío. Permíteme que te enseñe. Lo mismo tuve que hacer contigo, ¿recuerdas, Simon? —Dawn se echó a reír y miró a su marido—. Gracias a Dios que no ha vuelto a repetir aquellos estúpidos errores...

Simon agachó la cabeza y sonrió avergonzado antes de entregarle un tenedor.

—Sí, querida.

—Bien. Coge el tenedor y extrae la ostra.

Yo seguí su ejemplo. El estómago me dio un pequeño vuelco cuando oí el húmedo sonido que hizo el molusco al quedar libre de su concha.

—Llévate ahora la punta a la boca, pero no te la tragues de una vez.

—¡Esa es una frase que he dicho yo a tantas chicas, amigo Benny...! —rio Gareth.

Dawn lo fulminó con la mirada.

—Bien. Ahora tienes que morderla para disfrutar del sabor.

—¿Preparada, Georgia? —susurró Ben, ignorando a Gareth. Tuve la impresión de que se esforzaba por no reírse a la vista de mi incómoda impericia mientras sostenía la rugosa concha gris con una mano—. No te lo pienses. Simplemente abre la boca y trágatela.

—Es lo mismo que les decía yo a mis chicas —Gareth le hizo un guiño a Ben, pero este lo ignoró una vez más—. ¡Venga, vamos! ¡No seas cobardica! —Jade era la única que reía las gracias de su novio.

—No creo que pueda hacerlo... —eso fue todo lo que pude decir antes de que Anna contara hasta uno y Ben acercara la ostra a mis labios. Nada deseosa de perder aquel resto de coraje, y consciente de que cada uno había ya introducido aquel desagradable contenido en la boca de su pareja, hice lo mismo. Agua salada del mar mezclada con la saliva producida previamente por mis glándulas. Un gusto salobre, de sabor intenso, masticable. Sentí que el estómago se me contraía inmediatamente. Aquel último cóctel «terremoto» de la pasada noche haría una súbita reaparición si no llevaba cuidado. «Está bien. Mastica, mastica y traga», me ordené. Pero mi cuerpo se negaba a ello. La ofensiva ostra se obstinaba en permanecer en mi boca como si no tuviera otra escapatoria que salir por donde había entrado, cosa que sucedió. Y precisamente sobre el pecho de Ben.

—¡Dios mío, Georgia! —gritó.

Yo me llevé una mano a la boca: no podía deshacerme de aquel pésimo gusto en la lengua.

—¡Lo siento! —grité, dándome cuenta de que todo el mundo se había tragado aquella supuesta ambrosía, incluida Jade. Me ardieron las mejillas de indignación mientras veía a Ben recibir una servilleta de manos de Reyes para limpiarse la camisa.

Clive no perdió el tiempo en enfocar con el zoom a mi boca, con la saliva corriéndome por la barbilla. Me sentía como si me hubiera tragado toda la asquerosa espuma del océano.

—Bueno, gracias —dijo Ben con tono suave, pero algo irritado.

—Hay gente que simplemente no tiene paladar, ¿verdad, Simon? —murmuró Dawn al tiempo que me dedicaba una condescendiente sonrisa de compasión.

—¡Excelente trabajo! Esto es lo que llamamos el aperitivo. ¡Ahora vamos a por el plato principal! —dijo Alfonso, sonriendo ante mi torpeza. Con la mejor de sus intenciones, me dio una palmada tan fuerte en la espalda con su manaza que por poco me arrojó contra una montaña de berberechos. Luego nos indicó que nos acercáramos a una larga mesa blanca en la que nos estaban esperando ocho grandes lubinas—. Se escurren fácilmente de las manos, así que poneos unos guantes y agarradlas con fuerza.

—¿Qué quieres que hagamos? —intervino Jade, formulando la pregunta que la mayoría de nosotros nos estábamos haciendo.

—¡Vais a prepararos vuestra propia cena! —exclamó Alfonso, soltando una vibrante carcajada al ver la expresión de absoluta repugnancia de nuestros rostros—. Es muy sencillo—. Muy sencillo y muy divertido, aparte de un conocimiento muy útil para futuras cenas románticas —terminó con un guiño.

—Oh-oh. Ni hablar. No pienso estropearme las uñas por nada ni por nadie —se plantó Jade, mirando al sonriente chef chileno y luego a Anna, cuyo rostro parecía haber adquirido un extraño color verdoso.

—Si te niegas, tendremos que descalificar de esta prueba a tu equipo —dijo Anna, esforzándose por disimular su repugnancia. Parecía de hecho inmensamente contenta de su papel como presentadora-productora, que no concursante.

—Por mí vale —Jade se encogió de hombros, absolutamente indiferente.

—Un momento, cariño —intervino Gareth—. ¿No podría yo hacer esto por los dos? —le preguntó a Anna. Se notaba que el miedo al fracaso le resultaba imposible de soportar.

—Lo siento. Todas las pruebas tienen que ser realizadas como pareja. Son las normas.

—Jade, por favor... Cariñito. Gatita. Amorcito...

Jade sacudió la cabeza.

—No. Ni hablar.

Gareth soltó un profundo resoplido y dio una patada a una mesa.

—Está bien. Como quieras.

Un silencio horriblemente incómodo se cernió sobre el grupo mientras Jade y Gareth se fulminaban con la mirada. Pero Jade no cedía. Yo también tenía ganas de negarme a destripar ese pegajoso pescado, pero el orgullo me lo impedía: eso y el deseo de redimirme por haber escupido la ostra sobre mi novio.

—Bueno, si una pareja se queda fuera, ¡tenemos mayores posibilidades de ganar esta prueba! ¿Estás preparada, cariño? —me preguntó Ben mientras se ponía un delantal blanco y blandía entusiasmado un afilado cuchillo.

—Por supuesto que sí —suspiré profundo y forcé una sonrisa.

—Esta es mi chica. Hey, ¿a quién te recuerdo? —recogió el pescado y lo sostuvo a la misma altura que su cabeza al tiempo que abría la boca en forma de «o» y entornaba los párpados.

Yo me reí. Parecía tan ridículo que, momentáneamente, me olvidé de la tarea que teníamos por delante. No podía ser tan difícil. Al fin y al cabo, los trabajadores de aquel mercado lo hacían cada día.

Sin embargo, si pensaba que había perdido todo rastro de dignidad con el episodio de la ostra, aquello no fue nada comparado con lo que sucedió a continuación. La cosa empezó bien. Nos hicieron lavarnos las manos, ponernos un garboso gorro de pescadero y ocupar un espacio ante la larga mesa mientras seguíamos las instrucciones de Alfonso.

—Muy bien. Primero hay que cortar las aletas con las tijeras —tronó.

Yo agarré mi viscoso pescado y procedí a cortar las aletas, operación que realicé con un extraño sonido crujiente, como el de pisar conchas: no desagradable pero ligeramente estremecedor.

—Ahora, para limpiar las escamas, hay que sostener el pez de la cola y rascar con la hoja del cuchillo todo a lo largo, con movimientos rápidos. Usad luego un trapo para limpiar bien los restos.

Bueno. Hasta el momento, la cosa iba bien.

Miré a las demás parejas. Dawn estaba profundamente concentrada en su tarea y revisando además que Simon lo hiciera correctamente. Natalia y Tony parecían tan relajados como si se estuvieran exfoliando el uno a la otra en algún spa de Marruecos. Y Ben estaba consiguiendo bajo cuerda algún que otro consejo de Reyes.

La profunda voz de Alfonso me devolvió a la realidad.

—Ahora debemos abrirles las branquias —dijo. Yo bajé la mirada a la lacia cabeza del pez—. Dentro veréis la carne rosa del cartílago: cortad cada extremo y retiradla.

Me tragué la saliva que se me había acumulado de pronto en la garganta. Tomando aire, descubrí las branquias e hice dos precisas incisiones, tal que un cirujano del cerebro, antes de empezar a retirar torpemente lo que parecía una especie de húmeda masilla rosada.

—Excelente trabajo, equipo. Ahora volved el pez con la cabeza hacia vosotros y haced un corte fino todo a lo largo, de la cola a la cabeza. Dejad luego el cuchillo a un lado, abrid los lomos y sacad las tripas. Puede que necesitéis cortar la membrana protectora para extraerlas del todo.

Aquel fue el momento exacto en que Clive se me acercó para enfocar mi rostro con la cámara, en primer plano. Mi cara ya estaba extremadamente colorada por culpa de los focos, el calor, mi resaca, el hedor a pescado y las estridentes voces del ambiente. Puntos negros empezaron a nublar mi visión. Justo cuando Clive recurrió al zoom, las piernas empezaron a fallarme y caí al suelo. Fulminada.

—¡Georgia! —pude oír la voz de Ben cerca de mi oído mientras yacía derrumbada en el frío y húmedo suelo—. ¡Clive, apártate de ella!

—¡Oh, Dios mío! ¿Está bien? —la chillona voz de Jade y su tono preocupado penetraron en mi aturdida conciencia.

—¡Georgia! ¿Georgia? —Ben me estaba incorporando cuando abrí los ojos y me lo quedé mirando mareada—. ¿Te encuentras bien?

Yo asentí al tiempo que lograba enfocarlo con la mirada. Sorprendentemente no me había hecho daño en la caída, pero en el proceso había derribado un cubo de vísceras que en aquel momento yacían desparramadas sobre mis piernas desnudas.

—Tenemos que terminar; si no, quedaremos descalificados —se disculpó, ayudándome lentamente a levantarme—. ¿Seguro que estás bien para continuar?

Yo asentí y, agradecida, acepté el sucio trapo que me ofreció el asustado Reyes para limpiarme la suciedad de las piernas.

—Estoy bien. Debo de haberme resbalado con algo —murmuré, rezando para no ruborizarme y revelar así mi mentira.

—¿Está usted bien, señorita? —Alfonso se me había acercado con una expresión de preocupación en su rostro arrugado.

Yo asentí mientras me esforzaba por recuperarme.

—Sí. Yo, er... ¿estaba diciendo algo sobre una membrana? —dije con una voz que no reconocí como la mía, deseosa de terminar con aquella sanguinolenta tarea y de hacer que las miradas de piedad que estaba recibiendo del resto del equipo se volvieran hacia su pobre pez respectivo.

Alfonso asintió con gesto tenso y volvió a la cabecera de la mesa para impartir las últimas instrucciones. Yo musité una silenciosa oración para poder acabar el reto. Lo cual, sorprendentemente, conseguí hacer, gracias al control que ejercí sobre mi respiración y a las veces que me repetí a mí misma que aquello pronto terminaría.

Una vez que lo limpiamos todo, Alfonso dio una palmada con sus manazas de oso para decirnos que éramos todos unos excelentes alumnos, antes de proceder a revisar el trabajo de cada uno. Mientras lo oía dirigir constructivos comentarios a los demás, yo bajé la mirada a mi obra y experimenté un cosquilleo de orgullo porque había conseguido destripar un pescado por primera y, con suerte, última vez en mi vida.

—Estoy muy orgulloso de ti, sobre todo por el empeño que has puesto después de tu desmayo. Estoy impresionado con tu resistencia, cariño —me susurró Ben al oído justo cuando

Alfonso se acercaba a donde estábamos. Aquel cosquilleo de orgullo no hizo sino aumentar.

—A pesar de vuestros problemas, os habéis rehecho y habéis persistido, así que... ¡os declaro ganadores de la prueba!

—¡Sí! —grité yo sin darme cuenta—. Oh, Dios mío. ¡Gracias!

Me volví sonriente hacia Ben, que me envolvió en un abrazo antes de ponerse a aplaudir generosamente a nuestros rivales. Natalia y Tony alzaron los pulgares hacia mí a modo de felicitación. Simon se quedó mirando en silencio su pescado mientras Dawn parecía como si fuera a azotarlo verbalmente por haber fracasado.

Tras quitarnos los sucios delantales y lavarnos las manos, Ben me dio otro abrazo y me plantó un beso en la frente.

—Somos los mejores —sonrió con expresión absolutamente extática.

—Creo que nos lo hemos ganado a pulso —me eché a reír al ver el estado en que nos encontrábamos: yo con restos de tripas de pez en las piernas y él con jugo de ostra en el pecho. Me sentía tan sucia que necesitaba un millar de duchas, pero... ¡lo habíamos conseguido! Estaba manchada de sangre de pescado, sudando a mares y al borde de las lágrimas, pero habíamos ganado la prueba, lo cual nos había dejado empatados con Natalia y con Tony, y más cerca del premio final en metálico que Ben parecía tan decidido a que nos embolsáramos.

No habíamos hablado de cómo lo gastaríamos en caso de ganarlo, por no tentar la mala suerte, pero a mí me parecía obvio que lo invertiríamos en la Fundación de los Corazones Solitarios, el fondo benéfico que habíamos creado tras mi viaje a la India. Y ahora estábamos a un paso de hacer realidad aquel sueño.

CAPÍTULO 15

Chapucero (adj.): Carente de habilidades o de preparación. Poco o nada profesional

Juraría que todavía llevaba un olor a tripas de pescado pegado a la piel por mucho que me hubiera frotado y refrotado. Cualquier encuentro sexual con Ben había quedado descartado la noche anterior mientras rociábamos de ambientador la habitación del hotel y nos lavábamos los dedos con estropajo hasta dejárnoslos casi en carne viva. Tenía la sensación de que no habíamos disfrutado verdaderamente de un momento de estar juntos desde que llegamos allí, con nuestra minidiscusión del primer día por culpa de mi estúpida maleta, nuestro estado catatónico de ebriedad de la segunda noche y, por último, nuestra peste corporal de la última. Esperaba pues que nuestro siguiente destino nos proporcionara algún tiempo de calidad en términos de pareja, lejos del resto del grupo y de la cámara de Clive.

Todo había sido tan intenso desde nuestra llegada... Frenético, divertido, y un cambio también muy refrescante después de nuestras continuas conversaciones centradas exclusivamente en el trabajo. En lugar de lanzarnos constantemente ideas sobre nuevas maneras de conectar con nuestros clientes, cómo mejorar nuestros paquetes turísticos menos populares o incluso discutir sobre la posibilidad de expansión en Londres, habíamos estado ocupados en seguir el apretado programa de Anna, lo cual, en cierta forma, probablemente estaba siendo positivo para nosotros.

Otra buena noticia era que había conseguido localizar la maleta. Al parecer, el señor Rathborne no estaba siquiera mínimamente avergonzado por su alijo de juguetes sexuales y se había apresurado a recuperarlo mediante un rápido cambio de maletas. Afortunadamente, la operación había tenido lugar en el aeropuerto, de manera que no había tenido oportunidad de conocer al pervertido sexual. Lo importante era que había recibido mi maleta en el hotel, de manera que ahora podía vestirme con mi propia ropa.

Nuestra corta estancia en Santiago había sido un auténtico torbellino, con pocos episodios románticos y bastantes pasos falsos de lo más vergonzantes, aunque nuestro éxito en la prueba del pescado me había recordado el gran equipo que formábamos Ben y yo. En aquel momento acabábamos de viajar en avión, en un vuelo de trayecto corto, a la punta más septentrional del país, el desierto de Atacama, y yo anhelaba desesperadamente que aquel cambio de clima tuviera su correspondiente reflejo en un aumento de temperatura de nuestra relación personal...

Nos habíamos reunido en la plaza principal de la ciudad, San Pedro de Atacama, mientras Anna nos daba instrucciones sobre lo que seguiría a continuación. Aquello era un verdadero oasis en medio del desierto. Un tremendo calor seco parecía elevarse del suelo; de hecho, el desierto que envolvía aquella pequeña población era uno de los lugares más áridos del mundo. Preciosas casas de muros encalados y tiendas de recuerdos flanqueaban las polvorientas calles de adoquines. Un rebaño de llamas desfilaba por la calle principal, con sus cascos levantando nubes de polvo mientras bloqueaban perezosamente el camino a un grupo de ciclistas: nosotros.

—¿Sabíais que el mayor telescopio del mundo se encuentra cerca de aquí? —dijo Simon—. Al parecer, es tan potente que puede captar alguna de las más antiguas galaxias nunca vistas hasta el momento. Es capaz de enfocar con todo detalle una pelota de golf a más de diez kilómetros de distancia —sacudió la cabeza, incrédulo.

—Fascinante —fue el comentario de Dawn, teñido de sarcasmo, mientras Gareth soltaba un sonoro bostezo que la hizo reír.

—Espero que podamos verlo, Simon —intervine yo, amable, antes de fulminar con la mirada a la bruja de su mujer. Se suponía que en cuestión de relaciones, uno nunca sabía lo que pasaba puertas adentro, pero aquella mujer se comportaba como si la presencia de su marido fuera la más irritante del mundo. Resultaba extraño, ya que Simon parecía tener suficiente sentido común para no permanecer al lado de alguien tan malo como ella, pero seguramente debían de compartir algún tipo de atracción... No pude añadir nada más porque en aquel instante un viejo jeep frenó bruscamente justo delante de nosotros, envolviéndonos en una nube de polvo que nos hizo toser aparte de echarnos hacia el bordillo.

Segundos después del espectacular frenazo del todoterreno, un tipo saltó del mismo luciendo una vieja camiseta que resaltaba sus bronceados bíceps. Debía de tener unos cincuenta y muchos años, a juzgar por su tez arrugada y curtida por el sol, pero por su agilidad de movimientos recordaba más bien a un mochilero de veinte.

—¡Hola, amigos! —sonrió, con sus blancos dientes relampagueando en contraste con su tez caoba oscuro. Hablaba con un acento provinciano algo forzado, como si pretendiera disimular que, más que de Texas, era de Tottenham—. Me llamo Dwayne, pero podéis llamarme D-Dawg. ¡Hoy seré vuestro guía del desierto!

D-Dawg parecía tener el mismo peluquero que Rod Stewart y Peter Stringfellow. Su radiante rostro estaba enmarcado por guedejas grises e hirsutas que escapaban de una cola de caballo. De su oreja derecha colgaba el colmillo de un animal inidentificable, en una ceja lucía un piercing de plata y más vello gris e hirsuto asomaba por el cuello de su anticuado chaleco.

—¡Espero que estéis sobrados de adrenalina en el grupo, porque os tengo preparado un reto de lo más potente! —se frotó las manos de contento, ignorando la horrorizada reacción de Dawn, que físicamente había dado un paso atrás desde el momento en que D-Dawg apareció en nuestras vidas.

—Tú —Dwayne me señaló de pronto con un dedo engarfiado—. ¿Cómo te llamas?

—Georgia —parpadeé sorprendida.

—Muy bien, Georgia. Tú serás la afortunada de sentarte delante conmigo —dijo, y yo tragué saliva visiblemente—. El resto iréis en la parte trasera del jeep. Acordaos de no sacar pies ni manos fuera del vehículo. No me hago responsable de cualquier pérdida de extremidades por vuestra parte, ¿entendido? —barrió con una mirada los pálidos rostros de cada uno de nosotros—. ¡Vamos! ¿A qué estamos esperando?

Yo miré nerviosamente a Anna, que asintió y pidió a Clive que tomara algunos artísticos planos del grupo subiendo a aquella especie de camioneta reconvertida en jeep, antes de hacer una rápida pieza en la que explicaba a cámara lo que estaba sucediendo. La parte anterior del todoterreno recordaba a un buggy del desierto, con barras de metal de un rojo descascarillado sobre nuestras cabezas en lugar de techo, mientras que la posterior era más bien un remolque abierto del tipo de los que se usaban para transportar ganado. Sorprendentemente, llevaba cinturones de seguridad con almohadillas acolchadas que aportaban un toque de comodidad a aquel estrafalario vehículo. En mi país nunca habría pasado una revisión técnica, y a juzgar por las miradas de extrañeza que provocaba en la gente de las cafeterías cercanas, tampoco estaba muy segura de que fuera a sernos muy útil.

Una vez que estuvieron todos sentados, D-Dawg encendió un cigarrillo liado, arrancó el motor y gritó algo inaudible por encima del estruendo metálico que nos atronó los oídos. Arrancó más bruscamente de lo que yo estaba preparada, con lo que me golpeé la cabeza con una de las barras.

La conducción más bien alocada de D-Dawg fue la culpable de que mantuviera los ojos cerrados con fuerza durante la mayor parte del ajetreado trayecto. Cuando finalmente los abrí, temí que me hubiera dañado las córneas ante el deslumbrante reflejo de un gran cartel metálico de carretera que nos anunciaba un nombre ciertamente inquietante: el Valle de la Muerte.

—¿Es allí adonde nos dirigimos? —pregunté con los dientes apretados mientras volábamos por pistas sin asfaltar, sorteando de milagro grandes baches del tamaño de cráteres de volcán.

—¡Así es! —D-Dawg dio una última chupada a su cigarrillo y lanzó la colilla al suelo con un rápido movimiento de sus dedos. El estómago se me encogió. Aquellas dunas de arena tan enormes.... Dios, me imaginaba ya buitres y cráneos tostados por el sol.

Veinte minutos y dos micropalpitaciones de corazón después, nos detuvimos finalmente. Yo bajé renqueando del vehículo, demasiado ocupada en frotarme el coxis, que seguramente luciría un gigantesco moratón al día siguiente, para encontrarme con una vista espectacular.

—¡Vaya! Este viaje de pesadilla ha merecido la pena —comentó Natalia.

Dunas de un centenar de metros de altura se extendían entre cráteres volcánicos y formaciones rocosas de extraños perfiles. La arena lo envolvía todo en un ondulada aura amarilla bajo un cielo azul intenso, con el sol en lo alto. No era el desierto que yo había imaginado, el que aparecía en las películas con pisadas de camellos como único rastro en una interminable y uniforme lámina de arena. Allí, en cambio, escabrosos picos se alzaban como intentando tocar el sol. Una suave brisa arrastraba los brillantes granos de arena de las dunas, que parecían rizarse ante nuestros ojos en medio de un impresionante paisaje.

Pero todavía más impresionantes que aquellos picos eran los altísimos volcanes coronados de nieve que dominaban el resto del horizonte. Un calor como de horno se alzaba de aquella vasta planicie y, para entonces, chorros de sudor resbalaban por nuestras sienes. El único lado negativo de la contemplación de aquel magnífico paisaje sobrenatural era la estridente canción de Guns and Roses que acababa de poner D-Dawg en el estéreo del jeep, provisto de potentes altavoces.

—Er, Dwayne, ¿podrías bajar la música un momento, por favor? —pidió Anna con tono cortés mientras se abanicaba la cara con las manos.

D-Dawg se llevó un dedo a la frente y bajó el volumen lo suficiente para que pudiéramos oírnos los unos a los otros.

—Gracias. De acuerdo, Clive, ¿estás listo? —Anna intentó concentrarse menos en el maquillaje que se le estaba derritiendo y más en la tarea que tenía entre manos. Clive asintió y enfocó la cámara en su dirección mientras nosotros nos agrupábamos en torno a ella, expectantes—. Bien, chicos, nos encontramos en el impresionante Valle de la Muerte... ¡y queremos que probéis vuestra suerte con trineos de arena! —hizo una pausa para adoptar una expresión verdaderamente maníaca, a la espera de nuestras reacciones. Yo nunca había hecho esquí ni snowboard, y tenía el mismo equilibrio que un borracho caminando por un cable de funambulista, pero acogí con entusiasmo la prueba. El general consenso de los demás pareció reflejar ese entusiasmo mío—. La prueba es sencilla. Tenéis que subir la duna y bajar luego lo más rápido posible. ¡La pareja que baje antes ganará! Dwayne... quiero decir, D-Dawg, os instruirá a todos y os proporcionará una tabla a cada uno. ¡Buena suerte!

Dio una palmada y se retiró luego al jeep para agarrar una

botella de agua y limpiarse el maquillaje derretido de sus acaloradas mejillas.

—¿Qué tal? ¿Te sientes con fuerzas? —me preguntó Ben con las manos en las caderas, alzando la mirada hacia el gigantesco pico que teníamos que subir para bajarlo luego encima de una tabla. Cuando seguí la dirección de su mirada, el estómago me dio un pequeño vuelco. Era tan alto...

—Por supuesto —mentí.

Las explicaciones que me estaba dando Ben sobre la táctica a seguir fueron interrumpidas por D-Dawg cuando nos informó de que tendríamos que ascender dos mil cuatrocientos metros con aquel implacable calor. Acto seguido, volvió a subir el volumen de la música del jeep e inició la marcha. Caminar por aquella empinada y ardiente cuesta de arena representaba una tortura, y cada paso era como dar diez. Pero la desesperante ascensión a la cumbre merecía completamente la pena a la vista de la inefable belleza del Valle de la Muerte. No había un alma a kilómetros. El absoluto aislamiento y la belleza natural de aquel lugar quitaban la respiración, aunque lo cierto que no me quedaba mucha para cuando coroné la cumbre, y bajar la mirada a la llanura, donde el todoterreno de D-Dawg se había convertido en un punto diminuto, tampoco ayudó demasiado. De repente me di cuenta de que todo lo que habíamos subido debíamos ahora bajarlo.

Mientras caminaba por el precario borde del pico, D-Dawg nos fue entregando una plancha de madera a la que debíamos fijar nuestras botas, mientras nos aconsejaba untar de cera la base para poder deslizarnos y no bajar a trompicones. Cada uno ocupó su posición para el descenso. Yo me asomé estúpidamente al borde y en un milisegundo todo mi cuerpo se encogió de puro terror.

—¡Oh, Dios santo...! —gimoteó Simon por lo bajo. Dawn tenía la mandíbula apretada y parpadeaba para contener las lágrimas, pero se negaba a dejar caer su fachada de mujer dura.

—¡Fantástico! ¡Esto va a ser épico! —celebró Tony junto

con Ben, que alzó los pulgares. Natalia sacudió la cabeza riéndose de los dos: ella también parecía entusiasmada. Yo, por mi parte, me estaba defecando encima, y a juzgar por sus expresiones, lo mismo les sucedía a Gareth y a Jade. Nunca hasta ese momento habían estado tan silenciosos.

—¡Chicos, recordad que podéis usar vuestros traseros para frenar si vais demasiado rápidos! De acuerdo, tres, dos, uno... ¡Ya! —chilló Dwayne.

Yo solté un grito y, de alguna manera, me las arreglé para contravenir mis naturales instintos e impulsarme más allá del borde, mientras intentaba desesperadamente guardar el equilibrio inclinándome suavemente hacia atrás y hacia adelante.

Rápidamente comencé a ganar velocidad, con la arena azotándome la cara, la adrenalina bombeando en mis venas y el aliento en la garganta mientras la duna se convertía en una mancha borrosa. Ni siquiera pude enfocar la mirada en lo que estaban haciendo los otros o en la posición que ocupaba yo misma en la carrera. Luego ya no sé lo sucedió, pero el caso fue que perdí el equilibrio mientras el mundo parecía desfilar velozmente a mi alrededor y la arena se me metía en la nariz, en los oídos y en la boca, que tenía abierta de par en par en un grito de miedo.

Ignoro cómo, pero de alguna manera regresé a la pista y, aunque no estaba ya de pie en la tabla, sino más bien agachada en una incómoda posición en cuclillas, seguía deslizándome ladera abajo. Aterricé por fin en medio de una nube de polvo al pie de la duna, hecha un guiñapo y dolorido todo el cuerpo. Me arranqué de las botas las correas de la tabla e intenté levantarme. ¡Solo entonces me di cuenta de que había sido la primera en llegar!

Clive corrió al instante hacia mí y comenzó a enfocar primero mi sorprendido rostro azotado por el viento y lacerado por la arena, y luego a los otros, que seguían descendiendo por un lateral de la duna. Pude reconocer la camiseta y el oscuro pelo de Ben. Parecía bajar casi pegado a alguien que habría podido ser Gareth, a juzgar por sus shorts amarillos.

—¡Vamos, Ben, vamos! —lo animé y me puse a dar saltos, olvidándome al momento de la marea de terror que me había invadido y de la finísima arena que se había colado por todos los intersticios de mi cuerpo, y que sabía que tardaría varios días en quitarme.

—¡Ay! —un chillido femenino me hizo desviar la atención de Ben. Jade había aparecido a mi espalda; obviamente debía de haberse salido de la pista, visto su enmarañado cabello y la mirada de absoluto terror de su sucio rostro—. ¡Nunca, nunca más volveré a hacer algo así! —gritó y arrojó su tabla lo más lejos posible de sí, que no fue precisamente mucho, debido a su debilidad.

Anna, que se había recompuesto y vuelto a maquillar, no tardó en aparecer a nuestro lado.

—Parece que tenemos un discutido duelo cuyo resultado decidirá quién será la pareja ganadora de este reto. Después de que Georgia y Jade hayan bajado en un tiempo récord, necesitamos que sus parejas no se caigan y alcancen la línea de meta —se dirigió a la cámara.

Ahora que tenía los pies firmemente plantados en el suelo, estaba mirando fijamente a Ben con plena conciencia de lo muy aterrador y peligroso que era todo aquello. La pendiente de la duna era casi vertical, más una caída libre que una suave pendiente. Me mordí el labio y recé para que llegara sano y salvo. Me preocupaba su seguridad, pero sabía también lo muy disgustado que se sentiría si Gareth lo vencía, sobre todo cuando habían estado tan cerca de ganar.

—¡Vamos, Ben! —chillé. Ben parecía controlar bien su tabla y seguía bajando a gran velocidad, cosa que en él parecía asunto fácil y no la trampa mortal que era realmente. El estilo de Gareth, por contra, imitaba más bien el mío de kamikaze. Los demás descendían lentamente detrás, deteniéndose de cuando en cuando para untar la tabla de cera y volver a empezar.

—Y aquí tenemos al siguiente concursante en llegar a la meta... Es...es... ¡Gareth! —exclamó excitada al tiempo que Jade soltaba un estridente chillido de alegría. Momentos después, Ben se detenía con una expresión terriblemente enfadada en su rostro lleno de arena.

Se desató las correas de la tabla y estrechó la mano de Gareth.

—Lo has hecho muy bien, amigo, aunque he estado a punto de ganarte.

Gareth parecía bastante afectado, pero se esforzó por recomponerse.

—Ya. Tú también.

—¡Felicidades, chicos! Sois los ganadores de la prueba de hoy —se dirigió Anna a Gareth y a Jade, mientras Ben me tomaba de la cintura.

—Lo siento, cariño. He hecho todo lo posible. ¡Pero tú has estado increíble! ¡He pasado mucho miedo por ti! —me besó la frente y sacudió la cabeza con gesto admirado, como sorprendido de haber descubierto en mí a una secreta practicante de deportes de riesgo.

—No tengo ni idea de cómo he podido llegar de una pieza —dije, sintiéndome todavía un poco temblorosa después de la tremenda descarga de adrenalina—. No te preocupes, ahora estamos todos empatados. Ese premio en metálico todavía puede ser nuestro —le recordé, pero él se encogió de hombros mientras se reprochaba mentalmente su derrota.

Finalmente llegaron los demás, sanos y salvos, y fueron recibidos por Gareth y Jade con un inmodesto baile de celebración de su victoria, a modo de burla. Él parecía tan engreído como una madre de clase media recogiendo la última caja de comida ecológica para bebés en una herboristería. Dawn tenía los puños apretados a los lados para no descargarlos en el altivo rostro de Jade o en el propio Simon, ya que eran la única pareja que no había ganado ningún reto todavía.

—¿Quién quiere repetir? —gritó en aquel momento

Dwayne. Nadie replicó. Yo estaba exhausta y no podía soportar la idea devolver a pasar por aquello—. Muy bien. Entonces... ¡dirijámonos a la siguiente parada del viaje misterioso de D-Dawg!

Yo solté un profundo suspiro, esperando que aquel viaje no entrañara más experiencias cuasimortales.

CAPÍTULO 16

Coaligarse (v.): Aliarse, unirse o vincularse

No tuvimos que esperar mucho tiempo antes de que el drama estallara de nuevo. Habíamos dejado la duna con todo el mundo de un humor excelente y circulábamos ya a toda velocidad por una pista salpicada de rocas. D-Dawg estaba disfrutando descaradamente haciendo gritar a las mujeres con su enloquecida conducción. Juraría que lo vi relamerse los labios de gusto a la vista, por el espejo retrovisor, del bamboleo de los senos de Jade a cada bache. Hasta que, de repente, y tras un fuerte ruido, el jeep se detuvo de golpe.

—Oh-oh —masculló,

—¿Oh-oh qué? —un escalofrío me recorrió la espalda cuando miré a mi alrededor. No había un solo ser vivo hasta donde alcanzaba la vista. Volví la mirada a la parte posterior del vehículo, pero todo el mundo parecía ajeno a nuestra situación mientras charlaban y se hacían selfies de sus caras llenas de arena.

Dwayne estaba girando la llave del encendido repetidas veces, sin éxito.

—Dwayne... ¿se ha averiado el jeep? —pregunté, temiendo ya la respuesta.

Se volvió para mirarme. Su anterior sonrisa había desaparecido. Parecía pálido y preocupado.

—Eh... Bueno —se rascó la cabeza, avergonzado—. Sí, eso parece.

—¿Qué? —siseé—. ¡Pero si estamos en mitad del desierto!

De acuerdo. Quizá no había pronunciado aquello a tan bajo volumen como había pretendido.

—¿Qué está pasando aquí? —gritó Tony desde la parte posterior del vehículo.

—¿Va todo bien, Georgia? —preguntó Ben.

Yo miré a Dwayne, que había saltado de su asiento y estaba esforzándose por abrir el capó.

—Creo que se ha roto algo.

—¿Queeeeeé? —gritó todo el mundo al unísono, imitando mi propio estallido anterior. Clive había bajado su cámara y se estaba enjugando el sudor de la frente con los faldones de su camiseta; Jade estaba bebiendo de su botella de agua a grandes tragos, sedienta; Gareth se retorcía las manos; y el rostro de Anna había palidecido visiblemente bajo su capa de maquillaje.

Ben y Tony fueron los únicos que saltaron instantáneamente del vehículo para correr a ayudar a Dwayne. Yo me dediqué a morderme nerviosamente las uñas mientras esperaba su veredicto.

—Oh, Dios mío, estamos listos... ¡Vamos a morir! —gimoteó Jade, incapaz de refrenar sus emociones. Aunque probablemente todos estábamos pensando lo mismo, aquello no representaba ninguna ayuda.

—Cállate —siseó Dawn mientras se abanicaba sus acaloradas mejillas.

—¡No pienso callarme! ¡Mirad a vuestro alrededor! No hay nadie a kilómetros de distancia. Oh, Dios mío, esto es un desastre... —Jade continuó llorando antes de enterrar la cabeza en el pecho de Gareth en busca de algún tipo de consuelo. Incómodo, Gareth no pudo hacer otra cosa que palmearle la esquelética espalda, temblorosa por los desgarradores sollozos.

—Si fuera tú, intentaría calmarme. Es probable que no nos quede mucha agua y de esta manera solo conseguirás deshidratarte más —susurró Natalia.

Vi a Anna dando un discreto codazo a Clive para ordenarle en voz baja que capturara la escena con la cámara. Un Clive de aspecto nervioso asintió con la cabeza, se secó el sudor de las manos en sus shorts y empezó a filmar.

—Los chicos arreglarán la avería, ¿verdad? —inquirió Gareth. Por su aspecto, cualquiera habría pensado que se estaba arrepintiendo de haber dedicado tanto tiempo a estudiar técnicas de marketing y tan poco a la universidad de la vida, de no haberse ensuciado algo las manos para poder así ayudar a los «chicos» que estaban intentando resolver el problema.

—Tony es muy buen mecánico, seguro que la arreglará —observó Natalia, haciendo un gesto confiado con la mano.

—¿Y qué hay de Ben? ¿Sabe algo sobre coches? —quiso saber Gareth, y todas las miradas se clavaron en mí.

¿No era esa la clase de información que debía conocer la novia de alguien? Forcé un estúpido remedo de carcajada.

—Er... sí, por supuesto, él es...muy mañoso, siempre está arreglando cosas con... con las manos... —me interrumpí. ¿Cómo era posible que no supiera si Ben era capaz o no de arreglar el motor de un coche? Esperaba en todo caso que se las apañara mejor con un motor que con la cinta métrica.

—¿Ha habido suerte? —pregunté al grupo formado por Dwayne, Ben, Tony y Simon.

Ben me lanzó una elocuente mirada como diciendo «tenemos problemas», y se pasó una mano por la cara manchándose las mejillas de aceite.

—Todavía estamos intentando arreglarlo —dijo con un tono serio que yo solamente le había oído una vez, cuando no había querido abrumar a Kelli con los problemas que habíamos tenido con Serena, la exempleada que nos había estafado el pasado año.

Tony tenía medio cuerpo dentro del capó y le estaba

gritando cosas a Dwayne, que estaba tumbado debajo del vehículo. A esas alturas el calor era insoportable. Sin el movimiento del coche, el aire se había aquietado en el desierto arenoso. Era como si hubiéramos metido la cabeza dentro de un horno. Tenía la boca cuarteada y el sudor se me secaba en la piel antes de llegar a formar gotas, dejando un rastro pegajoso y salado. Tenía verdadera ansia por beberme de golpe mi botella de agua ya medio vacía, pero como no había manera de saber cuánto tiempo pasaría hasta que los hombres hubieran arreglado el problema, necesitábamos racionarla.

—¿Cómo diablos vamos a salir de aquí? —exclamó Jade entre sollozos, aferrándose a Gareth.

—Tranquila, tranquila, cariño. Seguro que no estaremos mucho más tiempo aquí —murmuró, mirando ceñudo a Clive que, cámara al hombro, estaba rodeando la parte posterior del jeep como un buitre intentando captar las mejores imágenes de aquel drama.

—¡Ah, lo tengo! —gritó de pronto Tony, haciendo que todos nos volviéramos para mirarlo expectantes... El maldito árbol de levas estaba suelto.

Dwayne se incorporó rápidamente para señalar el lugar que le estaba indicando Tony, frunciendo el ceño.

—Oh —murmuró.

—Esto no debería haber estado suelto cuando salimos. ¿Cómo es posible que no lo revisaras? ¿No haces revisiones técnicas de este trasto? —inquirió Tony, con aspecto de querer pegar a Dwayne. O de golpearle en plena cara con el famoso árbol de levas, fuera lo que fuera.

Dwayne parecía avergonzado mientras sacaba su móvil.

—Bueno, el mantenimiento técnico del los vehículos no forma parte de mi trabajo —dijo, con lo que el rostro de Tony enrojeció aún más de indignación—. Pero llamaré ahora mismo a los chicos de la oficina, a ver lo que pueden hacer.

—¿A ver lo que pueden hacer, dices? —repitió Tony, estupefacto—. Estamos en medio del desierto y, a no ser que encontremos una sombra, y pronto, nos vamos a asar como salchichas en una barbacoa. Tenemos que arreglar esto ahora —siseó.

—¿Cómo? —preguntó D-Dawg con voz patética.

—Necesitamos algo para sacarlo del hueco donde se ha colado y volver a engancharlo, porque con las manos no podemos hacerlo —dijo Ben interponiéndose entre los dos hombres y sus respectivos niveles de testosterona—. El hueco es demasiado estrecho.

—Eso es lo que me dicen todas —comentó Gareth, soltando una nueva broma sexual. Supo en seguida que debería haber cerrado la boca a juzgar por la mirada con que lo fulminó Tony.

—No es el momento, amigo Gareth —dijo Ben entre dientes, esforzándose por mantener la calma—. ¿Tenemos algo que pueda servirnos?

D-Dawg sacudió la cabeza. Su bravucona actitud de Cocodrilo Dundee parecía haberse evaporado. En aquel momento volvía a ser simplemente el Dwayne de Londres temeroso de llevarse una paliza a manos de un furioso italiano.

Justo en aquel momento, yo tuve una idea.

—¡Esperad! ¡Ya lo tengo! ¿Qué tal un alambre, como el del refuerzo de un sujetador? Podríamos unir y trenzar varios para fabricar un gancho.

Ben sacudió la cabeza maravillado y me lanzó una sonrisa radiante.

—¡Perfecto!

Yo me volví hacia los demás, contenta de tener algo que hacer para sacarnos de aquella situación.

—De acuerdo, chicas, ¿recordáis el episodio de *Friends* en que se encuentran el coche cerrado cuando se dirigían a esquiar? —pregunté, entusiasmada. A juzgar por su expresión de perplejidad, debían de haberse perdido el episodio—. Bueno, no os preocupéis. El asunto es que se sirven de los alambres de sus sujetadores para abrir la cerradura, y nosotras vamos a utilizar básicamente el mismo sistema —había estado segura de que el hecho de haber pasado tantas horas viendo y volviendo a ver la serie me serviría de algo algún día—. Bueno. Necesitamos sacar esos alambres y trenzarlos para fabricar un gancho.

—¿Cómo? —exclamó Jade, apartándose de golpe del pecho de Gareth.

—Que tenemos que usar el alambre de refuerzo de nuestros sujetadores —repetí al tiempo que empezaba a soltarme el mío por debajo de la camiseta.

Natalia ya estaba quitándose el suyo también y sacándoselo por una manga de un rápido movimiento. Anna, que se había vuelto de espaldas al vehículo para imitarla, gritó a Clive que ni se le ocurriera filmar aquella parte. Dawn, que se había quedado sorprendentemente callado, obedeció también prontamente la orden, pero Jade había cruzado los brazos sobre su generoso busto negándose rotundamente a hacerlo.

—Es un sujetador de una colección exclusiva de Victoria's Secret y no pienso romperlo.

—Tendrás que hacerlo si quieres salir de aquí —gruñó Gareth, haciendo que Jade diera un respingo—. Quítatelo.

Jade se lo quedó mirando durante unos segundos hasta que soltó un teatral suspiro y se metió las manos debajo de la camiseta para cumplir la orden.

—¡Está bien, pero me debes uno nuevo!

—Perfecto —Gareth asintió y rasgó la costura de su sujetador con los dientes para sacar el alambre. Jade contuvo el aliento a la vista de la desalmada operación—. ¡Ya está! Aquí tienes —me lo entregó.

Yo recogí el manojo de alambres y se los pasé a mi vez a Ben, que procedió a trenzarlos. El resultado fue un largo gancho de extraña forma destinado a recuperar la pieza perdida.

—Manos a la obra —dijo, sacando la lengua por un lado de

la boca mientras insertaba el improvisado gancho bajo el capó. Chorros de sudor rodaban por sus mejillas. Dwayne y Simon se asomaron para mirar la operación con tanta atención como si hubiera una mujer desnuda dentro. Tony rezó una rápida oración en italiano al tiempo que se ponía a besar su colección de anillos, alzando la mirada al inclemente sol.

«Por favor, que funcione, por favor, que funcione...»

—¡Mierda! —suspiró Ben, golpeando con el puño el capó—. Casi lo tenía...

Dios, aquello era peor que esperar a la votación del jurado de un concurso televisivo. Nadie decía nada.

—Hazlo con suavidad, amigo, con suavidad... —decía Tony a modo de apoyo, con el puño apretado contra la boca, mirando nervioso por encima del hombro de Ben. Lo único que podíamos hacer era esperar. Y confiar en que Ben fuera una especie de secreto campeón de pesca con gancho, lo cual no habría sido nada extraño. Al fin y al cabo, eran muchas las cosas que había descubierto que no sabía de él.

—¡Bingo! —gritó al fin, sacando el aplastado gancho—. Rápido, Dwayne, intenta arrancar de nuevo —jadeó mientras se enjugaba el sudor de la frente.

Dwayne se sentó al volante de un salto y obedeció la orden. En cuestión de segundos el motor volvió a la vida, con un rugido que quedó inmediatamente ahogado por nuestros gritos y vítores.

—¡Estamos salvados! ¡Gracias a Dios, estamos salvados! —el entusiasmo de Jade hacía que sus senos liberados se bambolearan de manera alarmante.

—Vamos, hay que darse prisa. Tenemos que dirigirnos a la población más cercana antes de que se suelte de nuevo —gritó Ben mientras Tony bajaba el capó y saltaba a la parte posterior del vehículo.

Ben me tomó la mano y me la besó antes de subir también. Yo le sonreí, maravillada. Mi héroe... Sentí una curiosa emoción en lo más profundo de mi pecho. Lo amaba tanto en aquel momento... De repente pensé en el bellísimo anillo de compromiso que probablemente me estaría esperando en nuestra habitación del hotel, dentro de su maleta, así como en lo estúpida que había sido al cuestionarme si querría casarme realmente con aquel hombre tan increíble, cuando era precisamente el tipo de marido con el que cualquier chica habría soñado. Por supuesto que quería convertirme en la señora Stevens. Diablos, en aquel preciso momento habría dicho que sí a cualquier propuesta que se le hubiera ocurrido hacerme, incluso a una ampliación de Corazones Solitarios en Londres, París y Nueva York juntas...

Se me ocurrió entonces que quizá mis temores a la hora de ampliar el negocio estuvieran ligados de alguna manera a mis dudas sobre el matrimonio. Los cambios podían llegar a ser aterradores, pero en aquel momento todas aquellas inquietudes y preocupaciones se habían evaporado. Demasiado deslumbrada estaba por la habilidad y la tranquilidad con que se había desenvuelto en aquella situación tan peligrosa.

—No tenía idea de que supieras tanto de mecánica —le comenté incrédula girándome en el asiento hacia él, sin que me importara el traqueteo del vehículo mientras Dwayne nos sacaba a toda velocidad de allí.

Ben se encogió de hombros, tímido, y se bebió el resto del agua que había reservado.

—Todo lo aprendí de mi padre.

Yo sonreí y sacudí la cabeza mientras intentaba imaginar a su padre fumador, alcohólico y ludópata inclinándose sobre el motor de un coche averiado al paso que daba una clase práctica a su adolescente hijo.

—Bueno, recuérdame que le dé las gracias la próxima vez que le vea —dije.

—¿La próxima vez? —arqueó una ceja.

Una expresión de genuina sorpresa y diversión se dibujó en su rostro. ¿Acaso habría pensado que no querría volver a ver a su padre por culpa de aquel incómodo... bueno, efectivamente había sido algo realmente incómodo... primer encuentro?

—Por supuesto, la próxima vez. «¡Probablemente esa próxima vez será la de nuestra boda!», quise añadir, pero, en lugar de ello, me giré de nuevo hacia adelante y sonreí para mí misma.

CAPÍTULO 17

Sideral (adj.): Medido por el aparente movimiento de las estrellas

—Ayer estuviste increíble, ¿lo sabías? —me dijo Ben por tercera vez en ese día al tiempo que me tomaba una mano y se la llevaba a los labios.

Yo me ruboricé.

—Fuiste tú el que estuvo increíble. Sabía que eras un tipo tranquilo en situaciones de presión, pero lo de ayer fue absolutamente impresionante.

Nuestro flirteo con la muerte había sido el único tema de conversación de todo el mundo desde que volvimos a la civilización. Jade había estado embelleciendo el relato de nuestro dramático desastre en el desierto, pese a que todos habíamos estado allí con ella.

—Os juro que vi un águila volando muy cerca... oh, esperad, seguro que era un buitre. En cualquier caso, yo pensé que estábamos acabados... —cabeceó varias veces antes de pasar al asunto de su destrozado sujetador.

Pensando racionalmente, yo sabía que no habríamos podido morir, pero el drama de la situación me había hecho ser consciente de varias cosas: de lo increíble que era Ben bajo presión; de lo bien que trabajábamos juntos en una crisis y, básicamente, de que era justamente el tipo de persona que una querría tener a su lado. Yo había estado pensando más y más en nuestra inminente boda, convenciéndome a mí misma de que la cuestión surgiría en cualquier momento, y en las ganas que tenía de que llegara.

Casarme con Ben cimentaría lo que ya habíamos construido juntos. Un negocio, un futuro, objetivos de vida e incluso un miniimperio con mi mejor amigo y amante. ¿Por qué no habría yo de desear eso? Habíamos superado ya varios desafíos juntos durante aquel viaje, algunos intencionadamente, otros no, lo cual demostraba que incluso en los momentos más duros éramos capaces de reírnos y de sacar fuerzas.

Miré el rostro que conocía tan bien, consciente de que era el mismo rostro que deseaba mirar cada día durante el resto de mi vida, y me sonreí. Aquel viaje había sido realmente una gran idea. No dejaba de pensar en algo que Shelley me había dicho, que cuanto más mayor te haces, menos tiempo tienes para quedarte de brazos cruzados. Cuando te encuentras ante algo bueno, ¿por qué no aprovechar la oportunidad de apoderarte de ello? Quizá llevara poco tiempo con Ben, pero ya no éramos unos chiquillos de veinte, y como a Marie le gustaba recordarme, el reloj biológico corría en mi contra. Tenía delante a un hombre increíble dispuesto a elegirme a mí entre todas las otras mujeres del mundo. Sería una estúpida si no le correspondía de la misma manera.

Una vez que me enteré del plan de rodaje para la tarde, estuve todavía más convencida de que aquella noche sería «la noche». Íbamos a contemplar la puesta de sol más espectacular del mundo, como Tony había leído en su guía, y al día siguiente yo colgaría una foto en Facebook con aquel espectacular diamante brillando en mi dedo, compartiendo la noticia con familiares y amigos. Estaba segura de ello. Me abracé a mí misma de puro gozo.

Aquella convicción quedó reforzada por la sesión de filmación. Para la comida, Anna nos había pedido que nos reuniéramos en uno de los restaurantes de aquella bonita población, en el centro de una plaza arbolada, para que Clive pudiera sacar algunas tomas. El tema de conversación había derivado rápidamente a la manera en que habíamos gestionado nuestras relaciones personales mientras trabajábamos juntos, una información que estaba deseosa de escuchar de labios de las demás parejas.

—Yo creo que es increíble que podáis pasar tanto tiempo juntos sin que os entren ganas de estrangular a vuestra pareja —había dicho Anna.

—Cuando uno está enamorado, no quiere separarse del otro —murmuró Tony mientras besaba tiernamente la mejilla de Natalia antes de rellenar sus respectivas copas de vino.

Yo vi que Dawn ponía los ojos en blanco.

—Pero se trata también de compromiso, y de establecer vínculos.

—¿Qué quieres decir? —inquirió Anna mientras atacaba su carne a la brasa.

—Bueno, Simon y yo somos un buen ejemplo. Llevamos casados cerca de veinte años, así que puedo deciros que es necesario mucho trabajo duro, y no me estoy refiriendo a mi negocio, perdón, a nuestro negocio con Última Llamada.

Yo intenté no mirar a Ben. Por nada del mundo quería que termináramos como aquellos dos. Me sorprendió, de hecho, lo abierta y sincera que se mostró Dawn mientras nos explicaba los sacrificios que ambos habían hecho... Bueno, principalmente ella, al parecer, ya que hablaba de sí misma como si fuera una mártir inmolada en el altar del éxito profesional. Simon se limitaba a asentir con la cabeza, sumiso.

Natalia se inclinó hacia delante.

—Nosotros también hemos tenido algunos problemas.

Advertí que Anna ordenaba con gestos a Clive que sacara un primer plano de la bella italiana.

—Oh, por favor, contadnos. De verdad que creo que todos podríamos aprender mucho de todo esto.

Natalia aspiró profundo y miró a Tony como pidiendo su aprobación. Él asintió levemente y bebió un largo trago de vino, para en seguida rellenar la copa.

—Bueno, como en todo negocio, al principio tuvimos algunos problemas económicos. Quiero decir que es algo muy común, pero cuando estás empezando y no tienes idea de cómo funciona la cosa, empezar a recibir facturas con muchos ceros puede llegar algo muy inquietante...

Yo asentí, dándole la razón, Aunque Corazones Solitarios estaba marchando muy bien, ese era precisamente el motivo por el cual me ponía tan nerviosa la idea de expandirnos cuando todavía no estábamos lo suficientemente preparados. El movimiento de Londres podía costarnos muchísimo dinero y un buen mordisco a nuestra saneada cuenta bancaria, algo, por cierto, que no parecía preocupar a Ben tanto como a mí.

—¿Cómo lo resolvisteis? —quiso saber Anna.

—Nosotros... bueno, hipotecamos nuestra casa, pedimos prestado y prácticamente sableamos a nuestros familiares hasta que finalmente pudimos mantenernos por nosotros mismos. Fue algo bastante aterrador —Natalia esbozó una mueca, mientras Tony permanecía en silencio—. Me siento tan contenta ahora de haberlo superado y de que Vineópolis marche mejor que nunca... pero hubo momentos realmente complicados.

—Pero fueron precisamente esos momentos los que os hicieron tomar conciencia de lo bien que trabajabais juntos. O hundirse o nadar juntos, supongo —observó Ben.

Natalia asintió.

—Exactamente —apoyó su delgado y bronceado brazo sobre los poderosos hombros de Tony—. A veces necesitas esos tiempos oscuros para poder pasar al otro lado y darte cuenta de lo potente que puede llegar a ser la luz. Supongo que si no puedes trabajar con la persona a la que amas, entonces... ¿con quién puedes trabajar? He tenido suficientes jefes de pesadilla como para darme cuenta de que incluso en los tiempos difíciles eso es mucho mejor que trabajar con gente a la que odias.

—¡Brindo por eso! —alzó Gareth su botella de cerveza. Yo todavía no acaba de entender cómo era que Jade y él trabajaban juntos; hasta el momento tenía la sensación de que ella simplemente se beneficiaba de su éxito sin hacer nada, actuando como novia-florero. Por lo demás, tampoco podía entender que él hubiera triunfado con un trabajo de título tan pomposo y de jerga tan estúpida.

—Georgia, ¿qué consejo darías tú? —preguntó Anna, desviando la atención hacia mí.

Reflexioné por un momento.

—Supongo que estoy de acuerdo con Dawn —advertí en seguida que Dawn me miraba sorprendida—. Todo consiste en comprometerse y en no llevarse trabajo a casa, por muy difícil que eso pueda llegar a ser. Eso es algo en lo que nosotros estamos trabajando —solté una carcajada.

Ben sonrió y asintió con la cabeza.

—También se trata de repartir responsabilidades. Por ejemplo, Georgia tiene un talento natural con los clientes, los estimula a confiar en nosotros y a contratar un viaje con nuestra agencia, sabiendo que ese viaje les ayudará a curar su corazón roto.

—Mientras que a Ben se le dan mejor los números y además seduce a los clientes —le sonreí. Al ver que ponía una cara de extrañeza, insistí—: ¡Es cierto!

Por la manera en que movió la cabeza, no estuve segura de si se sentía avergonzado de ello o si había algo más que no quería decirme.

—Bien por vosotros, chicos. El dinero, las finanzas, la inversión, como queráis llamarlo... no es asunto fácil —murmuró Tony.

—Es por eso por lo que soy yo la que gestiona nuestros recursos, ¿no es verdad, Simon? —intervino Dawn—. A mí no me preocupan esas monsergas sobre el ego herido del hombre o su supuesta responsabilidad como sostén de la pareja. Lo importante es que cada uno se concentre en la tarea que tiene entre manos.

Advertí que Tony murmuraba algo por lo bajo y que Natalia se frotaba los brazos con un gesto de inquietud. ¿Sería eso lo que sentiría Ben cuando yo echaba el freno en el tema de nuestras posibilidades de inversión? ¿Se sentiría acaso amenazado como macho alfa? Hasta ese momento ni siquiera había pensado en ello. A juzgar por los sombríos pensamientos que estaba rumiando Tony, recordando seguramente su fracaso a la hora de mantener a Natalia y de conservar su negocio a flote durante los primeros días, era posible que yo hubiera malinterpretado la razón por la que Ben había insistido tanto en el proyecto de Londres, que quizá no fuera otra que la de demostrar su propia valía en nuestra asociación. Me sentí obligada a intervenir de nuevo

—Las cosas son diferentes hoy día: ya no se espera de los hombres que hagan los trabajos pesados mientras las mujeres se quedan en casa. Podemos trabajar juntos por los mismos objetivos, cada uno a nuestra manera —dije, tomando la mano de Ben—. Siempre y cuando nos coordinemos bien y nos divirtamos en el proceso, que es siempre lo verdaderamente importante.

—Bueno, ¡pero el premio en metálico de este programa seguramente ayudará también en algo! —exclamó Gareth.

Los demás se rieron, aprobando el comentario, antes de que la conversación derivara hacia la comida que estábamos saboreando, las previsiones meteorológicas de los próximos días y la naturaleza del siguiente desafío.

Nos habían llevado al Valle de la Luna, que hacía plena justicia a su nombre. El paisaje de aspecto lunar de aquel valle rocoso hacía que pareciéramos actores de una película de ciencia ficción. Por todas partes estaba coronado por escarpados picos y rocas de extrañas formas erosionadas por el viento del desierto. Tanto el aspecto sobrenatural de aquel paisaje como su absoluto silencio resultaban más que inquietantes. Y todavía más surrealista eran las montañas de los Andes como gigantesco telón de fondo. Era la misma tierra dura e inhabitable que una se imaginaba en la superficie de la luna, con aquel salitre de antiguos lagos desecados formando un cuarteado suelo gris. Era algo espectacular, un impresionante paisaje para una proposición de matrimonio.

—¿Sabíais que esos volcanes tienen cerca de seis mil metros de altura, y que este terreno tan inhóspito es el lugar más seco de la tierra? —estaba explicando Simon, animado—. En algunas zonas de este desierto no ha caído un sola gota de agua de lluvia en un siglo, debido a que se evapora mucho antes de alcanzar el suelo —parecía encontrarse en su elemento mientras continuaba contándonos cómo la NASA efectuaba pruebas allí debido a la semejanza de sus condiciones con Marte—. Supongo que sabréis que, en su forma más básica, los humanos estamos compuestos de la misma materia que todo lo que nos rodea, desde la arena del desierto hasta el sol del cielo. Así que, técnicamente, cuando contemplamos el universo, nos estamos contemplando a nosotros mismos —cuando sonreía, su rostro adquiría un aspecto casi infantil—. La cosmología es una rama de la física y de la astrofísica que estudia la evolución del universo. Es verdaderamente fascinante y... la verdad, no sé qué es lo que te hace tanta gracia, Jade.

Por una vez había estado contando con la incondicional atención de todo el grupo, sin que tuviera que pedir permiso a Dawn para que le dejara continuar. Resultó que tanto Gareth como Dawn habían sufrido una insolación debido al viaje por el desierto del día anterior. Yo me había dado cuenta de que Simon no se había quejado en ningún momento de que su mujer estuviera postrada en cama y se estuviera perdiendo aquello. Más bien parecía entusiasmado de poder disfrutar en libertad de aquella nueva excursión, sin que ella lo criticara continuamente.

—Adelante, señor científico, cuéntenos más cosas —sonrió y miró a D-Dawg, que no tenía la menor idea de lo que se estaba diciendo.

Simon no supo si sentirse ofendido o alentado. Escogió lo último.

—Siempre me ha interesado el espacio. De joven me inicié en la astronomía, y desde entonces lo he convertido en un hobby.

Era probablemente el hombre más sabio que había conocido nunca, lo que me despertaba una pregunta: ¿qué le había llevado a terminar de fiel perrito faldero de Dawn?

—¡No tengo maldita idea de lo que estás diciendo, hombre, pero sigue! ¡Continúa! —se carcajeó Jade, reforzando el tradicional estereotipo que presentaba a la mujer «Barbie» como un descerebrada. Porque, por lo que a ella se refería, no era ninguna excepción.

Yo me preparé mentalmente para escuchar algún lascivo comentario de los que solía lanzar Gareth, hasta que recordé que se había quedado en el alojamiento. Resultaba extraño que tanto Dawn como él se hubieran mostrado tan callados durante la comida.

D-Dawg nos había llevado luego por una pista rocosa hasta aquel mirador elevado, prometiéndonos las mejores vistas para cuando cayera la noche. Yo ya estaba temblando de frío con el fino vestido de verano rosa que finalmente me había decidido a ponerme, ya que me parecía el atuendo más «nupcial» que había traído conmigo a Chile. Había pasado más tiempo de lo normal atusándome el pelo, que me había recogido en un moño estilo bailarina clásica. Esperaba que mi maquillaje aguantara hasta que llegara el gran momento e incluso le había pedido a Jade un poco de rímel impermeable, sin explicarle para qué lo necesitaba, evidentemente.

—¿Va a haber otro desafío? —le preguntó Ben a Anna.

—No, esta noche la dedicaremos a contemplar uno de los más famosos y románticos atardeceres del mundo —respondió lanzando una radiante sonrisa a mi novio.

—Ah, de acuerdo —dicho eso, Ben pareció relajarse un tanto. No me había hecho ningún comentario sobre mi aspecto, pero yo lo atribuí a los nervios que debía de sentir a la hora de proponerme matrimonio. Yo quería susurrarle que no necesitaba preocuparse de nada, que estaba más que dispuesta a aceptar, pero no podía arruinar el discurso que seguramente estaría ensayando mentalmente mientras se preparaba para el gran momento.

Yo no sabía si se trataba de un regalo extra o una manera de compensarnos por el dramático episodio del día anterior, pero el caso era que D-Dawg se había ocupado de todos los preparativos. Había extendido varias mantas artesanales de lana chilena sobre el duro suelo y preparado una cesta de pícnic, bastante modesta, eso sí: una botella de champán barato, vasos de plástico y una bolsa de saladitos para cada pareja. Pero, bueno, lo importante era la intención.

Dwayne se había asegurado de que la manta que había reservado para Jade fuera lo suficientemente cómoda, con una almohada inflable para el cuello que había sacado de debajo de uno de los asientos del jeep. Anna se sentó con Simon, que seguía dándonos un detallado informe sobre el tipo de pruebas que la NASA había estado haciendo allí. Natalia y Tony escogieron la manta más apartada y, a pesar de su primera reacción cuando vieron el pobre contenido del pícnic, no tardaron en abrazarse y en hacerse arrumacos como dos adolescentes. Clive revoloteaba alrededor de todo el mundo, aparentemente indeciso entre grabar artísticas tomas de paisaje o primeros planos de la atractiva pareja de enamorados.

Ben y yo ocupamos la última manta que quedaba libre.

—Ven aquí —me hizo sentarme delante de él, entre sus piernas, y me abrazó por la cintura. Yo apoyé la cabeza sobre su pecho sintiendo el relajante latido de su corazón... ¿era posible que latiera más rápido de lo normal?, mientras admiraba el espectacular paisaje que teníamos delante.

—Esto es como sentarse en el sofá a ver una buena serie, ¿verdad? —su aliento me hizo cosquillas en la oreja mientras reía suavemente.

Conforme se iba poniendo el sol en un cielo cada vez más oscuro, los picos de las montañas se llenaron de luz, resplandeciendo como brasas ardientes antes de adquirir un cálido tono rosado. Un respetuoso silencio se abatió sobre el grupo mientras contemplábamos el caleidoscopio de colores y sombras que se dibujaba sobre los escarpados volcanes.

Yo me acurruqué contra el amplio pecho de Ben mientras admiraba la lenta puesta de sol. Mi respiración se fue aquietando y sonreí invadida por una maravillosa sensación de paz y felicidad, muy parecida a la que solía sentir de niña en las noches de invierno, cuando me metía en la cama con una bolsa de agua caliente. Aquello era perfecto. Anhelaba saborear cada momento de aquel glorioso atardecer, con el sol hundiéndose detrás del horizonte mientras el cielo cambiaba con un despliegue de impresionantes tonos rojizos, dorados y naranjas.

¡Qué afortunados éramos de poder vivir aquella experiencia, quizá por única vez en nuestras vidas! Me sentí como bendecida por la vida. Ese iba a ser un momento que atesoraría para siempre. Aunque, a cada segundo que pasaba, yo me estaba sintiendo cada vez más confusa respecto al momento en que Ben se decidiría a pronunciar las palabras que seguramente debía de estar rumiando en su mente. ¿Estaría nervioso? ¿Se estaría planteando cambiar de idea? Volví la cabeza para mirarlo a los ojos y le sonreí como para darle ánimos, pero él permanecía callado.

En medio de tanta maravilla, apenas oí a Clive arrastrándose muy cerca con su cámara para capturar aquel momento tan íntimo. Imaginé que utilizaría esa escena nuestra, la de cada pareja abrazada y esbozando una sonrisa cursi ante tan precioso paisaje, como entrada para el programa.

Al día siguiente empezarían las entrevistas individuales y yo estaba desesperada por saber qué clase de preguntas nos harían. Probablemente se centrarían en nuestro inminente compromiso, en los planes para la boda. Durante el desayuno, Anna nos había informado a todos de que ninguna pareja conocería las preguntas de antemano, de manera que las respuestas de cada una fueran tan frescas como espontáneas. Confiaba sin embargo que fueran más bien genéricas, tópicas. No había por tanto motivo de preocupación. Eso esperaba yo, al menos.

La noche se fue imponiendo, lentamente al principio, hasta que el globo del sol, de un rojo furioso, desapareció en un instante. Sin la capa de contaminación que solía nublar los cielos de nuestro país, aquello fue como mirarlo todo a través de un telescopio: la blancura neblinosa de la Vía Láctea destacó de pronto en el firmamento del desierto. Sobre nuestras cabezas, las estrellas refulgían contra un manto de color azul índigo. Nunca me había sentido tan diminuta e insignificante como me sentía en aquel momento, casi humillada ante la magnificencia de la naturaleza. De repente, todo cobró sentido: sí, aquel tenía que ser el instante preciso que Ben había estado esperando.

—Bueno, todavía no puedo creer que estemos aquí —reflexioné en voz alta, entrelazando los dedos con los de Ben—. Quiero decir que... si hace un año me hubieras dicho que íbamos a sentarnos en una manta en pleno desierto de Chile para contemplar este impresionante atardecer, jamás te habría creído.

Ben rio por lo bajo.

—Lo sé. Hemos hecho un largo recorrido, tú y yo, ¿verdad?

—Desde que nos conocimos en la Mariposa azul a esto... Todavía tengo que pellizcarme para asegurarme de que no estoy soñando —admití.

—Ya, ¿quién imaginaba que aquella atlética chica del bikini que conocí estaría hoy entre mis brazos en la otra esquina del mundo? Ya sabes que no creo en el destino y en todas esas tonterías, pero la verdad es que se dieron unas coincidencias muy extrañas para que tú y yo acabáramos juntos —sonrió, abrazándome con fuerza.

—Y que lo digas. ¿Y si yo nunca me hubiera puesto a viajar, y no hubiese abandonado aquella ruta organizada de pesadilla para irme a la Mariposa Azul?

—¿Y si yo hubiera conocido a Jimmy en otro país, en vez de en aquella isla tailandesa, y además en el mismo momento que tú? —sacudió la cabeza, pensando en los millones de caminos que habríamos podido seguir cada uno de nosotros sin encontrarnos. Algo que yo, por mi parte, no podía soportar imaginar.

Mi corazón se inflamó de felicidad al oírlo evocar aquellos tiempos. De repente no me importó el hecho de que se hubiera visto con su ex sin decirme nada, o el motivo por el cual no me había mencionado la marcha de Jimmy y de Shelley, o nuestras opiniones tan distintas sobre el proyecto de expansión en Londres. Todas esas cosas se resolverían con el tiempo. El viaje te daba una nueva perspectiva de las cosas: las pequeñas inquietudes de casa no parecían allí tan importantes. En aquel momento lo único importante éramos nosotros, las personas en que nos habíamos convertido, lo increíblemente bien que estábamos juntos.

—Entonces, ¿qué piensas de todo esto? —me susurró Ben al oído, provocándome un delicioso estremecimiento por todo el cuerpo.

—¿A qué te refieres? ¿Al hecho de que nos conociéramos?

—Bueno, eso también, pero sobre todo esto —me tomó la mano para alzarla hacia el cielo—. El sentido de nuestra vida, este corto tiempo que pasaremos en este planeta, en medio de este vasto y espectacular universo.

—¡Dios! —reí yo—. Esa conversación se está volviendo demasiado trascendental, ¿no te parece? ¡Estás empezando a parecerte a Simon, con sus conferencias sobre las maravillas del sistema solar!

—Si hay un momento para ponernos trascendentales, seguro que es este, ¿no te parece? —sonrió, algo avergonzado.

Yo me removí ligeramente y me aparté para mirarlo mejor. La luz de las estrellas bañaba su rostro con un leve y blanquecino resplandor.

—Creo que puede llegar a explotarte la cabeza si piensas demasiado en cosas como esas, por qué estamos aquí, cuál es nuestra misión en la vida y lo que sucederá cuando estemos muertos —suspiré profundamente—. Supongo que lo único que podemos hacer es mostrarnos agradecidos por lo que tenemos y aprovechar al máximo el tiempo que nos ha sido dado. Saboreando y tomando fotografías mentales de grandes momentos como este, por ejemplo, o reconociendo y apreciando las pequeñas cosas de la vida —me encogí de hombros mientras él me apartaba un mechón de pelo del rostro.

Ben asintió lentamente, pensando sobre lo que yo acababa de decir,

—Creo que tienes toda la razón. Son las pequeñas cosas, los momentos que constituyen la vida y que tanta gente ignora o subestima. Y se trata también de estar con la gente que te hace feliz en los grandes y en los pequeños momentos... —se interrumpió—. Así que...

¡Oh, Dios mío! Ya estaba. La proposición de matrimonio. En medio de la conversación, casi me había olvidado del verdadero motivo por el que estábamos allí.

—¿Sí? —susurré, sin apartar la mirada de su rostro. El corazón me latía tan fuerte que tenía la sensación de que podía resonar como un eco en las montañas. Ben había juntado los labios como para decir algo, algo muy importante. La boca se me secó, contuve el aliento, todo mi cuerpo se tensó de expectación ante la frase que estaba a punto de pronunciar. Diablos, necesitaba permanecer tranquila y compuesta, pero anhelaba tanto escuchar aquellas palabras que iban a cambiarlo todo... Sí, estaba dispuesta, tan dispuesta....

Pero Ben no pudo decir nada, porque justo en aquel momento se oyó el estridente chillido de alegría de Natalia.

—¡Ha dicho que sí! —gritó Tony, gozoso.

¿Qué mi....? Giré la cabeza hacia la pareja italiana.

—¡Ella ha dicho que sí! —repitió Tony, levantándose y alzando un puño en el aire al estilo Rocky—. ¡Vamos a casarnos!

El anterior ambiente tranquilo y sereno se trocó en un enjambre de actividad mientras todo el mundo se levantaba para felicitar a la pareja recién comprometida. Anna estaba fuera de sí de puro entusiasmo, pensando probablemente en los beneficios que ello reportaría a su programa. Natalia derramaba lágrimas de felicidad, Jade estaba haciendo de fotógrafa no autorizada del compromiso y Simon contemplaba la escena con expresión perpleja.

—¡Nooooo!

Todo el mundo se volvió para mirarme. Yo había soltado aquel último grito sin darme cuenta.

—Quiero decir que... ¡muy bien! Felicidades, chicos —me ruboricé, incorporándome con la intención de abrazarlos a los dos.

Miré a Ben, que estaba estrechando la mano de Tony y besando a Natalia en una mejilla. Parecía genuinamente encantado por ellos y en absoluto contrariado por que hubieran arruinado el que debería haber sido nuestro momento. Yo, en cambio, no podía dejar de repetirme: «¿Y qué pasa con mi propuesta? ¡Debería haber sido yo!». Sí, seguramente por dentro Ben debía de estar tan contrariado como yo. Estaba segura.

Finalmente, el entusiasmo general fue remitiendo conforme Natalia y Tony empezaban a besuquearse, manifestando así descaradamente su deseo de que nos largáramos todos para que ellos pudieran celebrar debidamente su gran noticia. Yo volví a sentarme en la manta de lana, intentando volver a acomodarme contra el cuerpo de Ben, aunque podía sentirlo más rígido que antes, como envarado.

—Parecía que antes ibas a decirme algo, ¿no? —pregunté, toda inocente, hirviendo de frustración por dentro.

Él sacudió la cabeza, distraído.

—No importa. Ya te lo diré en otra ocasión —y me besó la coronilla. El peso que sentía en mi corazón se incrementó cuando Anna gritó que había llegado el momento de volver al alojamiento para celebrar la gran noticia. Con Ben levantándose y recogiendo nuestra manta, llegó el brutal convencimiento de que nuestra posibilidad de incorporarnos a la tribu de las parejas recientemente comprometidas se había desvanecido tan rápidamente como el sol de aquel día.

Para entonces el calor del día también se había desvanecido, de modo que me encontré temblando bajo el oscuro cielo. Ignoraba si era por el brusco descenso de temperatura o por haber regresado a nuestro campamento base sin el anillo en mi dedo, pero el caso era que sentía un frío horroroso.

CAPÍTULO 18

Declive (n.): Decaimiento; deterioro

—¡Ahora vuelvo! —les dije a Ben y a los demás nada más entrar en el pequeño y animado bar del centro de la población—. Quiero cargar mi cámara. Creo que agoté la batería con todas esas fotos que hicimos de las estrellas.

—Te acompaño. Quiero ver cómo está Dawn —dijo Simon mientras se levantaba con esfuerzo, como si no tuviera ninguna gana. Jade no había hecho comentario alguno sobre el estado de su novio después de que D-Dawg intentara descaradamente seducirla.

—Yo puedo pasarme a verlos, si quieres. Seguro que se habrán quedado dormidos y no es justo que tú te pierdas la oportunidad de soltarte un poco el pelo —le sugerí, y sonreí al ver la manera en que se le iluminaba la cara.

—¿Estás segura?

—Por supuesto. ¿Me vais pidiendo una bebida?

—Claro —dijo Ben, volviéndose para besarme—. No tardes mucho.

Salí rápidamente de allí, dejando a la pareja recién comprometida y al resto del grupo brindando por la feliz noticia. A decir verdad, ni siquiera me molesté en cargar la cámara: necesitaba estar un momento a solas para recomponerme después de una decepción tan aplastante.

Me sentía culpable por ser tan canalla cuando, en el fondo, me alegraba de verdad por Natalia y por Tony. Aunque no los conocía demasiado, tenía la sensación de que formaban una gran pareja. Pero me fastidiaba que no hubiéramos sido Ben y yo los que estuviéramos brindando en aquel momento, con todo el mundo admirando mi bellísimo anillo. Casi me entraban ganas de reírme de lo estúpido de la situación. Apenas unas semanas atrás el matrimonio con Ben ni siquiera se me había pasado por la cabeza, pero tras el descubrimiento del anillo de compromiso y habiendo dispuesto además de tiempo para pensar en nuestro siguiente paso, el que tan obviamente debíamos dar como pareja, sabía ahora que deseaba convertirme en la señora Stevens. Solo me preguntaba cuánto tiempo más tendría que esperar hasta que volviera a presentarse la ocasión adecuada.

Me apresuré a dirigirme al alojamiento y busqué en el bolso la llave de la habitación. Estaba demasiado ocupada en esa tarea, palpando entre botellas de agua y pañuelos de papel arrugados, como para fijarme en las idas y venidas de los huéspedes que pasaban a mi lado. Hasta que escuché una risita que se parecía mucho a la de Dawn, aunque la verdad era que aquella mujer rara vez se reía. Yo le había dicho a Simon que me pasaría a ver cómo estaban Dawn y Gareth, recordé mientras renunciaba a la búsqueda de la llave, que probablemente se habría colado por un agujero del forro de mi bolso.

Me dirigí a recepción para ver si podían dejarme una copia de la llave y, de paso, informarme de las habitaciones de Dawn y Gareth. Al entrar en el diáfano vestíbulo salpicado de hamacas y mullidos pufs, sonreí al ver la bonita escena nocturna: alguien había encendido velas para colgarlas del emparrado del minijardín. Durante los pocos segundos en que estuve admirando la decoración, perdida en sensibleros pensamientos sobre mi novio, la puerta de la habitación opuesta a la mía se abrió y salió Dawn.

Yo acababa de alzar la mano para llamar su atención, con la idea de preguntarle cómo se encontraba, cuando advertí que su melena rojiza estaba más despeinada de lo normal. Llevaba un ancho vestido negro de los que se ataban al cuello, pero que no se había atado del todo bien, y además iba descalza. Parecía como si estuviera buscando algo o a alguien.

—¿Dawn? —grité. La mujer giró como si la hubieran electrocutado de pronto.

—Oh, Georgia. ¡Hola! —me saludó con una voz extrañamente chillona mientras se acercaba apresurada—. ¿Qué... qué estás haciendo aquí? ¿Están... er, los otros contigo? —se atropellaba con las palabras al tiempo que miraba rápidamente a su alrededor, al vestíbulo vacío.

Yo negué con la cabeza.

—No, solo estoy yo.

—Ah, vale —se estaba tocando los lóbulos de las orejas, como acariciando unos pendientes que no llevaba—. ¿Y bien? ¿Qué pasa?

¿Que qué pasaba? Ahora sí que sabía que estaba sucediendo algo extraño. O eso o la insolación la estaba haciendo delirar.

—¿Va todo bien, Dawn?

Frunció el ceño. Hubo una vacilación en su voz.

—Oh, sí, claro. Ahora que me lo preguntas, me siento mucho mejor...

—Dawn, no me obligues a salir a buscarte, tigresa —se oyó de pronto la voz nasal de Gareth, procedente de alguna parte—. ¿Me oyes? Todavía no he acabado contigo...

Yo me quedé helada. ¿Aquella voz no era la de...? No, no podía ser...

Clavé la mirada en Dawn, que se estaba retorciendo las manos y mirando al vacío, como si no hubiera oído la voz de Gareth pidiendo sexo procedente de una de las habitaciones... Tenía el rostro muy colorado, y no se sabía muy bien si era de la insolación, del encuentro sexual que evidentemente acababa de disfrutar o de la vergüenza de haberse visto sorprendida.

Como para confirmar mis sospechas, un Gareth medio desnudo, luciendo unos boxers grises, con el elástico prácticamente desaparecido bajo su prominente barriga, salió de la misma habitación que Dawn acababa de abandonar. Se detuvo en seco nada más verme.

—¡Georgia! —gritó, y casi se cayó hacia atrás.

Dawn soltó un profundo suspiro y se llevó las manos a la cabeza.

—¿Qué está pasando aquí? —pregunté. Sentí una leve náusea al pensar en los pobres Simon y Jade.

—¡No es lo que parece, de verdad! —suplicó Dawn antes de soltar un ladrido a Gareth para que se cubriera y se pusiera la maldita ropa. El hombre obedeció sumiso. Yo podía ver que el generoso busto de Dawn se alzaba y bajaba bruscamente, como el de un animal atrapado buscando una salida—. Georgia —dijo con voz firme, pero en seguida suavizó el tono y apoyó una mano de palma sudada sobre mi hombro, haciéndome dar un respingo—. Georgia, no sé lo que crees que has visto, pero no ha sucedido nada. Gareth simplemente ha salido a ver cómo estaba.

«Mentirosa». Yo me la quedé mirando boquiabierta al tiempo que me apartaba.

—No he nacido ayer, Dawn.

Sabía que Simon era un hombre demasiado bueno para ella. Y ahora tenía la evidencia que lo demostraba.

Dawn alzó las manos a la defensiva.

—Está bien, está bien, tienes razón. Pero supongo que sabrás cómo son estas cosas... Cuando llevas un tiempo con alguien que ya no te mira como el primer día... Para una mujer, es perfectamente natural sentirse deseada —dijo y lanzó una mirada a Gareth, que se había puesto la camiseta al revés y en aquel momento se estaba esforzando por cambiársela. Yo la miré con los ojos muy abiertos—. Ya lo sé, ya lo sé. Él no es precisamente George Clooney, pero, cuando llegas a una cierta edad, una toma lo que puede —esbozó una mueca.

—Eres repugnante. Los dos lo sois —giré sobre mis talones con la intención de salir de allí lo antes posible. Aquello destrozaría a Simon. Jade, para ser justos, no era tan devota a Gareth, a juzgar por la manera en que se había pegado a D-Dawg durante la mayor parte de la tarde, pero aun así aquello era un golpe bajo.

—Georgia... ¡espera! —aulló Dawn y luego siseó a Gareth que se subiera la braugueta.

—Simon te adora. No puedes hacerle eso. Quizá la chispa se haya apagado para ti, pero no por eso está bien que lo engañes y lo trates de esta manera.

Dawn se erizó por un momento, pero luego suspiró.

—Una cosa es el afecto y otra el deseo. Sé que él me tiene en un pedestal, y que ha sido muy bueno conmigo, pero el deseo se ha apagado. Quiero decir que llevamos más de veinte años casados, por el amor de Dios. El impulso animal de rasgarle las ropas al otro hace tiempo que ya no existe —miró a Gareth sin pretenderlo y un rubor se extendió por su rostro—. Si, Simon es un hombre bondadoso, pero... ¿a quién le interesa la bondad? La lealtad y el cariño la puedo conseguir hasta de un perro. Ya no hay pasión, para ninguno de nosotros.

Yo recordé la pasión que había demostrado su marido mientras nos explicaba las diferentes constelaciones de estrellas y sacudí la cabeza.

—Pero tú eres una mujer fuerte, habituada a solucionar los problemas. Tú no te rindes. Simon es un hombre bueno que se merece mucho más que esto. Que se merece una mujer mejor que tú.

—Por favor, no le digas nada... —bajó la voz y juntó las manos. El feroz ceño que yo estaba acostumbrada a ver en su rostro se había convertido en una desesperada súplica.

Me temblaban las piernas y la cabeza me daba vueltas.

—Por favor, Georgia, no volverá a suceder —añadió Gareth, que por fin había terminado de vestirse correctamente—. Anna y Clive se enfadarán mucho. Piensa en las horas de filmación que todavía nos quedan. Si lo haces, podrían echarnos del concurso —murmuró, y Dawn asintió como dándole la razón.

Así que era eso. La punzada de compasión que me había asaltado por un momento se desvaneció de golpe. Aquellos dos estaban más preocupados por ganar el premio en metálico del concurso y por cómo aparecerían en televisión que por los sentimientos de sus respectivas parejas.

—No diré nada —dije al fin con los dientes apretados. Me costaba hasta mirarlos. Ambos soltaron un profundo suspiro de alivio.

—Gracias, Georgia. ¿Lo ves, Dawn? Ya te lo había dicho. Al contrario de lo que pensabas, Georgia es una mujer de fiar —dijo Gareth, riendo.

Dawn me lanzó una sonrisa de disculpa.

—Yo no lo haré, pero vosotros dos sí —terminé yo.

—¿Qué? —Gareth me miró boquiabierto.

—Haréis lo que tenéis que hacer y seréis sinceros con Simon y con Jade. Este es un programa sobre relaciones que sobreviven a los buenos y a los malos momentos, y no sobre parejas mentirosas y adúlteras.

—Bueno, no nos apresuremos demasiado... —Gareth intentó ponerme una mano en el hombro, pero la retiró enseguida ante el gruñido que le solté.

—Si yo estuviera en vuestro lugar, me vestiría decentemente y reflexionaría sobre lo que acabáis de hacer —y giré de nuevo sobre mis talones, deseosa de alejarme de allí lo antes posible.

Volví prácticamente corriendo al bar para reunirme con los demás, necesitada desesperadamente de una bebida fuerte para intentar procesar la escena de la que acababa de ser testigo. Sabía que no podía hacer de portadora de malas noticias a Simon y Jade, como tampoco podía arruinarles la noche a Natalia y Tony. Me sentía desgarrada, enferma, presa de contradicciones. Pero por otro lado no podía quedarme sentada allí bebiendo tranquilamente con el grupo sabiendo lo que había descubierto.

—¡Ah, aquí está! —Ben se levantó de su asiento para besarme cuando me acerqué a la mesa, que ya estaba cubierta de copas y platos de frutos secos—. Me preocupaba que te hubieras escapado...

Sonreí débilmente y, agradecida, me senté en un extremo de la mesa.

—No, tranquilo. Vas a tener que aguantarme durante algún tiempo más —broemeé, consciente de que la sonrisa que esbocé no llegó hasta mis ojos.

—Bien. Espero entonces que no vuelvas a irte —repuso Ben, frotándome cariñosamente un muslo. Parecía que las copas habían estado fluyendo desde que me marché, a juzgar por el alcohol de su aliento y su mirada levemente nublada. No podía revelarle lo que acababa de ver, pedirle consejo al respecto, y menos estando achispado como estaba.

Alguien me entregó una copa de champán que estuve a punto de beberme de un trago, pese al amargo cosquilleo de las burbujas en mi garganta. No supe cómo lo hice, pero intenté olvidarme de lo sucedido y no solté información alguna. El resto del grupo estaba tan bebido que creo que nadie advirtió que yo estaba más silenciosa de lo normal, menos participativa en el coro de bromas y anécdotas. Por lo demás, ni Simon ni Jade me preguntaron por sus respectivas parejas.

Aquella noche abracé a Ben con mayor fuerza que de costumbre y me sentí inmensamente agradecida por lo que teníamos: mi decepción por nuestro frustrado compromiso había pasado a un segundo plano después de las últimas revelaciones.

CAPÍTULO 19

Obsequioso (adj.): Excesivamente halagador o elogioso; efusivo

Yo parecía ser la única en no estar forcejeando con una ligera resaca aquella mañana mientras miraba la larga mesa de pícnic a la que nos había convocado Anna para una reunión de emergencia, mientras desayunábamos. Todo el mundo estaba silencioso. Incluso Ben se aferraba a su taza de café a la espera de la inyección de cafeína que lo devolvería a la vida.

Ni siquiera era capaz de mirar a Dawn y a Gareth mientras esperábamos en la terraza, con la luz veteada por las hojas de las palmeras que se cernían sobre nosotros. Advertí que Jade tenía los brazos cruzados sobre el pecho con una expresión de enfado en su rostro cargado de maquillaje. Simon estaba jugando con una vela de mesa apagada, rascando la cera, y parecía estar evitando la mirada de todo el mundo. El estómago me dio un vuelco. Quizá esa terrible pareja se hubiera sincerado sobre su infidelidad, al fin y al cabo. Aunque la verdad era que lo dudaba seriamente.

Me senté en un extremo del banco de pícnic y me arrebujé contra Ben; estaba todo calentito y soñoliento, y me pregunté cómo se tomaría la noticia bomba. Anna se levantó, esforzándose por representar bien su papel de anfitriona simpática, cuando todo el mundo probablemente pensaba que aquello no le importaba un carajo, mientras Clive iniciaba la cuenta atrás: tres, dos, uno...

—Como sabéis, tanto Dawn como Gareth se sintieron indispuestos ayer tras su experiencia en el desierto —empezó Anna, bajando la mirada por un momento antes de alzarla de nuevo hacia la cámara. ¿Estaría quizá forzando alguna lágrima?—. Dawn fue a ver al médico esta mañana y le han prescrito descanso durante el resto del rodaje, lo que significa que, desafortunadamente para nosotros, vamos a perder a dos maravillosos concursantes.

Natalia ahogó una exclamación. Yo apreté la mandíbula. De modo que no se habían sincerado. Dawn se retiraba cobardemente a su casa en lugar de arriesgarse a que se supiera la verdad y se sincerara con el pobre Simon. La muy cobarde.... Obviamente había simulado que su insolación era más grave de lo que había parecido en un principio, algo sorprendente dado que presentaba muy pocas señales de quemaduras, a no ser que se entendiera como tal su intenso y vergonzante rubor.

—Ben y Georgia, Natalia y Tony, Gareth y Jade —Anna nos miró uno a uno mientras nos nombraba—. Nosotros continuaremos con lo planeado en nuestro viaje hacia el sur del país pero, tristemente, es hora de decir adiós a dos excelentes concursantes —Anna se llevó la punta de un pañuelo de papel a un ojo en un gesto exclusivamente dedicado a la cámara, para luego proceder a abrazar con pretendida ternura y cierta incomodidad a Simon y a Dawn. Ben, Natalia y Tony hicieron lo mismo, estrechando la mano a Simon y deseándole una pronta recuperación a Dawn.

Consciente de la cámara de Clive, yo me levanté, forcé una sonrisa que esperaba que no llegara hasta mis ojos y abracé silenciosamente a Dawn. No tenía nada que decirle, al menos sin explotar de indignación ante su cobardía.

—Adiós, Dawn —dijo Jade, estirando una mano y sacándose un selfie más bien tristón con la mujer que apenas unas horas atrás había estado montando a Gareth.

—Adiós, Jade. Y buena suerte —se apresuró a responder Dawn.

Con Dawn de espaldas, yo oí a Jade murmurar que estaba muy triste por su marcha, pero que necesitaba comer algo pronto. De modo que no había descubierto que la habían engañado: simplemente tenía hambre. Gareth le siseó que no fuera niña y se controlara, que pronto llegaría el desayuno, lo cual hizo que Jade exagerara aún más su mohín de disgusto. A esas alturas, yo no sabía dónde meterme. Nunca me había sentido tan confusa y tan llena de contradicciones.

Me volví hacia Simon, que se había acercado para darme una torpe palmadita en la espalda.

—Adiós. Y no dejes esa afición tuya tan bonita a la cosmología.

—Gracias, Georgia, no te preocupes por eso. Creo que este viaje, aunque más corto de lo que había imaginado, ha reavivado esa vieja pasión mía.

Sonreí tristemente. Si supiera qué clase de pasiones se habían encendido en su pareja...

—Bueno, será mejor que nos marchemos ya —interrumpió Dawn, interponiéndose entre nosotros dos antes de soltar una tosecilla absolutamente falsa—. Gracias por todo —me dijo insincera y, con un chasquido de sus dedos, ordenó a Simon que recogiera las maletas para dirigirse al taxi que los estaba esperando.

Clive corrió tras ellos para sacar algunas tomas de su marcha que imaginé que acompañaría de alguna música melosa, en plan melódico. Anna, mientras tanto, se escabulló para hacer una llamada, sin duda para explicarle a Jerry y al equipo de Londres lo que había pasado y que necesitaban cubrirse las espaldas por si se encontraban con una denuncia por daños y perjuicios, a propósito de la supuesta insolación de Dawn. Bueno, al menos eso aumentaría el interés del programa, pensé yo.

—¿Estás bien, cariño? —me preguntó Ben.

Solo entonces me di cuenta de que estaba aferrando el borde de la mesa con tanta fuerza que había dejado la huella de las uñas en la madera. Gareth giró rápidamente la cabeza hacia mí por un fugaz segundo, con una expresión de miedo... ¿o acaso me estaba provocando a decir algo? Yo, por mi parte, tosí un poco y respondí a Ben:

—Sí, perfectamente. Me muero de ganas de beber algo, eso es todo.

—Oh, ya. Pensé que quizá estabas pensando en las ventajas de todo esto.

Lo miré sin comprender.

Él se frotó el cuello.

—Quiero decir que... no quiero pecar de insensible, pero tenemos un competidor menos —se encogió de hombros.

—Ah. Supongo que sí —me odié a mí misma por fingir aquella supuesta naturalidad, pero, al fin y al cabo, ¿qué me importaba eso a mí? No éramos precisamente amigos, la verdad.

—Deben de estar destrozados por no haber podido completar el viaje —añadió Ben, sacudiendo la cabeza mientras los veía marcharse.

—Ummm... —fue todo lo que pude decir a través de los labios apretados. ¿Debería haber dicho algo? ¿Debería haberles obligado a sincerarse?

—Oh, bueno. Eso aumenta las probabilidades de éxito de los que nos quedamos —exclamó de pronto Jade, soltando una carcajada y frotándose las manos de gusto.

Gareth se removió en el banco, incómodo.

—Cariño, no creo que este sea el momento...

—¿Cómo? ¿Qué es lo que te pasa? Siempre me estás diciendo que tenemos que mentalizarnos para ganar y hemos llegado al tercer reto, el final.

—Ella tiene razón —terció Tony, frotando cariñoso el muslo de Natalia, sentada a su lado—. ¡Todos deberíamos celebrar que ahora tenemos más posibilidades de ganar el concurso!

—¿Lo ves? —Jade sacó la lengua a su novio y sonrió a

Tony. Yo advertí que Natalia se molestaba un poco y pasaba un bronceado brazo por los hombros de su novio con gesto posesivo.

—Vuelve a tierra, Georgia. ¿Georgia? —la voz de Ben me sacó de golpe de mis reflexiones—. ¿Te encuentras bien, cariño? No te habrá dado también a ti una insolación...

Yo sacudí la cabeza.

—Lo siento. Estaba muy lejos de aquí... ¿Qué estabais diciendo?

—Anna nos ha avisado de que nos preparemos para las entrevistas. Creo que tú vas la primera.

—Oh. Bien —sonreí y me levanté de la mesa para ir a cambiarme. Mientras me dirigía a la recepción para pedir una toalla limpia, vi a Gareth mirando su móvil al pie de una gran palmera.

—¿Y bien? ¿Cuándo piensas decírselo a Jade? —le pregunté en voz baja.

Aunque estaba de espaldas a mí, pude ver que apretaba la mandíbula. Se guardó el móvil en un bolsillo de sus shorts y miró a su alrededor para asegurarse de que Jade no anduviera cerca, antes de recomponerse y volverse para mirarme. Dios, tenía una expresión tan aduladora... Nunca había conocido a nadie tan repugnante. ¿Cómo era posible que tuviera a dos mujeres a su disposición, pendiente de unos supuestos encantos escondidos debajo de aquellos shorts? Porque no podía ser su personalidad lo que las tenía tan encandiladas.

—He estado pensando, Georgia, que la verdad es que esto no tiene nada que ver contigo. Nada en absoluto.

—Tiene que ver desde el momento en que vi tu blancuzco cuerpo saliendo del dormitorio de Dawn —me estremecí al recordar su torso regordete salpicado de un vello oscuro, con el escudo de un equipo de béisbol tatuado en la base de la espalda—. Y tú me prometiste que harías lo correcto.

Los labios de Gareth se curvaron en una sonrisa pensativa como si estuviera haciendo memoria.

—Normalmente te diría que hacer dinero es mejor que el sexo, pero puede que necesite replanteármelo después de haber conocido a Dawn —se jactó—. Es una pena que se haya ido. Era una verdadera fiera en la cama, pero al fin y al cabo no ha sido más que una sola noche de diversión. Nada más.

Yo me estremecí.

—Sois los dos unos cobardes. Te niegas a admitir lo que le has hecho a la pobre Jade... y también a Dawn, que es la que al final se ha marchado.

Él se echó a reír, y aquella risa me sacó de mis casillas.

—Esos dos no habían ganado ni un solo reto. Ella se marchó porque sabía que no tenían una sola posibilidad de ganar el premio. Lo que pasó, o lo que tú crees que pasó entre nosotros dos, no tiene nada que ver con el motivo por el que ella y su llorica marido se marcharon. Dawn era tan competitiva que le entraban hasta pataletas de niña cuando no se salía con la suya. No estoy diciendo sin embargo que no me guste esa vena tan peleona en una mujer... —se interrumpió como recordando.

—Pero había otras cosas en las que sí que se salía con la suya —gruñí yo, sacudiendo la cabeza—. Tú puedes creer lo que quieras, pero no todos estamos aquí únicamente por ese premio en metálico. Algunos de nosotros de hecho hemos venido aquí para viajar con nuestras parejas, para conocer otras culturas y experimentar cosas diferentes. No para engañarlas y para fingir patéticamente que las queremos únicamente ante las cámaras.

—¿Tan perfectos sois tu novio y tú? —Gareth soltó una carcajada de sorpresa que sonó como un ladrido—. Recuerdo lo que me dijiste la noche de la «caza del tesoro» en bicicleta, cuando terminamos en aquel antro.

Un escalofrío helado me recorrió la espalda pese al sofocante calor de aquella mañana.

—¿Cómo? —¿de qué estaba hablando? ¿A qué se debía aquella expresión tan engreída?

—¿No lo recuerdas? Dios mío, esa camarera guapetona tenía razón: aquellos repugnantes cócteles eran demasiado fuertes. No te cansaste de repetirme que solo estabas aquí para probar tu relación con Ben antes de que os comprometierais en matrimonio; que rezabas continuamente para que él no terminara pareciéndose a su padre; que odiabas el nombre de Roy... Pero lo más gracioso de todo es que estabas tan bebida que no te fijaste en que Ben estuvo un montón de tiempo hablando con Jade. Ella me contó después lo preocupado que estaba por problemas de dinero.

—¿Qué?

Él soltó una carcajada.

—Oh, vamos... ¡No irás a decirme ahora que no te habías dado cuenta de que yo no soy el único hombre materialista del grupo! Ben tiene más ganas que yo de ganar ese premio en metálico. Y no es eso lo que va a suceder.

Problemas de dinero... ¿de qué estaba hablando? Cerré los puños. No sabía muy bien si me estaba conteniendo de propinarle a Gareth un puñetazo en la cara... o de abofetearme a mí misma por haber revelado a aquel desconocido los más recónditos secretos de mi mente en estado de embriaguez. Lágrimas de furia asomaron a mis ojos, sin que fuera capaz de pronunciar una sola palabra.

Gareth se cruzó de brazos antes de forzar una falsa sonrisa a la bonita recepcionista que había pasado a nuestro lado.

—Así que ya lo ves, Georgia: nadie es perfecto.

Yo giré sobre mis talones para no tener que ver aquel repulsivo rostro por más tiempo y me dirigí a mi habitación esperando que Ben no me viera en ese estado y me hiciera preguntas. Mientras atravesaba el jardín, vi a Clive montando la cámara a la sombra de un árbol. Si no hubiera estado tan alterada, me habría dado cuenta de que el objetivo estaba enfocado justamente en el lugar donde Gareth y yo habíamos estado hablando, o de que la luz roja que seguía parpadeando indicaba que lo había estado grabando todo. En lugar de ello, volé a mi habitación e intenté rebobinar mentalmente aquellos cinco últimos minutos. Afortunadamente, aquellas entrevistas iban a representar una bienvenida distracción.

—De acuerdo, Georgia. Ahora, si pudieras mover la cabeza un poquito hacia atrás... Sí. Eso es. Ah, intenta no mirar a la cámara, sino a mí. Clive, ¿está bien el plano? —Anna se dedicaba a hojear el fajo de papeles que descansaba sobre sus rodillas desnudas mientras se aseguraba de que la iluminación del ángulo de cámara fuera el adecuado.

Yo no había vuelto a ponerme delante de una cámara después de mi desastrosa experiencia en el aeropuerto, antes de nuestra partida. Aunque había pasado algo menos de una semana, tenía la sensación de que había transcurrido mucho más tiempo. Todavía seguía albergando alguna que otra duda sobre la capacidad de mi cerebro y de mi lengua para trabajar de manera armónica...

Clive gruñó y me ajustó el micrófono que llevaba enganchado al cuello de la camiseta.

—Excelente. Como ya sabes, no estamos en directo, lo que significa que, si cometes algún error, podemos editarlo. No te sientas presionada en absoluto —recitó Anna con tono aburrido, sin mirarme.

—De acuerdo. Intentaré hacerlo lo mejor posible —reí por lo bajo y me removí en la silla. Querían grabar cada entrevista individual en lugares diferentes para añadir un «toque de color» al programa. Yo había esperado que escogerían glamurosas localizaciones, pero, en lugar de una típica bodega chilena o un restaurante rústico, habían pedido permiso a un criador de llamas para montar el estudio en su jardín.

Me habían conducido hasta una diminuta población llamada Machuca, en la ladera de un volcán.... afortunadamente en taxi, que no en el jeep de D-Dawg, con lo que las treinta personas que allí vivían se habían ahorrado tener que ver aquella monstruosidad, lo que seguramente les habría dejado marcadas de por vida. Una fila de casas de adobe con tejado de chapa y descascarilladas puertas azules se extendía a lo largo de una calle sin asfaltar, con una iglesia de un blanco deslumbrante coronando un cerro cercano. Todo ello, junto con un par de asadores de carne al aire libre, conformaba aquella pequeña y remota población en medio del desierto.

Una mujer bajita y rolliza, que debía de pasar de los setenta años, ataviada con un poncho multicolor, el pelo gris recogido en trenzas largas hasta los codos, nos saludó con la mano cuando recorríamos el pueblo en busca del lugar más adecuado para la entrevista.

—Grábala. Un poco de sabor local nos vendrá bien —ordenó Anna a Clive, señalando a la mujer.

Una sonrisa de alegría se dibujó en el arrugado rostro de la mujer cuando vio que Clive enfocaba la cámara en su dirección.

—Georgia, si pudieras hablar con ella... —me animó Anna.

Yo asentí y me dirigí al lugar donde la anciana había montado su puesto, en realidad una selección de pequeñas artesanías dispuesta sobre una bonita manta tejida, directamente sobre el duro suelo. Solo cuando me hube acercado lo suficiente, me di cuenta de lo que eran aquellos brillantes objetos. Diminutas llamas talladas en algún tipo de piedra muy vistosa... y con falos gigantescos que formaban parte del diseño.

—¡Oh! —casi dejé caer una por la sorpresa. Clive y Anna estaban riendo por lo bajo. La anciana me hizo un guiño y echó la cabeza hacia atrás soltando un risotada.

Afortunadamente, un hombre alto y fuerte vestido de polo y pantalón caqui corto, que apareció por el camino agitando las manos en el aire, me evitó tener que comprar aquellas esculturas fálicas.

—Soy el señor López, pero pueden llamarme Luis. ¡Bienvenidos a nuestro pueblo! ¿Puedo ayudarles en algo?

Clive se acercó para ponerse a hablar con él de posibles escenarios para mi entrevista.

Momentos después, Luis López nos llevó por un estrecho callejón después de gritar algo a la anciana del puesto, que lo fulminó con la mirada por haberle estropeado una posible venta.

—Estamos muy contentos de tenerlos con nosotros. Nos gusta que los turistas se dejen el dinero aquí —soltó una estridente carcajada—. Aunque necesitan llevar cuidado. Esta gente habla la antigua lengua de los incas... ¡y piensan que aquellos que no lo comprenden se merecen pagar el doble! —empujó una puerta que llevaba a su jardín. Aunque «jardín» no era palabra adecuada para aquel pedazo de terreno rocoso salpicado de plantas resecas, con una valla construida con cactus para guardar un par de llamas. Nos informó orgulloso de que aquella era la finca más grande del pueblo.

Aquel paisaje casi sobrenatural podía resultar muy inhóspito, pero sus habitantes le sacaban rentabilidad. Luis nos explicó que su familia había vivido allí desde tiempo inmemorial. Aquella era su vida; no conocían otra. Trabajar en la mina constituía su principal medio de subsistencia, pero recientemente se habían apuntado al negocio turístico, teniendo en cuenta que muchos turistas atravesaban la zona de camino a los espectaculares géiseres.

Muy pronto me encontré sentada en un incómodo taburete a pleno sol y de espaldas a los animales, que probablemente estarían contemplando divertidos a los extraños forasteros. Luis estaba de pie observando con expresión maravillada cómo Clive montaba la cámara.

—Dígame, ¿le gusta su trabajo? —le preguntó.

Clive se encogió de hombros.

—Los cafés son gratis, al menos.

—Ah.

Yo había aprendido rápidamente en mi trato con Clive que era hombre de muy pocas palabras: cuando hablaba era, básicamente, para soltar gruñidos más bien pesimistas. Luis López no cejó y continuó charlando sobre el excitante mundo de la televisión y de cómo una vez había protagonizado el anuncio de una marca de leche, con siete años.

—Aquellos fueron sin duda los mejores años de mi vida —se había reído por lo bajo, usando aquello como excusa para meterse dentro de la casa en busca de unas bebidas. Muy probablemente un vaso de leche fría.

—¿Seguro que queréis grabarme aquí? ¿No habrá demasiada luz? —inquirí, cegada por el sol, mientras trataba de espantar una mosca.

—La toma es estupenda, confía en nosotros. Aquí el amigo Clive es un gran profesional. Además, no tardaremos mucho —dijo Anna.

Yo advertí que ella se había situado en una pequeña zona de sombra, al pie de un árbol. «Confía en los expertos, Georgia», me dije.

—¿Preparada?

Yo inspiré profundo antes de asentir.

—Adelante.

Anna carraspeó, se inclinó levemente hacia delante y ladeó la cabeza.

—Georgia, ¿podrías hablarnos un poco de tu experiencia trabajando codo a codo con tu novio mientras administráis juntos vuestro propio negocio, bastante exitoso, por cierto?

—Bueno, es muy divertido —sonreí.

—¿Qué es lo mejor que tiene? ¿Cuál es su mayor atractivo?

—Supongo que poder compartir los buenos y los malos momentos con la persona a la que quieres.

Era verdad. A veces tenía la sensación de ir por la vida queriendo saber siempre lo que iba a suceder a continuación, haciendo constantemente planes para intentar mantenerla bajo control. Pero el único elemento constante, estable, era Ben. Seguía aún terriblemente decepcionada de que no me hubiera pedido matrimonio bajo las estrellas. Curiosamente, pese a que apenas unas semanas atrás la idea de matrimonio ni siquiera se me había pasado por la cabeza, en aquel momento casi no era capaz de pensar en otra cosa.

—Pero no siempre será tan divertido, supongo.

Yo me eché a reír.

—Bueno, no. No todo el tiempo, claro. Hay veces en que Ben me hace enfadar mucho, como imagino que yo le hago enfadar a él.

Anna rio conmigo.

—¿Podrías darnos un ejemplo?

Me removí, incómoda.

—Er... Bueno, como este es un trabajo muy exigente, a veces la tensión puede subir mucho. Oh, y a veces se deja las bolsitas de té dentro de las tazas en vez de tirarlas a la papelera.

—Bueno, me temo que la mayoría de los hombres hacen eso —susurró Anna por lo bajo—. ¿Pero cómo lidias con el estrés de administrar un negocio y la presión de tu relación personal?

—Bueno, es difícil en el sentido de que no puedes dejar sin más tu trabajo en la oficina. Rara vez desconectamos del todo del trabajo —mientras lo decía, me di cuenta de que desde que estaba con Ben en Chile rara vez habíamos hablado de trabajo, o nos habíamos puesto a hablar por el móvil o a escribir y contestar correos electrónicos. Poder disponer de aquel mecanismo de desintoxicación digital había sido una verdadera suerte.

—¿Quién está al mando? ¿Quién manda de verdad? —me preguntó de pronto.

Yo sacudí la cabeza, riendo.

Anna entrecerró levemente los ojos.

—Oh, vamos, uno de vosotros tiene que tener el ego más grande y la última palabra...

—No. Yo diría que la cosa funciona al cincuenta por ciento.

Se me quedó mirando fijamente como si no me creyera, para bajar luego la vista a sus papeles y continuar con la entrevista.

—¿Qué consejos darías a las parejas que están pensando en meterse en un negocio juntos?

—Bueno, trabajar con tu pareja puede llegar a ser un reto. Sobre todo cuando confías plenamente en la otra persona y te complementas perfectamente con ella, ¡ya que de otra manera no estaríamos juntos...! —me eché a reír, intentando ignorar el dolor de las nalgas que sentía como agarrotadas, por culpa del incómodo taburete. Los ojos se me estaban humedeciendo demasiado por el esfuerzo de no guiñarlos por el sol. Tenía la sensación de estar a punto de ponerme a estornudar. El ruido de una llama pastando cerca se me antojaba cada vez más alto, más cercano. Todo aquello me estaba sacando poco a poco de quicio. Anna me lanzó una tensa sonrisa mientras miraba la última hoja de papel que tenía sobre su regazo y repasaba su lista de preguntas.

—Solo unas pocas preguntas más y acabamos. Lo estás haciendo muy bien, Georgia —dijo para animarme mientras Clive ajustaba el objetivo de su cámara.

—Ah, bien. Me preocupaba tener que sincerarme demasiado...—me llevé una mano a la boca—. ¡Ay! ¡Lo siento!

—Eso no lo editaremos —dijo Clive, gruñón, y volvió a mirar por el objetivo. Indicó a Anna que continuara.

—Creo que los espectadores querrán saber más sobre cómo surgió vuestra empresa. Entiendo que aquí tienes una historia increíble que contarnos.

Yo me ruboricé.

—Oh, vaya —¿increíble? ¿Tan increíble era realmente?

—Te plantaron al pie del altar, justo cuando ibas a hacer una boda por todo lo alto, ¿verdad? —leyó Anna en sus notas—. Esa debió de ser una experiencia tremendamente devastadora, ¿no? —ladeó la cabeza.

—Er... sí que lo fue —el rostro de Alex desfiló fugaz por mi mente, haciendo que se me encogiera el estómago.

—Pobrecita. Ninguna mujer se merece que la planten en su gran día. ¿Puedes contarnos exactamente cómo fue?

—Oh, bueno, la verdad es que no me resulta muy cómodo hablar de esto —repliqué, mirando tanto a ella como a Clive.

Anna alzó una mano para ordenar a Clive que dejara de filmar.

—No te preocupes, es solo para añadir un poco de contexto a la entrevista. No tienes que entrar en detalles, simplemente pensamos que a los espectadores les encantaría saber más, ya que algunos de ellos podrían encontrarse en la misma situación y beneficiarse así de tus consejos. Imagino que fue un momento muy difícil, pero piénsalo por un momento: si pudieras ayudar a alguien que está pasando por algo parecido, ¿no sería increíble? Al fin y al cabo, ¿no fue ese el motivo por el que nació la idea de tu negocio?

Bueno, dicho de esa forma... Yo asentí y ella indicó a Clive que retomara la filmación. Yo no sabía si era por el paisaje, o por el sol, o por lo razonable de sus argumentos, pero el caso fue que me sentí lo suficientemente relajada como para empezar a hablar.

—Es duro recordar algo tan doloroso, darse cuenta de que el hombre con quien pensabas pasar el resto de tu vida, el hombre al que adorabas... podía llegar a hacerte tanto daño. Descubrí que me había estado engañando. Pensamos incluso que había dejado a otra mujer embarazada, aunque al final resultó que no había sido ese el caso —me sorbí la nariz. Había empezado a emocionarme.

—¡Dios mío! Debiste de quedarte absolutamente destrozada —Anna sacudió lentamente la cabeza, incrédula.

Yo asentí.

—Así es. Pero sentí también que no podía dejar que aquello me marcara para siempre y me destrozara la vida. Estaba determinada a sacar algo positivo de una situación tan horrible.

—¡Vaya! Muy valiente por tu parte. ¿Qué hiciste entonces?

—Me dediqué a viajar por el mundo. De mochilera. Me incorporé a un grupo turístico de Tailandia, pero no fue la experiencia divertida que buscaba, así que me fui sola a las islas Thai, y fue allí donde conocí a Ben —sonreí por primera vez desde que empecé a evocar aquella época—. Fue casi una cosa del destino conocerlo a él y a su madrina, una mujer maravillosa llamada Trisha, y desde entonces decidimos fundar nuestra propia empresa y crear el Club de Viaje de Los Corazones Solitarios.

Anna se estaba comportando como si estuviera absolutamente encandilada por mi historia.

—Impresionante. Entonces, ¿podría decirse que el canalla de tu ex te hizo al final un favor?

Yo solté una carcajada.

—Bueno, sí, supongo que tienes razón.

—Pero... ¿cómo se siente una al verse humillada el día de su boda, un día con el que sueña cada mujer desde que es una niña? ¿Y qué poso te deja eso? Seguro que debió de resultarte muy difícil volver a confiar en los hombres.

Tragué el nudo que se me había formado en la garganta.

—Es duro, sí. Te preocupa que pueda volver a sucederte, supongo. Siempre estás un poco paranoica teniendo que esa sensación de felicidad no vaya a durar mucho tiempo. Que algo malo termine sucediendo al final, como la última vez. Aunque lo único positivo de eso, entiendo yo, es que te hace valorar de una manera especial los buenos momentos, como si fueras consciente de que a la vuelta de la esquina pueden acabarse de golpe.

Aquella conversación estaba a años luz de distancia de la sensación de absoluta comodidad y seguridad que había disfrutado la noche anterior bajo las estrellas en compañía de Ben. Pero Gareth había vuelto a sembrar la semilla de la duda en mi mente y, en aquel momento, no estaba muy segura de lo que estaba diciendo.

—Bueno, Ben es un hombre muy afortunado, entonces. Al fin y al cabo, es el único hombre al que le has abierto tu corazón, un corazón que ha sufrido tanto...

—Ya. Supongo —dije en voz baja.

—No pareces muy convencida...—Anna se inclinó hacia delante, como olisqueando el drama.

Yo me eché a reír, incómoda.

—Creo que es un hombre que tiene muchas capas —a esas alturas, el sol me estaba cegando de manera insoportable y un ligero dolor había empezado a latir en mis sienes.

—Bueno, pues te deseo mucha suerte. A los dos —Anna sonrió y empezó a recoger sus papeles, como dando a entender que habíamos acabado—. Por cierto, ¿cuáles son tus sensaciones respecto al reciente compromiso de Natalia y de Tony? ¿No es un poco difícil ser testigo de algo así después de todo lo que has pasado?

—No, en absoluto —vi que Anna asentía distraída—. Bueno, un poco duro sí que es, la verdad. Si entiendes lo que quiero decir... —inspiré profundo y me llevé las manos al rostro acalorado para protegerme los ojos del sol.

—Oh. ¿De veras? —abrió mucho los ojos.

¿Qué estaba haciendo? ¿Por qué le estaba contando todas mis intimidades a una mujer a la que no conocía y que ni siquiera me caía bien? Pero, simplemente, no podía parar de hablar. Era como si, al verme ante la oportunidad de hablar de ello, se hubieran abierto las compuertas y no pudiera cerrarlas de nuevo. Afortunadamente, Clive no estaba filmando aquello.

—Dios mío, siempre es duro que alguien te quite tu momento de gloria —sentí una extraña opresión en el pecho mientras lo decía—. Así que supongo que no puedes evitar sentirte un poquito celosa.

Me encogí de hombros como para quitarle importancia, fracasando en el intento.

Anna asintió mientras empezaba a desengancharse su micrófono.

—Bueno, Ben me parece un tipo maravilloso. Dudo que pudiera hacerte algo así.

—Lo mismo pensaba yo de mi ex —repuse medio en broma—. Bueno, ¿qué tal ha quedado?

—¡Has estado estupenda, muy natural! —exclamó Anna con expresión radiante mientras Clive se adelantaba para retirarme el micrófono.

Yo suspiré de alivio de poder levantarme por fin de aquel duro taburete. Me sentía exhausta, estaba acalorada por el sol y tenía la boca tan reseca como el cuarteado suelo que estaba pisando.

Nos dirigimos de vuelta al taxi que nos estaba esperando. Mi estómago se quejó como reacción al olor a carne de los asadores montados a la puerta de cada casa.

—¿Te fijaste en esas llamas que tenía Luis en su jardín? —me preguntó Clive, y señaló con la cabeza aquellas jugosas carnes que estaban asando en palos. Yo asentí al tiempo que me esforzaba por no babear—. Luis las cría para dar de comer a los turistas.

—¿En serio?

Su rostro no dejaba traslucir nada.

—Estas cosas te hacen pensar, ¿no te parece?

De repente perdí el apetito. Aunque no sabía muy bien si era por el pensamiento de aquellos pacíficos animales que habían estado pastando inocentemente a mi espalda durante la entrevista, o por la ansiedad que me producía haberme sincerado de aquella forma con Anna. Pero Anna me había asegurado que podía confiar en ella y que no había dicho nada demasiado controvertido... ¿O sí?

CAPÍTULO 20

Decepcionar (v.): Fracaso a la hora de impresionar o ilusionar

Chile es un país tremendamente alargado, algo que resulta evidente cuando viajas por su eje longitudinal. Contemplando por la ventanilla del avión aquel abrasador desierto, que parecía conectar con exuberantes bosques de pinos, lagos interminables y escarpados picos de montaña, una se daba cuenta de la gran diversidad de su paisaje. Partimos temprano de San Pedro de Atacama para abordar una diminuta avioneta de aspecto aterrador que debía llevarnos desde el extremo norte del país a la punta más meridional. Patagonia era el punto final de nuestro viaje, una inmensa extensión de belleza salvaje e inhóspita compartida por dos países, Chile y Argentina, que parecía asomarse al fin del mundo.

Aunque, después de aterrizar, mis pensamientos no estaban tan centrados en aquella impresionante parte del mundo como en el horrible frío que estaba pasando. La dramática diferencia operada en el paisaje tenía su exacto reflejo en la radical caída de las temperaturas. Allí no había posibilidad de agarrar una insolación. Aquello era como la tierra invernal de Santa Claus: solo faltaba la nieve y los regalos navideños.

Anna nos había aconsejado que durmiéramos un poco durante el viaje, algo que yo no había podido hacer gracias a los ronquidos de Gareth, sentado detrás de mí. Después de recoger nuestras maletas en el pequeño aeropuerto lleno de corrientes de aire, nos subimos a un amplio minibús. El contraste entre el sol abrasador de Atacama y la húmeda y gris Patagonia no podía ser mayor.

En lugar de caminos polvorientos con rebaños de llamas avanzando perezosamente, la vista que ofrecían las ventanillas del minibús era una imagen panorámica en alta definición de una belleza tan cruda como pasmosa. A un lado de la carretera llena de jeeps y camionetas se alzaban densos bosques con todos los tonos imaginables de verde, con enormes lagos de color gris pizarra al otro lado.

Tony había sacado su guía y la estaba leyendo en voz alta.

—Patagonia es famosa por tener las cuatro estaciones del año en un solo día. ¿No es fantástico?

—Bueno, esperemos entonces que estemos en invierno y la siguiente sea la primavera —refunfuñó Gareth.

—Yo creía que te alegrarías de dejar atrás el sol. Por la insolación que agarraste —comentó Tony con tono inocente. Yo vi que Gareth se tensaba y me miraba rápidamente antes de desviar la vista hacia la ventanilla.

—Ya. Claro —murmuró Gareth.

—Habla por ti. A mí se me están congelando las tetas y eso que todavía no nos hemos bajado del bus —se quejó Jade, aunque llevaba la cazadora desabrochada y sus senos amenazaban con desbordar de un momento a otro su bajo escote—. Ya casi hemos llegado, ¿no, Anna?

Anna se volvió en el asiento delantero. Sus labios se curvaron en una astuta sonrisa mientras escuchaba nuestra conversación.

—Sí. Casi.

Finalmente, cuando el paisaje había ganado en exuberancia y la carretera se había convertido en una estrecha pista, el minibús se detuvo en un mirador, al borde de un rocoso precipicio. Un par de turistas con vestimenta de montañeros, de pie en lo que parecía una parada de autobús, estaban inclinados sobre un mapa absurdamente grande.

—¡Ya estamos! —sonrió Anna e indicó a Clive que bajara para empezar a filmar.

—¿Qué diablos...? —masculló Tony, descubriendo a través de la ventanilla cubierta de vaho la maltrecha pista, la destartalada parada de bus y una pequeña cabaña con carteles publicitarios de botas de montaña, información ilustrada sobre aves rapaces y frases inspiradoras en las ventanas.

—Salid y os lo explicaré todo —Anna estaba de un humor excelente mientras abría la puerta y bajaba del vehículo.

—¿Jugamos a las adivinanzas, chicos? —sugerí yo, igual de perpleja que los demás.

Natalia se encogió de hombros.

—Yo lo que espero es que no estemos mucho tiempo aquí, porque me da que se va a poner llover.

—Dios —suspiró Jade—. Terminemos de una vez. Cuando antes lo hagamos, antes podremos disfrutar de algún bonito hotel de cinco estrellas, en vez de esta destartalada casucha en medio de la nada —empujó la puerta con toda la fuerza de que era capaz mientras murmuraba que ella no estaba hecha para sobrevivir en condiciones árticas. Yo no tuve corazón para decirle que el lugar donde nos encontrábamos no podía estar más lejos del Ártico.

La seguí y bajé del vehículo. La primera bofetada de aire helado me dejó sin aliento. Tuve una mala sensación sobre aquel último reto. A juzgar por la actitud de Anna y la soledad de aquel lugar, mucho me temía que aquella *grand finale* iba a ser apoteósica. El aire olía a pinos refrescados con una amenaza de lluvia. El par de mochileros obviamente habían encontrado lo que habían estado buscando, porque acababan de internarse en la montaña.

Yo no podía ver indicación alguna de dónde nos encontrábamos, aparte del gran cartel clavado en una de las ventanas de la cabaña alpina: *Registrarse es obligatorio para todo el mundo.*

¿Registrarse? ¿Para qué teníamos que registrarnos?

Nos habíamos congregado al pie de una enorme roca que había caído rodando desde Dios sabía dónde, temblando de frío, exhalando nubes de vaho por la boca y esperando a que volviera Anna, que había entrado rápidamente en la cabaña, para proporcionarnos la tan necesitada información. Yo alcé la mirada al cielo, casi convencida de que podía sentir las primeras gotas de lluvia; quizá Natalia tuviera razón y nos habíamos acostumbrado demasiado a los radiantes cielos azules mientras estuvimos en Santiago y Atacama. Allí, en cambio, un cielo semejante a un pesado telón gris parecía ahogarnos.

Contemplando el bosque que nos rodeaba, me llamaron la atención unos extraños y raquíticos árboles, casi horizontales, que parecían haberse vencido al suelo por causa del feroz e incesante viento que debía de haberlos azotado desde hacía siglos. Aquel lugar era realmente áspero, crudo. Era como otro mundo, separado del resto del país por altísimas cumbres nevadas. Al parecer, la gente que allí vivía se consideraba patagónica antes que chilena o argentina. Pero lo que más me sorprendía era que hubiese gente que pudiera sobrevivir en un entorno tan hostil.

Anna se reunió por fin con nosotros y dio unas palmadas para llamar nuestra atención.

—Chicos, escuchad —miró rápidamente a Clive para asegurarse de que estaba enfocando su perfil bueno. El foco de la cámara le daba un aspecto casi etéreo en contraste con el agreste paisaje—. Este es el último reto del viaje, pero también el mayor y el más osado de todos.

El estómago me dio un vuelco mientras la escuchaba, como si de manera subconsciente me estuviera preparando para lo que iba a decir a continuación. Miré nerviosa a los demás, que estaban dando saltitos y frotándose los brazos para entrar en calor. Tenía la sensación de que habían pasado meses desde que estuve sudando en el desierto, sentada en aquel taburete.

Ben tenía los ojos fijos en Anna con una expresión de férrea determinación. Yo recordé lo que me había dicho Gareth acerca de su desesperación por ganar el premio en metálico debido a unos supuestos problemas de dinero que estaba teniendo. Había hecho todo lo posible por convencerme a mí misma de que aquello era una tontería y que aquel tipo solo había intentado confundirme: Ben siempre llevaba al día nuestras finanzas y, de haber surgido algún tipo de problema, me lo habría contado.

—Los retos que os hemos puesto hasta ahora no han sido más que preparaciones para este. Desde la «caza del tesoro» en bicicleta en la que tuvisteis que utilizar un mapa y ensayar el trabajo de equipo, hasta la prueba de destripar pescado en el mercado de Santiago, necesaria para que pudierais alimentaros en condiciones adversas. Pasando por vuestra familiarización con temperaturas extremas cuando estuvimos haciendo snowboard en la arena... aunque lo de la avería del vehículo no fue más que una irónica casualidad —Anna soltó una cantarina carcajada—. Todas las habilidades que habéis demostrado hasta ahora os ayudarán, espero, a alcanzar la victoria. No tardaréis en internaros en el bosque provistos de un mapa. Lo único que tendréis que hacer será llegar a la meta final, Torres del Paine, el parque nacional de Chile, lo más rápido posible. Y, como sabéis, competís por parejas, de manera que aquella que llegue antes a la cabaña donde Clive y yo os estaremos esperando... ¡será coronada como Pareja Guerrera de Espíritu Viajero y ganará el importante premio en metálico!

Tendrían que acampar en el bosque. Con temperaturas inferiores a los cero grados. Mierda.

Esta vez, el espíritu competitivo que había experimentado en los otros retos me abandonó por completo. Nunca antes había hecho acampada. Las excursiones de pesca con mi padre eran lo más cerca que había estado nunca de la vida al aire libre, e incluso entonces solía quedarme la mayor parte del tiempo en el bungalow jugando con mi Tamagochi. Aquella experiencia, en medio del bosque patagónico con un simple mapa, una brújula y una tienda de campaña, no pintaba nada bien. Miré a Ben, convencida de que estaría hirviendo de entusiasmo y de confianza por los dos. Pero el hecho de ver cómo se mordía el labio inferior con gesto de preocupación mientras Anna sacaba nuestros equipos de supervivencia del minibús no me proporcionó el consuelo que había esperado.

Cuando recordé la expresión ilusionada de la pareja de turistas montañeros que nos habían precedido, me sentí de repente completamente fuera de mi elemento. Natalia y Tony parecían tan dispuestos a empezar el reto como todos los demás, cada uno con su respectiva mirada de firme determinación en sus ojos almendrados. Para ser justos, Jade no se estaba quejando tanto como yo había esperado, y yo no podía saber si era porque no se daba cuenta de que la perspectiva de su hotel de cinco estrellas estaba desapareciendo con tanta rapidez como su pintura de ojos bajo la llovizna, o porque secretamente era una especie de scout girl. Gareth había desplegado su mapa tan pronto como se lo entregó Anna y le estaba diciendo a Jade que lo sujetara por una esquina y lo apoyara contra el lateral del minibús para que pudiera concentrarse en él. Exudaba aquella tranquila confianza suya, consciente de lo cerca que estaba de ganar aquel premio.

—¿Has acampado muchas veces en tu vida? —me volví para preguntar a Ben, que estaba examinando con atención el contenido de las mochilas: un buen aprovisionado equipo de primeros auxilios, un teléfono móvil y una lista de números de emergencia en caso de que tuviéramos algún problema. No era que estuviera muy convencida de que fuéramos a tener cobertura en las profundidades del bosque, pero después de la retirada de Dawn por supuesta insolación, sospechaba que Anna deseaba cubrirse las espaldas en previsión de que alguien intentara demandar a la productora.

—No. ¿Y tú?

Sacudí la cabeza.

—Ni una sola.

—No pasa nada, cariño. No puede ser tan duro. ¿Echamos una mirada al mapa? Creo que los demás partirán en seguida, y cuanto antes salgamos, más terreno podremos cubrir antes de que se nos eche encima la noche —dijo, alzando la mirada al cielo.

Pero la guía de Tony había tenido razón. Para cuando cada pareja había planificado su ruta, revisado todo lo que necesitaba para acampar y registrado sus datos en el gigantesco cartel de la cabaña, el sol ya había salido. Nos calamos de nuevo los ridículos cascos amarillos con la GoPro y, después de dar la mano y desear buena suerte a nuestros contrincantes, Ben y yo partimos sin perder tiempo.

La primera hora transcurrió rápidamente. Ahora que el cielo se había despejado, me sentía mucho más animada disfrutando de la caricia del sol en los hombros y de las maravillosas sensaciones del bosque. Ben se había encargado de llevar el mapa y la mochila con el equipo básico de primeros auxilios.

—¡Vaya! ¡Ben, mira! —grité con la boca llena de media barra energética, cuando divisé lo que parecía una majestuosa águila sobrevolando nuestras cabezas.

Estiró el cuello para ver mejor.

—Ah, sí, he oído hablar de estas aves. Son como buitres, al parecer. Caen en picado y se abalanzan sobre los restos de los mochileros que no han podido sobrevivir —comentó con preocupada expresión.

Yo tragué saliva y miré tanto a Ben como a aquel supuesto carroñero de turistas.

—¿En serio?

Él se estaba riendo por lo bajo.

—Dios mío, Georgia, eres tan ingenua... Es un cóndor, no un monstruo devorahombres.

Yo le aticé un golpe en el brazo, de broma.

—¡Hey! Que yo no estoy acostumbrada a estas cosas de la naturaleza —me reprimí al principio, pero después reí de buena gana con él.

Aunque nos estábamos riendo, no era tarea fácil marchar con aquel calor y la pesada mochila a la espalda. Para conservar las fuerzas, había estado picando las nueces, semillas y golosinas dulces que había encontrado en una de las bolsas, además de beber el agua fresca de manantial que habíamos recogido en nuestras botellas. Me sentía como Katniss en *Los juegos del hambre*, y pasé mis buenos veinte minutos preguntándome si Ben se parecería más a Peeta o a Gale.

Pero, hasta ese momento al menos, habíamos tenido suerte. Demasiada, quizá. La guía de Tony había predicho que el tiempo cambiaba casi sin previo aviso y, muy pronto, el cielo ardiente se había nublado de nuevo.

—Esas nubes me dan mala espina —dijo Ben mientras las contemplaba preocupado—. Quizá deberíamos buscar algún sitio protegido para plantar la tienda y pasar la noche. Ya hemos cubierto una buena cantidad de terreno, según esto —señaló el mapa—. Espero que la tienda aguante si nos cae una tormenta.

Yo me estremecí solo de pensarlo.

—Por mí, perfecto. Estoy hecha polvo.

Ben me lanzó una sonrisa.

—Confío en que no estés demasiado cansada...

Yo arqueé las cejas.

—Ben Stevens, espero que no estés sugiriendo que forniquemos en el bosque...

—En efecto, señorita Green, en efecto —guiñó un ojo y me atrajo hacia sí para besarme. Sus labios sabían a sol y a sal.

—¡Pues montemos entonces rápido esa tienda! —reí yo, una vez que recuperé el resuello. Llevábamos tanto tiempo con los cascos que hasta nos habíamos olvidado de que nos estaban filmando gracias a las GoPro.

Pero resultó que intentar montar una tienda de campaña en medio de la nada, en un terreno rocoso e irregular, azotados por un viento helado, era el peor afrodisíaco imaginable. Dado que ninguno de los dos poseía una especial habilidad para montar tiendas y el tiempo empeoraba por momentos, aquello fue, con toda franqueza, la receta ideal para el desastre.

—¡Te dije que la tensaras más! —gritó Ben, pasándose una mano por la frente empapada. Los rizos se le habían pegado a la cabeza y soltaban chorros de agua cada vez que la giraba.

—¡Te juro que lo hice! —grité a mi vez. Las manos me ardían de frío y mi paciencia era ya tan fina como la lona con la que estábamos forcejeando.

—¿Por qué se ha soltado entonces otra vez?

—A lo mejor es que tú no has tensado bien tu lado...

Él soltó un gruñido de frustración y murmuró algo por lo bajo.

—¿Qué? —ladré yo.

—Nada, Georgia. Nada —suspiró y cerró con fuerza los ojos por unos segundos como si estuviera contando mentalmente hasta diez—. Está bien, pásame esa cuerda azul. No, esa no. Sí, esa. Vale. Ahora sujétala con fuerza, tira de ella, ténsala bien... —y continuó instruyéndome en aquellas maniobras tan complicadas. ¿Cómo era posible que hubiera gente que hiciera aquellas cosas por diversión?

Finalmente, y por fortuna sin más disputas, la maldita tienda quedó montada. Yo me aparté para contemplarla esperando experimentar un sentimiento de orgullo, pero lo que sentía en realidad era un cansancio tremendo y unas desesperadas ganas de acostarme en una cama normal.

—Bueno, esto ha sido más duro de lo que pensaba —comentó Ben, frotándose el cuello—. Me muero de hambre. ¡A comer!

Alzó la mirada al cielo, cada vez más negro. Era como si el tiempo fuera el exacto reflejo de nuestro pésimo humor.

—Finalmente un plan que me apetece... —repliqué

El único problema era que había estado tan distraída charlando con Ben durante la marcha, así como admirando el impresionante paisaje, que no me había dado cuenta de que me había estado comiendo todos los alimentos que nos habían dado. Me había comido toda la comida. La rica, al menos.

—Por el amor de Dios, Georgia —gruñó Ben, llevándose las manos a la cabeza mientras contemplaba la bolsa casi vacía. Lo único que quedaba era un gran paquete de fideos con sabor a marisco y dos barritas de cereales. Tendríamos que pasarnos sin cenar si queríamos reservar el resto para el desayuno, y esperar luego que estuviéramos lo suficientemente cerca de la meta final para poder llegar antes de la comida de mediodía.

—¡No es culpa mía, no me di cuenta de que teníamos la comida racionada! ¡Nueces, barritas de cereal y galletas no son una comida muy sustanciosa! ¡Se gasta mucha energía caminando tanto! —exclamé yo, cruzando los brazos sobre el pecho e intentando disimular que me sentía un poquito culpable y también avergonzada de habérmelo comido todo.

—¿No se te ocurrió comprobar si era esta toda la comida que teníamos?

—Lo siento. Cometí un error. ¿De acuerdo? —lo dije de la manera menos contrita posible. Inspiré profundo—. ¿Quieres que intentemos cocinar lo que queda? —sugerí con tono más suave, consciente de que había sido muy egoísta. No era culpa de Ben que nos hubieran dado aquella comida para pájaros, o que resultara condenadamente difícil plantar una tienda de campaña en una de las zonas más agrestes del mundo, pero la verdad era que me resultaba imposible admitir que me había equivocado. Estaba demasiado cansada y gruñona para pensar con un mínimo de racionalidad, cuando todo lo que quería era que aquel estúpido reto se acabara lo antes posible. Quiero decir que por muy bonito que fuera ganar, y reforzar así nuestra fundación benéfica, yo no estaba tan obsesionada como parecía estarlo Ben en conseguir el gran premio.

—Es igual. Probablemente es demasiado tarde para intentar encender el camping gas con tan poca luz —suspiró.

—¿No será acaso porque no sabes cómo funciona? —repliqué yo, poniendo los ojos en blanco ante su incompetencia. Dios, ¿por qué me estaba mostrando tan odiosa?

El dolor se dibujó en el rostro de Ben por un milisegundo antes de que abriera los brazos como dándose por vencido.

—Muy bien, Georgia. Como quieras. Entiendo que estás cansada, entiendo que no estás acostumbrada a todo esto —hizo un gesto con el brazo, abarcando la tienda azotada por el viento—. Pero te has equivocado y sería bueno, para variar, que lo admitieras. Por una vez al menos.

Yo apreté los dientes al tiempo que me esforzaba por controlar la respiración.

—¿Qué se supone que quiere decir eso?

—Nada. Olvídalo.

—Muy bien —me deslicé dentro de la tienda y abrí furiosa mi saco de dormir. Me metí vestida y todo, incluso con las botas llenas de barro, antes de darle la espalda a Ben, demasiado enfadada para dirigirle siquiera la palabra. Si su intención original había sido pedirme que me casara con él, en aquel momento no existía la menor posibilidad de que eso fuera a ocurrir. En esos momentos, estaba demasiado cansada como para que me importara. Al menos fue eso lo que me dije a mí misma.

CAPÍTULO 21

Clamar (v.): quejarse o protestar ruidosa o furiosamente

Estábamos intentando dormir con el estómago vacío cuando el techo de la tienda empezó a filtrar agua. Yo acababa de concentrarme para dejar de creer que cada maldito sonido que oía era el de un asesino vagando por el bosque con un hacha, y había empezado a quedarme dormida... cuando me despertó una gota helada al caer de lleno en mi frente. Fue sin duda una de las peores noches de mi vida. Mientras cambiaba de posición por enésima vez, intentando acomodarme mínimamente en el saco, que olía a polillas y a sudor, oí a Ben soltar un profundo suspiro.

—Quizá deberíamos levantarnos. Está claro que no vamos a poder dormir.

—Por mí estupendo —murmuré, disimulando lo muy agradecida que me sentía de poder salir de aquella agobiante tienda. Me dolía todo el cuerpo y era muy consciente de mi estado de desaliño. Me molestó un poco cuando miré subrepticiamente a mi novio, que estaba bostezando y frotándose los ojos, para encontrarme con que no parecía en absoluto que hubiese compartido aquella horrorosa experiencia conmigo. Su aspecto casi perfecto no hizo sino irritarme aún más.

Sorprendentemente la lluvia había cesado durante las últimas horas de la madrugada y, cuando abrí la tienda, la luz del amanecer se filtraba a través de las copas de los árboles. El aire era frío, pero con aquella luz tan cálida resultaba más refrescante que molesto. «Vamos, Georgia, un nuevo día significa un nuevo comienzo», me dije. «Toda pareja tiene discusiones. Necesitas admitir que cometiste un error al comerte toda la comida y empezar a disfrutar del resto de esta experiencia».

Intenté conservar ese humor y saqué el resto de la comida de la bolsa con la idea de preparar algo para desayunar, lo que fuera, antes de recogerlo todo y reemprender la marcha. Quizá un plato de fideos con sabor a marisco pudiera servir como testimonio de buena voluntad hacia Ben, así como de disculpa por mi egoísta comportamiento el día anterior. Pero mi optimista plan no duró más allá de cinco segundos.

Terminé de salir de la tienda, acordándome de volver a ponerme el estúpido casco con la GoPro, e intenté estirar mi espalda, que parecía haberse convertido en un gigantesco nudo. Estaba intentando calibrar lo difícil que sería encender el camping gas sin ayuda de Ben, cuando el estómago se me encogió, y no solo de hambre: la bolsa de comida que nos habían entregado se había convertido en una colección de jirones de plástico y restos de envoltorios vacíos. Las criaturas de la noche debían de haber disfrutado de un estupendo festín a nuestra costa.

—¡Mierda! —grité, tocando aquellos jirones con gesto de frustración. ¿Cómo era posible que estuviera saliendo todo tan mal?

—¿Qué pasa? —Ben asomó la cabeza fuera de la tienda a la vez que se abrochaba el ridículo casco.

—No queda nada de comida —señalé el desastre que tenía a los pies. Podía sentir el picor de las lágrimas en los ojos.

—¡Cómo! ¿Nada? —sacudió la cabeza, incrédulo, mientras contemplaba primero la bolsa destrozada y después mi desolada expresión—. Tenemos por delante otra jornada de quién sabe cuántas horas de marcha con el estómago vacío. Y después de no haber cenado ayer, gracias a que alguien decidió que tenía un poco de hambre... Bueno, esto es sencillamente fantástico.

Yo no pude menos que irritarme mientras Ben continuaba fulminándome con la mirada.

—No es culpa mía que las alimañas de la noche se nos comieran la comida.

Él abrió mucho los ojos y ladeó la cabeza.

—Espera un momento... La colgaste, ¿no?

Yo me lo quedé mirando sin comprender. ¿De qué estaba hablando?

Ben soltó un profundo suspiro.

—Georgia, hay que colgar siempre la comida de una rama de árbol para evitar que los animales lleguen hasta ella. ¡Todo el mundo sabe eso! —volvió a sacudir la cabeza, como no dando crédito a lo muy imbécil que podía llegar a ser su novia.

—¿Cómo diablos iba a saber yo una cosa así? Ya te dije que nunca antes había acampado. ¡Yo no soy una maldita scout girl! —le espeté.

Estaba empapada y aterida de frío, y además me sentía completamente desgraciada. En aquel momento hasta me irritaba el resplandor del sol, que cegaba mis ojos cansados por la falta de sueño.

—No, no lo eres, pero tienes un mínimo de sentido común, ¿verdad? —replicó y se frotó la cara con las manos, intentando tranquilizarse—. Es igual. No importa.

—¡Sí que importa! No, en serio. Lamento lo de la comida de ayer, ¿de acuerdo? ¡Sé que fue un error, pero no lo hice a propósito!

—¡Vaya! Bueno, quizá debería registrar eso por escrito para convencerme de que ha sucedido.

—¿De qué va todo esto? —mi tono de voz había subido varios grados.

—Me refiero a que no siempre sabes qué es lo mejor.

—¿En serio?

—Sí. En serio. Por ejemplo, nuestro negocio. Porque es nuestro, de los dos. Una empresa conjunta, ¿recuerdas?

Aquello estaba escalando rápidamente a peor.

Yo solté una falsa carcajada.

—Oh, ya lo entiendo. No se trata de que yo me haya comido todas las barritas de cereales sin haberte ofrecido una. Se trata de lo de Londres, ¿verdad? —a juzgar por su expresión, supe que había dado en el blanco. Aquello me sacó de quicio. Nada pudo pararme ya. Ni siquiera era consciente de lo que estaba diciendo: simplemente seguía vomitando palabras. Mi mente agotada y mi decepcionado corazón habían decidido que aquel era el momento ideal para soltarle a mi novio unas cuantas verdades acumuladas durante largo tiempo.

—Pues sí, se trata efectivamente de algo más que eso —Ben cruzó los brazos sobre el pecho—. Por ejemplo, de que tienes miedo de confiar en mí. Londres puede ser nuestra solución, estoy seguro de ello. He hecho los cálculos y...

—¡Los cálculos! Me resulta curioso, porque he oído por ahí que tienes problemas de dinero, así que quizá sea mejor que haga caso de mi instinto...

—¿Problemas de dinero? —se quedó pálido—. ¿Quién te ha dicho eso?

—Gareth, bueno, Jade. Ella se lo contó a Gareth y Gareth... ¿Qué importa quién me lo dijo? Qué bonito compartir tus problemas, sean cuales sean, con completos desconocidos en lugar de contármelos directamente a mí... ¡a tu novia!

—Oh, como si tú no me escondieras cosas... —replicó—. Como cuando intentaste investigar a Alice, por ejemplo.

Me sentí como si me hubiera abofeteado.

—Ya, sé que estuviste curioseando sobre ella. Pudiste haberme preguntado directamente, en lugar de ponerte a espiarla en Facebook, dando al «me gusta» en sus viejas fotografías.

—Bueno, entonces... ¿por qué quedaste con tu ex a mis espaldas?

—¿Se trata realmente de eso? En realidad no confías en mí, ¿verdad?

Estuve segura de haber distinguido un brillo de dolor en sus ojos... ¿O era ira?

—Yo confío en ti, lo que pasa... —suspiré. Todo se estaba yendo al diablo—. ¿Que quería decir Gareth con eso de que tenías problemas económicos? No los tienes, ¿verdad?

Vi que tensaba la mandíbula.

—No, no los tengo.

—¿Y el negocio va bien?

—Sí. El negocio va bien.

—¿Entonces?

Él suspiró de nuevo, como si la frase que estaba a punto de pronunciar fuera a cambiarlo todo.

—Si quedé con Alice fue porque... es asesora financiera.

—Ah.

Se pasó las manos por la cara.

—Estoy haciendo gestiones para abrir una oficina en Londres.

—¿Qué? —probablemente el graznido que solté ahuyentó a los pájaros que habían estado tranquilamente posados en las copas de los árboles por lo menos a un kilómetro de distancia—. ¡Ben! ¡Espero que estés bromeando! ¡Te dije que no estaba preparada para la ampliación!

—Sí, pero te equivocas. La ampliación es justo lo que necesitamos: crecer y dar un paso adelante en vez de correr el riesgo de quedarnos enquistados.

Yo me había quedado lívida.

—Espera un momento... ¿de dónde piensas sacar el dinero si no es de nuestra cuenta?

—Confío en que ganaremos el premio del concurso... —se interrumpió de pronto, como si se hubiera dado cuenta de lo arriesgado de aquella previsión suya. Sobre todo a la luz de la coyuntura actual.

—¡Oh, eso es magnífico! ¡Sencillamente magnífico! —exclamé, sarcástica—. ¿Es esa entonces la única razón por la que estás aquí? No para viajar conmigo, no para pedirme... —conseguí detenerme antes de pronunciar la palabra «matrimonio», justo a tiempo—. ¡Sino para llevarte un capital que invertir en algo para lo que yo no había dado mi consentimiento! —a juzgar por la tímida mirada que me estaba lanzando, comprendí que todo eso era cierto. No me extrañaba ya que se hubiera mostrado tan competitivo: tenía que conseguir ese dinero sí o sí—. ¡No me lo puedo creer! —el corazón me latía acelerado, había cerrado los puños y mi respiración era errática—. ¿Cuándo lo hiciste? ¿Cuándo empezaste esas gestiones?

—La última vez que estuve en Londres. La reunión con la gente de las redes sociales era una tapadera —admitió, avergonzado—. Pero, antes de liarte a gritos conmigo, escúchame, por favor. Me ha encantado hacer este viaje contigo, alejarme de las presiones rutinarias del trabajo, al igual que adoro que vivamos juntos... Pero es que no podía encontrar otra manera de dejarte ver lo muy equivocada que estabas respecto a la ampliación, a no ser que te lo demostrara literalmente, que te lo pusiera delante de la cara.

¡Así que de repente toda la culpa era mía! Retrocedí un paso, pisando los jirones de la bolsa de comida.

—Si tan equivocada piensas que estoy, ¿por qué narices pretendías pedirme matrimonio?

—¿Matrimonio? —casi se cayó de la sorpresa—. ¿De qué diablos estás hablando?

Yo intenté desesperadamente controlar mi respiración, que se me escapaba en cortos jadeos.

—Encontré el anillo, Ben.

Se rio. Con una risa de absoluta incredulidad.

—¿El anillo? Oh, claro, ¿así que ahora resulta que estuviste mirando en mis cosas? Bueno, pues si te hubieras molestado en preguntarme, te habrías enterado de que no era para ti.

—¿Qué? —me sentí como si me hubiera propinado un puñetazo en el estómago.

—Se lo estaba guardando a Jimmy. Es él quien pretende pedirle matrimonio a Shelley, no yo. ¿Realmente pensabas que estábamos preparados para dar ese paso? ¡Pero si apenas estábamos empezando a vivir juntos, por el amor de Dios!

La realidad me golpeó en las tripas. Ben no quería comprometerse conmigo, había estado tomando decisiones trascendentales sobre nuestro negocio a mis espaldas y me había mentido sobre sus razones para participar en el concurso. Mi furiosa mente era de repente un torbellino de sentimientos de vergüenza, confusión e indignación.

Me sentí tan dolida como cuando Alex rompió conmigo. En aquellos momentos estaba experimentando aquella misma súbita y desconcertante revelación: la de que no conocía en absoluto a la persona con la que había estado viviendo. Pero aquello era todavía peor. Esa vez eran dos hombres, los dos hombres por quienes lo habría dado todo, los que habían admitido que yo no era merecedora de que me llevaran ante el altar. ¿Tan mala era yo? No. ¿Tan malo era Ben, entonces? Esperaba que el rubor de mis mejillas no resultara visible a la débil luz de la mañana.

—¡Bueno, no sé, yo...! —me interrumpí. Así que Ben no pensaba que estuviéramos en esa fase de nuestra relación, fuera cual fuera esa fase. Todo era un desastre.

Ben me miraba fijamente como intentando entender cómo era posible que yo fuera tan ingenua como para haber pensado que estábamos listos para casarnos.

—¡Qué diablos, Georgia! —exclamó, sacudiendo la cabeza. Antes de que yo pudiera intentar alguna manera de redimirme de aquella mortificante situación, él suspiró—. Escucha, vámonos de aquí. Nos queda un montón de terreno por recorrer y todo esto no nos está llevando a ninguna parte.

—Sí, será mejor que corramos como locos hasta la meta si necesitas tan desesperadamente ese dinero —siseé, observando furiosa cómo desmontaba la tienda y lo recogía todo. Aunque me sentía avergonzada, no estaba dispuesta a dejar que se escapara tan fácilmente.

Permanecí de pie mirándolo con incredulidad antes de patear una piedra que estaba junto a mi mochila. Por desgracia era demasiado grande y se me saltaron las lágrimas de dolor. Justo cuando Ben lo había vuelto a guardar todo en su mochila y estaba empezando la marcha, sin volverse para mirarme siquiera y comprobar si yo lo seguía, se puso a llover. Maravilla de las maravillas.

Aparentemente aquel parque nacional incluía un icónico trío de montañas famosas, pero yo no pude ver nada gracias a la cellisca que había empezado a caer. Una fina neblina nos envolvía, de manera que ni siquiera podía apreciar aquel supuestamente espectacular paisaje. Pese a las numerosas capas de ropa que llevaba encima, el granizo laceraba cruelmente las zonas más expuestas de mi cuerpo, como si no me sintiera ya suficientemente agredida por aquel entorno.

No podía hablar con Ben. Ni siquiera podía mirarlo.

Desde que desmontamos la tienda unas horas atrás, lo había estado siguiendo en silencio. Al parecer no tenía nada más que decirle, y él tampoco. Estaba a cargo del mapa y planificando la ruta más rápida para llegar a la meta. Bueno, había dicho que sabía leer un mapa, pero yo estaba segura de que nos habíamos perdido completamente.

—¿Sabes acaso dónde estamos? —le pregunté de pronto. Había superado mis límites y, a esas alturas, lo único que quería era salir de allí.

—Por última vez, te digo que sé a dónde vamos. Tienes que confiar en mí, Georgia, aunque soy consciente de lo mucho que te cuesta —masculló sin rastro alguno de humor en la voz.

Yo me enfurecí aún más y rezongué que no era la única en tener problemas de confianza. Estábamos perdidos, literal y figurativamente. Me daba cuenta de que ningún mapa en el mundo podría ayudarnos a salir de aquella situación.

Caminaba fatigosamente, pensando a cada paso en lo que

había sucedido. Me merecía mucho más, después de lo que Alex me había hecho y después de la lucha que había tenido que librar conmigo misma para volver a abrir mi corazón a alguien. Me había prometido a mí misma que nunca más volvería a exponerme a un dolor semejante. Sí, sabía que arrostraba mi propia carga de problemas y de inseguridades. No era la novia perfecta, pero... ¿quién lo era? Si pudiera abrirme y dejar entrar a Ben después de lo que me había sucedido, entonces seguramente él quizá podría hacer lo mismo: eso era lo que pensaba y...

—¿Sabes cuál es tu problema? —Ben se detuvo de golpe y se giró para mirarme, interrumpiendo mis tristes reflexiones. Su lenguaje corporal resultaba casi amenazador—. Que has cambiado.

Yo me lo quedé mirando boquiabierta, esperando que me explicase un alegato tan absurdo.

—Sí. La Georgia que conocí en Tailandia, la Georgia de la que me enamoré murió mucho antes de que yo reuniera el coraje de decírtelo —puso los ojos en blanco, como sorprendido de que alguna vez hubiera albergado aquellos sentimientos por mí, lo cual no hizo sino enfurecerme aún más—. Aquella Georgia tenía un aura de increíble, vulnerable inocencia, y yo quería asegurarme de que nada malo le sucediera nunca. Pero esa Georgia nunca llegó a viajar a Chile. Te has convertido en una mujer dura, empeñada estúpidamente en hacerlo todo tú sola. Tú misma oíste lo que Blaise dijo cuando fuimos a los estudios de televisión: que eras la famosa mujer ejecutiva a la que habían plantado ante el altar y que yo era simplemente tu colaborador subalterno, tu perrito faldero. Yo sabía que alguna gente nos veía de esa forma después de toda la repercusión mediática del año pasado, pero nunca imaginé que tú también lo veías, que también nos veías así. Era como si mis ideas y sugerencias para el negocio no fueran lo suficientemente buenas o no merecieran ser escuchadas por ti, ¡ya que al final siempre terminabas saliéndote con la tuya, de todas formas!

Yo lo miraba con la boca abierta.

—¡Yo no pienso eso! ¡Yo te escucho!

—¿Cómo? Piensa en el viaje que hicimos a Ikea, un ejemplo estúpido: ¿no recuerdas que cada cosa que yo metía en la cesta tú la sustituías con otra de tu elección?

¿Qué? Yo no había hecho eso... ¿o sí?

—Te dejé decorar nuestro piso con un millón de estúpidas velas y tonterías que no necesitábamos porque quería que fueras feliz. Sé que para ti debió de resultar duro volver a compartir tu vida con un hombre, pero yo no soy Alex —se pasó una mano por su rostro cansado—. Quiero decir que nunca me diste la oportunidad de que te explicara debidamente por qué pensaba que la inversión de Londres podía ser positiva para nosotros: me encontré con un no rotundo. Porque Georgia siempre sabe qué es lo mejor en cada momento.

¿Yo había sido así? Mientras él continuaba hablando, rebobiné mentalmente aquellos últimos meses. Esa vez era Ben el que no podía parar de hablar.

—¿Sabes lo que significa la expresión «ponerse en el lugar del otro»? Bueno, yo creo que no te vendría mal intentarlo de vez en cuando, en lugar de tirar para adelante sin que te importe la opinión de los demás.

Aquello hizo saltar el resorte. Por fin encontré la voz para responder

—Quizá sea demasiado reservada, pero tengo todo el derecho a serlo después de la terrible experiencia que viví. ¡Pero es que tú nunca me contabas nada! No me contaste que Jimmy y Shelley pensaban marcharse, no me dijiste que esa supuesta vieja amistad tuya era tu maldita exnovia... ¡y ciertamente no me informaste de que habías empezado a hacer gestiones para abrir esa oficina en Londres a mis espaldas! Por no hablar de tu secreto pasado... Quiero decir que ni una sola vez me mencionaste los motivos por los cuales tu madre se marchó de casa. ¿Tienes alguna idea de lo incómodo que me resultó estar en casa de tu padre cuando no tenía la menor pista de lo que le pasaba o de cómo vivía? ¿Cuando ni siquiera me presentaste como tu novia, como si estuvieras deseoso de evitar que llegáramos a conocernos mejor?

Aquello fue como tocar un punto sensible. Ante la mención de su madre, Ben pareció encogerse, como si mis palabras le hubieran producido un daño físico.

—No sabía que necesitaras conocer cada maldito detalle de mi vida —masculló, sacudiendo la cabeza de incredulidad—. ¿Sabes una cosa? Obviamente queremos cosas distintas —apretaba la mandíbula con tanta fuerza que parecía como si se le fueran a romper los dientes—. Así que creo que es mejor que lo dejemos.

Tenía ampollas en los pies por culpa de aquellas feas y estúpidas botas de montaña que además me quedaban pequeñas. Me dolían las rodillas por lo duro de las cuestas y además estaba muerta de hambre, pero aquello no fue nada comparado con el hecho de oír a Ben decirme que rompía conmigo. Me sentí como si me hubiera abofeteado, sus palabras me hirieron mucho más que el viento helado que laceraba mis mejillas.

—¿En serio? —solté una carcajada que sonó a la risa de una trastornada mental, en un intento de disimular mi sorpresa y mi dolor—. ¿Hemos terminado? ¿Así, sin más?

—No sé. Quiero decir que, obviamente, contemplamos todo esto desde ángulos completamente diferentes... —se interrumpió, midiendo cuidadosamente cada palabra, con su pecho subiendo y bajando dramáticamente, respirando acelerado.

—¿Qué es lo que quieres entonces? ¿Que lo dejemos por un tiempo? ¿Como Ross y Rachel, los protagonistas de *Friends*? Ya sabes cómo terminan esas cosas.

No podía soportar mirarlo. Si no hubiera tenido en sus manos el mapa, que era el único medio de que disponíamos para salir de aquella pesadilla, me habría marchado a toda prisa de allí, lo más lejos posible de él. Pero, como no tenía más remedio que quedarme, simplemente le di la espalda y dejé que las lágrimas corrieran silenciosamente por mis mejillas.

CAPÍTULO 22

Prepotente (adj.): Obtusa y llamativamente asertivo; arrogante

—¡Allí! —exclamé, más para mí misma que para Ben, y apresuré el paso. Ninguno de los dos había vuelto a hablar desde que me anunció que quería romper conmigo, o que nos tomáramos un respiro en nuestra relación, o lo que diablos me había dicho. Lo único que sabía era que necesitaba espacio, alejarme de él, para intentar asimilar todo lo que había escuchado de sus labios.

El refugio que habíamos estado buscando durante las últimas horas se encontraba a unos pocos metros de nosotros. El refugio de montaña Los Pinos. Habría podido llorar de felicidad. Delicadas volutas de humo escapaban lentamente de la chimenea. Un acogedor resplandor amarillo se distinguía en las ventanas empañadas de vaho. Aquella cabaña como de cuento se alzaba detrás de un muro de pinos verde esmeralda y raquíticos árboles azotados por el viento. Nuestro paraíso. ¡Ja!

Acababa de entrar trastabillando cuando una vaharada de calor procedente de la abierta chimenea me golpeó en plena cara. Me habría hincado de rodillas y besado el suelo de piedra, pero lo que me impidió ponerme tan melodramática fue el coro de aplausos que escuché. Al alzar la mirada, vi a Anna aplaudiendo con clara expresión de alivio.

—¡Estáis aquí! Estábamos empezando a preocuparnos —dijo mientras corría a abrazarme.

—Nunca, nunca más —me aparté, preguntándome por qué me estaba recibiendo como si acabara de sobrevivir a una épica misión, aunque ciertamente era así como me sentía—. ¿Hemos ganado? —pregunté. «Por favor, dime que todo esto ha merecido la pena», recé en silencio.

Justo en aquel momento apareció Ben, mostrándose tan aliviado como yo de estar rodeado por otros seres humanos. Para entonces Anna estaba demasiado ocupada lanzándose sobre él a modo de bienvenida a la civilización como para contestar a mi pregunta. Yo miré a mi alrededor y reparé finalmente en la impresionante cabaña. Era mayor de lo que aparentaba desde el exterior. Estábamos en un espacioso salón con mullidos sofás cubiertos por mantas de tartán y rodeando la chimenea. Una pequeña cocina abierta resultaba visible en el extremo más alejado de la habitación, al lado de cuatro puertas cerradas que supuse serían los dormitorios.

Se me encogió el estómago cuando vi a Natalia y a Tony sentados en uno de los sofás. Llegar en segundo lugar significaba que habíamos perdido el reto. De hecho, habíamos perdido el concurso entero. Y más que eso: nos habíamos perdido a nosotros mismos. Todo había sido para nada.

—¡Hemos perdido! —grité, con el color volviendo lentamente a mis mejillas.

Debieron de transcurrir diez minutos o así antes de que unos empapados Jade y Gareth entraran trabajosamente en la cabaña, con sendas expresiones de enfado al darse cuenta de que ellos tampoco habían ganado.

—Ahora que estamos todos, quiero felicitar a todos nuestros superconcursantes. ¡Ha sido un viaje muy divertido que no olvidaremos en mucho tiempo! —exclamó Anna mientras nos iba entregando copas de champán para brindar por nosotros.

—Y que lo digas —rezongué yo por lo bajo apurando mi copa de un solo trago, desesperada por aturdirme con una buena dosis de alcohol.

—Una grandísima felicitación a nuestros ganadores. Natalia y Tony... ¡os pido que os levantéis para recibir vuestro premio! —Anna animó al resto a que aplaudiéramos para en seguida entregar un enorme cheque a la pareja ganadora, mientras Clive lo grababa todo. Yo, cuando lo vi moviéndose con la cámara, me di cuenta de que cada minuto de la gran discusión que había mantenido con Ben debía de haber sido grabado por la estúpida GoPro que todavía llevábamos en la cabeza. Pero, en lugar de sentirme mortificada y preguntarme cómo podría romper aquel diminuto artilugio y arruinar la grabación, descubrí que ni siquiera me importaba. Que retransmitieran lo muy imbécil que había sido Ben.

—¡Vaya! ¡Muchas gracias! —chilló Natalia mientras Anna la besaba en las mejillas.

—Esto es como la guinda del pastel después de que Natalia aceptara casarse conmigo. ¡Enhorabuena también al resto de los chicos y gracias a ti, Anna, por ser una anfitriona tan estupenda! —le dijo a una embobada Anna. El tipo sabía bien cómo encandilar a las damas.

Yo solté un resoplido de indignación. Al menos alguien de aquel estúpido viaje se sentía feliz. Que les aprovechara.

—Disponemos de poco tiempo antes de ponernos a comer, así que podéis retiraros para disfrutar de una merecida ducha, relajaros y gozar de vuestra última noche en Chile —terminó Anna, aplaudiendo de nuevo y ordenando en silencio a Clive que grabara unas pocas tomas más con el grupo al completo, como pieza final que cerrara el programa.

Yo debía de oler fatal, pero en lugar de correr a la ducha fui a sentarme en un sofá aparte y saqué mi móvil. Estaba desesperada por hablar con Marie, con Shelley o incluso con mis padres: me daba igual quién fuera con tal de que me asegurara que todo iba a salir bien. Tantas emociones debían de haberme hecho perder el juicio, porque en seguida me di cuenta de que, estando como estábamos en medio de la nada, intentar hablar por teléfono o sintonizar una señal Wi-Fi era algo tan imposible como reconciliarse con lo que acababa de suceder. Después de varios intentos infructuosos, renuncié.

De hecho, para entonces, ya había renunciado a todo.

CAPÍTULO 23

Exasperar (v.): Causar irritación o disgusto a alguien

La última cena en Chile fue la más larga de mi vida. Yo no había querido otra cosa que salir de allí, regresar a Manchester con la gente que me quería tal como era. Ben y yo no volvimos a dirigirnos la palabra, pero, afortunadamente, como todo el mundo estaba de muy buen humor, nuestro espontáneo voto de silencio pasó desapercibido. Nos sentamos en extremos opuestos de la mesa mientras nos servían un delicioso estofado y una tarta casera, que no me pude acabar debido al estado de mi estómago y mi abstinencia de las últimas cuarenta y ocho horas. Los dueños de la cabaña se sumaron a la cena y, afortunadamente, monopolizaron la mayoría de los temas de conversación con anécdotas sobre los montañeros que allí habían recalado a lo largo de los años, de manera que pude escabullirme y retirarme temprano a la cama.

Cuando a la mañana siguiente me desperté, advertí inmediatamente que Ben no había pisado nuestro dormitorio. No tenía la menor idea de dónde había dormido, pero eso no era ya problema mío.

Tras un apresurado desayuno y un bastante movido viaje al aeropuerto, finalmente abordamos el largo vuelo de regreso a casa. Ahora que la filmación había terminado, era como si Anna hubiese dejado de hacerse la simpática y de intentar organizarnos. En el avión casi vacío, cada uno ocupó el asiento que más le apeteció, con lo que, afortunadamente, no tuve que sentarme junto a Ben. Momentos después de abordar el avión, con el cinturón abrochado, cerré los ojos decidida a dormir durante el que sabía iba a ser el viaje más largo de mi vida.

Fue solo cuando Jade me sacudió ligeramente cuando me resigné a practicar algún tipo de interacción humana.

—¿No vas a comer nada? —me preguntó bajando la mirada a mi bandeja de comida, que no había tocado.

—No, sírvete tú, si te apetece —respondí mientras me restregaba los ojos cansados.

—Gracias, Georgia —se apoderó de la comida como si fuera una huérfana hambrienta, y no alguien que ya había desayunado y engullido una hamburguesa con patatas fritas en el aeropuerto—. ¿Puedes creer que estemos volviendo a casa? A mí me parece imposible —comentó con la boca llena.

Yo asentí a medias, encogiéndome suavemente de hombros.

—Tengo la sensación de que hemos estado tan poco tiempo allí... No estoy para nada tan bronceada como esperaba que me pondría y además estoy fastidiada por no haber ganado. Sobre todo después de haber quedado los segundos detrás de ese par de borrachos —chasqueó la lengua mientras inspeccionaba su brazo en busca de pecas.

—¿Qué?

—¡Mira qué blancuzca estoy! —gimió.

Yo sacudí la cabeza.

—¿Qué has querido hacer con eso de los borrachos?

—Natalia y Tony, ya sabes, la pareja de los vinos —me miró sorprendida, como si no conociera a la otra pareja de concursantes.

—Sí, ya lo sé. Me refería a lo que has dicho sobre que bebían...

Jade frunció los labios de la misma manera que solía hacer

Marie cuando estaba a punto de hacerme alguna jugosa confidencia.

—Tienen, como lo diría... un serio problema con la bebida. ¿No te has dado cuenta? —abrió mucho los ojos mientras yo sacudía la cabeza y desviaba la mirada hacia la pareja ganadora, sentada al otro lado del pasillo. Ambos tenían sendas copas de vino en las manos.

—¿Lo ves? —inquirió ella, como si eso viniera a confirmar sus sospechas.

—Jade, solo están bebiendo con la comida. Eso no los convierte en alcohólicos.

—Se han pasado todo el viaje bebidos. ¿Cuándo no los has visto con una copa en la mano? —arqueó una ceja. Ahora que lo mencionaba, era evidente que les gustaba bastante el alcohol, pero yo solo lo había interpretado como un efecto colateral del tipo de trabajo al que se dedicaban—. Ya antes de comprometerse en matrimonio, algo que, en mi opinión, no fue por cierto más que un tramposo truco para conseguir ganar el concurso y disfrutar de mayor audiencia en el programa... —susurró Jade, tapándose la boca con una mano—. Ya antes de eso, como te estaba diciendo, bebían sin parar.

—¡Vaya! Quizá tengas razón.

—Yo lo huelo todo, ¿sabes? Tengo un olfato especial —se dio unos golpecitos en la nariz con gesto orgulloso. A mí me entraron ganas de reírme cuando pensé que la pobre no se había olido para nada la aventura de su novio con Dawn, pero asentí de todas formas—. Brindo por esto —señaló con la cabeza la bandeja de comida—. Debías de estar destrozada. Te has pasado horas durmiendo.

—Sí, probablemente ha sido esa caminata tan larga —repuse, intentando poner buena cara y ensayar una conversación normal que me permitiera sacarme a Ben de la cabeza.

—Fue muy duro, ¿verdad? Yo estuve a punto de rendirme varias veces, pero aguanté a fuerza de pensar en todas las calorías que estaba consumiendo. ¡Deberías haber visto mi marca en el Fitbit! —se echó a reír.

—No lo dudo —repliqué. Observando cómo saboreaba la comida al tiempo que hojeaba la revista de moda que había llevado consigo, con aquel aspecto de satisfacción por haber superado la última prueba y llegado al final del concurso, no pude menos que experimentar una punzada de simpatía por Jade. Suspiré profundamente. No era justo que ella se hubiese mostrado tan amable y atenta conmigo durante todo el viaje cuando yo estaba al tanto del repugnante secreto relacionado con su adúltero marido.

Sí, era una cabeza hueca, pero tenía un corazón de oro y se merecía saber la verdad. Resultaba obvio que Gareth no poseía la más mínima decencia para sincerarse con ella y contárselo.

—Jade —volví a lanzar un profundo suspiro, removiéndome en mi asiento.

—¿Sí?

—Tengo que contarte algo.

—¿De veras? —estaba absorbida por un tutorial sobre cómo imitar el estilo de hacer selfies de Kim Kardashian.

—Puede que te sorprenda bastante.

—Umm... —volvió la página de la revista y por fin me miró.

—Bueno, la cosa es que... —empecé a retorcer el cable de mis auriculares, nerviosa—. Gareth te ha estado engañando —las palabras brotaron por fin. Esbocé una mueca a la espera de su reacción. De repente entré en pánico: quizá revelarle a alguien que estaba encerrada en un avión con su mentiroso y canalla compañero, sin posibilidad alguna de escape para ninguno de los dos, no hubiera sido una buena idea, después de todo.

Yo no sé qué reacción estaba esperando por parte de Jade, pero no fue ni mucho menos que se encogiera de hombros con gesto indiferente.

—Sí, ya lo sé.

Esa vez quien esbozó una expresión de incredulidad fui yo.
—¿Cómo? ¿Lo sabes?

Jade suspiró y se humedeció el dedo con saliva para pasar la siguiente página de la revista.

—Sí. Lleva haciéndolo siglos. Por lo que a él respecta, no puedo confiar en nadie que tenga vagina y le lata el pulso.

Yo me la quedé mirando boquiabierta durante unos segundos, mientras intentaba asimilarlo. ¿Lo sabía y no veía problema alguno en ello?

—Jade, si no confías en él... ¿por qué no lo dejas? ¿Acaso permites deliberadamente que te engañe? —tartamudeé.

—Georgia, a veces es mejor no remover las cosas. No mover la barca, como se suele decir. Tengo muchas compensaciones. Me refiero a todas esas bonitas cosas que me regala, por las cuales yo no pago un céntimo. Mi Gareth es muy generoso —señaló su elegante reloj de pulsera y el bolso de diseño que descansaba a sus pies.

«A veces es mejor no remover las cosas. ¿Era eso lo que había hecho yo? ¿O era yo la capitana de mi propia barca, y era Ben el que había decidido saltar por la borda?», me pregunté.

Jade cerró la revista y la encajó en la red del asiento delantero, me devolvió la bandeja vacía y se envolvió en su chal de cachemira, seguramente otro regalo de su novio canalla, como dando a entender que pretendía dormir un poco.

—No pasa nada. Yo saco beneficios y él también. No todas las relaciones son blancas o negras: hay un montón de grises —me palmeó la muñeca, se arrebujó en su chal y cerró los ojos.

Yo me quedé mirando por la ventanilla pensando en lo que acababa de escuchar. Seguía furiosa con Ben, por lo que me había dicho y por lo que no me había dicho, algo que no había forma de que yo pudiera olvidar y perdonar con facilidad.

Aunque, ¿sería posible que yo hubiera reaccionado de una manera algo exagerada? «Ninguna relación es perfecta, así que ninguna persona lo es tampoco», me recordé. Pensé en las demás parejas del concurso. Era posible que Simon mostrase la misma indiferencia que Jade hacia las indiscreciones de su pareja. Y en cuanto a Natalia y a Tony, que exteriormente parecían dos almas gemelas, eran de hecho un par de alcohólicos que andaban a trompicones por la vida procurando engañar a los demás, incluidos ellos mismos.

«No seas ridícula, Georgia», me dije. Ben había destruido totalmente la relación. Lo nuestro no tenía ya arreglo alguno.

El taxi me dejó en nuestro piso vacío. Yo me había ahorrado tener que explicarles lo sucedido a los otros mientras esperábamos para recoger nuestro equipaje en el aeropuerto de Manchester y nos despedíamos entre cansados y aturdidos por la falta de sueño. Todo el mundo parecía aliviado de poder refugiarse al fin en su propia casa, aunque eso significara olvidarse de Chile y reintegrarse a la rutina. Ben finalmente se había acercado para informarme con tono cortante de que se quedaría en casa de Jimmy, de manera que salté al primer taxi disponible y me marché sin mirar atrás.

Nada más entrar cargada con la maleta, me encontré con la casa fría y desordenada que habíamos tenido que abandonar precipitadamente para poder llegar a tiempo al aeropuerto. Eran tantas las cosas que habían cambiado desde aquella mañana, antes del inicio del viaje... Me sentí como si hubiera recibido un puñetazo en el estómago.

Recorrer lentamente cada habitación y ver nuestras cosas a la débil luz de la mañana solo hizo que me sintiera aún más desgraciada. Esbocé una mueca a la vista de nuestras tazas medio llenas de té que seguían sobre la encimera, y que no habíamos tenido tiempo de fregar antes de marcharnos. Estaba segura de que Ben me había asegurado que se ocuparía de ello mientras yo pedía un taxi por teléfono. Suspirando, tiré los restos al fregadero.

La luz de nuestro contestador automático estaba parpadeando. Fue entonces cuando me di cuenta de que ya no era «nuestro». Aunque mi expresión se suavizó cuando me di cuenta de que las únicas personas que me habían dejado mensaje eran mis padres.

—¡Hola! —la voz aguda de mi madre resonó en el silencio de la habitación. En seguida oí la voz de mi padre, que parecía haberle arrebatado el teléfono—. Hola, cariño, solo llamábamos para saber si habías regresado bien. Nosotros acabamos de atracar en una escala y solo ahora hemos conseguido cobertura. Espero que os lo hayáis pasado fenomenal. A Ben y a ti os encantaría el crucero que estamos haciendo, quizá os planteéis incorporarlo vuestra lista de viajes pendientes. Os veo ya a los dos en un crucero... y no, no es solo para gente mayor, tranquila —rio por lo bajo. El corazón se me contrajo de dolor cuando oí el nombre de mi novio o, mejor dicho, el de mi exnovio—. Llámanos cuando puedas. Te echamos de menos. Te queremos.

Inspiré profundo mientras rebobinaba el mensaje. Mis padres se quedarían destrozados cuando se enteraran de lo que había sucedido entre nosotros; Ben les caía de maravilla. No tuve la energía de deshacer la maleta, así que la dejé sin más en el suelo del vestíbulo y me puse a revisar la correspondencia atrasada mientras esperaba a que hirviera la tetera. Entre facturas y publicidad, había un sobre dirigido a Ben y a mí, con letra manuscrita. Lo abrí. Era una invitación a una fiesta: la fiesta de despedida de Jimmy y Shelley. Tan pronto como reconocí la alegre letra de mi amiga, tuve que contener las lágrimas.

De repente sentí la cruda realidad de su inminente partida, de lo sola, triste y abandonada que iba a quedarme cuando aquella pareja estuviera viviendo en el otro extremo del mundo. Y, pese a la feliz noticia de su compromiso, el recuerdo del anillo de Shelley que había admirado en mi dedo, creyendo que me había estado destinado, me impactó como si recibiera de pronto un tremendo golpe en el pecho. Arrugué la tarjeta, hice una bola con ella y la lancé a la papelera. De repente me olvidé de mi té. No deseaba otra cosa que meterme en la cabeza, esconder la cabeza debajo del edredón y olvidarme de todo.

CAPÍTULO 24

Animar (v.): Poner de buen humor

Me desperté del peor humor posible. No ayudó en nada que me quemara las puntas de las orejas con la plancha de pelo, me rompiera una uña y me manchara de pasta de dientes la camiseta, cosas todas ellas que me ocurrieron antes de abandonar el piso. Ese día se presentaba cien veces peor sabiendo como sabía que me vería obligada a hablar con Ben y a proyectar una mínima imagen de normalidad frente a mis empleados.

No dejé de experimentar una especie de sordo dolor durante todo el trayecto hasta la oficina. No era solo que mis vacaciones se hubieran terminado y que la vida real estuviera a punto de empezar de nuevo, con el añadido de todos los mensajes y correos electrónicos que me estarían esperando. En realidad estaba preparada para volver al trabajo: de una manera extraña, había echado de menos ser el centro de todo en Corazones Solitarios, pero, tras veinticuatro horas sin tener contacto alguno con Ben, me daba pánico la nueva realidad a la que tendría que enfrentarme.

Inspirando profundamente, empujé la puerta y me encontré de pronto en lo que parecía el escenario de un atentado: sábanas polvorientas cubriendo el suelo, escaleras apoyadas contra las paredes y una canción de Elton John sonando en una radio portátil.

¿Qué mi...?

—¿Conrad? —grité, haciendo dar un respingo al muchacho que estaba pintando la pared del fondo.

—Acaba de salir a por un café. Por lo que parece, la máquina no funciona. ¿Puedo ayudarla en algo? —inquirió el chico, un veinteañero.

—¿Qué está pasando aquí? —le espeté.

—¿Todo bien, cariño? ¿Quién eres tú? —un hombre mayor, al que no había visto antes porque había estado agachado detrás de la mesa de caballete instalada en el centro de la sala, se incorporó para colocarse al lado del muchacho con cara de niño.

—¡La dueña de este negocio! ¿Qué diablos estáis haciendo?

Justo en aquel momento entró Conrad con una bandeja de cafés, riendo con Kelli. Ambos se detuvieron en seco en cuanto me vieron.

—¿Georgia? ¡No te esperábamos de vuelta hasta mañana! —exclamó Kelli, adelantándose y esquivando una lata de pintura sin abrir.

—¿Puede alguien explicarme cómo es que mi local se encuentra en este estado?

—¿No te lo ha dicho Ben? —inquirió Conrad en voz baja, mirándome a mí y a Kelli.

—¿Decirme qué? —chillé.

—Ben quería darle al local una mano de pintura, reformarlo un poco... Recuerda que tú misma comentaste hace tiempo que te gustaría un cambio de imagen. Bueno, ¡pues él quiso darte una sorpresa y lo preparó todo para cuando volvierais! —explicó Conrad con expresión radiante antes de dejar de sonreír de golpe ante mi furiosa expresión—. Yo imaginaba que te lo habría dicho en Chile.

—Pues no —masculló entre dientes, deseando que alguien apagara de una vez al maldito Elton John—. No me dijo nada.

Kelli abrió mucho los ojos. Afortunadamente ella sí que había reparado en mi pésimo humor y se volvió hacia los decoradores.

—¿Nos dejaríais unos minutos a solas, por favor?

Los dos hombres salieron obedientes del local y encendieron un cigarrillo, contentos de disfrutar de aquella improvisada pausa para fumar.

Conrad dejó a un lado la bandeja, derramando algo de té sobre las sábanas que cubrían el suelo, y se apresuró a sacarme una silla.

—Georgia, ¿te encuentras bien? —me preguntó Kelli, nerviosa.

Deseé que mi corazón dejara de martillear como un tambor.

—Sí. Es solo que no esperaba encontrarme con este caos.

De acuerdo, probablemente estaba exagerando. Aquello era un desastre, aunque superficial. A la luz de mi discusión con Ben, sin embargo, aquello venía a ser otro secreto que se me había estado escondiendo en relación con el trabajo.

—Supongo que Ben no ha llegado todavía.

—No —Kelli me miró de forma extraña—. Déjame que hable con los decoradores: les pediré que se den la mayor prisa posible. Ya están terminando.

Yo asentí e intenté ignorar las miradas que se cruzaron ella y Conrad.

—Bien. Tenemos un montón de trabajo y los clientes no pueden entrar aquí y encontrarse con este caos.

Los decoradores ya habían terminado y recogido su equipo, así que al menos pudimos abrir las puertas del local, cosa que también sirvió para airearlo y eliminar el olor a pintura fresca. Yo había estado trabajando en silencio en mi escritorio, dejando que Conrad y Kelli atendieran el teléfono y a los clientes durante las últimas horas. Cuando me estaba recostando en la silla y frotándome el cuello dolorido, sorprendí a Conrad mirándome con un gesto de preocupación.

Suspiré. No debería pagarlo con aquellos dos.

—Escuchad, lamento lo de antes. Creo que tengo un poquito de jet lag. Es que me sorprendió mucho entrar en la oficina y verla en ese estado, eso es todo.

—¡No me extraña, no te preocupes de nada! Estamos contentísimos de tenerte de vuelta al margen del humor en el que estés —le aseguró Conrad, amable.

—Bueno, aparte de una nueva mano de pintura al local... —miré a mi alrededor y contemplé detenidamente el espacio, que tenía un aspecto impresionante—, ponedme al tanto de todo lo que me he perdido —sugerí con tono suave.

Conrad mantuvo su mirada de preocupación fija en mí durante unos segundos más.

—Bueno, esa cosa sigue estropeada —señaló con la cabeza la máquina de café—. He contactado con el fabricante, pero no me han dado más que evasivas.

Necesitaba aquello. Necesitaba mantener la mente ocupada con las rutinas de la oficina y oír a Conrad quejarse de objetos inanimados.

—¡Ah, vamos! Dile la verdad de una vez —intervino Kelli, que había estado escuchando nuestra conversación.

Detecté un súbito rubor en las regordetas mejillas de Conrad mientras se apresuraba a juguetear nerviosamente con uno de los bolígrafos de su escritorio.

—No sabes de qué estás hablando —masculló.

—Georgia, la máquina de café está estropeada, pero este —Kelli señaló a Conrad— no la cambiará nunca si eso significa interrumpir sus visitas diarias a la cafetería para ver a Val.

—¿Quién?

—Val. La camarera.

—No es solo una camarera. Es la dueña, de hecho —resopló Conrad.

—Oh, bueno, en cualquier caso, está loco por ella —Kelli

puso los ojos en blanco mientras lo decía, y yo no pude menos que sonreírme. El Conrad que conocía se había convertido en un estereotípico cachorrito enamorado.

Conrad vaciló por un momento y suspiró profundamente.

—De acuerdo, es cierto. ¡Me gusta!

Kelli sonrió con engreimiento.

—¡Lo sabía!

—Sí, pero no voy a hacer nada al respecto —murmuró él por lo bajo.

—¿Qué? —exclamé yo. De acuerdo, mi vida amorosa era un desastre, pero nunca había visto a Conrad con un aspecto tan frágil y vulnerable—. ¿Por qué no?

Se removió incómodo en su silla, mirando a su alrededor para asegurarse de que no había entrado ningún cliente.

—Porque no sé cómo —respondió en voz tan baja que apenas pude oírlo.

—¿Que cómo se le pide a una mujer que salga contigo? —le pregunté para asegurarme de que lo había entendido bien.

Conrad asintió a regañadientes y se tapó el rostro con sus manazas de oso.

—Esto es terriblemente embarazoso, así que ya puedes dejar de reírte —advirtió a Kelli, que se sentó muy derecha al tiempo que se esforzaba por disimular su diversión.

—Bueno —me incliné hacia delante, complacida de contar con un motivo para distraerme de mis propios pensamientos—. ¿Has hablado con ella ya? Aparte de para pedirle un café, quieres decir.

Conrad asintió lentamente.

—Sí, pero sobre el tiempo y sobre la diferencia entre la leche de soja y la de vaca —cerró los ojos con fuerza, esbozando una mueca—. Y la verdad es que no estuve muy brillante.

Al oír aquello, Kelli no pudo contenerse por más tiempo.

—¿Usaste la leche como tema de conversación? Oh, Dios mío, ¡qué atrevimiento el tuyo! ¡Qué audacia!

—Está bien, de acuerdo, quizá no sea esta la manera más

rápida de llegar al corazón de una mujer —reconocí yo, intentando desactivar la situación antes de que Conrad empezara a lanzar grapas a Kelli—. Pero es un comienzo. Bueno, la próxima vez invítala a una bebida.

—¿Un vaso de leche, quizá? —sugirió Kelli, antes de refugiarse debajo de su escritorio para evitar la bola de papel que le arrojó Conrad.

—¿Qué es lo peor que puede suceder? Si te dice que no, entonces podremos reparar la máquina de café y tú nunca tendrás que volver a verla.

Pareció reflexionar por un momento.

—Sí, quizá. Creo que retrasaré el proceso de reparación, solo por si acaso —dijo, señalando con la cabeza la abandonada cafetera.

Yo sonreí. Durante toda la conversación, yo no había dejado de mirar hacia la puerta esperando la llegada de Ben, sin saber si iba a aparecer o no.

—¿Entonces no viniste esta mañana con Ben? —me preguntó de pronto Conrad, leyéndome el pensamiento e intentando aliviar nuestra presión sobre sus lamentables técnicas de ligoteo antes de que Kelli se pusiera a abuchearlo.

Yo parpadeé varias veces y enterré la cabeza detrás de la montaña de papeles que necesitaba firmar para nuestra próxima campaña publicitaria.

—No. Esta mañana no lo he visto —miré a Conrad como suplicándole: «no me preguntes por eso. Estoy demasiado blanda y exhausta para explicártelo todo».

—Ah, de acuerdo.

Yo asentí y fingí una tosecilla antes de retomar mi trabajo.

El caso fue que Ben no apareció. La tarde se nos echó encima y mi ex seguía sin dar señales de vida. Intenté no preocuparme por lo impropio de su carácter que era aquello para indignarme porque hubiera decidido tomarse un día de descanso por su cuenta. Conrad no volvió a sacar el tema, pero subrepticiamente pude escuchar cómo hablaba con Kelli en susurros mientras se preguntaban qué diablos estaba pasando. Yo me sentía demasiado triste y cansada para ponerles al tanto, y me negaba además a llamar a Ben para preguntarle dónde estaba y qué planes tenía. Probablemente era una suerte que me hubiera ahorrado su presencia en la oficina aquel primer día.

—Oh. Hola... —la voz de Kelli me hizo levantar la mirada de mi escritorio. Se había levantado y estaba sujetando el teléfono de una manera muy extraña, señalándolo con la otra mano mientras me decía algo, marcando las palabras con los labios, que yo no conseguía entender—. Sí. Todo bien por aquí. Sí, estamos muy ocupados.

Conrad ahogó una exclamación y se volvió hacia mí. Parecía que él sí que había comprendido lo que había querido decirme Kelli.

—Ben. Está hablando con Ben.

Sentí que todo mi cuerpo se tensaba. Tragué saliva y mantuve durante todo el tiempo la mirada fija en Kelli, que también se había quedado un poco pálida debajo de su gruesa capa de maquillaje.

—De acuerdo entonces. Se lo diré a todo el mundo. Sí. Muy bien. Adiós.

La llamada no debió de haber durado más de un minuto, pero volvió a colocar el auricular en su sitio y se dejó caer en su silla como si acabara de ganar una competitiva puja en eBay.

—Era Ben —se volvió para mirarme.

Asentí. Los ojos de Conrad viajaban constantemente de una a otra.

—Bueno, ¿qué te ha dicho? —inquirió él, incapaz de soportar la tensión por más tiempo.

—Que iba a tomarse algún tiempo libre por razones personales y que esperaba que todo estuviera yendo bien por aquí.

—¿Y?

—Nada, que nos vería pronto —se mordió el labio, incómoda en su papel de mensajera.

—Bueno, al menos sabemos que está vivo y coleando, supongo —fue el comentario de Conrad mientras se levantaba para encender la tetera—. Nos ha ahorrado el trabajo de tener que telefonear a todos los hospitales de la zona.

—¡Conrad! —Kelli puso los ojos en blanco y se volvió nuevamente hacia mí—. ¿Seguro que estás bien, Georgia?

Yo asentí y forcé una sonrisa que no llegó hasta mis ojos.

—Sí. Bueno, a trabajar. Si no nos damos prisa, nunca terminaremos con estas facturas.

Kelli agachó la cabeza y volvió a concentrarse en la pantalla de su ordenador. El ambiente se había tornado tan plano y lacio como mi pelo. Podía sentir las miradas de preocupación que de cuando en cuando me lanzaban los dos, pero yo tenía que continuar trabajando como si todo fuera perfectamente normal. Quizá Conrad tuviera razón: al menos Ben se había molestado en llamarnos para ponernos al tanto de su situación.

Solo que yo era incapaz de concentrarme en el papeleo que tenía entre manos; los números parecían bailar en cada página como escurridizas hormigas. Me costaba creer que Ben no pudiera soportar el pensamiento de verme hasta ese punto, que prefiriera desaparecer en vez de enfrentar la realidad. ¿Cuánto tiempo iba a durar aquello? ¿Y cuándo íbamos a hablar del alquiler de la oficina de Londres, algo que por cierto no podíamos permitirnos? Me reconvine mentalmente y me esforcé por acabar mi lista de tareas para poder marcharme de la oficina a la hora. Incluso aunque la perspectiva de enfrentarme a un piso vacío, que necesitaba además de una buena limpieza, me hiciera tan poca ilusión como el trabajo de oficina que tanto me estaba costando.

Cerré los ojos en un intento de reorganizar mis pensamientos. Quizá fuera lo mejor que dejáramos de vernos durante un tiempo.

Tampoco al día siguiente se presentó Ben al trabajo. Ni al otro. Para el tercero, estaba en riesgo de sufrir un calambre en el cuello de tener un ojo fijo en la puerta y el otro en mi creciente carga de trabajo. La preocupación que había sentido en un principio se había transformando rápidamente en una abrasadora rabia contra Ben por habernos dejado en la estacada, por haberme dejado a mí en ridículo delante de la plantilla y por haber demostrado una absoluta indiferencia por el trabajo. Pero intentar no pensar en alguien cuando cada día mirabas sin cesar su escritorio vacío y cada noche te acostabas en una cama vacía, era más fácil de decir que de hacer. Estaba furiosa con él por el poco respeto con que me estaba tratando a mí y a nuestro negocio.

Apenas podía dormir, torturándome a mí misma mientras yacía con los ojos abiertos y la mente dando vueltas sin cesar, repasando todo lo que nos habíamos dicho en aquel perdido rincón de la Patagonia salvaje. Cada vez que me sonaba el móvil, me ponía enferma pensando que podía ser él. Pero nunca era él, sino mis padres enviándome fotografías del crucero que estaban disfrutando.

Había salido temprano de la oficina para dirigirme a Market Street, con la intención de pasar la tarde en casa de Marie. No estaba de humor para socializar, pero la perspectiva de otra tarde de soledad en nuestro piso me había movido a aceptar verla durante algunas horas. Estaba tan ocupada reflexionando sobre mis problemas que por poco no me di cuenta de que alguien estaba gritando mi nombre.

—¡Georgia! —una voz femenina me llamó en medio de la bulliciosa calle. No pude evitar sonreírme cuando descubrí a Shelley haciéndome señas como una posesa mientras corría hacia mí—. ¡Sí que ibas distraída! —echándose a reír, me abrazó—. ¡Me estaba preocupando no saber nada de ti desde que volviste! ¿Recibiste la invitación de nuestra fiesta de despedida?

—Sí.

—¡Espera! —me agarró la mano izquierda y al momento su expresión se entristeció—. Oh.

Yo me solté y me estiré la manga.

—Sí, no llegamos a comprometernos —no podía decirle

que, de hecho, era ella quien pronto luciría el impresionante anillo que yo había llegado a probarme.

—Vaya... —se interrumpió Shelley, escrutando mi rostro como intentando comprender.

—Hemos roto. Pero supongo que eso ya te lo habrá contado él —a mí me había enfadado un poco que ella no se hubiera molestado en ponerse en contacto conmigo.

Se me quedó mirando perpleja.

—¿Que habéis roto? —jadeó—. Espera, ¿por qué habría de contármelo Ben?

—¿Quizá porque se está quedando en tu casa y en la de Jimmy? —repliqué, y vi que sacudía la cabeza con expresión confusa.

—No, eso no es verdad. No he visto ni he sabido nada de ti ni de él desde que os marchasteis.

Sentí un picor de las lágrimas en mis estúpidos y cansados ojos.

—¿No está con vosotros, entonces?

Ella sacudió la cabeza.

—Quizá esté en casa de Trisha...

Yo asentí, distraída. Sí, probablemente estaría en casa de su madrina. ¿Pero por qué le importaba eso? Había llamado a la oficina para decirnos que estaba bien y no muerto en una cuneta, de manera que el detalle de su localización era indiferente.

—En cualquier caso, no quiero hablar de él. ¿Cómo estás tú?

Ella asintió lentamente, desesperada por conocer los detalles pero entendiendo al mismo tiempo que yo no tuviera deseo alguno de hablar.

—Bien, muy ocupada. Y contenta de haberte visto. Creí que había hecho algo que te había molestado, ya sabes. Por lo de nuestra marcha —dijo Shelley con una voz tan abatida que me desgarró el corazón. Lo que necesitaba yo era dejar de gruñir de resentimiento por su marcha y empezar a comportarme como una verdadera amiga.

—Sigo hecha polvo por eso, pero el problema es mío, por ser tan egoísta —sonreí tristemente al ver su expresión de alivio y le apreté cariñosamente un brazo—. Te voy a echar terriblemente de menos.

—¡Piensa en las vacaciones que podréis disfrutar en el otro extremo del mundo! Cuando Ben y tú, ya sabes... os arregléis.

Yo sacudí la cabeza.

—No sé si eso va a ocurrir. Tuvimos una discusión muy fuerte.

Esa vez fue ella la que me acarició el brazo.

—Lo superarás, ya lo verás. Siempre lo haces. En cualquier caso, os necesito a los dos, ¡porque no estoy muy segura de cómo me las voy a arreglar viviendo con Jimmy, solos él y yo, durante tanto tiempo!

—¿Estás nerviosa?

—Es un paso muy importante, un gran paso al frente, para los dos. Solo espero que podamos hacer que funcione —se interrumpió—. Perdona, lo último que necesitas es oírme divagar de esta manera...

—No pasa nada. Estoy segura de que os irá de maravilla —tuve que morderme la lengua para no revelarle que muy pronto estaría celebrando su compromiso, ya que Jimmy estaba plenamente dispuesto.

—Gracias. Lo mismo os deseo a vosotros. ¡Ay Lo siento, cariño, pero tengo que irme! ¡Ya llego diez minutos tarde! —esbozó una mueca, mirando su reloj—. Llámame pronto y quedamos, ¿de acuerdo?

Yo asentí y me quedé viendo cómo se perdía entre la multitud antes de sacar rápidamente el móvil para llamar a Trisha. Si Ben no estaba con Jimmy, entonces tenía que estar con ella. Dudé antes de apretar el botón de llamada, como si no quisiera que pensara que lo estaba controlando cuando lo que él obviamente quería era espacio, distancia. Colgué sin embargo en el último momento y me dirigí a casa de Marie, anhelando desesperadamente una bebida bien fuerte.

CAPÍTULO 25

Revoltoso (adj.): tenazmente resistente al control; indómito

—Entonces, ¿cuándo vuelve Mike? —pregunté mientras abría una bolsa de patatas fritas. No podía recordar la última vez que había comido verdura, y menos una sustanciosa comida, desde que regresé de Chile. Marie me había echado la bronca por estar tan delgada y me había dicho que necesitaba también depilarme las cejas. Yo le había explicado que arrancarme unos cuantos pelos descarriados no figuraba a la cabeza de mi lista de tareas, y además, ¿qué sentido tenía? Ella me replicó que a ese paso yo iba a desarrollar una monoceja, y entonces no ya Ben, sino ningún hombre, se fijaría en mí.

—¿Quién sabe? La última vez que salió con sus compañeros de trabajo me llamó desde una pensión de Gales, ya que la noche anterior habían decidido que sería divertido abordar un tren que les llevara a donde fuera y seguir allí la fiesta. Algo no tan gracioso teniendo en cuenta que no se despertaron hasta el final de la línea, en medio de la nada. Todos los pubs estaban cerrados, no había un solo kebab a la vista, únicamente una mezquina pensión cuyo dueño les abrió las puertas a condición de que compartieran un dormitorio y no les importaran los gatos. Mike no tardó en descubrir que la alergia a los gatos que había sufrido de niño no le había abandonado de mayor. ¡Le estuvo bien empleado! —sacudió la cabeza, riendo.

—Espero que se comporte esta noche, porque tú estás a punto de salir de cuentas... —le recordé, preocupada. Yo sabía lo mucho que le gustaba la bebida a Mike, y si se sentía liberado de sus obligaciones paternales por una noche...

Marie se acarició el vientre con gesto protector.

—Tranquila. Está en el pub de al lado, aquí mismo. Tuve que echarle yo a patadas para que se fuera. Tú estás aquí, y él, literalmente, está a diez minutos a pie de esta casa. Además, este bebé no está mostrando señales de inquietud alguna.

Yo asentí preocupada y recé en silencio para que el bebé permaneciera en su sitio mientras yo anduviera cerca.

—¡Bueno, cuéntamelo todo! —me ordenó Marie con expresión radiante mientras se acomodaba en el sofá y me entregaba un vaso de vino para brindar con el suyo de zumo de piña.

Yo puse los ojos en blanco.

—¿Por dónde empezar?

—Bueno, no quiero precipitarme, pero tienes aspecto de estar hecha polvo y no veo señal alguna de anillo en tu dedo, así que entiendo que al final no os habéis comprometido...

—Buena deducción, señora detective —repuse yo, irónica. Suspiré—. Efectivamente, no hay anillo de compromiso ni tampoco final feliz.

—Tal vez no encontró la oportunidad adecuada en el lugar adecuado....

—Marie, hemos roto. Al menos, eso creo. Hace días que no lo veo: no se ha presentado al trabajo ni ha vuelto a nuestro piso desde que volvimos.

La cara de estupefacción que puso fue el exacto reflejo de la que había puesto Shelley.

—¿Qué quieres decir?

—Quiero decir que mi gusto en cuestión de hombres se ha revelado nefasto una vez más —sacudí la cabeza. Ella entrecerró los ojos como intentando comprender qué diablos estaba pasando—. Ha estado viéndose con su ex, la bella Alice. La chica es asesora financiera y reina de las inversiones, y él necesitaba su consejo para montar una oficina de Corazones Solitarios en Londres.

Marie ahogó una exclamación.

—¿Va a seguir adelante con el proyecto de Londres a pesar de tu oposición?

—Bingo —bebí un buen trago de vino, disfrutando de la sensación de frialdad del sauvignon blanco en la garganta—. Al parecer firmó un contrato, pero basándose en la suposición de que ganaríamos el premio del concurso de televisión, cosa que no hicimos. Así que todo fue para nada. Luego me echó en cara que yo había estado equivocada, que nunca le había dejado tomar decisiones respecto al negocio, y que yo lo agobiaba.

—¡Vaya! ¿Qué dijiste tú?

—Que estaba diciendo tonterías.

—¡Pero él iba a pedirte matrimonio, por el amor de Dios!

—Oh, eso es lo mejor de todo. El anillo de compromiso no era para mí. Jimmy le había pedido que se lo guardara antes de ofrecérselo a Shelley.

—¡No!

—Sí.

—Oh, Georgia, lo siento —no cesaba de repetir, sacudiendo la cabeza y frotándose la tripa.

—Yo también. Pero... ¿sabes cuál es el tema verdaderamente importante, el fondo de todo? —le pregunté cuando ella volvía del lavabo por enésima vez.

—No. ¿Cuál?

—Que si Ben no podía soportar convivir con una mujer fuerte y asertiva, entonces el problema era suyo, no mío. Quiero decir que el hecho de que me echara en cara que yo no le dejaba tomar decisiones respecto al trabajo, lo cual es una completa estupidez, revela que lo que necesita realmente es darse cuenta de que yo soy la dueña de mi propia vida, una mujer fuerte e independiente. Y que, si eso no le gusta, por mí puede irse al diablo —sentencié, alzando la barbilla y apurando mi copa.

Vi que Marie esbozaba una mueca.

—¿Qué pasa?

—Nada, es solo que... —se interrumpió como escogiendo sus palabras con cuidado—. Es solo que esa no eres tú.

—¡Claro que sí! —me había quedado patidifusa.

—Sí —suspiró—. Eres tú, pero solo en el terreno profesional: esa ejecutiva dura y poderosa en que te has convertido. Quiero decir que necesitas ser eso cuando lidias con tus clientes y con tus operadores turísticos, con sus quejas y reclamaciones y con todo lo demás, pero esa no eres verdaderamente tú. Y Ben lo sabe también.

Me la quedé mirando fijamente, sintiéndome como si alguien me estuviera apretando la garganta y quitándome el aire.

—La verdadera Georgia es como cualquier otra mujer: insegura, que se esfuerza todo lo posible pero que tiene miedo de todo lo que se le puede escapar. Es por eso por lo que siempre estás adoptando esa actitud mandona e insensible.

Cuando Ben me acusó de aquello mismo, yo pensé que simplemente me estaba atacando. Pero ahora era mi amiga quien también me veía así.

—Tú no eres Beyoncé. Quiero decir que apostaría a que incluso ella tiene sus momentos de bajón. No pasa nada por sentirse vulnerable, por abrirte a los demás, Georgia. Sí, Ben ha sido un completo estúpido por la manera en que ha manejado las cosas, pero en el fondo ha hecho la operación de Londres para impresionarte, para ayudarte y demostrarte que puedes confiar en él. No todo el mundo está dispuesto a abandonarte como hizo Alex —se recostó en el sofá, observándome mientras yo asimilaba sus palabras.

—Yo... yo... —tartamudeé, sin saber qué responder—. Pero sigue sin parecerme bien lo que hizo —agarré bruscamente mi copa y derramé un poco de vino en la mesa y en el cuenco vacío de patatas fritas—. Mierda —quizá había bebido más de lo que había pensado. Me incliné para secar el vino con una par de servilletas mientras Marie soltaba un gruñido—. Está bien, a lo mejor tienes razón, pero yo solo he estado intentando hacer las cosas lo mejor posible... No quiero seguir siendo la misma Georgia que era hace unos años, la que era incapaz de matar a una mosca, la que tenía que soportar a la horrible y engreída madre de Alex. Porque todo el mundo debería alegrarse de que me haya vuelto una mujer dura, ¿no? —continué parloteando mientras el fuerte aroma del sauvignon blanco me hacía cosquillas en la nariz, haciéndome estornudar.

Justo en aquel momento Marie volvió a gruñir, solo que más alto esa vez.

—De acuerdo, ya puedes dejar de juzgarme... —me interrumpí cuando, al volverme de nuevo, me encontré con el habitualmente bronceado rostro de mi mejor amiga pálido y contorsionado de dolor—. ¡Marie!

Salté del sofá, derramando más vino, sin saber a dónde ir o qué hacer, pero odiando ver cómo se retorcía como si le estuvieran clavando una aguja de tejer en la pelvis.

—¡Ayyyy! —gimió.

—¡Oh, Dios mío! ¿Vas a parir? ¿Ha llegado el gran momento? —empecé a abanicarle el rostro y apresuradamente apagué la televisión para concentrarme en aquella emergencia médica de la vida real que se estaba desarrollando ante mis ojos.

—No, no lo creo. Probablemente sean las Braxton Hicks.

—¿Cómo? ¿Tony Braxton, la cantante? ¿Qué tiene ella que ver con esto?

Marie se removió incómoda en el sofá y empezó a soltar lentos jadeos al tiempo que sacudía la cabeza.

—No, boba. Las Braxton Hicks, las contracciones previas. Es como el fantasma del parto, que se te aparece cuando tu cuerpo se está preparando para el número final.

Había cerrado los ojos, como si estuviera concentrada en respirar.

—¡Mierda! ¿Qué hacemos? —me puse a dar vueltas por la habitación.

Al cabo de un momento, cuando la contracción como-se-llamara se dio un descanso, la respiración de Marie se tranquilizó también.

—No pasa nada, estoy bien,

—¿Que estás bien? ¡Pues no lo pareces!

—Georgia, calma. Ya he tenido esta contracciones con Cole, es algo perfectamente natural, y aunque esta ha sido más fuerte que ninguna, ya estoy bien.

—¿Seguro? Quizá deberíamos llamar a la comadrona para, ya sabes, asegurarnos.

Ella asintió.

—Probablemente tengas razón.

Después de la corta llamada de teléfono, el color había vuelto al rostro de Marie.

—Me dijo que, si sobrevenía otra, necesitaría ir al hospital. Pero no entres en pánico: como te dije, es algo perfectamente normal.

Yo solté un suspiro de alivio.

—¡Gracias a Dios! ¡Me has dado un susto de muerte! —exclamé, abrazándola.

—¡Ay! ¡No tan fuerte! ¡Vas a aplastar al bebé!

—¡Lo siento! ¿Llamo a Mike para decirle que venga?

Marie asintió.

—Sí, si no te importa. Lamento haberme puesto tan dramática. He estropeado nuestra noche.

—No necesitas disculparte y tampoco te has puesto dramática. De haber estado yo en tu lugar, ahora mismo me estarían metiendo en una ambulancia.

Ninguna de nosotras mencionó el hecho de que, después de lo que había sucedido con el parto de Cole, aquella reacción había sido perfectamente razonable.

Con Mike de vuelta, aunque un tanto achispado, los dejé a los dos y tomé un taxi de regreso a casa. Había sentido una extraña punzada de celos al ver a su leal y enamorado marido correr a abrazarla, así como su expresión de amorosa preocupación cuando ella le explicó los dramáticos síntomas «pre—parto» que acababa de presentar. Verlos a los dos había hecho que el pecho se me contrajera de emoción por Ben, una estúpida sensación que me esforcé por ignorar. Durante todo el trayecto a lo largo de las oscuras calles, me dediqué a pensar en lo que Marie me había dicho.

Quizá tuviera razón cuando me dijo aquello de mi actual actitud de jefa autoritaria, pero si la había desarrollado era porque no había tenido otro remedio. Nunca antes había estado a cargo de un exitoso negocio, teniendo que pagar los salarios de la gente y que soportar la tensión que todo ello conllevaba. No iba a cambiar solo porque Ben sintiera que tenía que demostrar algo, menear el rabo o afirmar su estúpido ego masculino cuando no había tenido ninguna necesidad de hacerlo.

Sin molestarme siquiera en desvestirme, cenar algo o encender incluso la luz, me metí debajo del edredón y cerré los ojos con fuerza. El edredón seguía conservando el aroma de la loción para después del afeitado que solía utilizar Ben: eso fue lo último que pensé antes de sumirme en un inquieto sueño.

CAPÍTULO 26

Dócil (adj.): Obediente, disciplinado

—¿No va a regresar entonces Ben? —finalmente Conrad formuló la pregunta que yo sabía que le había estado quemando en los labios desde que volví de Chile. Estábamos al final de otra jornada, de otro día sin que Ben se hubiera presentado, solos los dos en la vacía oficina a punto de cerrar. Yo me había quedado trabajando hasta tarde durante las últimas noches. No solamente para ponerme al día, ya que tenía que hacer el trabajo de dos personas en ausencia de Ben, sino también porque esa era un alternativa mejor que regresar a nuestro piso que todavía olía a él y verme rodeada por sus cosas, a solas con los recuerdos de nuestra relación nublando mi exhausta mente.
—Me sorprende que hayas tardado tanto tiempo en preguntármelo —repuse, irónica.
Conrad soltó una ronca carcajada.
—Estaba intentando ser respetuoso. Mi madre siempre dice que se me da bien esperar a que la gente hable, en lugar de forzarla de mala forma a hacerlo. Pero ya han pasado varios días y no parecía que fueras a hablar pronto: por eso me he animado a preguntártelo —se encogió de hombros, haciéndome sonreír.

—Ya, bueno. El caso es que no sé dónde está Ben ni cuándo volverá —esa vez la que se encogió de hombros fui yo, que por cierto me pesaban de manera insoportable.

—¿Algo gordo sucedió en Chile, entonces?

Asentí.

—De verdad que no tienes por qué hablar si no quieres, aunque yo soy muy bueno escuchando —añadió con ternura—. Son estos hombros tan anchos que tengo, perfectos para que apoyes en ellos tus preocupaciones —esbozó una bobalicona sonrisa antes de incorporarse.

Suspiré y volví a tomar aire.

—Sí, algo gordo sucedió en Chile. Supongo que el dicho es cierto: nunca conoces de verdad a alguien hasta que viajas con él.

Conrad me lanzó una cariñosa mirada, animándome a continuar.

—Supongo que queremos cosas diferentes —continué yo—. Todo había empezado tan bien... Pero entonces nos enfrentamos a un último reto en aquel entorno helado y salvaje, en mitad de la nada, y... en algún momento de la aventura, nos perdimos a nosotros mismos.

Conrad se quedó en silencio, rumiando sus pensamientos.

—Entonces, ¿fue eso y ya está?

—¿Qué quieres decir?

—Bueno, tuvisteis una única discusión... ¿y ya se acabó todo?

—No es tan sencillo.

—Ya, porque no es como si vosotros dos trabajarais juntos veinticuatro horas al día dirigiendo un estresante pero exitoso negocio a la vez que intentarais encontrar tiempo para la pareja, ¿no? —repuso, irónico—. Las discusiones se producen todos los días en una pareja, pero eso no significa que eso sea el final. Para serte sincero, Georgia, y no quiero pecar de entrometido, me sorprende que vosotros dos no intentéis estrangularos más a menudo teniendo en cuenta el tiempo que pasáis juntos viviendo y trabajando.

Yo puse los ojos en blanco ante aquel intento de revertir mi interpretación psicológica.

—No es eso, Conrad. No se trata de una pequeña discusión sobre dejar abierta o no la tapa del baño. Es... es algo mucho más importante —sentí que me daba un vuelco el estómago cuando evoqué nuestra gran pelea, de la que salí con la autoestima más minada que después de mi relación con Alex. No, aquello era peor, mucho peor que cuando Alex dio por cancelada nuestra boda. Esta vez yo me había metido de cabeza en aquella relación, consciente de lo muy herida que me había sentido antes pero esperando que no se repitiera la experiencia, y confiando en que Ben aceptaría el corazón que yo le ofrecía. Si antes había sido una estúpida por haberme dejado humillar, ahora lo era dos veces...

—No lo dudo, pero... ¿por qué romper por eso? Esa es la salida cobarde.

Yo me irrité.

—Solo hay un cobarde en esta situación. Yo he sido la única que ha seguido trabajando cada día. ¡Imagínate que yo hubiera decidido ausentarme sin permiso también! Podríamos habernos despedido al menos de manera civilizada, pero él, al dejarnos en la estacada de esta manera, ha exhibido un comportamiento tan cobarde como inaceptable —inspiré profundo—. Perdona. Ya sé que no es muy profesional por mi parte que me desahogue así, pero...

—No pasa nada, el criterio profesional y yo no congeniamos mucho —contuvo una carcajada—. Estamos preocupados por ti como persona. Por los dos.

Yo asentí tristemente.

—Gracias. Oye, ¿qué ha pasado con Val, la de la cafetería?

Conrad bajó la cabeza para esconder el rubor que se había extendido por su risueño rostro.

—Bueno, se han producido algunos avances en ese terreno...

—¡Oh, no seas tímido!

—Vamos a salir mañana por la noche... ¡y no, no para tomar un vaso de leche! —echó la cabeza hacia atrás y rio con ganas—. Voy a llevarla a ese concierto sobre las obras perdidas de Beethoven, un tema en que soy especialista.

Yo abrí mucho los ojos.

—¡Eres un hombre lleno de misterios!

—Algunas veces los hombres también somos capaces de sorprender a las mujeres, ¿sabes?

El timbre del teléfono me evitó tener que replicar a eso.

—¿Georgia? —era una voz masculina con un leve acento escocés.

—Sí, soy yo.

—Oh, hola. Soy Jerry, de Producciones See Me Televisión.

—Ah, hola. ¿Cómo van las cosas?

Oí un profundo suspiro al otro lado de la línea.

—Un poco frenéticas, si te soy sincero. Escucha, no puedo decirte gran cosa por teléfono, pero os necesitamos a Ben y a ti en los estudios mañana. Lamento avisarte con tan poca antelación. Nosotros nos encargaremos de todos los trámites del desplazamiento, pero es una urgencia.

—¿Va todo bien, Jerry?

—Como te dije, no puedo adelantarte mucho, pero sí, va todo bien. Solo son unos cabos sueltos que necesitamos atar antes de que saquemos el programa al aire —apenas reconocí en aquella voz al hombre relajado con el que me había entrevistado en Londres—. ¿Podrás?

—Oh, sí —ojeé mi agenda. No había ningún compromiso que no pudiera cambiar—. ¿Has conseguido contactar con Ben? Es que él... en este momento no está en la oficina.

—Estamos en ello. Creo que Blaise lo tiene localizado.

Sentí que el estómago se me encogía. Y no para bien.

—Oh, de acuerdo.

—Entonces quedamos así. Te escribiré con los horarios para que podamos vernos mañana —pareció aliviado de poder colgar el teléfono.

—Muy bien.

Colgamos y yo me quedé mirando el auricular, sin saber qué diablos podía estar pasando.

—¿Ben no viene contigo? —me preguntó Dana, la amante de los perros, cuando salió a recibirme a la recepción de las caóticas oficinas de la productora.

—¿No está aquí ya? —inquirí yo, sintiendo un escalofrío en la espalda. Durante todo el trayecto hasta Londres no había hecho otra cosa que pensar en Ben. Había dedicado horas a arreglarme aquella mañana, esperando que un buen maquillaje y una bonita blusa bien planchada me proporcionaran la armadura necesaria para volver a enfrentarme con él.

Ella sacudió la cabeza, con un tintineo dramático de sus largos pendientes de cerámica representando huellas de perros.

—Quizá haya sufrido algún retraso en el metro.

Asentí antes de que ella me guiara pasillo abajo.

—Sí, quizá.

No me llevó a la pequeña habitación con los cómodos sofás de la última vez; en lugar de ello, me invitó a entrar en una amplia y luminosa sala de reuniones. Sentados ante una larga mesa con sillas de alegres colores a cada lado estaban un Jerry de aspecto estresado y una Anna algo exhausta. Ambos, que hasta entonces habían estado concentrados en montañas de papeles, saltaron de sus asientos nada más verme.

—¡Georgia! ¡Adelante, adelante! —Jerry forzó una sonrisa que no llegó hasta sus ojos cansados.

Entré con paso vacilante y solo entonces me di cuenta de que no estaban solos. Parcialmente ocultos detrás de unas aparatosas plantas, estaban sentados Gareth, Jade, Simon y Dawn.

—Oh, hola chicos —saludé, sintiéndome cada vez más confusa.

—Georgia, qué alegría verte —sonrió Simon, amable, medio levantándose de su asiento. Gareth y Dawn tenían una expresión muy extraña, mientras que Jade me saludó con la mano antes devolver a concentrarse en la pantalla de su móvil.

—Er... lo mismo digo —murmuré antes de que Anna me diera un rápido y superficial abrazo.

—Hola, me alegro de volver a verte —dijo, para enseguida ordenar a Dana que me sirviera una bebida—. Entonces, ¿no ha venido Ben contigo? —miró detrás de mí, hacia la puerta cerrada.

—No. ¿No conseguisteis hablar con él?

Jerry negó con la cabeza.

—No pudimos contactar. No sabíamos si al final viajaría contigo.

Yo sacudí la cabeza, esforzándome por controlar mis emociones.

—No. Solo he venido yo.

—Ah, de acuerdo. Bueno, no importa, al menos tú estás aquí. La próxima vez que le veas, ¿podrás transmitirle lo que tenemos que decirte?

—Claro —asentí, distraída.

—Bueno, siéntate, siéntate —me sacó una silla que me resultó tan incómoda como un cubo de plástico—. Lamento haber sido tan hermético cuando hablamos por teléfono ayer. Han ocurrido algunos sucesos —miró a Anna mientras pronunciaba la última palabra—. Jade, ¿podrías dejar el móvil por un momento?

Jade soltó un teatral suspiro y guardó el móvil en su ostentoso bolso de mano que descansaba en la silla vacía que tenía al lado. Una silla que probablemente había estado reservada para Ben, pensé yo.

Jerry entrelazó las manos.

—Queríamos contároslo a todos en persona.

—¿Contarnos qué? —quiso saber Gareth, recostado en su silla. Lucía una llamativa camisa de color amarillo limón y lo que estaba segura era un falso bronceado, a juzgar por las marcas blanquecinas del cuello. Fue entonces cuando me di cuenta de que en aquella improvisada reunión faltaban dos personas: la pareja ganadora. ¿Dónde estaban Natalia y Tony?

—Ah, Dana —Jerry se interrumpió cuando la joven entró en la sala empujando un carrito con café, té, zumo y pastas. Yo no había comido nada aún y mi estómago se quejó a la vista de la comida—. Servíos vosotros mismos —todo el mundo se abalanzó sobre el carrito, excepto yo—. Georgia, ¿qué te apetece?

—Oh, solo un té, gracias. Y quizá un cruasán pequeñito —respondí en voz baja.

Estaba segura de que Anna me miró la tripa mientras lo decía, pero la espera me estaba matando. Necesitaba llenar el estómago con algo. Momentos después, una vez que Dana nos hubo dejado a solas y yo ya había mordisqueado el cruasán hojaldrado con mantequilla, Jerry se aclaró la garganta.

—Bueno, como sabéis, estamos editando Guerreros de Espíritu Viajero...

Yo asentí como si tuviera alguna idea de cómo funcionaba aquella industria.

—Ajá.

—En el proceso de edición hemos descubierto algunas incómodas verdades.

Un pedazo de cruasán se me atascó entonces en la garganta, y tuve que beber un buen trago de agua para pasarlo. Mis ojos volaron instantáneamente hacia Dawn y Gareth. ¿Era su pequeño y sucio secreto el que había saltado a la luz? Ambos se removieron incómodos en sus asientos. Jade estaba vertiendo azúcar en su taza de té y Simon se estaba limpiando un pegote de mermelada de albaricoque que le había caído en el regazo.

Me di cuenta de que Anna se había quedado mirándome fijamente. ¿Tendría algo que ver con Ben y conmigo? ¿Tan terrible había sido nuestra discusión?

—Bien, los más avispados de entre vosotros os habréis dado cuenta de que Natalia y Tony no están presentes en esta reunión.

Jade miró sorprendida a su alrededor, como si hasta ese momento no se hubiera dado cuenta.

—La razón de su ausencia es que han sido despojados del premio —la sala entera quedó en silencio mientras asimilaba aquella información—. Durante el proceso de edición, descubrimos que habían hecho trampas en el último reto. Nos engañaron a todos —terminó Anna con un profundo suspiro.

—¡No! ¿En serio? —Dawn se quedó mirando a Anna y a Jerry, cuyas expresiones indicaban a las claras que no estaban bromeando.

Jerry volvió a aclararse la garganta.

—Decidimos convocaros a todos aquí para contároslo porque... —hizo una pausa— vamos a declarar a Georgia y a Ben como ganadores porque ellos fueron los segundos en el reto final —declaró, lanzándome una radiante sonrisa.

Gracias a Dios que ya me había tragado el cruasán, porque entonces sí que se me habría atragantado mortalmente.

—¿Qué? ¿Hemos ganado?

Asintió, feliz.

—¡Sí! ¡Enhorabuena, el dinero del premio es todo vuestro!

—¡Ni hablar! —estalló Gareth, descargando un puñetazo sobre la mesa y derramando el té de la taza de Jade, que se encharcó peligrosamente cerca de su bolso de diseñador—. ¡Nosotros tenemos tanto derecho como ellos a ese premio!

Jerry se sentó muy derecho en su silla.

—Bueno, ambos ganasteis un reto cada uno, pero ellos llegaron antes que vosotros a la cabaña —se encogió de hombros—. Lo siento, pero no podéis ganar todos. Lo justo es lo justo —e ignoró a Gareth, que se puso a murmurar algunas palabras soeces por lo bajo—. Necesitábamos que vinierais todos aquí para poder filmar algunas tomas con vuestras reacciones y corregir los trastornos que este descubrimiento nos ha causado. Ya sé que esto es un engorro del que, creedme, habría podido prescindir perfectamente, pero el programa está a punto de salir en antena, así que tenemos que hacerlo hoy.

—¿Sin Ben? —inquirió Jade.

Anna frunció los labios.

—No tenemos tiempo que perder.

Yo me había recostado en mi dura silla intentando procesar todo aquello cuando Gareth saltó como un muelle de la suya.

—No. Esto es una estupidez. El dinero del premio es tanto nuestro como de ella —espetó, fulminándome con la mirada.

—Hey, no hay necesidad de ponerse tan agresivo. Georgia y Ben han ganado con justicia —intervino bondadosamente Simon en mi defensa.

—Cállate, abuelo. No me hables de justicia tú, que estás casado con esa furcia.

Dawn se tensó visiblemente. Jade se apresuró a bajar la mirada a su móvil, que había vuelto a aparecer en sus diminutas manos: todo eso ya lo había escuchado antes. No así Simon, Jerry y Anna.

—¿Cómo has llamado a mi mujer? —gruñó Simon. La vena que se había dibujado en su frente salpicada de lunares amenazaba con estallar, frente a la ceñuda mirada que le estaba lanzando Gareth.

—Ignóralo, querido —Dawn palmeó suavemente el tenso antebrazo de su marido. Parecía como si sus roles conyugales se hubieran invertido de golpe.

—No —gritó Simon—. No pienso ignorarlo. Durante todo el viaje este tipo se ha comportado como si fuera el gallo del gallinero. Cuando de hecho no es más que una gallina.

La sala volvió a quedar sumida en un asombrado silencio ante el estallido de Simon. Como si estuvieran asistiendo a un partido de tenis, las cabezas de Anna y Jerry se volvían alternativamente hacia los dos hombres, que habían plantado las manos sobre la mesa y parecían dispuestos a lanzarse el uno contra el otro.

—Al menos yo sé usar lo que tengo entre las piernas. ¡Porque tu esposa no cesaba de gritar que quería más! —se jactó

Gareth antes de darse cuenta de que tenía a su mujer sentada justo al lado.

—¡Oh, por el amor de Dios, Gareth! —chilló Jade.

En el preciso momento en que se levantaba de la silla para dirigirse hacia la puerta, llamando a su pareja «rijoso» y proclamando que no tenía ninguna necesidad de seguir aguantando sus tonterías, Simon se arrojó sobre Gareth.

—¡Quietos! —gritó Dawn mientras su habitualmente reservado marido se aferraba al panzudo vientre de Gareth. Los dos hombres no tardaron en empezar un genuino combate a puñetazos. Jerry intentó interponerse para poner fin a la pelea. Anna ya había salido corriendo pasillo abajo para avisar a seguridad, mientras que Dawn le gritaba a su marido que Gareth no merecía la pena, que todo habían sido mentiras... y yo no sabía dónde meterme.

Dos fornidos tipos vestidos de negro de la cabeza a los pies con aretes en las orejas entraron de pronto en la sala y separaron a los sudorosos contendientes. Gareth fue arrastrado a la fuerza fuera de la habitación.

—¡Empezó él! —gritó cuando ya se lo llevaban.

Jerry miró ceñudo a Simon.

—¿Vas a tranquilizarte o hago que te echen a ti también?

El pecho de Simon subía y bajaba con mayor rapidez de lo aconsejado en un hombre de su edad y fisonomía.

—Lo siento mucho. Ya estoy tranquilo. Lo prometo —miró a Jerry, que asintió suspirando.

Dawn estaba gimoteando y Anna no había vuelto desde que avisó a seguridad. Yo miraba patidifusa a Simon, al hombre blando que parecía haber desarrollado agallas de golpe. Fue entonces cuando me di cuenta de que todos los participantes de aquel programa, que había estado destinado a celebrar el éxito de parejas que trabajaban juntas en presunta armonía, estábamos cargados de problemas. Ben y yo no éramos las únicas víctimas.

Finalmente Jerry se retiró las manos de la cara.

—Para ser justos, ya era hora de que ese pillo se llevara su merecido. Descubrimos también que Gareth había «embellecido» su actual papel en la industria turística.

—Eso es decir poco —añadió Anna, que acababa de regresar a la sala—. No es para nada el brillante gurú de las redes sociales que decía ser. En realidad, apenas gana lo suficiente para vivir y se dedica a sablear a los clientes.

—Oh, vaya.

Jerry se mesó la barba.

—Bueno, como podéis ver, es por esto por lo que os hemos traído aquí. Esta es una situación bastante embarazosa para todos. Debimos haber investigado bien antes y escogido otros concursantes —se quitó las gafas y se frotó los ojos. Parecía haber envejecido diez años desde la última vez que lo vi—. Por lo que parece, Gareth ha sido escoltado fuera de las instalaciones y Jade ha desertado, así que hoy prescindiremos de la entrevista final —se dirigió a mí—. Georgia, te prometo que añadiremos un epílogo al programa explicando a los telespectadores que Ben y tú sois los ganadores de pleno merecimiento del concurso.

—¿No podemos hacer la entrevista los que quedamos? —sugirió Simon, deseoso de redimirse por su inusitada reacción, tan impropia de su carácter.

—Creo que será mejor que lo dejemos por hoy —dijo Dawn mientras recogía abrigo y bolso—. De hecho, necesito ir al lavabo. Nos vemos en recepción —saltó de la silla y abandonó la sala antes de que Simon o cualquier otro tuviera oportunidad de decir nada.

La atmósfera que nos envolvía recordaba el denso y desagradable olor que seguía a toda noche de fiesta. Un olor a arrepentimientos, sudor y tensiones sin resolver.

—Es cierto, ¿verdad? Lo de Gareth y Dawn, quiero decir —me preguntó Simon con una voz que no parecía la suya, ignorando a Anna, que estaba reuniendo los papeles que todos deberíamos firmar. Yo alcé la mirada para encontrarme con los ojos de un hombre que acababa de darse cuenta de que sus veinte años de matrimonio habían sido una estafa. Oí que Jerry fingía una tosecilla, incómodo.

—Sí —admití en voz baja—. Lo siento, Simon.

Su pecho se expandió con el más profundo de los suspiros. No quedaba ya nada de su batalladora actitud anterior. Hasta que asintió breve y enérgicamente con la cabeza.

—Eso pensaba. No soy un estúpido. Ya no, al menos.

Yo esbocé una mueca mientras lo veía levantarse pesadamente de su asiento y estrechar con calma las manos de Anna y de Jerry, disculpándose por su estallido.

—Simon, ¿seguro que estarás bien? —le pregunté, conociendo ya la respuesta pero detestando verlo tan roto, tan afectado.

Se volvió para mirarme y suspiró.

—Lo estaré. Durante años había tenido mis sospechas. Quizá sea esta la patada en el trasero que necesitaba para empezar a hacer lo que quiero de una vez. Además, a mí nunca me gustaron esos productos Última Llamada —se encogió de hombros.

—Bueno, nosotros siempre estamos buscando cerebritos para nuestros programas de divulgación científica —intervino Anna, sonriendo a Simon.

Sabía que saldría adelante.

—Aquí está el cheque —Jerry se puso a remover los papeles que tenía encima de la mesa y me entregó el dinero tan pronto como nos quedamos solos—. ¿Podemos contar con tu discreción sobre todo este asunto, al menos hasta la semana que viene cuando el programa esté en el aire?

Asentí.

—Si no te importa que te lo diga, no pareces muy contenta de haber ganado.

Alcé la mirada del cheque, cargado de tanto ceros, para clavarla en los bondadosos ojos de Jerry.

—Estoy en shock, supongo.

Él asintió y se dedicó a preparar los papeles que necesitaba firmar para recibir el efectivo, ajeno a la batalla interior que estaban librando mi cabeza y mi corazón. Intenté contener las lágrimas mientras los firmaba con una rúbrica: aquello estaba durando ya demasiado. Necesitaba hablar con Ben y decirle que el dinero que tan desesperadamente había deseado era nuestro. Pero primero tenía que encontrarlo.

CAPÍTULO 27

Empecinado (adj.): De carácter terco e inflexible

El móvil de Ben seguía sin responder. Llamé a Trisha, pero no había vuelto a saber de él desde antes del viaje a Chile. No quería contagiar a Trisha mi creciente preocupación por no saber dónde estaba, así que la llamada fue breve y los detalles, parcos. Sin embargo, si no se estaba quedando en casa de Jimmy ni en la de su madrina, ¿dónde podría estar? Solo me quedaba una persona a la que preguntar. Di al taxista la dirección, esperando que no me hubiera fallado la memoria. El hombre me miró extrañado, como preguntándose por qué una norteña como yo habría querido ir a un lugar así, pero activó el taxímetro y arrancó. Mientras dejábamos atrás el centro de la ciudad, tomé plena conciencia de lo que estaba a punto de hacer.

Era el único lugar donde podía buscarlo. No tenía otra opción.

Durante el trayecto, me había estado preparando para volver a enfrentarme con Ben, a tener su rostro a unos centímetros del mío, el rostro que había llegado a conocer tan bien. Para cuando el taxista frenó y señaló con la cabeza el edificio, yo estaba intentando controlar la respiración, que se había convertido en una suerte de jadeo. Afortunadamente, esa vez no había jóvenes de aspecto intimidante por la zona: solo dos madres adolescentes empujando sendos carritos con bolsas de Primark.

—Ya hemos llegado, cariño. Belvedere Crescent —el taxista me miró con cierta desconfianza mientras pagaba la carrera y bajaba del vehículo. Yo alcé la vista al alto edificio que tenía delante e inspiré profundo.

En el panel del portero automático, encontré el piso al tercer intento: la primera vez alguien me dijo algo en una lengua extranjera, y la segunda fui inmediatamente reprendida por una anciana autóctona que me gritaba que no quería comprarme nada.

—¿Sí? —dijo una voz gruñona.

—Oh, hola. ¿Es usted el padre de Ben? —pregunté, encogiéndome por dentro. Ni siquiera me acordaba de su nombre.

—Sí.

Tuve un mal presentimiento al escuchar la breve vacilación de su respuesta.

—Soy Georgia. Er... nos conocimos hace unas semanas. No sé si me recuerda, pero... —no tuve ocasión de explicarle más porque la puerta se abrió de golpe. Dejé de balbucear por el intercomunicador y entré. La escalera no tenía tan mal aspecto como la recordaba. De todas formas, apresuré el paso y subí los escalones de dos en dos esforzándome por ignorar la creciente sensación de inquietud. La peste a tabaco era la misma de la primera vez.

Cautelosamente empujé la puerta del piso, que estaba entornada, y entré en el salón. El padre de Ben se levantó en cuanto me vio y esbozó una enorme y genuina sonrisa antes de abrazarme como si fuera un antiguo miembro de la familia durante largo tiempo perdido. Vestía un pantalón de chándal azul marino y una camiseta con el lema *Todos somos runners*, que, a la vista de su prominente barriga cervecera, tenía un sentido claramente irónico. Todo un progreso respecto a la andrajosa bata de la primera vez, algo por lo que me sentí agradecida.

—Gracie, ¿verdad?

—Georgia —lo corregí con tono suave, mientras él se golpeaba la frente con la mano como reprendiéndose por su error.

—Ay, lo siento, Georgia...

Yo le sonreí amable. ¿Quién era yo para juzgarlo, cuando yo tampoco me acordaba de su nombre? Estaba a punto de preguntarle si sabía dónde estaba Ben, cuando él se me adelantó.

—¿Y Ben? ¿Está pagando la carrera del taxi? —miró detrás de mí con expresión expectante, como esperando ver a aparecer a su hijo en cualquier momento.

El estómago me dio un vuelco.

—¿No está aquí? —pregunté con una voz que resultaba irreconocible hasta para mí.

Su padre se apartó para mirarme como si hubiera perdido el juicio.

—¿Aquí? Qué va, querida. No ha vuelto a pisar esta casa desde vuestra última visita. Espera... ¿estás bien, cariño?

Me había echado a llorar. ¿Qué me estaba pasando? Todo era un desastre. Asentí patéticamente entre desgarradores sollozos. El hombre se sentía claramente incómodo, pero intentó guiarme hasta el desvencijado sofá.

—Siéntate —ordenó, encontrando finalmente la voz y haciéndose cargo de aquella extraña mujer que se había presentado inopinadamente en su casa para ponerse a llorar de golpe.

Fue a la cocina y me entregó una lata fría de cerveza.

—Se me ha acabado la leche —se encogió de hombros, avergonzado. No me importó. Necesitaba una bebida con algo de alcohol, pese a que todavía era media mañana.

—No pasa nada. Gracias —acepté agradecida la lata, la abrí y bebí un largo trago Entonces, si Ben no estaba allí, ¿dónde estaba?—. Dice usted que no ha vuelto a ver a Ben desde la última vez que estuvimos aquí, pero... ¿ha recibido alguna noticia suya? ¿Sabe algo de él?

El hombre negó con la cabeza.

—No mantenemos un contacto muy continuo. Yo estoy aquí cuando él me necesita. La tecnología y yo no nos llevamos bien. Ni siquiera tengo móvil; no le veo el sentido. Tengo teléfono, pero casi no recibo llamadas que no sean para venderme algo —señaló el aparato de color marrón que tenía sobre la mesa. Probablemente era una verdadera antigüedad—. ¿Vas a contarme lo que ha pasado entre vosotros dos?

Yo contuve el aliento mientras intentaba refrenar mis emociones, bebiendo grandes tragos de aquella cerveza barata.

—Estuvimos de viaje, Chile, participando en un estúpido concurso televisivo —sacudí la cabeza—. Estando allí tuvimos una fuerte discusión y, bueno, ahora no sé dónde está y necesito hablar con él.

—¿No trabajáis juntos?

—Sí, somos socios de la misma empresa pero él lleva ya una semana sin pasar por la oficina.

Su padre agarró con fuerza su lata de cerveza.

—Si hay una cosa que me aseguré de meterle en la cabeza durante todo este tiempo fue la necesidad de trabajar duro. Yo tuve que dejarlo todo por culpa de este maldito corazón —se llevó una mano al pecho con gesto inconsciente— pero, antes de aquello, yo no le tenía miedo al trabajo duro y continuado. Entonces, ¿dónde diablos está? —se interrumpió y bebió otro trago de cerveza—. ¿Debería preocuparme?

Yo me encogí de hombros.

—No lo creo. Llamó a la oficina y habló con una compañera para avisar de que iba a tomarse unos días libres, pero no dijo dónde estaba ni lo que pensaba hacer. Yo me figuré que podía haber venido aquí —tan pronto como lo dije, me sentí culpable; obviamente su padre se habría sentido encantado de tener a su hijo en casa durante unos días, pero Ben no debía de haber sido de la misma opinión.

—No, aquí no ha venido. Y supongo que, con los dos a punto de haceros famosos, lo veré todavía menos —al ver que yo me lo quedaba mirando perpleja, añadió—: He oído que vais a salir en la tele —señaló el grande y polvoriento aparato que tenía en una esquina.

—¿De veras? —exclamé, incrédula. No me parecía el tipo de padre que se preocupara de los éxitos conseguidos por su hijo, y tampoco me lo imaginaba instalado en el sofá ante el televisor para disfrutar con sus apariciones en ese medio.

—Sí. Yo sigo todo lo que hace Ben. Toda su trayectoria —se levantó y estuvo rebuscando en los cajones de una cómoda antes de sacar un libro de fotografías y recortes de prensa—. Ese muchacho es lo mejor que me ha sucedido en mi vida —declaró orgulloso, dejando el pesado libro sobre mi regazo y empezando a pasar las páginas.

Yo me quedé sin aliento: allí, en cada página, estaba la vida entera de Ben. Desde un rizo de su cabello fijado a una de las hojas, hasta artículos de periódicos locales sobre sus logros como estudiante. Yo me quedé mirando el libro con una expresión maravillada. Aquello era lo que yo había esperado ver durante tanto tiempo: las huellas del pasado de Ben. Solo que no había esperado que me fueran mostradas por un padre alcohólico aunque bondadoso en un desastrado piso de las afueras de Londres, y además después de que nos hubiéramos separado.

Los ojos se me llenaron de lágrimas. No podía saber si eran de furia o de tristeza, por todo lo que había fallado en nuestra relación. Parpadeé varias veces para contenerlas, y no pude evitar sonreír al ver las inocentes fotos de un niño de indómitos rizos y aspecto travieso ante su tarta de cumpleaños, o de un flacucho bebé jugando en la playa con un padre mucho más joven y saludable en algún soleado lugar de vacaciones. Se me encogió el corazón a la vista de Ben dormido en su carrito durante lo que debieron haber sido aquellas mismas vacaciones, con su rostro relajado en un profundo sueño mientras su padre y una bella mujer de pelo oscuro alzaban sus llamativos cócteles hacia la cámara.

—Esta es Maggie —señaló el rostro de la atractiva morena—. La madre de Ben y el amor de mi vida. Él solía reírse cuando yo le cantaba a ella una famosa canción de Rod Stewart. Se pensaba que me la había inventado y solíamos saltar a su cama para cantársela a coro y así despertarla por las mañanas —su rostro se relajó por un momento, perdido en aquel bello recuerdo, hasta que sacudió la cabeza, se aclaró la garganta y pasó la página.

Yo puse suavemente una mano sobre la suya.

—¿Qué sucedió con Maggie? —pregunté en voz baja, mirando sus húmedos ojos grises.

—Fue como en la canción: por mucho que me esforcé por evitarlo, al final se marchó de todas formas —bromeó. Pero en seguida dejó de sonreír y bajó tímidamente la mirada a sus calcetines blancos—. Bueno, esa fue precisamente la razón por la que Ben y yo nunca volvimos a estar tan unidos como antes. Yo era un poco mujeriego y, por mucho que amara a Maggie, hice el tonto demasiadas veces. Al final ella se cansó de mis indiscreciones y se marchó. Dios sabe que me dio suficientes oportunidades para que cambiara de comportamiento, pero yo era joven e inmaduro, así que estúpidamente dejé perder lo mejor que me había pasado en la vida —elevó la mirada al techo como esforzándose por dominar la emoción.

De repente tuve la sensación de haber presionado demasiado. Allí estaba yo, en el piso de un hombre al que solo había visto una vez antes, interrogándolo sobre una fallida relación de triste recuerdo.

—Lo siento, no necesita explicarme nada —dije en voz baja. Sabía que debería marcharme. Presentarme allí había sido una locura.

—No. Necesito hacerlo... Ya me lo he guardado durante bastante tiempo.

Yo asentí, pero él ya no me estaba mirando. Agarró su cerveza y fue como si se dirigiera directamente a la lata, viendo reflejado el rostro de alguien en su superficie.

—Cuando Maggie se marchó, me dijo que volvería para

recoger a Ben no bien se hubiera instalado en otra ciudad, lejos de los malos recuerdos —suspiró—. Bueno, esto nunca se lo dije a él. Estaba tan consternado por haberla alejado de mi lado que, estúpidamente, intenté volver a mi hijo contra ella. Le dije que había sido ella la malvada bruja que nos había abandonado a los dos.

Yo no abría la boca. Era incapaz de decir nada.

—Así que, cuando ella volvió para recogerlo, Ben le dijo de manera inequívoca que no quería volver a verla. Ella debió de darse cuenta de lo muy afectado que estaba porque respetó sus deseos y ya no apareció más.

—Vaya.

Soltó un profundo suspiro y se recostó en el sofá.

—Yo me aseguré de mantenerlo siempre bien vestido y alimentado, pero no pude nunca hablar con él de sus sentimientos por la ausencia de su madre, ni de los míos. No pude. Siempre me pesó la culpa de haber sido el responsable de que ella se marchara —se interrumpió—. El caso es que, años después, él se enteró de mis infidelidades y la mentira quedó al descubierto. Cuando era adolescente, solía ir a los pubs antes de la edad permitida. Los tipos que los frecuentaban hablaban más de la cuenta, sobre todo después de un par de copas, así que solo fue cuestión de tiempo que se enterara de los rumores sobre la desaparición de su madre, de que ella había vuelto para buscarlo... Por mi culpa, el chico perdió la oportunidad de tener una madre. Cuando lo descubrió todo, hizo las maletas y se fue a hacer su vida.

—Vaya. No sabía nada —susurré.

Su padre asintió tristemente.

—Me odió durante años. Yo no sabía dónde vivía. Era como si se hubiera desvanecido de la noche a la mañana, pese a que intenté buscarlo, localizarlo, aunque solo fuera para mandarle una tarjeta por Navidad. Pero él me quería fuera de su vida.

Pensé en decirle que entendía lo que significaba verse expulsado de la vida de alguien de una manera tan radical, pero me callé.

—Desapareció de golpe, mejor de lo que lo habría hecho Harry Houdini. Hasta que un día, así de repente, volvió. Las cosas nunca volvieron a ser lo mismo entre nosotros. Ahora está mucho más unido a Trisha que a mí, y eso es algo de lo que siempre le estaré agradecido a esa mujer, porque fue una verdadera madre para él. Tú eres una chica lista: la última vez que estuviste en esta casa, seguro que viste lo muy avergonzado que se sentía de mí.

Se le llenaron los ojos de lágrimas e intentó disimular su emoción con un ataque de tos. Yo sacudí la cabeza.

—Eso no es cierto. Se sentía orgulloso de usted —recordé en ese momento lo que me dijo Ben en Chile acerca de que su padre se lo había enseñado todo sobre reparar coches, la expresión que iluminó su rostro cuando evocó aquel tiempo tan feliz.

—Lo perdí todo, de la peor manera posible. Y todavía lo sigo pagando.

—¿A dónde fue Ben en aquel entonces? ¿La vez que desapareció de repente? —le pregunté. Quizá la respuesta pudiera proyectar alguna luz sobre su localización actual.

—A casa de Jimmy, y luego a buscar a su madre.

Yo abrí mucho los ojos.

—¿Y la encontró?

—No lo sé, cariño. Nunca me lo contó. Solo me enteré de que había estado intentando localizarla porque algunos chicos del barrio me contaron que habían oído hablar a Jimmy y a él de ello una noche en el pub. Él nunca me dijo una palabra y yo estaba tan agradecido de que se hubiera dignado volver a verme que no se lo pregunté.

—¿Sabe dónde vive Maggie?

El hombre soltó una carcajada que parecía el vivo reflejo de la sombría atmósfera del piso.

—¿Yo? No. No he sabido nada de ella desde que se marchó. Por todo lo que sé, bien podría estar muerta —al decir aquello, dejó de sonreír y apretó los labios —bebió un largo de cerveza y aplastó la lata entre sus temblorosos dedos—. Voy a por otra. ¿Quieres una?

Yo negué con la cabeza. Necesitaba permanecer lo más sobria posible. Quizá Ben hubiera ido a ver a su madre una vez más, pero, si su padre no sabía dónde estaba, ¿cómo iba a localizarla yo? Me sentía exhausta. Mi cerebro seguía esforzándose por elaborar toda aquella nueva información que había recibido en cuestión de horas, desde la noticia de que habíamos ganado el premio hasta aquellas incómodas verdades familiares. Y todo ello sin saber aún dónde se había metido Ben.

El taxi que el padre de Ben había pedido para mí, en su polvoriento teléfono, estaba esperando a la puerta del edificio para cuando salí del portal. Mientras me dirigía de vuelta al centro de la ciudad con la idea de tomar el primer tren para Manchester, me sentía todavía más confusa que cuando llegué. Un único pensamiento ocupaba mi mente: ¿dónde diablos estaba Ben?

CAPÍTULO 28

Untuoso (adj.): Excesivamente empalagoso en el discurso y las formas

Una vez que conseguí sentarme en el abarrotado tren, me apresuré a abrir la aplicación de Facebook en mi móvil. Tal vez no pudiera rastrear a la madre de Ben, pero sabía de alguien que quizá pudiera ayudarme. Escribí un breve mensaje y crucé los dedos. Era la última oportunidad que tenía de encontrarlo. Y ella tenía todo el aspecto de ser la única que podía saber dónde estaba Ben.

No dejaba de tamborilear nerviosamente con los dedos sobre la mesa. Llevaba lo que me parecía una eternidad esperando cerca de la puerta de la cafetería donde nos habíamos citado cuando Alice entró al fin. Era tan bella en la vida real como en su foto de perfil de Facebook. Llevaba el reluciente cabello castaño recogido en un alto moño, con mechones sueltos que enmarcaban su rostro ovalado. Se había retocado las cejas y pintado los carnosos labios de un rojo fresa. Me removí incómoda en la silla y, en un gesto inconsciente, me recogí un mechón de detrás de la oreja, arrepintiéndome de no haberme esforzado más por cuidar mi aspecto cuando estaba a punto de conocer a la ex de mi ex.

Vaya, la ex de mi ex. Sí que era una situación rara.

Alcé una mano con gesto inseguro para llamar su atención, cosa que hice, ya que me lanzó una rápida sonrisa antes de acercarse.

—¿Georgia?

—¡Alice! Por favor, siéntate. Muchas gracias por haber aceptado quedar conmigo. Ya sé que es un poquitín extraño.

—No hay problema —dijo con una voz algo más chillona de lo que me había imaginado y sacó la silla que estaba frente a la mía, sin quitarse el abrigo—. Noté algo de tensión en tu mensaje, así que... —se interrumpió.

Afortunadamente un camarero apareció para tomarnos la orden, dándonos un momento para ordenar nuestros pensamientos.

—Me gusta tu bolso —comentó ella, no bien nos quedamos otra vez solas.

—Gracias. Es del Primark... —me ruboricé, pero en seguida me recompuse—. Bueno, Alice. Sé que esto te sorprenderá, pero eres la única persona que se me ocurre que puede ayudarme en este momento. No tengo ni idea de dónde está Ben. Tuvimos una estúpida discusión y ahora no consigo localizarle para poder hablar con él. No sé si piensa volver al trabajo, si quiere incluso volver a verme o qué está pasando con nosotros, pero yo... yo lo echo mucho de menos y...

Las palabras brotaron solas de mi boca mientras admitía por primera vez mis verdaderos sentimientos por Ben. No era solo que lo necesitara en mi vida: quería que estuviera conmigo. Se había convertido en mi media naranja y yo no me había dado cuenta de lo muy duro que me resultaba vivir sin él, sin tenerlo a mi lado para compartir ideas, besos, bromas... Para acurrucarme contra él en el sofá, para cenar juntos mientras escuchaba su relato de la jornada, para hablar de tonterías hasta las tantas de la mañana...

Alice alzó de repente una mano.

—Está en mi casa.

El estómago me dio un vuelco. Pensé que iba a vomitar.

¿Ben estaba en su casa porque había vuelto con ella? ¿Me había equivocado completamente? Oh, Dios. Aquello era peor de lo que había imaginado.

Alice debió de haber leído bien mi expresión, porque en seguida se llevó una mano a la boca abierta.

—¡Oh, no! ¡No es eso! Dios, lo que he dicho ha debido de sonar muy mal. Quiero decir que está en mi habitación de invitados. No nos hemos liado, Georgia. Yo tengo un novio con quien vivo, y, para serte sincera, me ha alegrado mucho recibir tu mensaje. Eliot, que así se llama mi novio, prácticamente me ha dado un ultimátum: tengo que echar a Ben, ya que no para de hablar de ti y del trabajo y Eliot está harto. Sinceramente, Georgia: Ben está hecho polvo.

Sabía que no era justo por mi parte, pero una extraña sensación de alivio recorrió todo mi cuerpo al oír que Ben lo estaba pasando tan mal como yo.

—¿En serio?

—En serio —puso los ojos en blanco—. Vosotros dos necesitáis arreglar lo vuestro porque, de lo contrario, Eliot va a dejarme plantada. Ben tiene que salir de mi casa.

—Fue como si se le hubiera tragado la tierra. No podía encontrarlo por ninguna parte.

—Ya. Ben hace esas cosas —dijo, y bebió un lento sorbo de su batido de vainilla, utilizando una pajita para no estropearse el carmín.

—¿Te lo hizo a ti también? —pregunté, recordando lo que su padre me había dicho sobre su número de Harry Houdini.

Alice asintió.

—Solo una vez. Tuvimos una discusión por algo tan estúpido que ni me acuerdo ahora. Pero, básicamente, desapareció durante unos días y solo volvió cuando Jimmy se compró el último juego de PlayStation o algo así —volvió a poner los ojos en blanco ante la inmadurez de aquellos dos—. Estoy segura de que sabrás que es cerrado como él solo. No se abre fácilmente a nadie.

Yo asentí.

—Ya, todo se debe a que su madre le dejó, bla, bla, bla... —hizo un gesto con la mano como si se estuviera refiriendo a otra cosa.

—Sé que quedó contigo hace poco...

Alice suspiró.

—Se puso en contacto de buenas a primeras. Apareció como de repente. Quiero decir que seguíamos siendo amigos en Facebook, pero, aparte de los breves mensajes de felicitación por nuestros respectivos cumpleaños, nunca hubo contacto alguno entre nosotros. Así que, cuando me preguntó si quería tomar una copa con él, pensé que era extraño pero acepté por los viejos tiempos. La conversación fue puramente profesional. Soy asesora financiera.

—Sí, me lo dijo él —pensé en el cheque que llevaba en el bolsillo. Lo sentía arder como si fuera a hacerme un agujero.

—Sé que tú no estás decidida, pero el local que ha encontrado en Londres es un chollo. Es una pena que no podáis permitíroslo comprar ahora.

—¿Porque no conseguimos el dinero del premio, quieres decir?

Alice blandió una cucharilla en mi dirección.

—Justamente. Porque carecíais del capital necesario para la inversión.

Yo inspiré profundo.

—El caso es que... ganamos.

Se me quedó mirando fijamente.

—¿Qué? Pero Ben dijo...

—Yo me enteré hoy mismo. Esa es otra razón por la que necesito verlo. Hubo un problema con los otros concursantes y al final hemos quedado ganadores —intenté sonreír, pero no pude. Ninguno de nosotros había ganado, en realidad.

—Oh, guau. Entonces, ¿qué vais a hacer con el dinero? —recogió su móvil—. Yo puedo ponerme en contacto con el propietario del local y...

Yo alcé una mano y sacudí la cabeza.

—Creo que necesito hablar con Ben primero.

Alice volvió a dejar el móvil sobre la mesa y se ruborizó.

—Oh, claro. Por supuesto.

—Perdona, es que ha sido todo muy fuerte de asimilar —me puse a juguetear con una bolsita de azúcar, presa de la repentina sensación de que no sabía qué hacer con mí misma.

Ella me puso una mano sobre el brazo.

—Los dos tenéis que arreglar esto y volver.

Yo asentí, sorbiéndome sonoramente la nariz.

—Ben necesita que le mires a los ojos y le digas que todo está bien.

—¿Pero cómo voy a hacerlo si no quiere verme?

Ella ladeó la cabeza, pensativa. Yo advertí que no se había pintado bien el ojo derecho. Flaco consuelo.

—Espera, ¿no hay una fiesta próxima? ¡Sí! —de repente se sentó muy derecha, como si se le hubiera ocurrido una idea—. A mí no me han invitado. Jimmy y yo nunca nos caímos bien mientras yo estuve saliendo con Ben. Creo que pensaba que yo le había robado un gran compañero de juegos en aquellas estúpidas e interminables maratones de juegos de ordenador que tanto les gustaban a los dos. Pero creo recordar que Ben me dijo que Jimmy se iba a trasladar a Australia....

Asentí con el corazón encogido.

—Sí, con Shelley, mi mejor amiga

Decirles adiós ya iba a ser suficiente duro, como para encima coincidir con Ben aquella misma noche.

—Perfecto, entonces tú irás. Y yo me encargaré de que Ben vaya también —declaró Alice con tono firme antes de levantar un dedo para llamar al camarero.

—Yo tenía la intención de despedirme en privado de Jimmy y de Shelley —murmuré mientras sacaba mi bolso. La idea de celebrar algo se me antojaba tan ajena como, de hecho, despedirme de ellos. Seguía sin hacerme a la idea de que se iban a mudar de país.

—No. Tú vas a arreglar esto —Alice se levantó de la silla y dejó un billete de cinco en la mesa, dando por terminada nuestra improvisada entrevista—. Y luego me llamarás para que te ayude con el asunto de la oficina de Londres.

CAPÍTULO 29

Elocuente (adj): Vívida o conmovedoramente expresivo o revelador

Recordé lo que una tarde me había dicho Astrid en la Mariposa Azul: que a veces, en una crisis de confianza, se imponía una conversación a fondo con una misma. Astrid era la reina de las sugerencias locas que, al final, funcionaban. Por mucho que detestara admitirlo, seguía teniendo la sensación de que los astros se habían alineado de una forma especial en el momento justo en que Ben entró en mi vida. ¿Casualidad? ¿Quién podía saberlo?

Me planté decidida ante el espejo del cuarto de baño y esbocé una mueca al ver la capa de polvo que lo cubría. Me incliné hacia delante. Astrid decía que había que dirigirse a una misma con voz potente y autoritaria, sin romper el contacto visual. De acuerdo. Iba a hacerlo esa vez.

Dios, necesitaba invertir en una buena crema para los ojos. Se me estaban formando bolsas...

«Concéntrate, Georgia».

—Eres una mujer adulta. Por mucho que te disguste, lo eres. Georgia, basta de compadecerte a ti misma. Contempla tu problema con perspectiva. Sí, Ben es un imbécil, pero no hizo nada tan malo que no tenga solución. Al menos tienes que intentarlo.

Me puse un poco más de lápiz de labios y solté un gruñido a la mujer que me miraba desde el espejo. ¡Adelante!

La fiesta había sido oportunamente convocada en un local australiano del centro de la ciudad. Canguros inflables y sombreros con corchos balanceándose ocupaban la mayor parte del bajo techo. Las mesas estaban construidas con didgeridoos y la música tradicional aborigen apenas podía oírse por encima del bullicio de la gran multitud concentrada en la sala.

Yo suspiré profundo y me quedé en el umbral, contemplando la escena que se desarrollaba ante mis ojos. Mientras sacaba el móvil, ignoré la extraña mirada que me estaba lanzando el fornido gorila de la entrada. Marie me había prometido que me esperaría para así poder entrar juntas. Yo todavía no estaba muy segura de tener el coraje necesario para hacerlo sola.

—¡Estoy aquí! —gritó Marie mientras forcejeaba para bajar de un taxi.

Yo bajé corriendo los escalones de la entrada para ayudarla.

—Hey, estás estupenda —le dije, dándole un beso en la mejilla.

—No es así como yo me describiría —se enjugó el sudor de la frente—. Me siento más bien como una ballena hinchada.

—¿Seguro que te apetecía venir esta noche? Habría podido venir sola, de verdad —mentí.

—Shhh. Estoy harta de quedarme sentada en casa esperando a que llegue el bebé que, al paso que va, temo que se quede dentro hasta que cumpla la mayoría de edad. Mike me estaba sacando de quicio y me prometió que vigilaría a Cole, así que por nada del mundo podía desaprovechar la oportunidad de estar rodeada de gente... incluso aunque tenga que pasarme toda la noche sentada en un rincón. Los malditos pies me están matando.

—Bueno, gracias. Te lo agradezco mucho.

La ayudé a subir los escalones mientras el gorila nos miraba a las dos de arriba a abajo. Yo me tiré discretamente del dobladillo del vestido chifón azul que había elegido. Me había sentido extraña mientras me maquillaba, me ahuecaba el pelo e incluso me ponía lencería a juego, pero necesitaba de toda la ayuda que pudiera reunir para reforzar mi precaria confianza. Los zapatos ya me estaban torturando los dedos y estaba segura de que el sudor me corría ya a chorros entre los senos, pero intenté seguir el consejo de mi padre y comportarme valientemente, para que nadie pudiera decir que estaba cagada por dentro.

—¿Identificación, señoras? —pidió muy serio el fornido gorila, sacándome de mis reflexiones.

—Bebé a bordo —Marie se señaló la tripa, con lo que el gigante bajó la cabeza y nos sostuvo la puerta—. Dios mío, ¿pensabas que estoy así de gorda?

—Bueno, si lo pensó, también pensó que no llegabas a los veintiuno, lo cual es todo un halago —comenté yo.

Fue como estrellarse contra un muro de bullicio y calor. Hormigueaban camareros con bandejas de canapés y aparatosos cócteles. Yo tomé uno y me lo eché al coleto de golpe. El exagerado sabor dulzón del amaretto me golpeó físicamente la garganta haciéndome toser mientras Marie enfilaba directamente al servicio más cercano.

—¡Georgia! ¡Has venido! —Shelley surgió de la nada para envolverme en un fuerte abrazo. Reconocí en seguida su familiar perfume. Tuve que contener las lágrimas porque sabía que no volvería a olerlo en mucho, mucho tiempo—. No estaba segura de que al final fueras a venir —me apartó para mirarme de arriba a abajo—. Estás absolutamente espléndida, por cierto.

—Gracias, tú también. No podía faltar, ¿verdad? —sonreí esperando disimular lo muchísimo que me había costado.

—Bueno, te lo agradezco de verdad. Toma —recogió otra copa de cóctel y me la puso en la mano—. Un brindis. Por ti.

—¡Creo que el brindis debería ser por vosotros dos! —reí.

Ella negó con la cabeza.

—No. El brindis es por ti, por ser tan valiente. Sé que esto debe de resultarte un poco duro —hizo un gesto con el brazo, abarcando la sala—. Pero, ¿sabes? Tener que despedirme de ti tampoco a mí me resulta fácil. Aunque... —alzó un dedo en el aire y se tambaleó ligeramente sobre sus altas plataformas. Yo me pregunté cuántos de aquellos cócteles se habría tomado ya—, no se trata de un «adiós», sino de un «hasta luego».

—Seguro —dije yo, abrazándola con fuerza y sonriendo en la selfie de su móvil, que había sacado por sorpresa—. Entonces, er... ¿Ben está aquí?—pregunté nerviosa, mirando los rostros de los que nos rodeaban.

Shelley se apartó un mechón de la cara.

—Todavía no lo he visto. Pero aún es temprano....—se interrumpió cuando ambas sabíamos que no era así. Yo había retrasado todo lo posible mi aparición, esperando que Ben ya hubiera llegado. ¿Y si no aparecía? ¿Y si Alice no había logrado persuadirlo de que dejara su piso y se comprometiera a arreglar las cosas?

Casualmente en aquel momento la puerta del local se abrió, dejando entrar una bienvenida corriente de aire fresco y, con ella, entró Ben. El estómago me dio un vuelco. Llevaba un suéter marrón oscuro que le sentaba de maravilla a su ancho torso. Se había peinado hacia adelante con una especie de tupé. Dios, estaba estupendo. Sus ojos se encontraron con los míos casi al instante, obligándome a parpadear y a bajar la mirada al suelo, desesperada por no traicionar mi emoción. El estridente ruido de la fiesta pareció apagarse: era casi como si el DJ hubiera dirigido un foco hacia él mientras se dirigía lentamente hacia mí.

—Aquí está —siseó Shelley al tiempo que me propinaba un codazo en las costillas.

—Mierda —toda mi confianza se evaporó.

—Suerte —Shelley me apretó la mano y se escabulló, dejándome sola conforme mi pasado venía directamente hacia mí.

—Hey —me saludó Ben, y soltó un suspiro. Yo no podía saber si el suspiro era de incomodidad o de otra cosa.

Alcé la mirada hacia él, obligándome a permanecer tranquila y racional pese a que mi vagina me estaba pidiendo a gritos que lo montara allí mismo. Todo lo ocurrido durante las últimas semanas se mezcló de pronto en mi cabeza: el entusiasmo de nuestro primer viaje al extranjero, la catástrofe de Chile, la historia de su padre y de Alice, su feroz silencio y mi corazón destrozado.

—Hola —le devolví el saludo, alisándome el vestido en un gesto inconsciente. Ansié desesperadamente tener una copa en la mano, pero no deseaba interrumpir aquel momento intentando encontrar a un camarero.

—¿Y bien? ¿Qué tal te va?

—Bien... Bueno... —balbuceé.

¿Qué estábamos haciendo? Aquellos no éramos nosotros. Ben y Georgia eran el alma y la chispa de toda fiesta, la pareja que siempre estaba haciendo bromas y chistes.

—Escucha, Georgia —se interrumpió para ponerse a juguetear con la manga de su suéter—. Creo que te debo una explicación.

Tuve que contenerme para no abrir los brazos como diciendo que no teníamos nada que discutir, como si en lugar de hablar y de rebuscar en el pasado, lo que debiéramos hacer era acercarnos a la barra y dedicarnos a beber chupitos. Como si no estuviera tan cansada de pensar que lo único que quería era emborracharme con la persona a la que más había echado de menos en el mundo. Pero, en lugar de ello, asentí con la cabeza.

Él volvió a suspirar y se quedó callado por unos segundos, como ordenando sus pensamientos.

—Yo solo quería decirte que... Estás guapísima, por cierto.

Yo me ruboricé.

—Oh, gracias.

—Bueno, no era eso lo que quería decirte, pero es cierto, sí que lo estás —me miró como si se estuviera embebiendo de mi imagen, como si no estuviera viendo solamente un bonito vestido y un notable esfuerzo de maquillaje, sino a mí. A la verdadera mujer que era yo.

«Oh, mierda. Contente, Georgia».

—Quería decirte que...

Justo en aquel instante, el DJ decidió cortar la música y pedir a Jimmy y a Shelley que se acercaran al escenario.

Ben rio incómodo y se ahuecó el cuello de la camisa con un dedo.

—Luego te lo digo.

Yo sonreí, pero por dentro estaba maldiciendo al DJ por su nefasto sentido de la oportunidad.

—¡Chicos! ¿Puedo contar con vuestra atención? —gritó Shelley por el micrófono, tambaleándose ligeramente sobre sus plataformas mientras Jimmy pasaba un brazo del tamaño de un tronco de árbol por su esbelta cintura y empezaba a mordisquearle la oreja derecha, aparentemente ajeno al público deseoso de escuchar discursos.

—¡Pillaos una habitación! —se oyó un grito procedente de la parte de atrás.

—¡Oh, descuida que lo haremos! —respondió Jimmy antes de plantar un gigantesco beso en los labios de Shelley. Estaban encandilados el uno con el otro, eso se veía a la legua. Verlos me hizo darme cuenta de que no podía sentirme celosa de la felicidad de mi mejor amiga. Era imposible.

Shelley se las había arreglado para recuperar el micrófono y se dirigía en aquel momento a la multitud.

—Bueno, solo quiero daros las gracias a todos por venir. Significa muchísimo para mí que hayáis querido desearnos buen viaje mientras nos preparamos para trasladarnos al otro extremo del mundo —la frase fue recibida con un coro mezclado de vítores y abucheos, lo cual arrancó una carcajada a Shelley—. ¡Hey, todos tendréis un sitio donde quedaros cuando os animéis a visitarnos! Y bien, como estaba diciendo... —se detuvo, pensando bien lo que iba a decir. Su expresión se tornó más seria y de repente miró en nuestra dirección—. Jimmy y yo nunca nos habríamos conocido si no hubiera sido por dos personas que están en esta misma sala. Nuestros mejores amigos, Ben y Georgia —y nos señaló, haciendo que numerosos rostros desconocidos se volvieran para sonreírnos.

—Oh, Dios. ¿Pero qué está haciendo? —masculló por lo bajo.

La mano de Ben estaba sobre mi hombro, y sentí su cariñoso apretón. El movimiento fue a la vez tan extraño y tan natural que sentí que la cabeza me daba vueltas.

—Esos dos son los mejores amigos que cualquiera podría pedir. Vamos a echaros tanto de menos que nos va a doler, y mucho —los ojos se le llenaron de lágrimas. Fue verla tan emocionada y emocionarme yo también.

Jimmy le quitó suavemente el micrófono y saludó con un gesto a Ben.

—Yo quería decir también algunas palabras —se aclaró la garganta—. Nunca imaginé que dejaría alguna vez Inglaterra, que cambiaría el fútbol por el rugby, los kebabs por las barbacoas, o las inofensivas moscas de casa por las arañas venenosas.

Shelley soltó una carcajada.

—Pero renunciaría a lo que fuera por ti —se volvió hacia Shelley con una expresión de tal cariño e intensidad que fue como si el resto de la sala hubiera desaparecido—. Estoy dispuesto a dar este paso de gigante al otro lado del mundo con tal de pasar cada día de mi vida contigo.

De repente distinguí una solitaria lágrima resbalando por las ruborizadas mejillas de Shelley.

—Nunca se me han dado bien las palabras —continuó Jimmy—. De hecho no tengo ni el certificado de inglés en secundaria, pero sí puedo decir esto: te amo más de lo que creí que sería posible amar a alguien. Shelley... —inspiró profundo y clavó una rodilla en tierra, un movimiento que hizo que la audiencia entera se quedara de pronto sin respiración—, ¿quieres...?

—¡Oooooooh!

Las palabras de Jimmy fueron interrumpidas por un desgarrador grito de dolor.

—¡Mierda! ¡Marie! —dejé a Ben y me abrí paso entre la gente para llegar hasta mi mejor amiga, que estaba incómodamente sentada en un sillón agarrando con todas sus fuerzas los apoyabrazos.

—¿Se encuentra bien? —gritó alguien.

—Er... ¡se ha meado encima! —dijo un tipo con un piercing en la nariz. Yo le fulminé con la mirada.

—Ha roto aguas, pedazo de imbécil. ¡Oh, mierda! ¡Ha roto aguas!

El muro de ruido, confusos murmullos y cháchara de gente se fue apagando conforme ayudaba a Marie a salir de allí. La proposición de matrimonio de Jimmy se había ido al garete, pero en aquel momento el bebé de Marie era lo más importante.

—¡Georgia, espera! —Ben estaba bajando ya los escalones de la puerta principal—. Te acompaño.

Había desaparecido el hombre que hacía unos minutos había estado a mi lado con actitud incómoda; en su lugar había un hombre que parecía intensamente concentrado y en calma. El Ben que yo sabía que trabajaba tan bien en una crisis. Ayudó a Marie a subir al taxi negro y dio al chófer la dirección del hospital más cercano.

—Gracias —murmuré mientras nos abrochábamos el cinturón de seguridad.

—No hay problema —repuso con tono suave.

—¡Llamad... a Mike! —ordenó Marie entre jadeos.

—Sí. Ahora mismo. ¡Mierda! —me puse a rebuscar en mi bolso, recordándome que no estábamos allí para intercambiar galanterías, y que teníamos un trabajo mucho más grande entre manos.

—Yo me ocupo —dijo Ben, sacándose el suyo de un bolsillo y llamando a Mike para decirle que nos encontraríamos en el hospital.

—Lo habría podido hacer yo... —mascullé yo después de que él hubo colgado.
—¡No empecéis ahora vosotros! ¡Mujer de parto a bordo! —gruñó Marie.
Yo asentí, ruborizada.
—Perdona.
Mientas el taxi enfilaba las calles en el límite justo de velocidad permitido, yo miraba a Ben de cuando en cuando. Resultaba tan extraño estar confinada en un espacio tan exiguo con él después de haber estado tanto tiempo separados...Y todavía más con Marie entre nosotros soltando gruñidos que no parecían precisamente humanos. Él se mantenía impertérrito mientras ella le agarraba la mano y se la apretaba hasta clavarle las uñas.
—Llamad al hospital —logró pronunciar Marie cuando el taxista tomó una curva a demasiada velocidad—. Mierda, estas contracciones son demasiado fuertes...
—Vas a aguantar hasta que lleguemos, ¿verdad, cariño? —preguntó el taxista calvo por el interfono, más preocupado por la tapicería de su vehículo que por no rebasar el límite de velocidad.
—¡Está bien! ¡Tú solo llévanos allí lo más rápido posible! —grité yo a mi vez.
—¡Oh, Dios mío, Georgia, estoy a punto! —jadeó Marie entre contracción y contracción. Tenía los ojos muy abiertos y estaba muy pálida.
—Sí, y todo va a salir perfecto —repliqué con mayor confianza de la que sentía realmente. Solo deseaba que no hubiéramos estado teniendo esta conversación en el asiento trasero de un taxi, sino en un seguro y limpio hospital lleno de médicos—. Tú sigue respirando profundamente e intenta mantenerlo a él, o a ella, dentro.
—Estoy haciendo lo que puedo. ¿Pero y si falla algo, como pasó con Cole? —las lágrimas rodaban por su rostro aterrado. Yo se las enjugué con el pulgar.

—Va a salir todo de maravilla. No lo dudes —le aseguré de la manera más asertiva posible, desesperada por disimular el miedo de mi voz. Sentí la mirada de Ben clavada en la mía mientras seguía tranquilizando a Marie.

—Georgia tiene razón. Eres una guerrera.

Yo puse los ojos en blanco, incapaz de contenerme.

—Yo creía que te sentías amenazado por las mujeres fuertes.

—Este no es el momento, Georgia —suspiró.

Marie nos fulminó a los dos con la mirada. Tenía el pelo pegado a la frente, las mejillas coloradas y una mancha creciente de sudor en el pecho.

—¿Vais a arreglar vuestros problemas de una vez por todas o no? No quiero que mi bebé llegue al mundo con vosotros dos comportándoos así. Vosotros no sois así. ¡Sois Georgia y Ben, no una amargada pareja que se pasa el día discutiendo por tonterías!

—Empezó él —rezongué por lo bajo, avergonzada de mi infantil comportamiento. Marie me apretó entonces la mano con un plus de fuerza que no se debía a ninguna contracción. Me hizo daño.

—Para ya. Los dos la habéis liado gorda, habéis cometido toda clase de errores —dijo mientras se preparaba para la siguiente contracción. Ninguno de los dos replicamos nada. Muy pronto, sus gruñidos de dolor fueron el único sonido que se oyó en la parte trasera del taxi.

—¡Ya hemos llegado! —gritó el taxista, aliviado de haber llegado a nuestro destino sin un pasajero extra.

Marie parecía ajena a todo cuanto la rodeaba. Se aferró al brazo de Ben mientras él la bajaba suavemente del taxi y la guiaba luego a la puerta de la unidad de maternidad. Tuvo que detenerse varias veces para que ella recuperara el aliento.

¡Marie iba a tener un bebé! El pensamiento giraba sin cesar en mi desorientada mente. Mis numerosos y variados problemas vitales palidecieron de pronto, insignificantes, ante la magnitud de lo que iba a vivir mi mejor amiga quién sabía durante cuántas horas.

Me aseguré de dar al taxista una buena propina al tiempo que sonrientes y tranquilos enfermeros acudían a recibirnos con una silla de ruedas en la que sentaron inmediatamente a Marie. Las contracciones eran ya más fuertes y más rápidas, yo tenía la mano roja de la fuerza con que me la había agarrado y me temblaban las piernas mientras corríamos detrás de la silla y los enfermeros, a donde quiera que la llevaran.

Afortunadamente, no transcurrió mucho tiempo antes de que un pálido Mike entrara a la carrera en la unidad.

—¡Marie! ¿Estás bien?

—¿Te lo parezco? —ladró ella.

—Nosotros nos quedamos aquí. ¡Buena suerte, chicos! —grité, agarrando a Ben de la manga para dejarlos solos e ir a sentarnos juntos en la pequeña sala de espera, que estaba vacía.

No podía apartar la mirada del gran reloj de pared, observando cómo la aguja del minutero se desplazaba con exasperante lentitud. Ya debía de haber dado a luz. Recé a Dios para que todo hubiera salido bien. ¿Y si habían surgido complicaciones? ¿Cuánto tiempo más tardarían en proporcionarnos alguna noticia? Todos esos pensamientos se arremolinaban en mi cerebro.

El carraspeo de Ben me hizo volver la cabeza. Estaba sentado en la fila opuesta de incómodas sillas que recorría la pared de color pistacho. Entre nosotros había una mesa baja con revistas viejas y una patética selección de juguetes infantiles. No sabía si me alegraba o no de estar a solas con él. De repente experimenté una sensación de claustrofobia, consciente como era de que no teníamos más opción que sincerarnos el uno con el otro. Lo necesitábamos, lo sabía, pero al mismo tiempo no deseaba la confrontación. Medio esperaba que Clive apareciera de pronto con su cámara para capturar aquel momento.

—Bueno, supongo que tenemos que hablar —empezó él en voz baja, antes de aclararse la garganta.

Me costaba mirarlo. Mi cabeza y mi corazón batallaban constantemente.

—Ya. Si es que por fin estás preparado para eso.

Ben ignoró mi pulla.

—Siento haberme ausentado. Siento haber empezado los trámites de lo de Londres sin contar con tu consentimiento expreso. Y siento no haber sido más abierto con mi pasado —dijo sincero—. Pero tú también tienes tu parte de culpa.

Intenté dominar mi irritación.

—Como te dije en Chile, quizá no de la mejor de las maneras —continuó él—, necesitas darme un mayor margen de acción en el trabajo. Y admitir tus errores.

—Creía que ya lo había hecho —repliqué.

Él sacudió suavemente la cabeza.

—Desde que te conocí, sé que te gusta tener un plan, saber a dónde vas y tener la última palabra. Lo que no sabía entonces, y ahora sí, es que si necesitas todo eso no es por la sensación de control que te proporciona, sino porque que te ayuda a aclarar tus pensamientos, a centrarte en algo. Te conozco. Sé que un millón de pensamientos flotan en esa preciosa cabecita tuya a cada segundo, como mariposas hiperactivas. Es por eso por lo que necesitas hacer espacio en tu mente, para que brille ese genio tan creativo que tienes.

No pude evitar sonreírme al escuchar aquello. Había dado en el clavo.

—Pero, a veces, eso me enfurece. Necesitas hacer un hueco para mí en ese plan tuyo, permitir que yo te sugiera planes nuevos, ser capaz de distanciarte de las cosas porque no siempre puedes saber qué es lo mejor en cada momento.

Yo estaba demasiado cansada para contraatacar con una réplica mordaz. Estaba demasiado cansada de no tenerlo a mi lado, a Ben, a la persona que tan bien me conocía por dentro y por fuera.

Asentí. Por mucho que me irritara, él tenía razón.

—Lo sé.

Se levantó de la silla, con un sonoro crujido, para sentarse junto a mí. Yo contuve el aliento ante su cercanía.

—Georgia, eres la mujer más inteligente, cariñosa, generosa y amable y genuina que he conocido nunca, y yo he sido el hombre más afortunado del mundo por haber podido estar a tu lado. Algo de lo que no me di cuenta hasta que te perdí.

Sus ojos estaban clavados en los míos. Yo seguía conteniendo el aliento a la espera de lo que iba a decir a continuación. Aquel era un Ben muy distinto del que yo conocía, el enemigo de las expresiones públicas de afecto.

—Ver lo muy felices que son Jimmy y Shelley me ha recordado lo muy feliz que fui contigo, pero también la manera en que lo perdí todo de la peor manera posible. Espero que entiendas lo que hice y por qué lo hice, pero ahora sé que no fue ese el mejor de mis momentos. Las palabras nunca se me han dado bien. Y demostrar con mis actos lo que pienso, tampoco. En lugar de ello, tengo tendencia a huir y enterrar la cabeza en la arena. Lamento haber desaparecido como lo hice, pero necesitaba esa distancia para aclararme la cabeza. A veces siento que todo es muy confuso, con nosotros viviendo y trabajando juntos —irguiéndose, tomó mi mano temblorosa.

—Yo creía que querías que viviéramos juntos.

—¡Claro que lo quería! Y me encanta despertarme contigo cada mañana y me siento honrado de poder compartir contigo cada jornada. Pero eso no quiere decir que sea fácil —se interrumpió para ordenar sus pensamientos—. Me acostumbré a estar solo y a arreglármelas por mí mismo desde que se marchó mi madre y mi padre se fue a pique. Todo lo que ha sucedido entre nosotros ha sido muy importante para mí. No lo cambiaría por nada del mundo, eso quiero que lo sepas. Y sé que debería abrirme más contigo cuando me siento algo claustrofóbico, pero la verdad es que no quiero dar nada por hecho, por sentado. Quiero que esta relación nuestra sea igual y equitativa. Y que tú lo quieras también.

Yo no podía respirar. Tenía las palabras atascadas en la garganta.

—No sabía que sintieras esas cosas...

Asintió tristemente, como avergonzado.

—Por eso me fastidia tanto decirlas.

Yo solté una débil carcajada que resonó en las paredes desnudas de la sala. Podía oír el llanto de un bebé en alguna parte, al fondo del pasillo. El sonido me hizo volver la mirada hacia el reloj: Marie llevaba desaparecida siglos. Justo en aquel instante, antes de que cualquiera de nosotros pudiera pronunciar otra palabra, se abrieron las puertas de la sala de espera y apareció Mike, con un aspecto casi tan aturdido como cuando entró corriendo en el hospital varias horas atrás.

—¿Mike? —lo llamamos al unísono.

Cuando Mike clavó sus ojos en los nuestros, la enormidad de lo que acababa de suceder en la sala de partos se dibujó en su rostro. Lentamente, la expresión de asombro se fue transformando en la sonrisa más feliz que le había visto nunca.

—¡Una niña! Tengo una hija —reveló entre lágrimas.

—¡Oh, Mike, enhorabuena! ¿Cómo está Marie? —me acerqué para abrazarlo con fuerza.

Ben se levantó y fue a estrecharle la mano, emocionado.

—Vaya, está estupenda. Mejor que bien. No quiero asustarte, Georgia, pero lo que pasó en aquella sala es más que un milagro —sacudió la cabeza como si todavía no diera crédito a lo que acababa de presenciar.

Yo solté una carcajada.

—Entonces, ¿podemos verlas?

—¡Por supuesto! Ha preguntado por ti —posó una pesada manaza sobre mi hombro—. Gracias otra vez, Georgia, y a ti también, Ben. No recuerdo si os lo he dicho ya, pero no sé cómo se las habría arreglado Marie si no hubierais estado los dos allí.

Tuve que desviar la vista debido a la intensidad con que me estaba mirando, con aquellos ojos de párpados enrojecidos fijos en los míos, llenos de agradecimiento y emoción. Advertí que Ben se sacudió una pelusa de su suéter, algo incómodo.

—Está bien, no hice más lo que habría hecho cualquier mejor amiga. Y ahora vamos, estoy loca por conocer a tu nueva princesita —dije, pellizcando a Mike en la mejilla.

Yo lancé a Ben una sonrisa que esperaba que interpretara como que nuestra conversación no se había acabado.

De alguna manera, Marie había tenido suerte y le habían asignado una habitación privada. Una amable enfermera nos pidió que los laváramos las manos con gel antiséptico antes de entrar a verla. Yo me quedé sin aliento cuando vi a mi mejor amiga acunando en sus brazos a aquella diminuta criatura envuelta en una manta rosa pálido, absolutamente serena y feliz.

—Ah, hola, chicos —nos saludó con expresión radiante, y esbozó una mueca de dolor cuando intentó sentarse en la cama.

—Oh, Marie, ¿cómo estás? —me acerqué. No podía apartar la mirada de la bebé que tenía en los brazos.

—Cansada, dolorida, pero, Dios mío... me siento increíble —dijo con voz soñolienta—. Bueno, ¿quieres saludarla? Se llama Lily y tiene muchas ganas de conocer a su tía Georgia, y al tío Ben.

—¡Es la cosa más bonita que he visto en mi vida! —exclamó Ben sacudiendo la cabeza, incrédulo.

—Lily... —murmuré.

—¿Te gusta? —Marie alzó la mirada hacia mí.

—Creía que ibas a ponerla Beyoncé —me burlé—. Pero, mirándola, Lily es perfecto.

—Cole quería llamarla Makka Pakka, como la protagonista de la serie infantil de televisión, pero conseguimos hacerle cambiar de idea.

—¿Quién? —inquirió Ben, perplejo.

Yo solté una carcajada y experimenté una ternura inmensa mientras contemplaba a aquella preciosa unidad familiar que tenía delante.

—Estás increíble. Y Lily es tu viva imagen —besé a Marie en la cabeza y me incliné para mirar más de cerca al bebé. Se había quedado rápidamente dormida. Con los ojos cerrados, sus largas pestañas parecían sendas sonrisas contra su tez de porcelana. No parecía que la hubieran forzado a salir de las partes bajas de su madre hacia menos de una hora.

—Tú serás la siguiente —dijo Mike, apareciendo de pronto.

Marie me lanzó una mirada; obviamente no había puesto a Mike al tanto de mis problemas con Ben.

—Ummm, quizá —repuse acalorada, evitando mirar a Ben.

—Después de vuestra ayuda de esta noche, seguro que estáis más que listos para traer una miniGeorgia o un miniBen al mundo —comentó Mike, riendo, sin reparar en la elocuente mirada que le estaba lanzando Marie.

—Quizá algún día, amigo —rio Ben, incómodo.

—¿Te han dicho cuándo podrás irte a casa? —pregunté, desesperada por cambiar de tema.

—Pronto, creo. Querrán recuperar la cama, así que con un poco de suerte no creo que esto se prolongue mucho —respondió Marie antes de volverse hacia Mike—. ¿Te importaría llamar a tus padres para preguntarles como está Cole? Y me muero por una taza de té.

—Lo que quieras, cariño —se inclinó para besar a las dos mujeres más importantes de su vida—. Ben, ¿te aparece que vayamos a la cafetería? ¿Dejamos a las chicas solas un rato?

—Sí, por supuesto —Ben pareció aliviado de poder librarse de más preguntas sobre potenciales bebés.

—Georgia, ¿tú quieres algo?

—No, gracias.

Una vez que se hubieron marchado, Marie puso los ojos en blanco al tiempo que señalaba con la cabeza la puerta cerrada.

—Perdona. No le dije nada sobre lo vuestro ya que, para serte sincera, no estaba segura de que hubiera acabado del todo.

Yo solté un suspiro y me dejé caer en la silla más cercana, que resultó más cómoda de lo que parecía.

—No pasa nada. Estabas demasiado ocupada para enterarte de los últimos acontecimientos... —sonreí, irónica.

—¿Y bien? ¿Os habéis arreglado? —quiso saber Marie.

—Sí, eso creo —tosí—. ¿Y tú? ¿Todavía no te ha propuesto matrimonio? Aunque a juzgar por lo rápido que se ha levantado Mike a buscarte un té, lo de hincar una rodilla en tierra y regalarte un anillo no puede estar muy lejos. A sus ojos eres la Mujer Maravilla, y a los míos también —recordé la tensión y el dramatismo del momento en que comenzó el parto. Había sido muy valiente.

—No intente cambiar de tema, señorita. Hoy me lo merezco todo y puedo hacer las preguntas que quiera. Y tú tienes que responderlas.

—Lo mismo dices cuando es tu cumpleaños —me burlé yo.

—Bueno, entonces hoy es el día de Lily y, si pudiera hablar, le estaría preguntando a su tía Georgia lo mismo que yo —me sacó la lengua, juguetona—. Hoy, Mike tiene la cabeza en el trasero. Dudo que sea capaz de enhebrar una sola frase para pedirme matrimonio, pero no pasa nada. Sucederá cuando tenga que suceder. Nada puede empañar la alegría que siento en este momento.

—Creo que probablemente has tenido suficientes emociones por un solo día. Demasiadas —sonreí.

—¿Y bien? ¿Cómo va lo de Ben, entonces? —presionó.

—Es lo que tú dijiste. Necesito dejar entrar a la gente en mi vida. Compartir. No puedo hacerlo todo yo sola.

Marie, que había estado arrullando a Lily, enarcó una ceja.

—Me alegro por ti. Tú eres como todo el mundo. Todos nos esforzamos por encontrar la mejor manera de vivir nuestra vida. A veces piensas que te ha tocado el gran premio —se interrumpió y miró a Lily con una expresión tal de amor y adoración que, al verla, no pude menos que contener el aliento—. Pero llegar a momentos como este nunca es fácil, simple ni indoloro.

—Espera... ¿estamos hablando de los partos o de los hombres?

—De ambos, supongo. Al final se trata de esforzarse todo lo posible y de ser feliz con lo que consigues.

—Ben también se disculpó conmigo, así que espero que podamos dejar todo esto atrás y empezar de nuevo, pero esta vez de una manera madura, abierta y sincera —dije con una voz que ni siquiera reconocí como mía. Medida, controlada, determinada.

El rostro de Marie se iluminó. Obviamente, según ella, yo parecía haber elegido la respuesta correcta. Me aplaudió a modo de reconocimiento, cosa que hizo con cierta dificultad ya que tenía a Lily en los brazos.

—¡Sí! ¡Ve en busca de ese tipo y disfruta del mejor sexo que puedas!

Yo chasqueé la lengua y puse los ojos en blanco.

—¿Qué pasa? ¡Luego tú también podrás conseguir una de estas criaturas! —Marie besó a su hija y se echó a reír.

—No nos apresuremos tanto... —sonreí.

Me levanté para besarla en la mejilla y a Lily en la frente, aspirando el adictivo aroma de los bebés recién nacidos.

—Intenta descansar un poco. Te llamaré después.

—Lo intentaré. Ah, y Georgia... muchas gracias por todo. Sinceramente no sé cómo me las habría arreglado sin ti. Sin los dos.

—No ha sido nada —sonreí de nuevo antes de añadir—: Quizá te pida que me devuelvas el favor algún día.

Dejé a las dos para dirigirme a la cafetería, donde se encontraban Ben y Mike. Teníamos que ponernos al día de muchas cosas. Y compensarnos mutuamente.

CAPÍTULO 30

Delectación (n.): Deleite, gozo

—¡Ya! ¡Georgia, date prisa, lo van a poner! —chilló Marie. Corrí al salón. Ben me sonrió, dándome una palmada en el trasero cuando pasaba por delante, con tan mala suerte que derramé un poco de vino.
—Creía que te habías preparado uno de tus cócteles especiales —Shelley me guiñó un ojo.
Yo me eché a reír.
—Pensé que un vino chileno sería más adecuado.
De repente me sentía tensa, inquieta. No sabía dónde meterme, así que me puse a dar vueltas por el pequeño salón hasta que Marie me gritó que aparcara mi trasero de una vez.
—¡Callaos todo el mundo, está empezando! —nos silenció Marie. Yo finalmente me senté ante la gigantesca mesa de salón que había conseguido llenar con todos los gusanitos, ganchitos y demás chucherías que había conseguido encontrar en el supermercado. Ben me tomó una mano y me la besó con ternura.
—¿Lista? —susurró.
Sacudí la cabeza.
—¿Cambiamos de canal? Seguro que estarán poniendo

algún documental interesante sobre fauna salvaje en alguna televisión...

Alguien me lanzó un gusanito.

—Shhh. Cállate. Puedes cerrar los ojos y taparte las orejas si no te gusta. Menos quejarte y pásanos esos bombones, ¿quieres? ¡Oooh, deberíamos haber comprado palomitas y habernos vestido como en la gala de un estreno! —exclamó Marie toda entusiasmada, antes de comprobar por tercera vez que Lily se había quedado dormida en la canasta para bebés que tenía al lado. Los padres de Mike estaban de visita y se habían ofrecido a cuidar de Cole.

Yo le lancé una elocuente mirada.

—Creo que no nos hace falta nada de eso —yo me estaba esforzando por permanecer tranquila y compuesta, pero me distraía aquel enjambre de mariposas que eran nuestros mejores amigos arremolinados en nuestro piso, alrededor de aquella mesa absurdamente grande con la que Conrad había tropezado ya dos veces desde que llegó. Allí estaba él con Val, a la que no había dejado de mirar durante toda la tarde.

De repente experimenté una punzada de felicidad, mezclada con nervios, ante la perspectiva de lo que iba a ver en la pantalla, ante la realidad de que Ben y yo íbamos a compartir aquella experiencia nuestra con todo el mundo. Con todo el mundo excepto mis padres, que me habían mandado mensajes recordándome que grabara el programa para que pudieran verlo a su regreso del crucero, y Trisha, que se había mostrado sorprendentemente reservada respecto a la razón por la que no había podido reunirse con nosotros. Me había dicho, ruborizándose, que tenía un compromiso, pero sin entrar en detalles. En cierta forma era casi mejor que no hubiera venido, ya que en nuestro piso no cabía más gente.

Debido a todos los problemas que el programa nos había causado, yo me había empeñado en un principio en no verlo. No quería que me recordaran mi horrorosa discusión, pero Ben me había prometido que todo aquello pertenecía al pasado. Irónicamente, el programa de televisión que yo pensaba que nos había separado nos había vuelto, de hecho, a unir. Me había permitido tomar conciencia de todo lo que estúpidamente habíamos tirado por la borda a consecuencia de equívocos, confusión y tercas suposiciones.

Los primeros créditos aparecieron en pantalla, y sonó una samba latina que era el tema musical de Guerreros de Espíritu Viajero, título en letras de imprenta sobre el fondo de las impresionantes imágenes que había grabado Clive: la noche estrellada del desierto de Atacama, el estrafalario jeep de Dwayne atravesando las dunas, el millón de tonalidades verdosas del parque nacional de Patagonia y el paisaje urbano del soleado Santiago. Tenía un aspecto increíble, e inmediatamente me sentí arrebatada por aquel maravilloso país.

—¿Podemos bajar el volumen? No quiero despertar a Lily —sugerí, en un intento de apoderarme del mando a distancia.

—Ella está bien —Marie señaló a la niña profundamente dormida a su lado—. Es como Mike, duerme como un tronco. Vaya, Chile parece un país fantástico.

Yo asentí.

—Lo es —inspiré profundamente y me preparé para lanzarme de cabeza al territorio de los recuerdos.

Anna, con su aspecto ultraglamuroso, profesional y risueño, apareció paseando por una amplia avenida de la capital. Los rayos de sol que se filtraban a través de las copas de los árboles la bañaban con una luz etérea. Juntando las manos en plan locutora, comenzó a explicar el programa, las reglas y una información básica de cada pareja antes de que una serie de imágenes de cada una, tipo fotografía Polaroid, empezaran a desfilar por la pantalla.

Instintivamente solté un pequeño grito al ver mi cara bañada en sudor, con el pelo hecho un desastre. Me escondí el rostro entre las manos, para seguir viendo el programa entre los dedos. Conrad y Ben prorrumpieron en vítores, mientras Kelli repartía su atención entre el televisor y su móvil al tiempo que lo iba tuiteando todo.

—¡Oh, Dios mío! ¡Esto es tremendo! —gritó Shelley a mi lado, señalando la televisión.

—¿Qué llevabas puesto? ¿Cómo es que te vestiste con ropa de hombre? —quiso saber Marie. Por poco se le salió la bebida por la nariz cuando me vio en aquel estado. Para ser justos, parecía ridícula.

—¡Oh, Dios mío, me olvidé de contároslo! Hubo una confusión de maletas con un pasajero pervertido y...

No tuve que explicar más, ya que en la imagen siguiente aparecía derrumbada en el suelo del vestíbulo del hotel de Santiago blandiendo un pene de goma en una mano. El salón entero de nuestro piso prorrumpió en risotadas.

—¡Vaya, chico, no sabía que hubieras colaborado en una nueva versión de *Cincuenta sombras de Grey*! —rio Jimmy, propinando a Ben un codazo en las costillas.

—¡Eso no era mío! —protesté yo mientras seguía mirando el televisor con la cara medio tapada. Habían cesado ya las risas cuando hubo otra ronda con ocasión de la ostra que vomité sobre Ben.

—Siento tanto aquello... —me volví para mirarlo, y él sacudió la cabeza en silenciosa diversión.

Experimenté una dolorosa emoción cuando vi lo contentos que nos pusimos por haber ganado el reto de destripar pescado. ¿Cómo podía haber ido tan mal el resto del viaje?

—¿Tan duro te resulta verlo? —me preguntó Marie en un susurro, utilizando sus habilidades de mejor amiga para leerme el pensamiento—. Ya sabes, después de todo lo que sucedió...

Yo sacudí la cabeza y me encogí levemente de hombros.

—Es que se me hace tan raro vernos en la tele... Mi voz, por ejemplo, ¿realmente suena así? ¿Por qué nadie me había dicho que tengo una voz tan masculina? —me quejé, escandalizada además por mi acusado acento de Manchester.

Ben subió el volumen.

—Pues a mí me suena preciosa.

—Dios mío, ese tipo sí que tiene el ego inflado... ¿es el Gareth del que nos hablaste? —inquirió Kelli con la boca llena de gusanitos—. ¿El que engañó a su mujer?

Yo fruncí los labios y asentí.

—Sí, el que se lio con esta —señalé el engreído rostro de Dawn. Y sacudí nuevamente la cabeza al recordar lo que me dijo Jade en el vuelo de regreso, acerca de que estaba al tanto de las indiscreciones de Gareth y que si las soportaba era porque ella también «sacaba sus beneficios». Hasta esa misma mañana no se lo había contado a Ben, que se quedó tan anonadado como yo entonces.

Después del shock inicial de verme a mí misma, empecé a disfrutar un poco más del programa. Resultaba increíble pensar que la inmensa mayoría de las horas que había estado rodando Clive habían sido eliminadas. Las tomas que le habían costado tanto sudor y esfuerzo se habían quedado en la sala de edición. Había sabido que mucho no se editaría, ya que el programa solamente duraba una hora, pero seguía sorprendida de la cantidad de imágenes que habían sido cortadas, incluidas, afortunadamente, las presentaciones en el aeropuerto. Anna y Jerry habían cumplido su palabra: las apariciones de Natalia y Tony habían quedado aún más recortadas que las nuestras.

Las escenas de Santiago eran todavía más impresionantes de lo que recordaba. La ciudad parecía bullir a nuestro alrededor de una actividad de la que yo no había sido consciente, tan concentrados como habíamos estado en las pistas y los mapas. Resultó también extraño volver a ver a Dawn y a Simon. Marie ya me había comentado lo servil que le había parecido aquel tipo de vestimenta anticuada. Me pregunté qué habría sido de ellos a esas alturas.

El primer reto de la «búsqueda del tesoro» hizo reír a todo el mundo. Todos parecíamos verdaderos imbéciles con nuestros brillantes cascos amarillos pedaleando por la ciudad siguiendo aquellas pistas tan crípticas. Me impresionó asistir a las conversaciones de las otras parejas mientras intentaban desentrañarlas. No pude menos que preguntarme si la apariencia de rubia tonta de Jade no había sido más que una farsa, porque parecía la más rápida a la hora de resolver los acertijos. Dawn simplemente ladraba a Simon que se diera prisa en interpretarlos, mientras que Natalia y Tony parecían más interesados en hacer paradas en ruta en algún elegante bar para tomar una copa de vino blanco. Quizá hubiera algo de verdad en lo que me había dicho Jade acerca del alcoholismo de la pareja después de todo.

La cara de Dawn era todo un poema en la escena en la que nos acusó de hacer trampas en la biblioteca, como un alumno empollón escondiendo sus deberes con su brazo como barrera. Me estremecí a la vista del sórdido bar en el que nos hicieron entrar, sobre todo con los cócteles «terremoto» a los que me había aficionado tanto, y suspiré aliviada de que la confesión que le había hecho a Gareth en estado de embriaguez no hubiera quedado recogida en el metraje.

Siguió luego el reto del pescado. Yo ya advertí que podía resultar un poco asqueroso, pero Shelley se frotó las manos de expectación como si se hubiera sentado a ver el último episodio de una de sus series favoritas. Yo experimenté la agridulce emoción de haber sido lo suficientemente valiente como para completar el reto, a excepción de mi leve desfallecimiento. Mis amigos pudieron ver entonces en mi rostro y en el de Ben el gozo, la felicidad y el entusiasmo que nos embargaba por encontrarnos juntos en Chile. Tal vez pecara de parcial pero, comparados con las otras parejas, parecíamos los únicos en reírnos y divertirnos sin preocuparnos de presentar nuestro mejor perfil a la cámara de Clive.

—Eso fue realmente vil. Nunca más —esbocé una mueca cuando vi el sangriento resultado de nuestra operación de destripado de peces bajo la atenta mirada de Alfonso y de Reyes—. Pero ganamos.

—¡Esto es fantástico! —exclamó Marie entusiasmada durante la pausa publicitaria. Yo me recosté en mi silla después de abrir una chocolatina mientras intentaba asimilar el visionado—. ¡Por lo general sois vosotras las que me veis a mí en la pequeña pantalla! ¡Me encanta!

—Ya, ya. Aunque nada de esto que habéis visto ha sido actuación —señalé el televisor y me estremecí, pensando en el Óscar que habría ganado si todo hubiera respondido a un guion previamente elaborado.

Ella me puso una mano en la rodilla y me la apretó, cariñosa.

—Estás estupenda, de verdad. Bueno, al menos desde que recuperaste a tu maleta. Los telespectadores te adorarán.

—Esta noche he apagado el móvil. Y tampoco se me da nada bien lidiar con los trolls de internet.

—Pues deberías volver a encenderlo —me aconsejó Kelli, radiante—. ¡Todo el mundo os quiere con locura! Ya se ha abierto el hashtag #BenyGeorgiasecasan. Y otro más: #Garethesbobo.

Sacudí la cabeza, asombrada. Todo aquello era tan estrambótico...

Una vez rellenas las copas de todo el mundo, nos dispusimos a ver la segunda parte. Una música de suspense acompañó el momento en que Ben perdió por muy poco el reto del trineo de arena. En las escenas de la avería en el desierto se me pudo ver extrayendo el alambre de mi sujetador y alzando un brazo en el aire con el correspondiente bamboleo de senos.

—Vaya. No eres tan tonta como parecías —se burló Mike, riendo.

De hecho, ofrecía un aspecto de lo más atractivo, sobre todo cuando Ben y yo tomamos rápidamente la iniciativa y buscamos soluciones mientras los demás se retraían. Parecíamos absolutamente decididos a salvar la jornada y a sacarnos a todos de aquel desierto abrasador. Sentí una punzada de orgullo. Realmente formábamos un equipo condenadamente bueno. Inclinándome sobre él, le apreté la mano con fuerza.

Antes de que pudiera ponerme demasiado nostálgica, la escena cambió a Anna explicando el reto final de la supervivencia en el bosque. Todos contuvieron el aliento cuando describió la cruda naturaleza de aquella parte del mundo. Solemnemente explicó cómo aquel grupo de caminantes inexpertos iban a enfrentarse a la última prueba de sobrevivir en un entorno tan hostil.

—Allá vamos —masculló. Esa vez fue Ben quien me apretó la mano.

Yo ya había advertido a todo el mundo que iban a ver el momento en que nuestra relación estalló. Habían eliminado las entrevistas personales, obviamente para evitar regalar más tiempo de emisión a la pareja tramposa.

El reto del bosque comenzó con una horrible escena en la que Ben y yo aparecíamos discutiendo. Se me encogió el estómago y tragué el nudo de saliva que se me había acumulado en la garganta. La voz en off de Anna informó a los telespectadores de lo que estaba pasando mientas mi expresión iracunda pasaba a primer plano. Mi lenguaje corporal era explícito, con los brazos cruzados con fuerza sobre el pecho y profundas arrugas en mi pálido rostro.

—¡Estoy quedando como una verdadera bruja! —me llevé una mano a la cabeza. Agarraba mi copa con demasiada fuerza mientras me esforzaba por dejar de apretar la mandíbula—. Oh, Dios mío... —gemí, volviéndome para servirme más vino.

—Cariño —Ben me apretó la mano—. No pasa nada.

Tenía razón. De hecho, Gareth y Jade aparecieron también sosteniendo una terrible discusión mientras Natalia y Tony marchaban por la espesura sumidos en un hosco silencio. A ninguna de las parejas parecía irle particularmente bien.

—¡Supongo que esto demuestra que ninguna relación puede soportar la prueba de la naturaleza salvaje! —rio Conrad, tomando la mano de Val.

—¿Lo ves? No es tan grave —me susurró Ben al oído.

La siguiente escena fue la de la cabaña de troncos donde nos sentamos a cenar todos juntos. Cualquiera podía ver los problemas que estábamos teniendo Ben y yo. Yo aparecía hecha un ovillo en uno de los sillones marrones mientras manipulaba desesperadamente mi móvil en un intento de conseguir cobertura, para poder enviar sendos mensajes a Marie o a Shelley y explicarles lo sucedido.

Tan concentrada y preocupada había estado en aquel momento por la crisis de nuestra hasta entonces sólida relación, que no me di cuenta de que Clive estaba enfocando con la cámara no a Anna, sino a Ben. En la pantalla aparecía pálido, más despeinado de lo normal y con profundas ojeras. El corazón se me encogió al verlo en ese estado.

—No sabía que utilizarían esas imágenes —murmuró Ben, súbitamente concentrado en rascar la etiqueta de la botella de vino que tenía delante.

Anna debía de haberle hecho una pregunta, porque en seguida Ben apareció en la pantalla suspirando profundamente y pasándose las manos por el pelo antes de contestar.

—¿Que qué he aprendido de todo eso? —repitió el Ben de la pantalla y sonrió avergonzado.

Probablemente estaría ganando tiempo mientras elaboraba algo que decir, quizá una respuesta constructiva a partir de una horrible experiencia, me recordó una pesimista voz interior mientras mi corazón suplicaba a mi cerebro que se callase y escuchara.

—Supongo que lo principal que he aprendido de todo esto es que tal vez no sea yo el tipo que Georgia se merece.

«Espera un momento», me dije. ¿Cómo? Me senté muy derecha en mi silla y pedí a Marie que subiera el volumen un poco más. Podía sentirlo encogiéndose por dentro a mi lado. Nadie en el salón dijo una palabra.

—No voy a mentir. Me fastidia un montón no haber ganado. No porque sea un tipo especialmente competitivo, aunque si le preguntaseis a mi mejor amigo cuando jugábamos en la federación de fútbol, probablemente os diría lo contrario —al evocar a Jimmy, su rostro se iluminó con aquella sonrisa juvenil que lo hacía tan atractivo—. No, deseaba ganar porque por nada del mundo querría fallarle a Georgia. Puede que sea una estúpida bravuconería masculina, pero quiero que ella siempre sepa que puede contar conmigo y, esta vez, le he fallado.

Contuve el aliento. En la pantalla, yo aparecía al fondo resoplando furiosa mientras alzaba el móvil en el aire de un sitio a otro para intentar conseguir cobertura, ajena a la confesión de mi novio. Tenía todo el aspecto de una imbécil y, en aquel momento, escuchando aquellas palabras tan sinceras suyas, me sentía también como tal. Una auténtica imbécil.

Anna apareció entonces de pie junto a Ben, mirándolo.

—Yo creo que Georgia, como la mayoría de las mujeres, entenderá que te has esforzado todo lo posible, que no puede pedirte más.

El Ben de la pantalla se encogió de hombros. Una extraña y fugaz expresión cruzó por su rostro lívido, una expresión que no reconocí. ¿Estaría pensando en su madre, pensando en que le había fallado a ella también cuando la alejó de su lado? Ver lo dolido que se sentía me desgarró el corazón. Ignoraba cómo era posible que hubiera desnudado su alma de aquella forma ante una cámara. Cuando una nueva pausa publicitaria interrumpió el programa, me giré para mirarlo.

Había bajado la cabeza. Parecía como si quisiera estar en cualquier otra parte menos allí.

—Yo creía que querías ganar solo por el dinero... —murmuré.

Él finalmente alzó la vista y me miró.

—Sí. Pero esa no era la única razón.

—¡Dios mío, vosotros dos sois tal para cual! ¡La pareja perfecta! —tronó de pronto Jimmy. Yo puse los ojos en blanco y reí por lo bajo. Era verdad. Lo éramos.

—Ven aquí —abracé a Ben—. Tú nunca me has fallado ni me fallarás.

Al final del programa, llegó la intervención de Anna. Estaba de pie en la sala de
reuniones, el lugar donde Simon había pegado a Gareth, con una sonrisa forzada que nunca terminaba de llegar a sus ojos demasiado pintados.

—Hemos recibido una nueva información, con posterioridad a la finalización del rodaje, que lo ha cambiado todo —hizo una pausa de efecto dramático y pareció como si se relamiera los labios de gusto, recreándose frente a la cámara una vez más—. Debido a evidencia de trampa hecha por ciertos concursantes, que en consecuencia han quedado eliminados, la pareja que ha quedado segunda en el concurso ha pasado a primer lugar. Los ganadores son, por tanto... ¡Ben y Georgia, del Club de Viaje de los Corazones Solitarios! ¡Enhorabuena, chicos!

—¿Qué dia...? —Ben se volvió hacia mí—. ¿Tú lo sabías?

Sonreí tímidamente y asentí. Tal vez hubiera sido un poquitín perversa al habérselo escondido. No había querido estropearle la sorpresa.

—Espera... ¿habéis ganado? —exclamó Conrad, perplejo.

Yo me aclaré la garganta mientras los créditos aparecían en pantalla.

—Sí. Ben y yo hemos ganado.

Se alzó a mi alrededor un murmullo de confusión. La cara de Ben era un poema.

—¿Qué? Ganamos... —se interrumpió, ceñudo, mientras se esforzaba por asimilar aquella nueva noticia.

Asentí con firmeza.

—Yo me enteré hace unas semanas, cuando Jerry y Anna me llamaron para pedirnos que fuéramos a los estudios. Ben no podía ir.

Vi que bajaba la cabeza, avergonzado. Desde entonces ambos nos habíamos esforzado todo lo posible por superar lo ocurrido. Aquello no era ya relevante. Ambos íbamos a aprender de nuestros errores y a madurar. En el sentido menos cursi y convencional del término.

—No puedo entrar en detalles ahora mismo, pero el dinero del premio es nuestro —inspiré profundamente antes de anunciar la segunda parte—. He mantenido esto en secreto mientras reflexionaba a fondo sobre ello. Estoy segura de que todo el mundo en esta habitación sabe lo que el dinero puede hacerle a una relación, y más cuando esa relación tiene una vertiente profesional —me interrumpí. Vi que los ojos de Ben estaban clavados en mis labios, a la espera de lo que iba a decir—. Así que, por ese motivo, sentí que necesitábamos el consejo de un experto. El de un asesor financiero.

Ben seguía tan perplejo como el resto.

—He conocido a cierta dama que, aparte de ser la mujer más guapa y glamorosa que he visto en toda mi vida, y exnovia de Ben, posee una gran capacidad profesional que nos puede ser de gran ayuda. Es ella la que nos va a asesorar a la hora de invertir sabiamente nuestro dinero —me volví para mirarlo y le tomé la mano, dándole un fuerte apretón antes de continuar—: Espero que no te importe que la haya contratado a tus espaldas. Sé que dijimos que no habría más secretos entre nosotros, pero he querido hacer esto por ti. Por nosotros.

—Espera un momento. ¿No habrás...?

—¿Que no qué? —intervino Kelli—. No entiendo.

Yo señalé a Ben y me volví hacia los demás, tomando aire.

—El Club de Viaje de los Corazones Solitarios se va expandir... ¡y acabamos de firmar el contrato de compra de un magnífico inmueble en Londres! —terminé chillando, incapaz de contenerme.

A nadie pareció importarle que mi estallido despertara a Lily, que se puso a llorar ruidosamente, o el estorbo que supuso la ridícula mesa que hizo que todos los presentes tuvieran que rodearla con trabajo para abrazarnos a los dos.

—¡No! ¿En serio? —Ben se levantó también para abrazarme—. Pero tú dijiste...

—Sé lo que dije, pero no siempre tengo razón —le sonreí. Aquellas palabras no me supieron tan amargas como había esperado en un principio—. Alice me ha asesorado de maravilla, exponiéndome los pros y los contras. Siento que estoy preparada y que es la decisión correcta, tanto para el negocio como para nosotros.

Ben me plantó un apasionado beso en los labios.

—¡Te quiero con locura! ¿Lo sabías?

Yo me aparté riendo.

—Yo también te quiero a ti.

Mientras todo el mundo nos felicitaba, Marie ponía otra vez a Lily a dormir y abríamos otra botella de vino, yo apoyé la cabeza en el pecho de Ben.

—¿Seguro que no estás enfadado conmigo por habértelo ocultado?

Negó firmemente con la cabeza.

—Siempre y cuando tú seas feliz, yo también lo seré. Gracias. Va a significar un montón de trabajo, pero lo conseguiremos. Estoy seguro —me besó en la frente—. Espera un momento. ¿Qué pasa con lo de donar el dinero a la fundación benéfica? Era lo que tú querías, ¿no?

—Bueno, he pensado en eso también. Después de hacer números, si, como acabas de decir, trabajamos lo suficientemente duro, tendremos muchos más clientes de manera que la fundación recibirá un buen empujón.

—Creo que es una idea brillante —se llevó mi mano a los labios y me la besó—. Te quiero, Georgia Green. Sobre todo cuando admites tus errores.

—¡Hey! —le di un cariñoso empujón y solté una carcajada—. No te acostumbres demasiado a eso, ¿entendido?

CAPÍTULO 31

Brujulear (v.): Moverse libremente o a voluntad; vagabundear

No había tenido tiempo de revisar todos los mensajes, pero aun así me sorprendió la cantidad de personas que habían visto el programa. Resultaba un poco abrumador, pero a la vez maravilloso y estimulante. Acababa de poner el teléfono en silencio cuando Ben me dio un ligero codazo.

—¡Ya vienen!

Estábamos esperando nerviosos en el mostrador de facturación del aeropuerto. Todavía tenía los ojos enrojecidos de todo lo que había llorado. Pero esa vez habían sido lágrimas de felicidad, que se agolparon de nuevo cuando vi a la persona a que habíamos estado esperando.

—¡Ya estamos aquí! ¡Ya estamos aquí! ¿Llegamos tarde? —gritó Shelley medio corriendo, dejando que Jimmy cargara él solo con las maletas. Una tarea que parecía costarle más esfuerzo del que debería, a juzgar por su envergadura.

—No, habéis llegado justo a tiempo —le aseguré antes de darle un fuerte abrazo, aspirando su aroma—. Todavía no me puedo creer que te vayas a ir....

—Lo sé. Yo todavía estoy sorprendida de que Jimmy aceptara acompañarme. Debe de ser el amor —miró por encima del hombro a su prometido, que le estaba enseñando a Ben algo en el móvil.

—Pero las cosas aquí no serán las mismas. ¿Qué voy a hacer sin ti?

—Sé que las cosas están cambiando, pero todos sabemos lo bien que os está yendo a vosotros con estos cambios —puso los ojos en blanco y se echó a reír—. Aunque necesitemos fundar alguna nueva tradición....

Yo la miré.

—¿Qué quieres decir?

—Bueno, podemos reunirnos para celebrar nuestra genialidad. Señalemos por ejemplo el 19 de septiembre: el Día de las Normas. Porque ahora las ponemos nosotras.

—Es un buen plan —reí—. ¿Y bien? ¿Estás nerviosa?

Esbozó una mueca.

—Un poco.

Yo sonreí.

—No es tan malo tener sentimientos mezclados, contradictorios. Saber que algo nuevo, enorme e increíble está llegando pero estar al mismo tiempo cagada de miedo por lo aterrador que te resulta. Eso es lo que tiene el miedo: te subes a una montaña rusa de emociones mientras te comes un perrito caliente y, antes de que empiece el viaje, vomitas. Pero luego necesitas concentrarte en aquello que te proporciona tranquilidad y seguridad.

—¿Desde cuándo te has vuelto tan sabia? —me preguntó, sonriente.

—Desde que decidí que necesitaba madurar —respondí—. ¿Y sabes una cosa? No es tan aterrador como parece.

—Tienes razón. Además, está el asunto de la boda que tenemos que preparar, cosa que me distraerá de la trascendental decisión que hemos tomado —dijo Shelley, mostrándome su anillo.

Mientras admiraba aquella espectacular joya, comprendí que su lugar era su dedo. La mía ya llegaría algún día. No tenía problema alguno en esperar.

—¡Desde luego! Bueno, tan pronto como señaléis fecha, asegúrate de que seamos nosotros los primeros en saberlo.

—¡Hecho! Bueno, lo siento mucho pero tenemos que ponernos en marcha. Me va a costar sacarlo de la tienda de regalos, aunque... ¿a quién quiero engañar? Seré yo la que se entretenga en la tienda de regalos mientras él esté en el bar...

—Ven aquí, tú —y volví a darle un fuerte brazo a la vez que dejaba correr las lágrimas. Lágrimas de mi felicidad por mi valiente amiga que tenía el coraje necesario para vivir su vida de la manera que ella y Jimmy querían—. Te quiero —grité.

—Yo a ti también.

—Adiós, Ben —dijo Shelley yendo a abrazar a mi novio, que estaba también al borde de las lágrimas.

—Cuídamelo bien, ¿vale? —Ben señaló con la cabeza a su mejor amigo, que se estaba comportando como si algo se le hubiera metido en el ojo.

—Te lo prometo.

Jimmy me abrazó para susurrarme las mismas palabras al oído.

—¡Dios, fijaos qué estado tan lamentable tenemos todos! —me aparté riendo, después de prometerle a Jimmy que Ben estaría muy bien cuidado conmigo—. ¡Adelante, buena suerte! ¡Y llamadnos tan pronto como aterricéis!

No dejamos de mirarlos hasta que los perdimos de vista en la cola de seguridad. Tanto Ben como yo estábamos haciendo enormes esfuerzos por disimular lo difícil que nos había resultado aquella despedida. Me rodeó los hombros con un brazo cuando empezábamos a retirarnos.

—No puedo creer que se hayan ido —repetí por enésima vez.

—Yo tampoco. Es como el fin de una era —comentó con falso tono solemne, haciéndome reír.

—¿Pero el comienzo de otra?

—Exacto —me plantó un sonoro beso en la frente.

Mientras esquivábamos carritos, enérgicos ejecutivos con

aires de importancia y familias numerosas, me tomó una mano y me hizo detenerme.

—Estar aquí me ha recordado que todavía te debo unas vacaciones como Dios manda.

—¿De veras?

Asintió.

—Pero esta vez sin cámaras, sin dramas y, desde luego, sin secretos —sonrió y sacudió la cabeza como evocando todo lo que nos había llevado hasta aquel preciso momento.

Yo le devolví la sonrisa y alcé la mirada a los paneles electrónicos con las salidas de vuelos que colgaban del techo.

—Suena fantástico. ¿A dónde vamos?

—Eliges tú. Aunque quizá podamos prescindir de la opción del crucero que sugirieron tus padres —rio Ben.

—Hecho —le besé, tomándole de la barbilla mientras él me pasaba un brazo por la cintura. Supongo que justo acababa de descubrir la que sería la segunda parte de nuestra aventura.

Agradecimientos

A mi padre le gusta decirme que la tercera novela es tan difícil como el tercer álbum de música. Pues bien, padre querido, espero que la disfrutes. Este es un libro que no habría podido terminar si tú no me hubieras alimentado con tu famoso curry, o aguantado cuando yo me tiraba de los pelos por culpa de algún personaje que se negaba a responder. Tu fe en que todo eso daría sus frutos algún día, paso a paso, me ha ayudado inmensamente.

A mi madre, siempre va contando a todo el mundo que su hija escribió un libro y que deberían comprarlo. A Gavin de la tienda de Apple en Liverpool: ¡lamento que te llevaras una bronca! A mi ruidosa, divertida y entretenida familia, y especialmente a mis hermanos y hermanas por dejarme desahogarme en espontáneos bailes. Os quiero a todos.

Gracias, como siempre, a mis fantásticas editoras Lydia Mason y Victoria Oundjian. Vuestras palabras y consejos siempre dieron en el blanco. Esta novela no habría sido refinada hasta la perfección de no haber sido por estas dos damas. También a la encantadora Jennifer Porter, Hannah McMillan, Juliet Mushens y a toda la gente de Carina/Harper Collins. Todas creísteis en Georgia, y en mí, y por eso os estoy tan agradecida.

Gracias al hombre que me ha acompañado durante todo este viaje. ¿Quién puede discutir al destino que nos haya unido? John Siddle, tú me inspiras la mejor versión de la persona que puedo llegar a ser. No puedo imaginarme la vida sin ti y sin tu maravillosa familia.

Abrazos virtuales y reales para mi grupo de fantásticas y sabias amigas escritoras: habéis sido unos increíbles modelos para mí. A las amigas y seguidoras de Twitter, Facebook, Instagram, Snapchat y mi blog. Os lo merecéis todo por haber estado tan geniales.

A Jen Atkinson (¡fantástico nuevo nombre de casada!). ¡Has estado a mi lado durante tanto tiempo que no te puedo imaginar (ni quiero tampoco) en cualquier otra parte!

Desde que escribí mis dos primeras novelas en la serie del Club de Viaje de los Corazones Solitarios, mi vida se ha enriquecido mucho. Mi más sincero y sentido agradecimiento a todas aquellas personas que han comprado, leído, comentado y compartido *Destino: un nuevo comienzo* y *Destino: tu corazón*. Si pudiera conoceros y abrazaros a todos, no dudaría en hacerlo. Vuestro apoyo a mi escritura y a mi blog (www.notwedordead.com) significa todo para mí.

Si todavía no has descubierto dónde está tu lugar en este mundo, entonces esta serie es para ti. Espero que un día encuentres lo que estás buscando.

www.ingramcontent.com/pod-product-compliance
Lightning Source LLC
LaVergne TN
LVHW091620070526
838199LV00044B/879